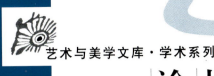
艺术与美学文库·学术系列

夏之放　著

论块垒
——文学理论元问题研究

人民出版社

目　录

第一编　块垒的横空出世
——文学理论元问题概说

第二编　块垒的存在论本质
——文学的本体论考察

第三编　块垒生成论
——文学的本源论研究

論塊垒

第一编　块垒的横空出世

——文学理论元问题概说

随着世纪之交的到来，文艺学美学界在经历了引进消化吸收之后，不约而同地进入了回顾、比较和构建的沉思之中。如何建立有中国特色的文学理论体系，不仅成为多次学术会议的热门话题，而且论文和专著日见增多。与此同时，市场经济秩序的建立和大众文化的兴起，西方后现代主义思潮的影响，导致文学艺术及其理论领域正在出现新的转向。概而言之，文学理论领域已经取得了以下成效：第一，大力引进多种色彩的理论著作，促进我们打开眼界，转变观念；第二，出版了一批观念更新的教材和专著；第三，一批新锐理论家高举后现代主义旗帜，针对已经发生了深刻变化的文学活动和大众文化实践进行着后现代式的批评；第四，在与国际接轨的大背景下，展开了中国文艺学美学陷入"失语症"的讨论，其理论内涵在于中国传统文学理论的现代转向和走向世界，这一历史任务已经提上了议事日程。但是，我们也应看到，在蔚为大观的热烈讨论背后，还存在着严重不足。主要表现是：从各种观点出发的肤泛议论多，建立理论新体系者不少，但往往融会贯通功夫不够，难以在学理深邃、自成体系方面为众人所首肯。因此，需要有人潜下心来，从学理上进行有说服力的梳理、比较、分析，然后才有可能得出最佳选择。有鉴于此，我们认为选取文学理论元问题作为学科研究的突破口，力图通过对于学科元问题的追溯梳理和比较分析，从理论上疏通中外，上升到普遍性规律（并非追求超验本质），借整合过程而思考和探讨构建有中国特色文学理论体系的可行性，应该是有意义的。

当我们对文学理论元问题进行一番追寻和思考之后，我们蓦然发现，我国古人所说的"块垒"作为人对于人生感悟的郁结状态，作为人的情意本体的凝聚物，事实上是人类所有文学活动的根基和出发点，它完全有理由作为文学理论的元问题加以研究。因此，我们的论述将围绕着"块垒"展开。

第一章　追寻文学理论元问题

"元",作为一个哲学范畴,其主要含义是:一、开始;二、万物之本。《说文》:"元,始也。"《公羊传·隐元年》:"元年者何? 君之始年也。"《春秋》称"一年"为"元年"。董仲舒《春秋繁露·王道》解释说:"《春秋》何贵乎元而言之? 元者,始也。"同书《重政》:"是以《春秋》变一谓之元,元犹原也,其义以随天地终始也。……故元者为万物之本,而人之元在焉。安在乎? 乃在乎天地之前。"张岱年先生指出,"认为'元'是'万物之本',是天地的原始。这个'元'字我们现在也还在用。哲学上所谓'一元论'、'二元论'、'多元论',都是以'元'表示'万物之本'。"①

希腊文中的"αρχη"(arche),英译为"beginning",汉译作"原"(吴寿彭)、"本原"(汪子嵩、苗力田、俞宣孟),大体与"元"相当。亚里士多德在《形而上学》第5卷中对"arche"一词进行了辨析,首先列出了六种日常用法的含义,然后做出一个概括:"所有的本原有一个共同的意义,它们是事物之所是、成其所是或被认知的起点;但作为起点它们有的是内在于事物的,有的却是外在于事物的。正因如此,事物之自然本性就是一种本原,事物的元素、思想、意愿、究竟所是以及最终原因,都是本原——因为善和美是认知和许多事物运动的本原。"②亚里士多德

---

① 张岱年:《中国古代哲学概念范畴要论》,中国社会科学出版社1989年版,第57页。

② 亚里士多德:《形而上学》,吴寿彭译,商务印书馆1983年版,第83页。这里依据俞宣孟译文,见俞宣孟:《本体论研究》,上海人民出版社1999年版,第324页。

在这里说明,本原作为起点是共同的,但是分析起来,它既可以作为事物"是其所是"的起点,又可以作为思想即认知活动的起点;既可以指事物内部的起点,也可以作为事物外部的起点,这就有了很大的差别。于是就有追求这些不同本原的各种哲学。

各种学科的所谓元问题,通常是指这一学科理论体系中最先提出、最先论述的首要问题。按照这种理解,凡是呈现为学科体系形态的理论著作,其开宗明义所讲的第一位的问题,就是元问题。因此,在同一个学科领域,不同的理论家可能选择不同的元问题展开论述,于是就会构成彼此大相径庭,甚至面目全非的理论体系。这样说来,究竟选择哪一个问题作为该学科的元问题,就是需要认真研究的事情。

人们后来发现,元问题既然是这一学科中首要的、第一位的问题,它也应该是整个理论体系中最根本的、贯彻始终的核心问题,是解决本学科其他一系列理论问题的逻辑起点。这样,元问题的提出也就是核心范畴的确立,代表着该学科研究对象的复杂矛盾中贯彻始终的主要矛盾,从而规定了这一学科的特殊性质;一个学科的核心范畴及其与相关范畴之间的内在逻辑的展开,则呈现为一整套由范畴、概念以及彼此之间应有的规定性关系网络所形成的理论体系。如此说来,在构建一个学科理论体系的时候,如何选取和提出该学科的元问题,即确立其核心范畴,就是首要的、需要着力研究的问题。

事实证明,在一个学科的理论建设过程中,对于该学科元问题的追寻,往往是一个漫长的发展过程。从人们提出问题,觉察到需要建立这个学科时起,人们就开始考虑如何提出矛盾、展开论述,也就是在寻找和确立这个学科的元问题。学科理论的重大发展,人们的思维方式的重大变化,都会带来学科元问题的更替。只有在这个学科的内在矛盾充分暴露之后,在人们掌握了从具体到抽象,再到思维具体的辩证方法之后,才有可能真正选准其中的元问题,科学地展开整个论证过程,构建出科学的、有说服力的理论体系。

第一节　文学理论元问题应该是怎样的

迄今为止,马克思的《资本论》以商品为逻辑起点(亦即元问题)研究方法,一直得到学术界的普遍赞誉。众所周知,马克思选取这种方法绝不是偶然的,是在他进行了长期研究、筛选、批判和否定了前辈政治经济学家惯用的方法之后而自觉创造和采用的。例如,亚当·斯密和大卫·李嘉图的经济学著作都从抽象的生产着手,是从单个的孤立的猎人和渔夫作为生产者开始的,这样,他们就把在一定社会关系中进行生产的人变成了孤岛上的鲁滨逊。马克思批判和否定了他们选取的元问题及其展开方式。在马克思看来,尽管物质生产是政治经济学领域的一个首要环节,但是它仅仅是一个环节;生产环节同消费、分配、交换等环节一起,共同构成一个社会的有机整体,这些不同要素之间存在着的相互作用是决不应该被忽视的。生产固然是生产,但它同时也是消费:一方面是作为生产者的人的体力和精力的消费;另一方面也是原料等生产资料的消费。如果割断了生产与其他经济环节之间的有机联系而孤立地看待生产,就变成了一种作为理性规定性的孤立的、抽象的"生产一般",而不再是社会生活中实际存在的生产活动。以这样的抽象的"生产一般"作为政治经济学的元问题立论,显然就会遮蔽现实生产活动的许多客观存在的联系,使生产变成了脱离时代、脱离历史、脱离实际生产活动的抽象的理性规定性。马克思曾经指出,李嘉图"让原始的渔夫和原始的猎人一下子就以商品所有者的身份,按照物化在鱼和野味的交换价值中的劳动时间的比例交换鱼和野味。在这里他犯了时代错误,他竟让原始的渔夫和猎人在计算他们的劳动工具时去查看1817年伦敦交易所通用的年息表"。① 马克思将这种研究方法嘲笑为"只是大大小小的鲁滨逊一类故事所造成的美学上的假象","属于18世纪的缺乏想象力的虚构"。②

又比如从政治经济学的角度考察某一国家的时候，我们从该国的人口开始，从作为全部社会生产行为的基础和主体的人口开始，从人口的阶级划分，人口在城乡、海洋以及不同生产部门的分布，输出和输入，全年的生产和消费，商品价格等开始，这意味着"从实在和具体开始，从现实的前提开始……似乎是正确的。但是，更仔细地考察起来，这是错误的"。为什么？因为人口之所以划分为阶级，是依据雇佣劳动、资本、价值、交换、分工等一系列经济关系为前提的。如果还没有搞清楚这些经济关系而空讲"从人口着手，那么，这就是关于整体的一个混沌的表象"。这个"混沌的表象"还需要经过一个先分析后综合的辩证发展过程，即"从表象中的具体达到越来越稀薄的抽象，直到我达到一些最简单的规定。于是行程又得从那里回过头来，直到我最后又回到人口，但是，这回人口已不是关于整体的一个混沌的表象，而是一个具有许多规定和关系的丰富的总体了"。马克思把这种辩证思维方式概括为思维的两条道路："在第一条道路上，完整的表象蒸发为抽象的规定；在第二条道路上，抽象的规定在思维行程中导致具体的再现。"③质言之，这是从表象到抽象，再到思维具体的辩证思维的方法；只有经过辩证思维的熔炼，人口这一概念才能真正成为一种"多样性的统一"的具体的范畴。

马克思充分研究了政治经济学中每一个重要范畴的多样性统一的丰富内容，研究了它们彼此之间组成的网络性关系，最后确定以商品作

① 马克思：《资本论》第1卷，人民出版社1972年版，第93页脚注(29)。

② 马克思：《〈政治经济学批判〉导言》，《马克思恩格斯选集》第2卷，人民出版社1995年版，第1页。

③ 同上书，第17—18页。

为他的政治经济学的元问题展开论述,从而构建自己的理论大厦。他的巨著《资本论》开宗明义指出:"资本主义生产方式占统治地位的社会的财富,表现为'庞大的商品堆积',单个的商品表现为这种财富的元素形式。因此,我们的研究就从分析商品开始。"①为什么要以商品为逻辑起点? 因为它是"财富的元素形式","而对资产阶级社会说来,劳动产品的商品形式,或者商品的价值形式,就是经济的细胞形式"。②在这个"经济的细胞"所包含的内在矛盾中,已经预示了整个商品社会的一连串的内在矛盾。商品这个"物"身上结合着"生产者和消费者之间的关系,在这里,两者已经不再结合在同一个人身上了。在这里我们立即得到一个贯穿着整个经济学并在资产阶级经济学家头脑中引起过可怕混乱的特殊事实的例子,这个事实就是:经济学所研究的不是物,而是人和人之间的关系,归根到底是阶级和阶级之间的关系;可是这些关系总是**同物结合着**,并且**作为物出现**"。③ 商品是一种物,是处于商品交换关系中的物;在这种由物的交换所引发的人与人的关系之中,隐含着整个资本主义社会的秘密。正如列宁所说:"马克思在《资本论》中首先分析资产阶级社会(商品社会)里最简单、最普通、最基本、最常见、最平凡、碰到过亿万次的**关系**——商品交换。这一分析从这个最简单的现象中(在资产阶级社会的这个'细胞'中)揭示出现代社会的**一切**矛盾(或一切矛盾的胚芽)。往后的叙述为我们揭明了这些矛盾以及这个社会在这个社会的各个部分的总和中,在这个社会的开始直到终结的过程中的发展(和生长,和运动)。"④

---

① 马克思:《资本论》第1卷,人民出版社1972年版,第47页。

② 马克思:《〈资本论〉第一版序言》,《资本论》第1卷,人民出版社1972年版,第8页。

③ 恩格斯:《卡尔·马克思〈政治经济学批判 第一分册〉》,《马克思恩格斯选集》第2卷,人民出版社1995年版,第44页。

④ 列宁:《谈谈辩证法问题》,《哲学笔记》,人民出版社1960年版,第409页。

人文社会科学所研究的对象是时时处于发展变化之中的社会现象。对于社会现象的研究，既不能用显微镜，也不能用化学试剂，只能依靠思维的抽象力。文学也是人类社会所特有的现象，研究文学现象之规律性的文学理论也必须依靠思维的抽象力。历史上已经存在过的各种文学理论著作中，出现过各种各样的理论体系，里面的文学理论元问题也各不相同。概而言之，古今中外的文学理论家，从不同的文化、哲学、美学背景出发，提出了各自不同的元问题及其阐释构架，从而构建了各种不同的文学理论。

　　中国传统的文学理论，可以概括为"载道"和"言志—缘情"两大源流。文以载道，沿着"道—象—言"的路线展开；道存在于天人合一（儒家之天具有伦理价值与道家之天偏向自然规律又有不同），体现于象，传达为言；就文学作品而言则是内在于文心（人格、思想、主题），外化为文体（体裁、语言、风格）；而其价值追求则是指向对于现世的超越，即由文学的教化作用指向天人合一境界，其中儒家偏向维护社会等级秩序，道家偏向人与自然的统一。而从诗言志到诗缘情的诗论，虽说也离不开"道—象—言"的路线，却以抒发诗人的内心世界为起点，通过意象传达感情，指向天人合一。中国传统文学理论元问题的展开，自然包含着对于现实世界的认识，但情感意志等价值指向则处于更为重要的地位。

　　西方从柏拉图到黑格尔，承认在现实世界之外有一个超验的理念世界，思维模式是主客二分的，其文学理论元问题则是"理念——显现"，基本规律是通过个别形象而表现一般理念，核心内容是认识论，其价值指向是认识超验的实体世界。

　　除上述中西不同传统的主流的文学理论构架之外，我们还可以参照历史上曾经出现过文学理论归纳出模仿——形象；情感——表现（以及符号）；直觉——象征；形式——语言、结构、文体；审美——文化批判等多种元问题构架，展现为各具特色的文学理论范畴体系和理论形态。

文学究竟是什么？它的性质怎样？文学与现实的关系如何？文学对于现实产生怎样的作用？这些都是认识文学的基本问题，是每一种文学理论都必须回答的问题。纵观古今中外已经出现过的文学理论体系，对于这些基本问题各自做出了不同的回答。不同的文学理论家总是以一定的文化哲学为其理论背景上提出自己的元问题，其中隐含着对于文学性的基本认识，对于理想文本及其应有价值的基本理解，甚至隐含着某种文化最为内在的形而上价值追求和思维模式的核心成分。它们有的从文学模仿客观形象立论，有的从文学表达作者感情出发，有的强调文学的社会文化批判作用，有的注重文学的语言形式等等；它们各有其历史背景，各有其观察角度，各有其价值追求，也应该说各有其合理成分。由于文学现象是一种异常复杂的社会现象，同多种多样的社会现象发生联系，因而完全可以从不同的角度提出问题，也就是可以提出不同的元问题。很显然，不同的文学理论体系中的元问题彼此是大相径庭的。

那么，文学理论的元问题究竟应该是什么呢？甚至我们应该这样提出问题：在文学理论研究中提出一个统一的元问题是否可能呢？

上述各种文学理论体系中的首要问题，如果从"首先提出"的意义上来说都可以叫做文学理论元问题；如果从学科理论体系的内在矛盾的逻辑起点的意义上来说，文学理论元问题就只能有一个，而不可能有许多个。它既是研究文学的首要问题，也应该是文学活动的"细胞"——包含着整个文学活动现象的内在矛盾和秘密；随着这一元问题的内在矛盾的不断展开，文学活动的各个环节的特殊矛盾也都应该陆续展现出来。抛开文学与其他相关事物的矛盾关系不说，单就文学活动自身而言，它是一个包含着"创作—媒介（信息传递）—欣赏—反馈"等许多环节的运动过程。我们可以把它的运动过程解析为以下主要环节：第一，社会生活使作家萌发了创作冲动，孕育了作品雏形，产生了未来作品的艺术构思;第二,作家以语言为媒介手段将艺术构思传达出来,使之成为物态化的可以传递的文本;第三,物态化文本到达接受者眼前,接受者欣赏作品,在精神上受到某种影响;第四,受到影响的接受者反过来影响社会,影响作家的创作;第五,文学批评家对于整个文学活动的研究、批评和指导等。在这些环节中,首要的、起始的、具有决定意义的环节显然是作家产生创作冲动并进而展开艺术构思。没有这个环节,则不可能产生此后的所有文学活动环节。因此,文学理论的元问题应该到作家那里去寻找,到作家的创作冲动和艺术构思的环节中去寻找。我们认为,文学理论元问题应该是产生创作冲动和艺术构思的原点。这一原点所包含的矛盾,应该是能够始终贯穿其后的各个环节的内在矛盾。这一内在矛盾,应该是上能通达哲理层面的价值追求,下可概括各种文学现象的实践活动,从而成为贯穿文学活动始终的、决定整个文学活动特殊性质的成分,而不是仅仅局限于某一侧面、某一阶段的特殊性问题。如此看来,尽管已经有了多种多样的文学理论,却还不能说我们已经选准了文学理论元问题。我们应该进一步研究分析文学活动的内在矛盾,进一步追寻作为逻辑起点的元问题。这就需要我们从更为广阔深远的理论视野的背景上进行分析和整合。

第二节　文学的定义和元问题

一般文学理论著作,通常总是从"什么是文学?"这一问题开始讲起的,论述到最后就会得出一个定义式的结论。这种定义式的结论,通常是以命题陈述的方式表现出来的。它所表达的是关于文学的思想观念,即有关文学的本质和特性的基本看法,自然也包含了对于文学理论元问题的理解。迄今为止的文学理论著作中,前人所展现的各有特性的文学基本观念是各式各样的,因而其中所显示出来的元问题也是纷繁歧异的。在这里,我们借鉴周宪在《超越文学——文学的文化哲学思考》①一书中所进行的归纳列举,对于古今中外一些有代表性的文学观念的命题作一番粗略的考察,目的在于看一看已有的文学观念是怎样解决文学理论元问题的。

众所周知,艾布拉姆斯曾经提出了一个包括世界、作家、作品、读者四个基本要素的关系示意图:图中以作品为中心,分别画线与三个方向的世界、作家、读者三者相连接,构成了理解文学活动的基本框架。顺着这个基本框架来检查过去的文学理论,就会发现有不少是着眼于文学活动的一个要素(一点)或者一组关系(一线)而提出的命题。这是第一类。

命题 I　文学是对现实世界的模仿(亚里士多德)

——艺术模仿自然的观点是古希腊智者思考文学的基本框架。亚里士多德的这一命题,一改柏拉图模仿论的消极方面,肯定了文学艺术模仿现实的真实性和认识价值,表现了一种朴素实在论的思想倾向。在这里,作品与现实世界之间的关系线是这一命题的核心。这种观点后来演化为文学是对于世界的形象的认识,或者文学是认识世界的工具,仍然没有离开作品与现实的关系这条线。对于现实的模仿就是这种理论的元问题。

命题 II　诗是寓教于乐,既劝谕读者又使他高兴(贺拉斯)

——西方中世纪的文学观已经转移到以作品与读者的关系为重心。贺拉斯所关注的是文学如何给读者以快乐和教化。这种观点是着眼于由作品到读者这根线的,后来 20 世纪出现的接受美学更加强化了这根线。到了读者反应批评流派,则是从这根线退缩到读者这一个点上看问题了。这派理论的元问题着眼于文学对读者的作用。

---

①　周宪:《超越文学——文学的文化哲学思考》,上海三联书店 1997 年版。

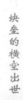

命题Ⅲ　诗是诗人强烈情感的自然流露（华兹华斯）

——华兹华斯的观点代表了更加关注人们的主观情感表达的浪漫主义思潮。古今中外的文艺发展史上，每当社会矛盾十分尖锐，诗人、作家渴望社会变革的时候，都会出现强调表现自己主观意愿和理想的文学主张，具有从诗人、作家主观世界出发的特征。人们常常把具有这种表现论倾向的文学观念统统称为浪漫主义，例如过去把我国古代的屈原、李白、吴承恩等人称为浪漫主义诗人和作家，其实这是不妥的。因为浪漫主义思潮像其他文艺思潮一样，都是一定历史条件下的产物，它包括多方面的内容；如果将浪漫主义简化为表现主观世界这样一条抽象的规定，再把它推广到不同历史时期、不同国家民族的文学中去，就会失去浪漫主义应该具备的规定性。我们主张把侧重表现作家主观世界的文艺主张，包括历史上的浪漫主义思潮，也包括中国古代的诗言志、诗缘情的传统，统统归结为表现论的文艺观。这类观点的元问题在于表现自我。

命题Ⅳ　文学作品是纯形式，不是物，不是材料，而是材料的对比关系（什克洛夫斯基）

——什克洛夫斯基在题为《罗扎诺夫》的文章中提出上述命题，明确地标榜形式主义。其实在中外文学史上，形式主义思潮是形态各异、不绝如缕的，20世纪更是得到空前发展，蔚为大观。20世纪上半叶主要在欧洲兴起的形式主义思潮，其特点在于把文学的本质仅仅归结为作品的外在形式及其要素语言、结构、技巧等。什克洛夫斯基是俄国形式主义的代表人物。他主张文学作品的本质取决于艺术安排和构成方式的艺术性，艺术即"反常化"（通常译为"陌生化"）的程序，落脚于语言的陌生化。其后的新批评派、结构主义流派等各有自己的理论侧重点，而在仅仅突出文学作品的形式或者形式的某个要素这一点上是一致的。这派理论的元问题在于文学的形式及其某些形式要素。

第二类,与上述各家着眼于文学活动的一点一线不同,还有一些理论家采用一种综合的方法,将文学活动所涉及的多种要素整合为一个系统。除了艾布拉姆斯的文学的四要素说之外,还有伯克提出文学系统包括五个相互关联的要素——主体、活动、背景、载体和目的,综合形成一个五重结构的界说;英伽登提出文学作品是由语音和语音组合、不同等级的意义单元、再现的客体、图示化观相等四个异质层面构成的整体,由此我们得出两个新的命题:

命题 V　文学是主体(作家)在一定背景(环境)中通过某种载体(作品)来达到一定目的(作用读者)的活动(伯克)

命题 VI　文学是以作品四层面构成的"既包括作家也包括读者"的意识经验的意向性构成(英伽登)

——伯克认为人是操作符号的动物,由此提出的五要素说似乎是对于文学活动的描述性的说明,面面俱到而又似乎什么也没有说清楚,其中元问题实际上是模糊不清的。英伽登从现象学文学本体论出发,认为文学作品不仅是一个客观存在的实体,而且也是一个意向性对象,是一种多层次的图式化结构,其存在的根源是作家意识的创造活动,其中的构成要素大部分都处于潜在状态,只有在阅读中文本的诸多"不定点"被读者具体化之后才变成审美对象。以意向性结构作为元问题现象学观点,包含着一些值得深思的问题。我们将在后文关于文学本体论问题的研究中进一步加以讨论。

第三类,从文学以外的其他相关学科作为参照系来看文学,又会得出另外一类结论。这些跨学科研究的理论,其元问题往往是另外相邻学科的核心问题。例如从心理学各流派(精神分析学派、原型学派、格式塔学派、认知心理学学派)是从人的心理活动的观点来看文学,得出的关于文学的命题有:

命题 VIIa　文学是以白日梦形式体现出来的想象的替代物(弗洛伊德)

命题Ⅶb　文学是人类集体无意识原型的象征(荣格)

命题Ⅶc　文学是格式塔情境中主客体同形效应的活动(卡夫卡、阿恩海姆)

命题Ⅶd　文学是理解意义的编码与解码过程(金茨等)

而社会学的交流学派注重从生产、传播和消费的复杂过程来看文学,功能学派则是从文学的社会功能着眼来看文学。它们分别得出的文学命题是:

命题Ⅷa　文学是包含设想(生产)、中介物(作品)和活动(消费)特性的特殊交流方式(埃斯卡皮)

命题Ⅷb　文学是反映、批判和塑造社会的方式和手段(豪瑟)

从结构主义—后结构主义的视野来看文学,则有如下命题:

命题Ⅸa　文学是使之能够表达的规则与符码的具体而系统的聚合(托多洛夫等)

命题Ⅸb　文学是能指的自由游戏(德里达)

第四类,从多学科的视野综合起来看文学,又会得出一些新的结论。这些理论体系中的元问题研究,所存在的问题跟上一类是相同的。例如罗伯特·威尔逊把心理学和社会学结合起来,首先看文学作品所表现的个体人格,进而从个体人格与现存社会的共同价值之间的关系性质来看,得出如下命题:

命题Ⅹ　文学是人格和社会的表现(威尔逊)

从哲学的超越性的高度来看文学,依照哲学观点的不同,又会得出另外一些结论:

命题Ⅺa　文学是意识形态话语的生产(伊格尔顿)

命题Ⅺb　文学是某种权力的话语(福科)

命题Ⅺc　诗是人之存在的栖居之地(海德格尔)

上述四类18种关于文学的定义式表述,都是周宪先生根据原意归纳出来的。这里的每一种界说,都显示着一个特定的视角和特定的方法,也就会得出一种特定的关于文学的基本观念,自然其中的文学理论元问题也是各式各样、彼此大相径庭的。文学活动的整个流程好比是一头活动着的大象或者一条飞动着的游龙,那些不同的文学定义却像是从不同角度、不同环节、不同瞬间来观察大象或者游龙而得出的结论:每一种结论都自有其一定的依据和道理,但是,无论哪一种定义都无法展示出正在活动着的大象或者游龙的本质和全貌。

在这里,我们不可能对它们逐一进行考察。我们可以挑出一种文学的定义集中考察一下——例如以目前流行的、我国大学普遍选用的教科书中的文学定义为例——看看这种定义式的语言是否能够恰切地说明文学的本质。我们姑且仍然按照上述次序排列为命题Ⅻ:

命题Ⅻa   文学是显现在话语含蕴中的审美意识形态①

这里的逻辑顺序是由事物的一般性质逐渐沉落到它的特殊性质:文学作为社会结构→文学作为一般意识形态→文学作为审美意识形态→文学作为话语含蕴中的审美意识形态。上述定义也可以扩展得更宽泛些,即由特殊回溯到一般。于是我们就有了一个更为完美的文学定义:

命题Ⅻb   文学是显现在话语含蕴中的审美意识形态,这种审美意识形态是一般意识形态的特殊形式,而一般意识形态又属于社会结构中的上层建筑

说"文学是显现在话语含蕴中的审美意识形态",意思是说文学这种社会现象在本质上是一种审美的意识形态,它被包容在一定的话语系统之中,有可能显现出来。应该说,这句话作为文学活动在社会系统中的定位来看还是比较准确的,并且也充分注意到文学的特殊性方面。但是,如果把这句话看成是一个采用"属加种差"的定义来看,则会将

① 童庆炳主编:《文学理论教程》,高等教育出版社1998年版,第101—105页。

人们的思考引向另一个方向：文学属于意识形态这个"属"下面的一个"种"，这个"种"的特点在于它是审美的、采用话语形态的。意识形态又是上层建筑的一部分。于是答案就变成了这样：文学是上层建筑之中的、意识形态里面的、具有审美特性的、以语言为手段的话语含蕴体系；或者说，文学是通过富有审美特性的话语体系显现出意识形态的含蕴的上层建筑。这里面包含了环环相扣的至少四层含义。作为教科书来看，它要求教师必须将这至少四层含义全部讲清楚，才有可能使学生获得关于文学是什么的完整判断。这四层含义之间存在着一种逐次缩小的关系中，其最后的中心词是"话语体系"，于是，这种文学理论体系的元问题也就变成了是否承认文学是一种话语含蕴体系。

问题的症结在于，即使我们弄清楚了上层建筑、意识形态、审美特征、话语含蕴这一连串概念的内涵之后，人们就能明白文学是什么了吗？换句话说，文学难道就是这几个概念所显示的理性规定性吗？

未必。

"属加种差"的定义方式通常被看成是必须采用的、唯一正确的科学方法。这是一种将命题逐步引向抽象本质的思考方法，其潜在的理解前提是：认为具体事物是现象，是由隐藏在背后的本质所决定的。这是建立在本质和现象二分、主体客体二分基础上的认识论的思维模式。这种思维方式从近代产生以来，在人类认识和改造自然、发展科学和经济的领域中，曾经建立了巨大功勋；后来逐渐走向僵化、绝对化，并且泛化到自然科学以外的各个领域，作为工具理性的表现形式愈来愈受到批评。正如胡塞尔现象学所指出的，建立在主客二分基础上的认识论模式实际上是一种人为的抽象，即预先设定所有的人都是生活在一个共同的理式化的世界里，他们面对着共同的理性规定的对象，并且必然会得出关于对象的相同的理性结论。这种预先设定的理性世界和符合理性规定的主客双方，同我们生活于其中的实际的生活世界以及人们的实际感受之间存在着巨大的差异。这种差异,在某些自然科学领域里,也许可以忽略不计;在面对实际社会生活的各个学科里,则是必须认真对待的问题。而对于文学、美学、哲学等人文社会学科来说,研究对象就是人的生活存在本身,例如文学活动的内涵恰恰是人在生存过程中得到的感受、情感、领会等等,而人所感受的东西常常是理性概念不能完全表达的,是仅仅运用逻辑推理的方法无法抽象出其本质的。这就是说,人的生存状态和人生感受仅仅用预设的某种理性规定性是无法表达穷尽的,由此看来,以一种简单的定义式的语言就可以得出文学的本质的做法本身就是大可怀疑的。上述运用工具理性建立起来的种种文学的定义及其理论体系,常常会引起作家们的反感,遭到作家们的揶揄和抵制,其深刻的内在原因正在这里。

如果换一个思路探讨文学,那就应该从关注作家的经验入手。鲁迅说他的创作起于"感触",而决不相信"小说作法"之类。他甚至不无调侃意味地说:

"我们试去查一通美国的'文学概论'或中国什么大学的讲义,的确,总不能发见一种叫 Tsa-wen 的东西。这真要使有志于成为伟大的文学家的青年,见杂文而心灰意懒:原来这并不是爬进高尚的文学楼台去的梯子。托尔斯泰将要动笔时,是否查了美国的'文学概论'或中国什么大学的讲义之后,明白了小说是文学的正宗,这才决心来做《战争与和平》似的伟大的创作的呢? 我不知道。但我知道中国的这几年的杂文作者,他的作文,却没有一个想到'文学概论'的规定,或者希图文学史上的位置的,他以为非这样写不可,他就这样写,因为他只知道这样的写起来,于大家有益。"①

---

① 《且介亭杂文二集·徐懋庸作〈打杂集〉序》,《鲁迅全集》第 6 卷,人民文学出版社 1991 年版,第 291 页。

马克思也曾说文学创作是作家人生的组成部分,是作家"天性的能动表现"①。

总之,如果从文学理论著作中关于文学的定义出发,我们只能得到某种关于文学的抽象的规定性。这种呈现为抽象的规定性的文学定义,往往是与作家的创作经验格格不入的。仅仅从这种抽象的规定性出发,就无法得到构成文学现象逻辑起点的、决定文学现象特质的元问题。如果从作家的实践经验出发,那么,应该说文学创作开始于作家在生活中得到的感受,这种感受萦绕于心中,使作家久久不能忘怀;最后终于创作出文学作品,完全是出于作家的天性使然。文学理论元问题应该是引导作家进入创作过程的起点,是促使作家不得不进行创作的诱发器,是支配作家坚持到最后的决心和力量。由此看来,我们不应该到文学理论教科书中关于文学的定义的规定性中去寻找文学理论元问题,而应该到导致作家不得不创作的感受、情感里面去探寻。

第三节　文学惯例与元问题

考察文学是什么,还有一个方法就是从文学作为惯例来考察。所谓惯例,是指一向存在的常规做法,虽然没有明文规定,但是在习惯上有成例可循,这种习惯做法成为未经言明却又约定俗成的规范。以文学创作来说,只要写出来的文本在内容或体例格式上有前人的成例可循,符合文学的惯例,就会被社会承认是文学作品。

这种以符合惯例与否来判断文学作品的做法,仍然是大可怀疑和值得研究的。我们知道,任何惯例的形成都需要经历一个相当长的过程。从文学发展史来看,可以肯定地说,首先是有大量文学作品出现在

---

① 《马克思恩格斯全集》第 26 卷(1),人民出版社 1976 年版,第 432 页。

先,而后才会逐渐形成惯例,才会有人研究、概括得出某种理性规范;其次,随着社会生活的不断丰富发展,后来的有才华的作家总是努力突破原有的文学惯例而不断创新的。因为只有不断创新才能形成自己独有的风格,从而推动文学惯例的发展和变化,又只有当这种惯例的变化积累到一定程度时,才会引起文学研究者、理论家的注意,进而给予理论上的总结,从而导致文学理论规范的不断充实、变化和更新。这就说明,在文学惯例正式形成之前,或者已经突破原有的文学惯例而又尚未形成新的文学惯例之时,都还有另外的决定文学活动基本性质的因素存在。这种因素应该是作者最初的创作动因——而这也正是我们需要寻找的文学活动的元问题。文学理论元问题应该是文学活动的逻辑起点,是导致作家创作文学作品的最初状态。与这种逻辑起点、最初状态相比,文学惯例作为文学作品的语言表达、体例格式方面约定俗成的规则,显然都是滞后的。

我们可以通过文学活动的实绩来加以考察。

中国最早的文学作品,当属上古时代的歌谣和谚语。远在文字出现之先,谣谚就已在民间口头流传。虽然当时无法记载下来,但是,我们可以从古代文献中发掘出一些后人追记的材料。可以肯定,这些古谣谚在被人们记载之前已经流传了很长时间,是我们今天能够看到的中华民族的最早的原创诗歌。这就是说,这些古谣谚是在我们中华民族尚无文学惯例的情况下首创出来的,是创造和建立最早的文学惯例的作品,因此是值得我们特别重视和加以研究的。

一、《弹歌》:

> 断竹,续竹,飞土,逐宍(肉)。

这首见于《吴越春秋·勾践阴谋外传》的《弹歌》,是一首古朴的原始歌谣,以两个字为一拍,构成四个短句,记录了制造弹弓、弹出土丸、追击飞禽走兽的狩猎生活的过程。其中所体现的创作思想可以说是模仿或者再现了现实生活。有些研究者认为："'虞夏之前,遗文不赌'（《宋书·谢灵运传论》),已经成为我国早期诗歌研究中无法补救的困难。世传《康衢歌》、《击壤歌》、《南风歌》、《卿云歌》等早已被证明系伪作而不可据。"唯有这首相传作于黄帝时的《弹歌》"以其简短有力的八个字叙述了从制作工具,到实际射杀和最后追捕的全部狩猎过程。它的内容和形式都具有那个时代的某些痕迹。"①这里我们要问,我们的先人为什么要用这样四个短句来模仿、再现狩猎过程呢？只要我们设身处地地想一想便可推知,先人们总是首先感到有一种需要,一种向其他人表达某种意图的需要,然后才有可能唱出《弹歌》来。这种"向其他人表达某种意图的需要"才是推动先人创作《弹歌》的原动力,才是我们所要寻找的元问题。他们创作了《弹歌》也就满足了他们的"需要",至于这首《弹歌》被称为文学作品,被看成是"模仿论"或者"再现论"的成果,全都是后来的事,与当初创作《弹歌》的原作者已经是了无关系的。

二、《蜡辞》:

　　土反其宅,水归其壑,昆虫毋作,草木归其泽。

　　这首《蜡辞》,见《礼记·郊特牲》,相传为上古伊耆氏（尧或神农）时代作。《蜡辞》是蜡祭（年终祭祀）时的祝词,词句带有命令式的口气,实际上是祈求八蜡之神消除自然灾害,使人们生活得以安定。今天的研究者认为,《蜡辞》句式整齐,文字技巧已经相当熟练,不可能出于传说中的伊耆氏时代,后代追记时大概已经经过润色。据《礼记·郊特牲》郑玄注,八蜡的内容可解释为:先啬一也,祭祀神农;司啬二也,祭祀后稷;农三也,祭祀田官之神;邮表畷四也,祭祀始创田间庐舍、开

---

　　① 赵沛霖:《兴的源起——历史积淀与诗歌艺术》,中国社会科学出版社1987年版,第127、132页。

道路、划疆界的人；猫虎五也，祭祀吃掉野鼠野兽、保护禾苗的猫虎；坊六也，祭祀堤防；水庸七也，祭祀水沟；昆虫八也，祭祀昆虫，以免虫害。可以肯定，八蜡之辞的形成需要经过相当长的历史发展过程；而古人祈求八蜡之神消灾降福，是出于人们向神灵表达自己的愿望和要求，这种愿望和要求才是创作《蜡辞》的真正动力。原始时代，人们深信有了神的保佑，于是唱出来的歌词也就会具有魔术咒语一般的神通力量，可以使人们的希望变成现实。"人们唱《蜡辞》就是要使作物不受水旱虫灾的危害而顺利生长，最后获得丰收。这具有'感应巫术'特点的诗歌反映了人们控制大自然的愿望。在当时这虽然只是一种幻想，但在客观上却增强了原始人改造客观世界的信心。"①这首诗运用四字一句、间或有五字句的形式，是中国先民根据汉语特点而创造的诗歌形式，以至于逐渐成为上古诗歌的基本格式，成为惯例。

三、《候人歌》和《燕燕歌》：

这两首歌都是只有一句。皆见于《吕氏春秋·音初》篇：

> 禹行功，见涂山之女，禹未之遇，而巡省南土。涂山之女乃令其妾候禹于涂山之阳，女乃作歌，歌曰："候人兮猗！"实始作为南音。

> 有娀氏有二佚女，为之九成之台，饮食必以鼓。帝令燕往视之，鸣若谥隘。二女爱而争搏之，覆以玉筐。少选，发而视之，燕遗二卵，北飞，遂不反。二女作歌，一终曰：'燕燕往飞！'实始作为北音。

"候人兮猗！"是一首完整的诗歌。杜文澜将它收入《古谣谚》，命名为《涂山女歌》；闻一多《神话与诗》中则命名为《候人歌》；郭沫若

---

① 赵沛霖：《兴的源起——历史积淀与诗歌艺术》，中国社会科学出版社1987年版，第159页。

《屈原研究》、刘大杰《中国文学发展史》均作为一首完整的诗歌而屡加称引。援前例"燕燕往飞!"亦应被看作一首完整的诗歌。但是,对于这首一句诗,沈德潜《古诗源》、杜文澜《古谣谚》均未见著录;各家文学史和有关著作亦未见提及。赵沛霖先生对此进行了论证,认为:"《候人歌》是一首表现夫妻相思之情的地道的情歌,而且是我国文学史上一首最古老的情歌。""正是从《候人歌》开始,我国的诗歌才正式有了人的'个性'光辉的闪烁,这一点使《候人歌》达到了它的时代艺术领域的思想高峰,并成为原始诗歌向阶级社会诗歌发展的里程碑。"而侥幸流传下来的"'燕燕往飞!'虽只一句,但却是我国诗歌艺术史上极少数表现图腾崇拜内容的诗篇之一,它的意义和价值是十分明显的。"①

四、夏代末年歌谣:

> 时日曷丧,予及汝偕亡!

这首见于《尚书·汤誓》所记夏代末年的歌谣,亦见于《孟子·梁惠王》。在这首仅有两句、字句简短并且不够规整的歌谣中,作者以誓与暴君一同灭亡的决心,表达了人们对于暴君的仇恨,具有强烈的反抗情绪。

五、《击壤歌》:

> 日出而作,日入而息,凿井而饮,耕田而食,帝力何有于
>
> 我哉!

这首《击壤歌》,见《帝王世纪》,被认为是帝尧时代的作品,据记载

---

① 赵沛霖:《兴的源起——历史积淀与诗歌艺术》,中国社会科学出版社1987年版,第161、164、140页。前引《吕氏春秋·音初》篇两段话分别见于该书第134、160页。

是一位 80 岁老人所唱的歌,其内容是反映农耕社会生活的。从社会发展史的角度看,帝尧时代还应该是原始公社时期,生产力相当低下,还不可能有独立的"凿井"、"耕田"这样的经济生活,也不可能提出"帝力何有于我"的思想。这些抵牾之处,可能是出于后人的改笔所致,但是从基本内容来看,还应该肯定《击壤歌》是最早的表现先民农耕生活的作品。农耕时代的生活构成了这首《击壤歌》所表现的客观的社会内容,但是对于《击壤歌》的作者来说,仅仅有农耕生活的经历还是不够的,还要有表达这种生活体验的主观需要,相比之下,后者是更为重要的动力。这首诗在体例格式上与《诗经》类似。

上述几首古谣谚,常常被我们称为诗歌的远祖。这些最早的开创性的诗歌,作为成例在内容和形式两个方面均具有规范作用,对后世产生了深远的影响。

从内容方面说,既有的成例为后来表现同类感情内容的诗歌提供了范本。例如现代诗人臧克家谈到《烙印》中 1934 年写的"民谣":

> 刚才我从街头过,
>
> 听到一群村儿唱歌,
>
> 他们用手指着太阳,
>
> 脚踏着地,齐声高唱。

> 提到这支歌真叫人心惊,
>
> 曾使得一个暴君投身火坑,
>
> 今天它来得真也奇怪,
>
> 今天是一个什么世界。

诗人说:"这是把蒋介石比作殷纣王(此误,应为夏桀——引者),用了《尚书·汤誓》上:'时日曷丧,予及汝偕亡'的诅咒。我所以以高度兴致,赞赏古典诗歌,由于它的艺术表现技巧使我倾心(内容当然首要的),它精练、含蓄、字句短少而意味隽永,写作的时候,也有意向它学习、借鉴。"①臧克家在这里借鉴《尚书·汤誓》中的歌谣,其前提是他对于当代暴君的感受和认识与古谣谚中的思想感情发生共鸣,具有实质上的一致性。而他之所以会与古谣谚发生共鸣,则是由于现实生活中的感受使他产生了相类似的思想感情所决定的。因此,我们认为,无论是对于古谣谚本身来说,无论是对于后来臧克家写的民谣来说,居于起点位置的决定因素都只能是当下现实生活中的感受体验以及表达这种感悟的需要。对于古谣谚本身来说,此前尚无成例可循;对于后来受其影响创作新文本的臧克家来说,借鉴成例并接受其规范的影响作用仍然是次要的、非决定性的。

从诗歌形式体例方面来看,同样也是首先有了古谣谚,有了许多民歌,然后才可能由研究者们总结出关于二字句、四字句、多字句等诗歌的外在表征,才形成了关于诗歌的所谓"惯例"。在中国文学史上,作为形式惯例的最为典型的形态大概非格律诗莫属。唐代以后的格律严谨的新兴诗体,在字数、韵脚、声调、对仗各方面都有许多讲究,与汉魏六朝的古体诗截然不同,被称为今体诗。今体诗的声调讲究平仄,无论律诗还是绝句,都有首句起字、收字各分平仄的若干格式。如果说依照文学作品的惯例写出来的就算是文学作品的话,那么,只要在句数、字数、声调平仄、对仗等方面都符合体例要求,那就应该被承认是诗。文学史的实际情况恰恰不是这样:在讲究平仄的、完全符合格律要求的所谓"诗"之中,不仅内容属于抽象地谈玄说理的得不到诗界的承认,而且那些喜欢用典、"掉书袋"的诗也常常被指摘为"不是诗"——意思是冒牌的诗。例如,严羽是宋代以禅喻诗闻名的理论家,反对"以文字为诗,以才学为诗,以议论为诗",提倡诗的神韵和境界,在历史上

①　臧克家:《学诗纪程》,原载《学诗断想》。引自山东师范学院中文系文学理论教研室编:《中国现代作家谈创作经验》(上册),山东人民出版社 1980 年版,第 417—418 页。

产生了很大影响。但是,他的诗作却常常为人所诟病,被王世贞说成是"仅具声响,全乏才情"。钱钟书先生说:"大家都觉得严羽的实践远远不如他的理论。他论诗着重'透彻玲珑'、'洒脱',而他自己的作品很粘皮带骨,常常有模仿的痕迹;尤其是那些师法李白的七古,力竭声嘶,使读者想到一个嗓子不好的人学唱歌,也许调门儿没弄错,可是声音又哑又毛,或者想起寓言里那个青蛙,鼓足了气,跟牛比赛大小。"①由此可见,真正的诗和冒牌的诗、好诗和不好的诗,其决定因素并不在于它是否符合形式惯例,而是在于它的内涵——其中是否真正有诗情。

实际上,当这些惯例固定下来、变成烦琐的形式要求必须遵守的时候,也就差不多进入僵死的阶段了。鲁迅说:

> 歌,诗,词,曲,我以为原是民间物,文人取为己有,越做越难懂,弄得变成僵石,他们就又去取一样,又来慢慢的绞死它。譬如《楚辞》罢,《离骚》虽有方言,倒不难懂,到了扬雄,就特地"古奥",令人莫名其妙,这就离断气不远矣。词,曲之始,也都文从字顺,并不艰难,到后来,可就实在难读了。现在的白话诗,已有人掇用"选"字,或每句字必一定,写成一长方块,也就是这一类。②

可见,如果仅仅凭借文学惯例来考察和决定文学作品的文学性的话,怕是只能得到南辕北辙的结果。

不仅历史上已经存在的文学惯例是不断发展变化的,而且这种发展变化今后也不会停止。我们看到,随着电子传媒的发展和数字化时代的来临,图像作为一种新的符号工具充斥人们生活的各个方面。面

---

① 钱钟书:《宋诗选注》,人民文学出版社1982年版,第297页。前引王世贞语,见同书第299页。

② 《鲁迅全集》第12卷,人民文学出版社1981年版,第339页。

对着这种新的情况,已经有人在谈论文学必然会消亡了。国际文艺理论学会主席 J. 希列斯·米勒提出了"全球化时代文学研究还会继续存在吗?"的疑问,断言"新的电信时代正在通过改变文学存在的前提和共生因素(concomitans)而把它引向终结"。① 我们认为,文学作为人的生存状态的一种形式,是随着人类的生存而不断发展的,只要人类继续生存下去,文学活动是不会消亡的;但是文学的存在形态一直处于与时俱变、不断发展的过程之中,过时的文学形态确实是会遭到淘汰的。当以往的文学惯例不足以表达作者的思想感情时,人们会创造出新的文学样式并建立新的文学惯例。文学活动是开放的,文学作品的惯例也是开放的。这样,从文学惯例形成和发展的角度说,前后相随、各式各样的文学活动之间,已经产生和尚未出现的文学作品之间,肯定会存在许多差别,但是仍然会有统统被称为文学的理由,在文学的共同性这一基本点上是一致的。可以说,它们共同组成一个文学的家族,它们彼此之间存在着一种"家族相似"的关系。

"家族相似"是维特根斯坦在分析游戏、语言等现象时提出的著名论断。他说:"我想不出比'家族相似'(family resemblances)更好的说法来表达这些相似性的特征:因为家庭成员之间各种各样的相似性:如身材、相貌、眼睛的颜色、步态、禀性,等等,也以同样的方式重叠和交叉。我要说:'各种游戏'形成了家族。"同样地,维特根斯坦也把语言看成是"家族相似"的关系。"我无意找出所有我们称为语言的某种共同点,我要说的是:这些现象没有一个共同点能使我们用一个同样的词来概括一切的,——不过它们以许多不同的方式相互联系着。正因为这种联系,或这些联系,我们才能把它们都称为'语言'。"他还说:"如果你在美学和伦理学中寻找与我们的概念对应的定义,你就处于这种

① [美]J. 希列斯·米勒:《全球化时代文学研究还会继续存在吗?》,《文学评论》2001 年第 1 期。

境况。"①受到维特根斯坦的启发,德国哲学家沃尔夫冈·韦尔施把属于"审美"范围的事物也看成是"家族相似"的关系。他套用维特根斯坦的话,用"审美"替代了"语言"一词,就变成了:"并非产生某种共通于一切我们称之为审美的东西,我是在说,这些现象无一处相通可使我们使用同一语词来指全体,相反它们以许多不同的方式联系在一起。正因为这一关系,或者说因为这些关系,我们将它们悉尽称作'审美'。"他把"审美"解释成"一个以家族相似性为其特征的语词"②。我们也同样可以借用"家族相似"来解释文学现象,说文学作品之间是一种家族相似的关系,各种文学惯例之间也是一种家族相似的关系。

当我们说文学现象是一个相似的家族时,也就承认了整个家族所共同具有的文学性。这种文学家族的共同性,应该到作者最初的创作动因中去寻找,到作家创作文学作品的最初状态的动因中去寻找。这也就是我们讲的对于文学理论元问题的追寻。

第四节 "诗可以怨"与"愤怒出诗人"
——文学创作始于人生感悟

从作家进行创作的角度来说,一切文学活动皆起因和开始于作家自身对于人生的感悟。这种感悟,不是平日里掉头即可忘记的一般的感觉,而是一种深沉的、郁结的、需经排解释放而后快的感悟。中国的"诗可以怨"的传统、西方的"愤怒出诗人"的说法,都足以说明这一点。

从文学作品的典型形态诗歌的创作思想来看,"诗言志"代表了中

---

① [英]维特根斯坦:《哲学研究》,汤潮、范光棣译,生活·读书·新知三联书店1992年版,第46、45、51页。

② [德]沃尔夫冈·韦尔施:《重构美学》,陆扬、张岩冰译,上海译文出版社2002年版,第16—17页。

国传统诗歌理论的主线。《尚书·舜典》首倡"诗言志"。《毛诗序》中说:"诗者,志之所之也,在心为志,发言为诗。情动于中而形于言……"《诗经》中所表达的情感,既有"治世之音安以乐",也有"乱世之音怨以怒"、"亡国之音哀以思",这些诗可以正得失,美教化,上以风化下,下以讽刺上,所起的作用是全面的,包括"美"与"刺"正反两方面的感情。孔子总结《诗经》的社会作用说:"诗可以兴,可以观,可以群,可以怨。"(《论语·阳货17·9》)"怨"只是四个作用中最末的一个。《诗经·园有桃》中有言:"心之忧矣,我歌且谣。"可以看成是表现"怨"的篇什。传统的看法认为孔子的"怨"的内容是"刺上政",即对于不良政治的怨恨和批评,其实孔子所谓"诗可以怨"是建立在符合于"仁"的要求、不越出"礼"的规范之情感表现基础之上的。在社会生活的各个方面,当"仁"的要求不得实现或者遭到压抑、否定的时候,"怨"就是合理的;其中也包含着男女爱情在内的种种忧伤、追求、感叹,因而这类情诗在经过孔子删定的《诗经》中多有保留。孔子强调人的感情所具有的道德上的纯洁性、崇高性,认为诗所应当表现的是这一类具有普遍社会意义和崇高道德价值的情感。屈原《九章·惜诵》:"惜诵以致愍兮,发愤以抒情。"一直被看做是发愤抒情说的源头。其实,"诗可以怨"和发愤抒情在本质上是一致的。这一主张,遂成为中国传统文学中的主流意识。

钱钟书先生的题为《诗可以怨》的长文,对此进行了专门的梳理。他指出,司马迁也许是最早两面不兼顾的人①。他在《太史公自序》中说:"夫《诗》、《书》隐约者,欲遂其志之思也。昔西伯拘羑里,演《周易》;孔子厄陈、蔡,作《春秋》;屈原放逐,著《离骚》;左丘失明,厥有《国语》;孙子膑脚,而论兵法;不韦迁蜀,世传《吕览》;韩非囚秦,《说

---

① 钱钟书:《诗可以怨》,《七缀集》,生活·读书·新知三联书店2002年版,第116页。

难》、《孤愤》。《诗》三百篇,大抵贤圣发愤之所为作也。此人皆意有所郁结,不得通其道也,故述往事,思来者。"他列举古来的大著作,断言大都是发愤之作,都是心中有所郁结所致,就只是强调"怨"和"哀"了。以至于唐代孔颖达《毛诗正义疏》中将"诗言志"直接解释为:"言作诗者,所以舒心志愤懑,而卒成于歌咏。"汉代桓谭《新论·求辅》云:"贾谊不左迁失志,则文采不发……扬雄不贫,则不能作《玄》言。"①东汉人所撰《越绝书·越绝外传本市第一》说得更为露骨:"夫人情泰而不作,……怨恨则作,犹诗人失职,怨恨犹嗟作诗也。"其后刘勰《文心雕龙·才略》篇提到冯衍:"敬通雅好辞说,而坎壈盛世;显志自序,亦蚌病成珠矣。"说他的《显志赋》也像是蚌得病而生成明珠,乃是郁结、发愤的结果。这都是应和了太史公的发愤著书说。钟嵘《诗品·序》云:"嘉会寄诗以亲,离群托诗以怨。至于楚臣去境,汉妾离宫;或骨横朔野,魂逐飞蓬;或负戈外戍,杀气雄边;塞客衣单,孀闺泪尽;或士有解佩出朝,一去忘返;女有扬蛾入宠,再盼倾国;凡斯种种,感荡心灵,非陈诗何以展其义?非长歌何以骋其情?故曰:'诗可以群,可以怨。'使穷贱易安,幽居靡闷,莫尚于诗矣。"这里所说的各种情况,差不多都是怨诗。末句所说"穷贱易安,幽居靡闷,莫尚于诗",强调了诗歌在现实生活中排遣愁闷、慰藉情感的补偿作用。钟嵘在"上品"中对于李陵的评语:"生命不谐,声颓身丧,使陵不遭辛苦,其文亦何至此!"可以看成是刘勰"蚌病成珠"说的又一佳例,钱钟书先生认为也就是后世常说的"诗必穷而后工"。唐代韩愈《荆潭唱和诗序》云:"夫和平之音淡薄,而愁思之声要眇;欢愉之辞难工,而穷苦之言易好也。"宋代欧阳修《梅圣俞诗集序》云:"予闻世谓诗人少达而多穷。夫岂然哉?盖世所传诗者,多出于古穷人之辞也。凡士之蕴其所有,而不得施于世者,……内

---

① 引自曾祖荫等:《中国历代小说序跋选注》,长江文艺出版社 1982 年版,第 40 页。

有忧思感愤之郁积,其兴于怨刺,以道羁臣寡妇之所叹,而写人情之难言;盖愈穷则愈工。然则非诗之能穷人,殆穷者而后工也。"明代李贽《忠义水浒传序》云:"古之圣贤,不愤则不作矣。"明末周楫《西湖二集》卷一《吴越王再世索江山》讲起瞿佑写《剪灯新话》和徐渭写《四声猿》:"真个哭不得,笑不得,叫不得,跳不得,你道可怜也不可怜!所以只得逢场作戏,没紧没要,做部小说。……发抒生平之气,把胸中欲歌欲哭欲叫欲跳之意,尽数写将出来。满腹不平之气,郁郁无聊,借以消遣。"清代袁守定在《占毕丛谈·谈文》中说:"文章之道,遭际兴会,摅发性灵,生于临文之顷者也。然须平日餐经馈史,霍然有怀,对景感物,旷然有会,尝有欲吐之言,难遏之意,然后拈题泚笔,忽忽相遭,得之在俄顷,积之在平日,昌黎所谓有诸其中是也。"蒲松龄《聊斋志异》中说,屈原抒发感慨而写《离骚》,李贺的诗虚幻怪诞、想象奇特可谓呕心沥血、"吟而成癖",他自己则是"集腋成裘,妄续幽冥之录;浮白载笔,仅成孤愤之书",都是"自鸣天籁,不择好音,有由然矣"。曹雪芹在《石头记》第一回中题云:

满纸荒唐言,

一把辛酸泪!

都云作者痴,

谁解其中味?

脂评云:"能解者方有辛酸之泪,哭成此书。壬午除夕,书未成,芹为泪尽而逝。余尝哭雪芹,泪亦待尽。每意觅青埂峰,再问石兄,余不遇獭(癞)头和尚何!怅怅!"晚清洪都百炼生(刘鹗笔名)《老残游记初编自序》云:"灵性生感情,感情生哭泣。""《离骚》为屈大夫之哭泣,《庄子》为蒙叟之哭泣,《史记》为太史公之哭泣,《草堂诗集》为杜工部之哭泣;李后主以词哭,八大山人以画哭;王实甫寄哭泣于《西厢》,曹雪芹寄哭泣于《红楼梦》。""吾人生今之时,有身世之感情,有家国之感情,有社会之感情,有种教之感情。其感情愈深者,其哭泣愈痛:此洪都百炼生所以有《老残游记》之作也。"以上所引,大都是从怨恨、郁结、孤愤等不幸的感悟——平时所说的牢骚——方面来应和"诗可以怨"的说法。

无独有偶。西方有一种传统说法叫做"愤怒出诗人"。恩格斯在《反杜林论》中曾经不加引号地直接用过这句话,编者注释中说明"这一用语出自罗马诗人尤维纳利斯的第一首讽刺诗"①。尤维纳利斯是一位讽刺诗人,一生经历过许多困顿,十分痛恨当时的腐败政治,认为面对这种现实,即使没有诗才,愤怒也会产生诗句。他的第一首讽刺诗中"愤怒出诗人"的名句,广为流传。也有的研究者说这句话源于古罗马时代具有民主倾向的讽刺诗人朱文纳尔(60—127?)的名句"愤怒促使我写诗"②。不管是出于谁人之口,这句话流传甚广几乎成为谚语,却是不争的事实。达·芬奇说:"没有巨大的痛苦,就不会有完美的天赋。"③伟大的宗教改革家路德曾经说过:"当我愤怒的时候,我就能安心写作、祷告、布道,因为此时我的思路变得更流畅了,理解力敏锐了,一切凡俗的烦恼和诱惑都离去了。"④蒙田说:"声音,先闷在喇叭的狭窄的管道里,一旦冲出来,就格外响亮,格外强烈;我总觉得,思想,同声音一样,若压抑在诗的抑扬顿挫的音步里,一旦迸发出来,也格外来势汹汹,往往会使我震惊得瞠目结舌。"⑤狄德罗在《论戏剧艺术》中曾经谈到积压的愤怒是出现天才的诗人的条件:"什么时代产生诗人?那

① 引文见《马克思恩格斯选集》第3卷,人民出版社1995年版,第492页,注释见第842页。

② 王化学:《西方文学经典导论》,山东人民出版社2004年版,第21页。

③ 转引自陶东风:《中国古代心理美学六论》,百花文艺出版社1990年版,第189页。

④ [德]路德:《桌边谈话》H319,引自《西方思想宝库》,中国广播电视出版社1991年版,第266页。

⑤ [法]蒙田:《散文集》Ⅰ,26,《儿童教育》,引自[美]莫特玛·阿德勒、查尔斯·范多伦编:《西方思想宝库》,周汉林等编译,中国广播电视出版社1991年版,第939页。

是在经历了大灾难和大忧患以后,当困乏的人民开始喘息的时候。那时想象力被伤心惨目的景象所激动,就会描绘出那些后世未曾经历的人所不认识的事物。难道我们没有在某些时候感受过一种陌生的恐怖吗?这种恐怖为什么没有产生任何东西?难道我们都没有天才了吗?""天才是各个时代都有的;可是,除非待有非常的事变发生,激动群众,使有天才的人出现,否则赋有天才的人就会僵化。而在那样的时候,情感在胸怀堆积、酝酿,凡是具有喉舌的人都感到说话的需要,吐之而后快。"①歌德在谈自己的体会时说:"在我遇到幸运,心情愉快的时候,我的诗才的火焰非常微弱,相反的,当我被灾祸胁迫时,诗的火焰炎炎燃烧——优美的诗文,像彩虹一样,只在雨后阴暗的地方出现。唯其如此,文学的天才都喜好忧郁的因素。"②雨果在一次致夫人的信中说:"**我的灵魂里充满着爱情、苦痛、青春**。我不敢把这些秘密告诉旁人,只托之以笔:哑巴朋友。我也知道作品写成的时候,可以给我带来一些进益;但是,在我写作的时候,这不是主要的问题。主要是我清晰而热烈的心中充满着激湍的波涛,辛辣的怅恨和飘忽不定的期望,**需要抒发一番**。"③法国作家乔治·桑在谈创作体会时说:"当我写《安第婀娜》时,我感觉到一种很强烈的很特殊的感情……我整整斗争了六个星期……在我身上只有很鲜明的和炽热的感情、对野蛮的和愚昧的被奴役状态的憎恶……对专制的抗议。"④

钱钟书曾经列举了一系列例句来证明诗歌来自忧伤,如雪莱《致云雀》:"最甜美的诗歌就是那些诉说最忧伤的思想的";凯尔纳《诗》:

---

① [法]狄德罗:《论戏剧艺术》,《西方文论选》(上卷),上海译文出版社1979年版,第371—372页。

② 转引自叔本华:《生存空虚说》,陈晓南译,作家出版社1987年版,第166页。

③ 《雨果夫人见证录》,新文艺出版社1958年版,第216页。

④ [法]乔治·桑:《我的一生》,《世界文学》1982年第2期。

"真正的诗歌只出于深切苦恼所炽热着的人心";缪塞《五月之夜》:"最美丽的诗歌就是最绝望的,有些不朽的篇章是纯粹的眼泪";爱伦坡说"忧郁是诗歌里最合理合法的情调";弗罗斯特说"诗是关于忧伤的奢侈";尼采把母鸡下蛋的啼叫和诗人的歌唱相提并论,说都是"痛苦使然";弗洛伊德将文艺看成是生活里不能满足欲望的人"借幻想来过瘾";克罗齐在《诗论》中承认诗是"不如意事"的产物;墨希格甚至写了一大本《悲剧观的文学史》等等。①

"诗可以怨"、"诗必穷而后工"以及"愤怒出诗人"等说法,尽管背景不同,含义也不尽相同,却共同说明了一个基本道理,就是诗歌创作的起点在于诗人的怨恨、悲愤、愁思和愤怒等强烈而深沉的感情。这种感情是诗人在生活中领悟过的、积累起来的人生感悟,它久久郁积在诗人心中,必欲吐之而后快。但是,这种人生感悟似乎是一种莫名的情绪状态,对于它的性质及其复杂内涵,许多作家想说却未必能够清楚明白地说出来。

第五节 "剪不断,理还乱"
——作家人生感悟的存在状态

对于诗人、作家来说,要写出真正动人的好作品,关键并不在于要表达的是欣喜还是愤怒,而在于他对自身感情的深沉而持久的体悟。实际上,真正动人的诗篇,特别是在大型的文学作品中,所表现的情感都不会是单纯的一种,而常常是以一种情感色调为主而又包含喜、怒、哀、乐等各色情感体验的复合统一体。由于作家对于自身某种感受具

---

① 钱钟书:《七缀集》,生活·读书·新知三联书店 2002 年版,第 125—132 页。

有持久而深沉的体验，才会产生无师自通的某种领悟；但是从另一方面来说，由于这种领悟不是从理性的逻辑思考中推论出来的，因而无法具有那种理性认识的明晰性和确定性，反而仅仅是一种带有意向性的情感体验，甚而是一种更为模糊的情绪状态，是那种李煜词《乌夜啼》中所写的："剪不断，理还乱，是离愁；别是一般滋味，在心头"。中外大作家在谈到自己的创作经验时，都反复证明了这一点。

巴金在《谈〈家〉》中说：

> 的确，我写《家》的时候，我仿佛在跟一些人一同受苦，一同在魔爪下面挣扎。我陪着那些可爱的年轻生命欢笑，也陪着他们哀哭。我一个字一个字地写下去，我好像在挖开我的记忆的坟墓，我又看见了过去使我的心灵激动的一切。在我还是一个孩子的时候，我就常常目睹一些可爱的年轻生命横遭摧残，以至于得到悲惨的结局。那个时候我的心由于爱怜而痛苦，但同时它又充满憎恨和诅咒。……一直到我在一九三一年年底写完了《家》，我对于不合理的封建大家庭制度的愤恨才有机会倾吐出来。①

巴金说和年轻的生命一同欢笑，一同哀哭，一同受苦，一同挣扎，自然包括了各种各样的情感体验。巴金在事后回忆时能够清楚地意识到，他内心情感的主色调是对于封建大家庭制度的"憎恨和诅咒"，是"愤恨"。我们可以说，《家》的创作应验了"愤怒出诗人"的西谚。但是，另一位大作家曹禺对于自己创作时情绪的性质却是缺乏明晰认识的。曹禺回忆《雷雨》时说：

> 累次有人问我《雷雨》是怎样写的，或者《雷雨》是为什么

---

① 巴金：《谈〈家〉》，原载《新声集》，人民文学出版社1959年版；引自山东师范大学中文系文艺理论教研室编：《中国现代作家谈创作经验》（上册），山东人民出版社1980年版，第206页。

写的,这一类的问题。老实说,关于第一个,连我自己也莫名其妙;第二个呢,有些人已经替我下了注释,这些注释有的我可以追认,——譬如"暴露大家庭的罪恶"——但是很奇怪,现在回忆起三十年前提笔的光景,我以为我不应该用欺骗来炫耀自己的见地,我并没有显明地意识着我是要匡正,讽刺或攻击什么。也许写到末了,隐隐仿佛有一种情感的汹涌的流来推动我,我在发泄着被压抑的愤懑,抨击着中国的家庭和社会。然而在起首,我初次有《雷雨》一个模糊的影像的时候,逗起我的兴趣的,只是一两段情节,几个人物,一种复杂而又不可言喻的情绪。①

曹禺在这里说的是"发泄着被压抑的愤懑"、"一种复杂而又不可言喻的情绪",其性质正如上节所说的怨恨或者愤怒,是依附于"一两段情节,几个人物"的"模糊的影像",而不是明确的、理性的"匡正,讽刺或攻击"。曹禺此文写于 20 世纪 30 年代,说的都是心里话,是伟大作家能够创作出伟大作品的奥妙所在。后来在阶级斗争十分激烈的年代里,这种深得文学创作之三昧的肺腑之言就成为不合时宜的落后言论,以至于他还不得不作违心的检讨:"但在写作中,我把一些离奇的亲子关系纠缠在一道,串上我从书本上得来的命运观念,于是悲天悯人的思想歪曲了真实……《雷雨》的宿命观点,它模糊了周朴园所代表的阶级的必然毁灭。"②这里所说的"命运观念"、"宿命观点"、"模糊"了阶级意识等结论,显然都是后来才加上去、有意拔高上纲的理性规定,因而就不可能是符合实际的。原先的说不清楚的、"剪不断,理还乱"的人

---

① 曹禺:《雷雨·序》,原载《雷雨》,中国戏剧出版社 1957 年版;引自山东师范大学中文系文艺理论教研室编:《中国现代作家谈创作经验》(上册),山东人民出版社 1980 年版,第 341 页。

② 曹禺:《我对今后创作的初步认识》,《文艺报》第 3 卷第 1 期;引自田仲济、孙昌熙主编:《中国现代文学史》,山东人民出版社 1979 年版,第 268 页。

生感悟,于是就变成了对于某种外在理论的举例证明。

曹禺谈创作《雷雨》时的感悟状态的话,并不是他个人的独特感受。我们在这里还可以举出其他的作家加以证明。丁玲说她早期的作品是出于"寂寞"和"感伤":

> 我那时为什么去写小说,我以为是因为寂寞。对社会的不满,自己生活的无出路,有许多话要说出来,却找不到人听,很想做些事,又找不到机会,于是为了方便,便提起了笔,要代替自己来给这社会一个分析,因为我那时是一个很会牢骚的人,所以《在黑暗中》,不觉的也染上一层感伤。因为我只预备来分析,所以社会的一面是写出了,却看不到应有的出路,……①

杨沫写《青春之歌》则是源于偿还一种"债务"——"责任感":

> 兴奋、高兴之余,那些牺牲了的同志的影子却常常在我的心上浮动。不过那时候因为工作关系我仍然没有办法拿笔。1950 年我病了,休养中,我又想起了我对英雄们的债务。不是么,我们的胜利是怎样得来的?不是那些只有革命利益、没有个人私利、充满共产主义思想的共产党员的无畏斗争能够得来么?不是那些牺牲了的先烈用他们的鲜血铺平了中国革命的前进道路能够得来么?……而我——活着的人,革命斗争的见证人,是有责任把这些真实的情况记录下来,以便告诉那些年轻的后来者,使他们知道今天的幸福生活来得不易……。于是,在这种心情的支使下,不管身体多么难过,不管自己的思想水平艺术水平多么浅薄,我就咬紧牙关开始了

---

① 丁玲:《我的创作生活》,原载《创作的经验》,上海天马书店 1935 年版;引自山东师范大学中文系文艺理论教研室编:《中国现代作家谈创作经验》(上册),山东人民出版社 1980 年版,第 392 页。

高尔基在谈自己学习写作的过程时说：

> 我时常觉得自己像喝醉了酒一样，并体验着由于想一口气就说完所有使我苦恼和使我快乐的事情而发作的啰啰嗦嗦和言语粗俗的狂热，我之所以想说是为了"释去重负"。我也常有非常痛苦的紧张的时候，那时候我好像一个患歇斯底里症的人一样"骨鲠在喉"，我想狂叫，说玻璃工人安那托里——我的朋友，一个极有才能的青年——如果得不到帮助就会毁了；说卖淫妇苔丽莎是个好人……②

上述巴金、曹禺、丁玲、杨沫、高尔基等人的说法，都说明了真正动人的作品源于作家从生活体验得来的人生感悟。这是一种积累下来、时时撞击着心灵而永远不能忘怀的人生感悟：一方面，它时时催促着作家的良知必欲吐之而后快；另一方面，它又无法转化成简洁明确的理性语言表述出来。这种人生感悟的基本特征，恰恰是以"剪不断，理还乱，是离愁；别是一般滋味，在心头"的形态而存在。这正好启示我们：那些能够事先清晰明白地说清楚的"创作主题"，是不是作家原生态的人生感悟，倒是颇为值得怀疑的；细查一下就会发现，这一类关于"创作主题"的说明往往是作者后来在某种形势之下加上去的。

在世界文学史上，俄国作家冈察洛夫（Иванн Александрович Гончаров，1812—1891）谈创作体验时所说过的话最能说明这一点。别人对他的风景描写的赞扬备至，冈察洛夫本人却大不以为然。他甚至公然宣称自己属于那种"不自觉创作"的作家，在创作小说的时候只

　　① 杨沫：《谈谈〈青春之歌〉里的人物和创作过程》，原载《文学青年》1959 年第 1 期；引自山东师范大学中文系文艺理论教研室编：《中国现代作家谈创作经验》（下册），山东人民出版社 1980 年版，第 755—756 页。

　　② 高尔基：《谈谈我怎样学习写作》，戈宝权译；引自《论文学》，人民文学出版社 1983 年版，第 185 页。

是醉心于"自己的描写能力",并不明白其中的思想。他说：

　　我只是在完成了自己的作品，与它们相隔了一段距离和时间以后，才十分明了它们的含义、它们的意义——思想。我徒然期待：除我之外，会有什么人在小说的字里行间看出什么来，并且在他们爱上了这些形象之后，把它们结合成一个整体，从而看出这个整体究竟说的是什么？……

　　这一点别林斯基能够做到，而且也会这样做，但是他已经不在人世了。……

　　……

　　我在描写的那一会儿，很少懂得我的形象、肖像、性格意味着什么；我仅仅看见它活生生地站在我面前，我观看我描绘得真实不真实；我看见他与另外一些人一起活动，因而我也看见一些场面，同时也就描写这另外的一些人……我自己都常常没兴趣写了，直到突然光芒四射，照亮了我应该走的道路。我心中总是经常有一个形象，同时还有一个基本的主题，就是它在引导我前进，一路上我还无意中抓到些手边碰到的东西，就是说与它关系比较密切的东西。那时，我工作得生气蓬勃，精神抖擞，手都几乎来不及写下去，这样一直到再次碰壁。然而，创作仍在脑子里进行着，人物就不让我安宁，总是纠缠不休，做出各种姿态，我听得见他们谈话的片断，——愿上帝宽恕，我常常感到，这都不是我凭空虚构出来的，而是在我周围的空间活动着的，我要做的只是观察和思索而已。

冈察洛夫认为在创作过程中，作家完全生活在自己构思的人物世界里；由于这些人物全都具有独立自主的主体性，作家只能面对着他们进行"观察和思考"，而绝不能把自己对他们的看法强加给他们。他接着说：

　　假如那时有人把杜勃罗留波夫等人以及最后我自己在这

个人物身上所看到的一切告诉了我,那么我一定会确信无疑,而且一旦相信以后,我就会故意突出这个或那个特点,当然也就会把它弄糟了的。

……

我只能写我**体验过**的东西,我**思考过**和**感觉过**的东西,我**爱过**的东西,我**清楚地看见过和知道的东西**,总而言之,我写我**自己的生活和与之长在一起的东西**。①

冈察洛夫说只能写自己体验过、感觉过的东西,而不能写抽象的概念的东西;即便是对于自己头脑中非常熟悉的人物,也不能事先规定出结论,于是"故意突出这个或那个特点",实际上也就成了从结论写起。他认为如果从结论出发去演绎某种理性规定性,就一定会"弄糟了"。

这里清楚地摆出了两条文学创作的思维路线:一条是从想说都未必能够说清楚的人生感悟出发,从作家体验过、感觉过、爱过、思考过的生活材料出发,努力写出自己郁结在内心的愤懑、怨恨、离愁、感伤,写出那种"剪不断,理还乱"存在状态;一条是从事先规定出来的理性认识出发,从某种外在的结论出发,"主题先行",把文学创作看成是演绎思想观念的宣传品。回顾 20 世纪的中国文学发展史,我们曾经在较长时期内混淆了文学创作中的这两条思维路线,导致出现了图解政治的公式化概念化倾向,甚至在一定时期内"主题先行"、"三突出"成为文学创作的公理、公式,从而使文学创作走向歧途,为此我们曾经付出过沉重的代价。刘心武的《班主任》在当时之所以会产生轰动效应,从艺术上来说主要是因为他创造出了一个来自生活的崭新的人物谢惠敏,从创作思想上来说则是由于它形成了对于"三突出"、"主题先行"那一

① 冈察洛夫:《迟做总比不做好》,《古典文艺理论译丛》第 1 册,人民文学出版社 1961 年版;引自山东师范大学中文系文艺理论教研室编:《外国现代作家谈创作经验》(上册),山东人民出版社 1980 年版,第 362、366—367、426 页。

第一编 块垒的横空出世

套的一次有力冲击。刘心武在谈创作经验的时候清楚地说明："《班主任》是我挣脱'主题先行'的枷锁的产物，它有一个相当长的酝酿过程。它的主题不是事先拟定出来的，而是无数在我心中时时拱动的生活场景，大量牵动我感情丝缕的人和事，经过多次交融、剪裁、提纯、冶炼……直到构思接近完成时才初步凸现，而且直到写成后才明确起来的。"①

　　但是，一个时期的批判并不能彻底解决文学创作中两条思维路线的问题。在世纪之交的一段时间里，我们看到文学创作领域出现了另外一种被称为"用身体写作"的倾向，其特点是展示个人隐私生活，甚至大写自己的性体验。这些人打着表现生活原生态、向人性回归的旗号，实际上是将人性简化为以性意识为中心的泛性论，于是所谓人的生活的原生态也就只剩下各种各样的有关性的意识和行为了。这样，人也就将无异于动物。马克思说："吃、喝、生殖等等，固然也是真正的人的机能。但是，如果加以抽象，使这些机能脱离人的其他活动领域并成为最后的和唯一的终极目的，那它们就是动物的机能。"②鲁迅也曾经幽默地指出："譬如勇士，也战斗，也休息，也饮食，自然也性交，如果只取末一点，画起像来，挂在妓院里，尊为性交大师，那当然也不能说是毫无根据的，然而，岂不冤哉！"③近来那种"用身体写作"、专写个人隐私的倾向，正与这种"岂不冤哉"的情况相类似。

　　对于上述"主题先行"和"用身体写作"两种倾向加以审视，我们就会发现两者在根本点上是一致的——都是从某种抽象的规定性出发，

　　① 刘心武：《植根在生活的沃土中》，《人民文学》1978年第9期；引自山东师范大学中文系文艺理论教研室编：《中国现代作家谈创作经验》（下册），山东人民出版社1980年版，第1019页。
　　② 马克思：《1844年经济学哲学手稿》，《马克思恩格斯选集》第1卷，人民出版社1995年版，第44页。
　　③ 鲁迅：《且介亭杂文二集·"题未定草"（六至九）》，《鲁迅全集》第6卷，人民文学出版社1991年版，第422页。

而不是从"剪不断,理还乱"的人生感悟出发。因此,我们认为,对于文学创作的出发点问题的研究是需要特别加强的,是需要从文学理论元问题的角度予以特别突出的。我们认为,文学创作的出发点就是整个文学活动的原点和起点,是决定文学创作以及整个文学活动成败的重要问题,它也应该是文学理论的元问题。

第二章　对文学理论元问题的命名辨析

　　如上所说,作家在生活中形成了一种"剪不断,理还乱"的人生感悟,"别是一般滋味,在心头",必欲吐之而后快;它推动着作家进入创作过程,实际上成为从创作到欣赏批评等一系列文学活动的起点:这种文学创作所特有的人生感悟,就应该是文学理论的元问题。前人对于作家的人生感悟早有了颇多研究,且提出过多种名称;但是,迄今为止,将它视为文学理论的元问题并从这一特定角度加以命名的,尚未有过。

　　在中外文学理论发展史上,究竟有多少人提出过多少种关于文学创作之起点的说法,迄今未见有人进行过梳理和统计。就笔者眼界所及,并且认为值得进行评述的观点,主要有:情感说、直觉说、感兴说、主题说、意象说、创作动机说等等。下面拟就前人的有关说法略加评述。

第一节　情感说

　　文学创作起于表现人的(作家的)情感,这是最为古老的诗歌理论。在中国,继"诗言志"之后,"情动于中而形于言"的说法成为诗歌理论的主线,后来陆机在《文赋》中提出"诗缘情",则标志着通过文学抒发情感的创作理论走向了自觉的阶段。在西方,明确阐述这一观点的可举华兹华斯(William Wordsworth,1770—1850)和列夫·托尔斯泰

（Лев Николаевич Толстой ，1828—1910）。华兹华斯说：

> 我曾经说过，诗是强烈情感的自然流露。它起源于在平静中回忆起来的情感。诗人沉思这种情感直到一种反应使平静逐渐消逝，就有一种与诗人所沉思的情感相似的情感逐渐发生，确实存在于诗人的心中。一篇成功的诗作一般都从这种情形开始，而且在相似的情形下向前展开；然而不管是什么一种情绪，不管这种情绪达到什么程度，它既然从各种原因产生，总带有各种的愉快；所以，我们不管描写什么情绪，只要我们自愿地描写，我们的心灵总是在一种享受的状态中。①

列夫·托尔斯泰在他的理论专著《什么是艺术?》（旧译《艺术论》）中，直接把表现情感看成是艺术的定义：

> 作者所体验过的感情感染了观众或听众，这就是艺术。
>
> 在自己心里唤起曾经一度体验过的感情，在唤起这种感情之后，用动作、线条、色彩、声音以及言词所表达的形象来传达出这种感情，使别人也能体验到这同样的感情，——这就是艺术活动。艺术是这样的一项人类的活动：一个人用某种外在的标志有意识把自己体验过的感情传达给别人，而别人为这些感情所感染，也体验到这些感情。②

此外，美国苏珊·朗格（Susanne. K. Langer，1895—1985）的艺术是人类情感的符号的理论，我国周谷城先生的"使情成体说"，也都是将情感视为文学艺术的本质和起点。

上述将情感看成是文学创作起点的观点，从总体上说当然是对的；

---

① ［英］华兹华斯：《〈抒情歌谣集〉1800 年序言》；引自伍蠡甫主编：《西方文论选》（下卷），上海译文出版社 1979 年版，第 17—18 页。

② ［俄］列夫·托尔斯泰：《艺术论》，丰陈宝译；引自伍蠡甫主编：《西方文论选》（下卷），上海译文出版社 1979 年版，第 433 页。

反过来说,如果完全没有情感、不涉及情感,就肯定不会有文学艺术的创作,即使硬要写出来也不会被公认为文学艺术作品。但是,人的情感的范围毕竟太大了,其间存在着各种差别。人的情感不仅有喜、怒、哀、惧、爱、恶、欲等七种类型的区分,而且有从情绪到情感再到高度理智化的情意状态等不同层级的区别。以最为人们津津乐道的情爱为例,动物发情是属于本能欲望层次上的情绪状态,人的情爱固然也是与人的基本需要、本能欲望相联系,但是却可以提高到超越生理需要、到达精神追求的爱情,甚至到达更为理性化的追求某种社会理想的情意融合状态。显然,对于这些不同层级的情感状态是不可等量齐观的。由此,我们认为,仅仅笼而统之地承认情感是文学创作的起点,还不足以充分显示文学的特殊性。

这种说法至少存在着两点不足:一是没有将日常情感同引发创作的文学情感区分开来,没有将日常生活中带有情感的语言同文学语言区分开来,以至于韦勒克能够反驳说"情感的语言也绝非文学所仅有,这只要听听一对情人的谈话或一场普通的吵嘴就可以明白"①;二是忽视了情感与思想之间的复杂关系,以至于后来出现了普列汉诺夫指责托尔斯泰伯爵"是不对的","艺术既表现人们的感情,也表现人们的思想","是用生动的形象来表现"②,从而引发了一场关于文学是"表现情感"抑或是"表现思想加情感"的漫长的争论等等③。

有鉴于此,我们认为,只有把表现于文学之中的情感的特殊性分析明白,界定清楚,才能算是找到了文学理论的元问题根源;否则,只能泛泛一般地肯定情感是文学之源,还是不足以说明问题的。

① [美]韦勒克·沃伦:《文学理论》,生活·读书·新知三联书店1984年版,第10页。

② 《普列汉诺夫美学论文集》第1卷,曹葆华译,人民出版社1983年版,第308页。

③ 参见拙作《文学意象论》,汕头大学出版社1993年版,第122—128页。

第二节 直觉说

直觉说的代表人物当然首推意大利哲学家、美学家、文学批评家贝内戴托·克罗齐（Benedetto Croce，1866—1952）。克罗齐的全部美学思想就是"艺术即直觉"的理论。

所谓直觉就是认识的起点，是介乎感觉和知觉之间的一种心灵活动。他认为知识有两种形式：一种是直觉的知识，是从想象得来的个体的意象；一种是逻辑的知识，是从理性得来的关于共相的概念。艺术作品的特性就是直觉。直觉的来源是情感。情感在未经直觉时是无形式的，一经直觉即经过"心灵的综合作用"，便得到形式，转化为意象。由直觉转化而来的意象是纯粹抒情的。艺术即直觉，直觉即表现。他说：

> 艺术是什么——我愿意立即用最简单的方式来说，艺术
> 是**幻象**或**直觉**。艺术家造了一个意象或幻影；而喜欢艺术的
> 人则把他的目光凝聚在艺术家所指示的那一点上，从他打开
> 的裂口朝里看，并在他自己身上再现这个意象。当谈到艺术
> 时，"直觉"、"幻象"、"凝神观照"、"想象"、"幻想"、"形象刻
> 画"、"表象"等词就象同义词一样，不断地重复出现，这些词
> 都把心灵引向一个同样的概念或诸概念的一个同样范围，一
> 个大体一致的指定。①

克罗齐认为心灵感受得到的直觉形象，已经就是艺术了。他相当轻视艺术创作的实践过程，认为这不过是由审美事实到物理事实的"翻

---

① ［意］克罗齐：《美学纲要》，韩邦凯、罗芃译，《美学原理·美学纲要》，外国文学出版社 1983 年版，第 209 页。

译"。韩邦凯、罗芃在译注中曾经解释说:"在克罗齐的哲学体系中,直觉有其特殊的含义:直觉是介乎感觉(sensation)和知觉(perception)之间的一种心灵活动,它能产生个别的意象,这种心灵活动是全部心灵活动(其他三种心灵活动依次为:概念、经济、道德)的基础。心灵的直觉活动把形式给了'感觉',使'感觉'转变为意象,这样就使'感觉'获得形式,被表现出来。克罗齐美学思想的核心就是:艺术即直觉,直觉即表现。"①朱光潜先生在译注中解释说:"见到一个事物,心中只领会那事物的形象或意象,不假思索,不生分别,不审意义,不立名言,这是知的最初阶段的活动,叫做直觉。"②朱光潜还曾在自己的著作中解释说:

> 假如一个初出世的小孩子第一次睁眼去看世界,就看到这张桌子,他不能算是没有"知"它。不过他所知道的和成人所知道的绝不相同。桌子对于他只是一种很混沌的形象,不能有什么意义,因为它不能唤起任何由经验得来的联想。这种见形象而不见意义的"知"就是"直觉"。③

如果从文学理论元问题的要求来看,上述关于文学创作起于直觉的主张,至少有以下不妥:一是混淆了日常生活获得的直觉(包括审美直觉与非审美直觉)和作为创作起点的审美直觉之间的界限;二是混淆了作家头脑中的意象与写成作品物态化之后的意象体系的界限;三是混淆了自觉创造的艺术意象同小孩子初看世界而得到的朦胧印象之间的界限。此种文学创作起于直觉的主张,尚不足以显示文学理论元问题的特定要求,因而我们也无法表示赞成。

---

① 见《美学原理·美学纲要》,外国文学出版社1983年版,第351页注释。
② 同上书,第164页注释。
③ 朱光潜:《文艺心理学》,《朱光潜美学文集》第1卷,上海文艺出版社1982年版,第10页。

第三节　感兴说

"兴"作为中国古代文论的重要范畴,含义甚为繁复。要而言之,它主要包括作为修辞手段的"比兴"之兴、作为创作发生的"感兴"之兴、作为灵感状态的"兴会"之兴三种含义。

"兴"这个范畴由《诗经》的"六诗"、"六义"即所谓"赋风雅颂比兴"而来。赋、比、兴,原是作为诗的三种修辞手法。首先对此做出全面解释的是汉代的郑众和郑玄。郑众《论语注疏》中称"比者,比方于物也;兴者,托事于物也"。这是就修辞角度而言。郑玄在《周礼·春官宗伯·大师》注中说,"赋之言铺,直铺陈今之政教善恶者,更假外物为喻,故云铺陈者也;云比,见今之失,不敢斥言,取比类以言之;兴,见今之美,嫌于媚谀,取善事以喻劝之者"。这是从政教立言:赋是兼及善恶,比是婉言错失,兴是含蓄地歌颂。后世论者迭有论述,其间以朱熹《诗集传》的解释最为简切入理,影响深远:"赋者,敷陈其事而直言之也","比者,以彼物比此物也","兴者,先言他物以引起所咏之词也",其要义仍然是指不同的修辞手段或者诗文不同的写作方法。

赋、比、兴三者,在人们心目中的地位并不一样。刘勰的《文心雕龙》中《诠赋》、《比兴》已经将赋、比、兴分开讨论,而在《比兴》篇更进一步指出:"诗文弘奥,包韫六义,毛公述传,独标兴体,岂不以风通而赋同,比显而兴隐哉! 故比者,附也;兴者,起也。附理者切类以指事,起情者依微以拟议。起情故兴体以立,附理故比例以生。"这里所说的"独标兴体"已经含有将兴高看一眼的意味。个中原因在于,"兴"是由外物感发而引起强烈的情感反应,"兴"作为感物起兴的过程带有心物会通、主客融合、天人合一的特征。《文心雕龙·物色》篇说:"情往似赠,兴来如答",已经透露出二者的来往互动的关系。其后署名贾岛的

《二南密旨》说："感物曰兴,兴者情也,谓外感于物,内动于情,情不可遏,故曰兴。"当代学者汪涌豪指出："'兴'这个范畴,正是在这个根本点上,与传统哲学和文化精神相契合,所以取得了远非'赋'、'比'乃至'比兴'范畴可以比拟的崇高地位。如果说,'赋'、'比'尚可与西方文学观念相比照,'比兴'的精神也在其间找得到适当的对应,那么,'兴'在其批评术语中,根本找不到一个相当的词可以转译,这种不可转译,正因其携有深厚而独特的文化基因的缘故。"①

"兴"的进一层含义是"兴会",或称"应感之会"、"神到"、"天机"、"顿悟",兴会神到作为一种感应方式呈现出新的审美意象,带有突发偶然性和瞬时易逝性,也就是我们今天常说的"灵感"。日本僧人遍照金刚《文镜秘府论》中说"纸笔墨常须随身,兴来即录"。杨万里在《答建康府大军库监徐达书》中说:"我初无意于作是诗,而是物、是事适然触乎我,我之意亦适然感乎是物、是事。触先焉,感随焉,而是诗出焉,我何与焉,天也! 斯之谓兴。"朱熹《诗纲领》说:"诗之兴,全无巴鼻"②。陈廷焯说:"所谓兴者,意在笔先,神余言外,极虚极活,极沉极郁,若远若近,可喻不可喻,反复缠绵,都归忠厚。"③都是说的这种灵感状态。

从作为文学理论元问题的要求来看,"兴"的上述三义之中,修辞手法之义不能作为文学创作的普遍原则,兴会顿悟之义一如前面评说的"直觉",都是我们不能采纳的。唯有感物起兴之义,带有文学创作的一般规律的普遍性,并且富有中国文论的特色,是应该予以特别注意研究和汲取的。但是,如果以"感兴"来命名文学理论元问题,应该考虑到由于"兴"的三义相互缠绕,容易歧义旁生,因而是应该特别注意

① 汪涌豪:《中国古代文学理论体系范畴论》,复旦大学出版社 1999 年版,第 466 页。
② 《朱子全书》卷三十五。
③ 《白雨斋词话》卷六。

分辨清楚的。

第四节　主题说

高尔基在《和青年作家谈话》一文中,曾经说过一段名言:

> 文学的第二个要素是主题。主题是从作者的经验中产生,由生活暗示给他的一种思想,可是它蓄积在他的印象里还未形成,当它要求用形象来体现时,它会在作者心中唤起一种欲望——赋予它一个形式。①

在这篇著名的文章里,高尔基首先提出"文学就是用语言来创造形象、典型和性格,用语言来反映现实事件、自然景象和思维过程",基于对文学的这种理解,针对小说创作他分别讲解了构成文学的三个要素:语言、主题和情节。高尔基不愧为深谙文学创作之三昧的大作家,他把文学作品的主题解释为作者从生活的"暗示"中获取"思想"的一个过程。这个过程至少包括以下几个环节:第一是"由生活暗示给他"的;第二是虽然作者有所体验但是"蓄积在他的印象里还未形成";第三是"它要求用形象来体现";第四是"它会在作者心中唤起一种欲望——赋予它一个形式"。"由生活暗示给他"的,这意思就是作者直接从生活中感悟得来的,下面的几个环节说明这种人生感悟是经过一个酝酿、积蓄的过程,然后逐渐变成一种必欲吐之而后快的创作"欲望",这种"欲望"又是渗透在审美意象之中的。据此看来,高尔基所说的"主题",与我们所说的推动作家进入创作过程的人生感悟状态是大体相当的,即同我们所要命名的作为人生感悟的文学理论元问题是大

---

① 高尔基:《论文学》,孟昌、曹葆华译,人民文学出版社 1983 年版,第 334 页。

体一致的。只有一点细微的差别，那就是高尔基将它称之为"一种思想"，而我们认为这种人生感悟未必能够明确地判定是一种思想，它很可能只是一种"剪不断，理还乱"的"滋味"，是一种想说而未必说得明白的欲望，是一种只有通过艺术构思而形成审美的意象世界才能体现出来的情意状态。

我国古代文论中表述这一内涵的术语，就不是称为"思"、"理"之类，而是称为"主脑"、"头脑"、"大头脑"。王骥德《曲律》每每用之，如"不关风化，纵好徒然，此《琵琶》持大头脑处"（《曲律·杂论》），"红拂私奔，如姬窃符，皆本传大头脑"（《曲律·论剧戏第三十》）等等。李渔《闲情偶寄》明确提出了"立主脑"：

> 古人作文一篇，定有一篇之主脑。主脑非他，即作者立言之本意也。传奇亦然，一本戏中，有无数人名，究竟俱属陪宾。原其初心，止为一人而设。即此一人之身，自始至终，离合悲欢，中具无限情由，无穷关目，究竟俱属衍文。原其初心，又止为一事而设。此一人一事，即作传奇之主脑也。然必此一人一事，果然奇特，实在可传，而后传之，则不愧传奇之目，而其人其事与作者姓名，皆千古矣。①

李渔之所谓"主脑"，包含两层含义：一是"作者立言之本意"，即我们所说的主题；二是指围绕主题选择一个中心人物、中心事件作为戏剧结构上的主干。这两层意思都是针对文学创作而言的，其"本意"和"主干"都不属于抽象的思想认识。其后，"主脑"的说法延伸到诗文乃至所有的议论文章。例如刘熙载《艺概》中说："凡作一篇文，其用意俱要可以一言蔽之，扩之则为千万言，约之则为一言，所谓主脑者是也。""文固要句句字字受命于主脑，而主脑有纯驳平陂高下之不同，若非慎

---

① 《闲情偶寄》，引自《中国历代文论选》第三册，上海古籍出版社 1980 年版，第 271 页。

辨而去取之，则差若毫厘，谬以千里矣。"①刘熙载在《经义概》中所说的"主脑"，已经是我们平时所说的文章的中心思想了。

把文学创作所要展现出来的人生感悟看成为"一种思想"，这是我们的文学理论中相当流行的观点。我们的文学教学中常常从一部文学作品中概括出一两句理性判断的话，称之为主题、主题思想，或者称之为主旨、中心思想。1999 年版《辞海》解释说：

> 主题 又叫主题思想。文艺作品中蕴含着的基本思想。主题不是赤裸裸的抽象思想，而是与具体的题材和艺术形象的特殊性密不可分地结合在一起的。主题是作品所有要素的辐射中心和创造虚构的制约点。由于作家、艺术家的立场、观点和创作意图的不同，相同的题材可以表现不同的主题；作者的思想深度、生活经验和艺术表现方法，也会影响主题的深度和广度。篇幅较大的文艺作品有时有一个以上的多重主题，内容复杂的作品的主题常有多义性。②

我们认为，这段话后半段的解释是正确的，但是它的基本判断——主题是一种基本思想——仍然需要进一步辨析。思想，亦称观念，是思维活动的结果，呈现为命题、判断、推理，毫无疑问属于理性认识。我国古人对于一般文章和文学作品向来是不加区分的。一直到近代章太炎先生还说："文学者，以有文字著于竹帛，故谓之文。"③对于一般文章来说，作者写作之前的立意以及读者从中归纳出来的中心思想，都是一种理性认识。而对于文学作品来说，情况就有所不同。如果说接受者阅读之后从自己对于文学作品的感受中归纳出某种理性认识的话，还勉强可以说得通；如果说作家创作之前所要表现人生感悟（恰恰是一种"剪

① 刘熙载：《艺概》，上海古籍出版社 1978 年版，第 172、45 页。
② 《辞海》，上海辞书出版社 1999 年版，第 1452 页。
③ 章太炎：《国故论衡·文学总略》，《章氏丛书》（中卷），浙江图书馆刊本。

不断,理还乱"的"滋味"),也是一种靠判断、推理得出的理性认识,则大为不妥。其理由已如上述。因此,我们主张将一般说理文章的中心思想和文学作品的主题应该加以明确区分。过去把两者混淆起来——把作家的人生感悟看成是某种明确的思想——实在是一种误解,这种误解乃是导致文学创作图解政策、出现公式化概念化倾向的重要根源。现在应该是消除这种误解的时候了。

鉴于以上容易出现的误解,我们不赞成把作家从生活中得到的人生感悟称为"主题",更是不赞成称之为主题思想。

第五节　意象说

源自《老子》和《周易》之"象"的"意象"一语,最早见于刘勰的《文心雕龙》的《神思》篇。千百年来,以意象为核心,形成了兴象、喻象、象外、意境等一系列中国特有的术语概念。历史上各家论述甚多,往往言人人殊。经过 20 世纪一代又一代古文论学者的梳理研究,在引进吸收外来文艺理论之后反过来要求回归本国传统的背景下,"意象"等中国传统的文艺理论术语愈来愈引起大家的重视。20 世纪 80 年代以来,国内学者对于意象的解释甚多,我们认为以下几种观点是值得重视的:

第一,叶朗的"艺术本体"说。叶朗认为,"代表中国古典美学基本精神的是意象说而不是言志说"[1],"在中国古典美学中,'意象'是一个标示艺术本体的概念"。[2] 他进一步解释说:

　　"意象"是艺术的本体。不管是艺术创造的目的,艺术欣赏的对象,还是艺术品自身的同一性,都会归结到"意象"上

①　叶朗:《中国美学史大纲》,上海人民出版社 1985 年版,第 13 页。
②　叶朗主编:《现代美学体系》,北京大学出版社 1988 年版,第 113 页。

来。对于艺术来说,意象统摄着一切:统摄着作为动机的心理意绪;统摄着作为题材的经验世界;统摄着作为媒介的物质载体;统摄着艺术家和欣赏者的感兴。对一件艺术品来说,意象也许可以说是"至大无外,至小无内"的。说它"至大无外",是说除了它自身固有的(包括"超以象外","广摄四旁"),我们不能再有任何添加,否则就不是"这一个"艺术品了。说它"至小无内",是说对它的结构、要素的分析,都必须在同它的有机关系中进行。在一件艺术品中,不存在可以脱离意象而又小于意象的单位。因此,艺术中的审美问题始终是一个意象生成的问题。

使古今中外的所有艺术具有同一性的,能彼此认同的,就是意象。使古今中外的艺术呈现出千姿百态的异彩的,使彼此各异的,就是意象生成的途径与意象构成关系的不同。这两点,是审美意象学的两个理论支点。①

第二,汪裕雄"审美心理的基元"说。汪裕雄在合著《美学基本原理》中提出:

> 在审美心理过程中,则是侧重反映对象个别感性特征的具体表象占优势。这种具体表象,由于不断渗入主体的情感和思想因素,成为既保留事物鲜明的具体感性面貌,又含有理解因素、浸染着情绪色彩的具有审美性质的新表象,即审美意象。审美意象可以看做审美心理的基元。②

这种"审美心理的基元"说,虽然最早于1984年提出,但是并没有引起学术界的充分重视。其后,汪裕雄在1993年出版的《审美意象学》中

---

① 叶朗主编:《现代美学体系》,北京大学出版社1988年版,第119、121页。
② 刘叔成、夏之放、楼昔勇等:《美学基本原理》,上海人民出版社1984年第1版,第261页;1987年修订版,第293页。该章为汪裕雄执笔。

针对叶朗的"艺术本体"说进行了自己的辨析和发挥。他指出,说审美意象是艺术本体"不够确切",因为首先"意象是心理现象,艺术品是物态化现象",二者不可以笼统地一概称之为本体,"如果要从艺术本体论意义上论意象,只能说它是艺术的心理本体";其次,"审美意象不仅关乎艺术,也关乎一切审美",如果将意象看成是艺术本体,就缩小了意象涵盖的范围。汪裕雄进一步从美感心理构成因素和艺术的审美活动两方面阐述自己的基元说,证之以中西美学的传统论述,最后指出,"在创作过程,生活表象的积储,是至关重要的基础。由于生活中某一情景的感发,某一事件的启示,记忆中的生活表象与各种情愫奔涌而至,形成急欲表达的创作冲动;生活表象与情愫相融合相碰撞,在想象中重新聚合,并被纳入特定艺术规范,形成鲜明有序的审美意象",而艺术欣赏则是"按作品提示的意向,去重构意象,返观意象",艺术的创作和欣赏实际上就是审美意象的创造和解读,因此,"审美意象,非但是艺术品的心理本体,也是整个艺术审美活动的活的灵魂"。①

第三,笔者提出的"基石"说。差不多与叶朗、汪裕雄等人同时,笔者也在认真探讨意象的地位和作用。1990年笔者提出"主张用审美意象作为文艺学体系的第一块基石",认为"能够成为文学活动细胞、并成为整个文艺学体系内在矛盾点的,只能是人对现实的审美关系所产生的第一个东西——审美意象。正是它,包含了客体对象与主体心理相遇合而产生的一系列矛盾"。② 其后,笔者又撰写了专著《文学意象论》和专文《以意象为中心话语建构文艺学理论体系》③,再次申述了这一主张。

---

① 汪裕雄:《审美意象学》,辽宁教育出版社1993年版,第69—73页。
② 夏之放:《论审美意象》,《文艺研究》1990年第1期。
③ 夏之放:《文学意象论》,汕头大学出版社1993年版;《以意象为中心话语建构文艺学理论体系》,载《文学理论:面向新世纪》,山东人民出版社1997年版,第291—298页。

上述三家都十分重视中国传统文论中的"意象"这一术语,认为意象富有包容性和生命力,意象是文学艺术创作的起点,是贯穿文艺活动(创作和欣赏)始终的东西,但是在具体理解上三家有所不同。叶朗借郑板桥"三竹说"(眼中之竹、胸中之竹、手中之竹)说明,艺术家在操作过程中靠着审美意向活动的指引最后形成完整的审美对象(审美意象),"这个审美对象,对于艺术家来说,很可能仍然是胸中之象与手中之象的某种叠印——胸中之象并没有完全实现于手中之象,而手中之象又比胸中之象多出某些东西。这种叠印以另一种形式在欣赏者那里重复出现……在我们看来,真正完整的审美对象,就是这种叠印意象"①。汪裕雄同样借助"三竹说"来说明"一部艺术品,就是一个完整的意象体系","感知或想象中纷至沓来的意象,其实还谈不上'体系',顶多算是它的'原生态'。构思中,艺术家将所欲传达的情感意念集中化、明朗化,原先的诸多意象,才得到一个聚结的'共同中心',艺术家才有可能对意象作必要的选择、取舍和剪裁,使之取得有序性……传达中,艺术家还得适应和征服物质材料,使意象体系获得相应的物态化形式。此时,也只有到此时,艺术家胸中孕育成熟的意象体系才成为可由他人感受、观赏和普及的东西。这才是意象体系的终端态,即艺术品"。② 拙作《论审美意象》中,先是静态地分析了四种意象,然后论证了审美意象的动态结构:"文学艺术家从生活中获取大量的表象,由于受到某种特定审美感受的触发,而将已得的表象改造、生发、缀合、变形,于是在头脑中产生审美意象系统,然后再运用语言等艺术媒介(物质符号系统)传达出来,变成物态化的艺术意象。读者和观众面对物态化的艺术意象,进行解读辨识,从而在自己的头脑中唤起新的审美意象系统。这才是文学艺术活动中意象系统运动转换的全部流程,也就

---

① 叶朗主编:《现代美学体系》,北京大学出版社1988年版,第120—121页。
② 汪裕雄:《审美意象学》,辽宁教育出版社1993年版,第207页。

是审美意象的动态结构。这一动态结构,组成了文学艺术活动的全部内容。"

尽管三家对于审美意象在创作和接受过程中的流变有着完全不同的描述,但是认为审美意象贯穿始终却是共同的。现在看起来,这种笼而统之的意象论,未免显得粗疏。

在后来出版的《原人论》中,黄霖进行了更为精微的分析,提出了"意象系统的五个层面":

第一类,创作主体在构思过程中"神与物游"所形成的意中之象,如刘勰所说的"意象"即是。可简称为"主体性意象";

第二类,指"主体性意象"向诗歌本体迹化,也就是语言文字化过程中的意象。这类意象,既不是专指纯属心中的虚像,不是指作品实体所表现的"真景物、真感情",也不是从作品中所得的体味。它就在虚实之间,主要是指主体性意象与诗歌本体间的一种联系,可称之为"迹化性意象";

第三类,表现于作品本体中的意象,如王国维说的"能写真景物、真感情"的"境界",是一种客观符号化的"意与境浑",独立于创作主体和读者接受之外的"本体性意象";

第四类,作品本体与读者接受相联系中具有的一种意象,与读者的感知密切相关,是读者在审美感受中得到的意象,可称之为"兴象性意象";

第五类,读者心中再创造的意象,是一种"得意忘言"、纯从读者审美体会角度上来看的,如钟嵘的"滋味"、司空图的"文外之旨"、严羽的"兴趣"、王士禛的"神韵"等。这是一种"味外性意象"。①

黄霖对于意象的五个层面的命名和分析,在笔者看来,尚有值得商

①　黄霖等:《中国古代文学理论体系:原人论》,复旦大学出版社2000年版,第124—127页。

榷之处。但是,他所说的意象的五个层面实际上是文学活动中的意象运转过程中的五个环节,显然是将意象研究深刻化、细致化了。纵观这五个环节,可以看出意象前后已经发生了很大的变化,最后的"味外性意象"跟最初的"主体性意象"相比较,很可能已经是大相径庭,甚至面目全非了。既然如此,如果我们继续将它们统统称为"意象"——似乎它们都是同一个事物的不同发展环节,这是否合适呢? 但是,从另一方面说,黄霖所谓五类意象中间,还必然具有某种贯穿性的共同规定性,那应该是作为意象的基本成分——意与象的结合。我们可以这样理解,这五个环节的五类意象,仍然统统都是意与象的结合,但是其中的"意"、其中的"象"以及两者的结合方式都已经发生变化了。

这就是说,要弄清意象的发展变化,应该进一步追问导致作家艺术家最初的审美意象出现的根据和动因是什么? 毫无疑问,这个最初的根据和动因是导致审美意象出现的东西,而它本身肯定还不能称为审美意象。关于这一点,叶朗曾经指出:"艺术家在感受自然和生活时,必须有而且一定有一个预在的意向性结构,它决定了艺术家感受的方式、向度和敏感性。如果说审美活动(无论是创作或是欣赏)最终是要营构一个'意象',那么,离开了审美主客体间的意向性结构,这种营构是不可能的。"①拙作《论审美意象》中也说:"'意'还包含着一定的意向性,即导向行动意志的倾向性。"但是,这个"意向性结构"或者"导向行动的倾向性"应该是什么? 它具有怎样的规定性? 我们都还没有搞清楚。正是因为还没有搞清楚这一点,所以无论说意象是"艺术本体",无论说意象是"审美心理的基元",或者说意象是"文艺学体系的第一块基石",都还是缺乏说服力的。

现在看起来,这个导致作家艺术家最早的审美意象出现的根据和动因,这个"预在的意向性结构"或者"导向行动的倾向性",不就是我

---

① 叶朗主编:《现代美学体系》,北京大学出版社 1988 年版,第 116 页。

第一编 块垒的横空出世

们前面反复强调的作家艺术家的那种"剪不断，理还乱"的人生感悟状态吗？

第六节　创作动机说

从20世纪90年代以来，国内多种文学理论教材都论述了文学的创作动机，其间也隐含着认识上的巨大差异。我们围绕着几个主要问题，选取几种有影响的教材作为对象，进行一下粗略的考察。

第一，什么是创作动机？创作动机对于文学创作有什么意义？童庆炳主编的《文学理论教程》的回答是：

> 什么叫创作动机？简单地说，创作动机就是驱使作家投入文学创造活动的一股内在动力。
>
> ……有什么样的创作动机，实际上也就暗示了作家某一具体作品或其一生文学创造在选材和艺术沉思上的走向。因此，创造动机的有无，不但是作家所有文学创造活动能否发生的枢纽，而且也是他每一具体的文学创造过程能否实现的关键。①

北京大学董学文、张永刚的《文学原理》认为：

> 动机是导致行为的主观意图，或者说，是"一种需要或欲望，它是和达到适当目的的意向相联系的"（此句引自克雷奇等编《心理学纲要》——引者）。文学的创作动机是促使创作行为产生并最终形成文学文本的主体原动力。在创作个案

---

① 童庆炳主编：《文学理论教程》，高等教育出版社1998年第2版，第173—175页。其中专门论述"创作动机"的第七章是由李珺平执笔的。以下引文不另注。

中,只有当强烈的创作动机出现并外化为行为,创作过程才真正开始。没有创作动机,便不会有文学创作活动。①

以上两种说法基本一致,都是把创作动机看成是创作的内在动力,具体解释为"主观意图"、"需要或欲望"。值得注意的是,董学文是把创作动机看成是整个创作意识的第一个环节,此后还有"创作预期"、"创作潜反射心态"("创作的职业性敏感")两个环节。这是其独特的东西。杨春时等认为"艺术动机就是指推动作家、艺术家投入文学艺术创造活动的内在力量。它往往和美的创造中的目的、意图等交融在一起"。② 狄其骢等依据亚里士多德的"四因论"将文学创作的动力命名为"目的因",看成是同人的一切创造活动以及自然事物的生成一样都是"有目的的"③。王一川则称之为"创作动因":"文学创作的动因是指文学创作赖以发生、推进和完成的那些驱动因素。文学创作的动因不是单一的而是多重的。"④

第二,创作动机是怎么来的?《文学理论教程》指出:"总的说来,当然是由现实生活所暗示给作家的,但具体加以研究就会发现,创造动机作为文学创造活动的内驱力,它的产生和运动是作家极为复杂的生理和心理现象在文学创造过程中的表现。……文学创造是一种艰苦的行为活动,因而文学创作动机的产生就和作家某种强烈的内在需要分不开。据此,创作动机的动态轨迹可作如下描述:创造动机是由需要产生的,在作家心理失衡的情况下形成易感点,遇到外部刺激的触动,于

① 董学文、张永刚:《文学原理》,北京大学出版社 2001 年版,第 117—121 页。以下引文不另注。

② 杨春时、俞兆平、黄鸣奋:《文学概论》,人民文学出版社 2002 年版,第 221—226 页。该章由俞兆平执笔。以下引文不另注。

③ 狄其骢、王汶成、凌晨光:《文艺学新论》,山东教育出版社 2001 年版,第 466—467 页。该章由王汶成执笔。以下引文不另注。

④ 王一川:《文学理论》,四川人民出版社 2003 年版,第 296—305 页。以下引文不另注。

是产生了带有极强行动力量并对整个创作过程起支配作用的或隐或显的意图或意念。"《文学原理》在反复论证创作动机"极为复杂"的前提下,认为作家本人对于创作动机的表白是不可靠的,"对具体文本和某个具体作家的创作动机进行清晰定位和把握,不但是不可能的也是没有多大价值的"。至于"文学创作动机的深层根源,只能在人类文化发展的整体规律中寻找","它必须由一种个人的生活感受出发,抵达文化背景中的宏观价值深处,产生一种心灵的呼应与交流,才能构成有创造推动力的文学创作动机"。

第三,创作动机的结构和种类。《文学理论教程》指出:"创作动机的结构可以分为远景动机、近景动机、主导动机、非主导动机、高尚动机、卑下动机、有意识动机和无意识动机等多种类型。这些结构和类型都各有其复杂的内在机制,它们之间又有多种不同的交叉和组合方式,再加上同一文学创造过程中多种不同的子动机的作用,因而创作动机一旦触发,作家内心便经常发生激烈的动机冲突。"最后断言"一切文学作品恰恰是在各种不同的动机冲突中完成的"。《文学原理》认为:"任何可以称为动机的心理意图,不管它直接或间接、功利化或超功利化、崇高或卑下、积极或消极,都可以促成实际创作行为并导致文本产生。而且,动机的价值并不一定与文本的价值等同,一个为稿费而写作的人(巴尔扎克有时也如此)并不一定就写不出优秀作品,一个标榜为某种伟大事业而写作的人,其文本难说就能达到这种预期的高度"。杨春时等认为,"艺术动机是复杂多样的,从人文社会科学的学科类别着眼,它可以有美学的动机、社会—政治的动机、心理的动机、经济的动机等;若从表现形态着眼,它又可以分为显性动机与隐性的动机等"。狄其骢等将创作目的的种类分为:个人目的和社会目的、内在目的和外在目的、有意识的目的和无意识的目的三组,认为"创作目的不是单一的,而是许多目的的综合,即许多相互联系的目的形成一个目的簇,共同对创作活动发生影响"。王一川参照美国人阿帕杜莱的意见将创造动因分为种群动因、媒体动因、科技动因、金融动因和意识形态动因五种。

上述各家对于文学创作动机（以及目的、动因等）的论述，主要围绕以上三个问题展开，看来具有相当程度的一致性。特别是对于创作动机的结构和种类的划分，其思路应该说是大同小异的，盖源于李珺平的专著《创作动力学》。例如该书指出："从高尚动机出发写作的不一定全是上乘之作，从卑下动机出发写作的不一定全是坏作品或一无可取的作品。"①这在别的著作中也有类似表述。

我们认为，将作家在生活中获得的人生感悟看做是创作的动力是正确的。但是，将这种创作动力解释为"创作动机"、"意图"、"需要或欲望"、"目的"、"动因"等，皆有不妥之处。其原因在于：

首先，依照通行公认的辞书的解释，动机是"推动人从事某种行为的念头"。对于从事这种行为的当事者来说，这种念头是明确的、可以用语言明白表述出来的。例如《创作动力学》所征引的事例，"陀思妥耶夫斯基谈《斯捷潘契科沃村及其居民》的创作动机时说：'我因为穷，只得匆忙写作，为金钱写作，结果必然写坏'"。② 我们认为，真正推动作家进行创作的人生感悟是朦胧模糊的，是本人想说也未必能够说得清楚的。如前文所提到的，巴金称之为"痛苦"，曹禺称之为"愤懑"，丁玲称之为"寂寞"、"感伤"，杨沫称之为"债务"，屠格涅夫干脆说"很少懂得"……。由此看来，陀思妥耶夫斯基既然明确地说出"为金钱写作"，那就证明他的这个"创作动机"跟我们所说的推动创作的人生感悟是两回事。

其次，动机是与满足个体需要有关的活动的目的与出发点，首先是人对自己的需要的一种体验，它总是指向那些能够满足个体需要的某

---

① 李珺平：《创作动力学》，百花文艺出版社1992年版，第71页。
② 同上书，第70页。

种事物或行动。动机作为一种心理活动形式总是跟当下面临的如何满足个体的需要相关,其内容指向眼前的刺激和当下的反应,包括采取怎样的具体行动。正是出于这种考虑,《创作动力学》"作为研究创作动机的专论,自然要建筑在唯物主义基础上,因此也不能不花费一定的笔墨来解析创作动机与大脑和有机体的联系,即作为一种心理现象,创作动机在大脑中的定位及其对于有机体的影响"。① 这种对于大脑的动机定位区域如何接受刺激、做出反应、实现功能整合的研究,显然只能解释对于当下刺激信息的加工问题,难以解释为什么同样的刺激可能会在不同的大脑中引起完全不同的反应,更加难以解释的是,如果说某种外在刺激"能促使与之有关的欲望、情感和直觉意象的发生,并引起心理能量向这些欲望、情感和直觉意象的移动"②的话,那么,为什么只有某位作家一个人做出这样的"移动"?事实上,作家接受当下刺激之后而产生某种创作冲动或者灵感的原因,应该到作家过去已有的生活积累中去寻找,而不应该仅仅从当下刺激在大脑中引起怎样的反应方面去寻找。《文学理论教程》和《文学原理》在阐释创作动机时都曾经注意到这一点,强调其复杂性、长期性和社会根源。但是,既然称之为"创作动机",就必然将注意力引向动机的眼前刺激及行动方面;即使附加一些解释,也不可能改变它的基本倾向。

再次,动机作为哲学、伦理学中的重要概念是和效果一起成对使用的,动机反映行为过程的主观愿望方面,效果反映行为过程的客观后果方面,动机和效果一起构成关于道德行为的直接动因和后果两个方面;要想正确地评价道德行为,就必须把它们统一起来。而文学创作的内在动力方面只是表示一种创作的愿望,距离文学创作的效果还相当遥远,甚至能否写出来也还是一个问题,因此,离开文学作品的效果而单

---

① 李珺平:《创作动力学》,百花文艺出版社 1992 年版,第 77 页。
② 同上书,第 80 页。

独考察创作动机就难以说是科学的。正是考虑到动机与效果之间的这种复杂关系,董学文特别提示我们:"在文学活动中,动机从来就不是必然等于结果的,以动机研究代替文本研究的做法永远都是片面的。与此相类,作为作家,以动机定位来索求创造价值从而忽视主体能力的磨炼与创作过程的开掘,同样也是片面的,并不能给文学创作活动带来更多的收益。"

总之,本书认为将文学创作的动力因素命名为动机,容易跟人们在当下刺激作用下采取应急行为的动机相混淆,难以突出文学创作的独特性,因此为本书所不取。

以上考察了情感说、直觉说、感兴说、主题说、意象说、创作动机说,总体来看,我们感到上述诸说都还不能十分准确、贴切地显示出作家进行文学创作的人生感悟的特点。鉴于文学创作的动因具有基于长期人生感悟带来的长期性、深刻性和情感的朦胧模糊性等特征,本书认为,将我国古代典籍中所说的"块垒"借用过来,倒是十分恰当。《文学原理》中援引了叶圣陶先生的话并且评论说:"'我只觉得有了一个材料而不曾把它写下来的当儿,心里头好像负了债似的,时时刻刻全想着它,做别的工作也没有心路,于是只好提起笔来写。'动机就是这样一种东西,它一旦产生,如果没有得到释放,便会无休止地'折磨'主体,使其如鲠在喉,不吐不快。没有这种'效果'的创作动机,往往是一个不健全的动机,对创作活动的推动力也就很有限。"①这段话,正好用来作为"块垒"的说明。详见下章。

---

① 董学文、张永刚:《文学原理》,北京大学出版社 2001 年版,第 118 页。叶圣陶语引自《叶圣陶论创作》,上海文艺出版社 1982 年版,第 120 页。

第三章　块垒初论

　　在考察我国古代典籍中多种用语的基础上加以慎重筛选之后,本书主张将导致作家艺术家产生最初的审美意象的意向性结构,即那种难以说得清楚的、"剪不断,理还乱"的人生感悟状态,命名为"块垒"。前述怨恨、发愤、愤怒、愤懑、寂寞、债务、郁结、抑郁、忧郁、不平等,都可以视为块垒的同义词语。

第一节　对于酒浇块垒的初步考察

　　古代典籍中涉及通过写作抒发胸中不平之气的用语,在用"块垒"比喻之前及其之后,有过多种多样的说法。我们可以把这些说法依照其核心词语归纳划分为:郁结、愤懑、坎壈、牢骚、骨鲠等五组以及块垒。下面分别举例说明。

　　第一组,以"郁(鬱)结"为核心;郁结:思虑烦冤不得发抒(《辞海》),积聚不得发泄(《现代汉语词典》)。

　　郁(鬱)陶　陶读 yao 。《书·五子之歌》:"郁陶乎予心,颜厚有忸怩。"传:郁陶,哀思也。疏:"郁陶,精神愤结积聚之意。"《孟子·万章上》:"象曰:'郁陶思君尔。'"《史记·五帝本纪》:"象鄂不怿,曰:'我思舜正郁陶。'"宋玉《楚辞·九辩》:"岂不郁陶而思君兮,君之门以九重。"王逸注:"愤念蓄积盈胸臆也。"《文心雕龙·情采》:"心非郁陶,……此为文而造情也。"

郁(鬱)结 《楚辞·远游》:"遭沉浊而污秽兮,独郁结其谁语。"注:郁结,思虑烦冤无告陈也。《楚辞·九章·怀沙》:"郁结纡轸兮,离慜而长鞠。"司马迁《太史公自序》:"此人皆意有所郁结,不得通其道也。"白居易《与杨虞卿书》:"郁结之志,旷然未舒,思欲一陈左右者久矣。"明代焦竑《雅娱阁集序》:"古之称诗者,率羁人怨士,不得志之人,以通其郁结,而抒其不平,盖《离骚》所从来矣。"

郁(鬱)邑 屈原《离骚》:"忳郁邑余侘傺兮,吾独穷困乎此时也。"《九章·惜诵》:"心郁邑余侘傺兮,又莫察余之中情。"注:郁邑,愁貌也。

郁(鬱)悒 司马迁《报任安书》:"动而见尤,欲益反损,是以独郁悒而谁与语。"唐李白《酬崔五郎中》:"奈何怀良图,郁悒独愁坐。"

郁(鬱)伊 《后汉书·崔寔传》:"是以王纲纵弛于上,智士郁伊于下。"注:"郁伊,不申之貌。"《文心雕龙·辨骚》:"故其叙情怨,则郁伊而易感。"

郁(鬱)抑 《北史·文苑传序》:"道辕轲而未遇,志郁抑而不申。"

郁(鬱)纡 三国魏曹植《赠白马王彪》:"玄黄犹能进,我思郁以纡。郁纡将何念,亲爱在离居。"

郁(鬱)郁(鬱) 屈原《九章·抽思》:"心郁郁之忧思兮,独永叹乎增伤。"又宋玉《九辩》:"独悲愁其伤人兮,冯郁郁其何极?"注引五臣云:愁心满结也。《汉书·韩信传》:"吾亦欲东耳,安能郁郁久居此乎?"

郁(鬱)噎 元稹《故万州刺史刘君墓志铭》:"气成郁噎,必为风云。"

郁(鬱)湮 《左传·昭公二十九年》:"官宿其业,其物乃至,若泯弃之,物乃坻伏,郁湮不育。"《文心雕龙·附会》:"若首唱荣华,而媵句憔悴,则遗势郁湮,余风不畅。"

纡郁（鬱） 刘向《九叹·忧苦》："愿假簧以舒忧兮,志纡郁其难释。"

壹郁（鬱） 《汉书·贾谊传》《吊屈原赋》："国其莫吾知兮,子独壹郁其谁语?"南朝梁代萧统《文选序》："（屈原）耿介之意既伤,壹郁之怀靡愬。"

抑郁（鬱） 上述司马迁《报任安书》句,《文选》作"是以抑郁而谁与语"。

第二组,以愤懑为核心;愤懑:烦闷;抑郁不平（《辞海》）;气愤;抑郁不平（《现代汉语词典》）。

发愤 屈原《九章·惜诵》："惜诵以致愍兮,发愤以抒情。"司马迁《太史公自序》："诗三百篇,大抵贤圣发愤之所作也。"清代费锡璜《韩诗总说》认为汉代《垓下歌》、《悲愁歌》、《白头吟》等,"皆到发愤处为诗,所以成绝调,亦不论其词之工拙。"

愤懑 司马迁《报任安书》："恐卒然不可为讳,是仆终已不得舒愤懑以晓左右,则长逝者魂魄私恨无穷。"汉王逸《楚辞章句·序》："屈原履忠被谮,忧悲愁思,独依诗人之义,而作《离骚》,上以风谏,下以自慰。遭时暗乱,不见省纳,不胜愤懑,遂复作《九歌》以下凡二十五篇。"《楚辞·天问·序》："仰见图画,因书其壁,何而问之,以泄愤懑。"唐孔颖达《毛诗正义疏》："言作诗者,所以舒心志愤懑,而卒成于歌咏。"

怨生 司马迁《史记·屈原贾生列传》："信而见疑,忠而被谤,能无怨乎! 屈平之作《离骚》,盖自怨生也。"

怨恨 《公羊传》宣公十五年"初税亩"节"什一行而颂声作矣",句下何休《解诂》："男女有所怨恨,相从而歌:饥者歌其食,劳者歌其事。"《越绝书》："夫人情泰而不作……怨恨则作,犹诗人失职,怨恨忧嗟作诗也。"

不平则鸣 韩愈《送孟东野序》："大凡物不得其平则鸣,……人之于言也亦然,有不得已而后言,其歌也有思,其哭也有怀。凡出乎口而为声者,其皆有弗平者乎!"《送高闲上人序》:"喜怒窘穷,忧悲愉快,怨恨思慕,酣醉无聊,不平有动于心,必于草书焉发之。"明末周楫《西湖二集》:"满腹不平之气,郁郁无聊,借以消遣。"

第三组,以坎壈为核心;坎壈(音 kanlan,皆第三声;亦作坎廪):困顿;不得志(《辞海》、《现代汉语词典》)。

坎壈　宋玉《楚辞·九辩》:"坎壈兮,贫士失职而志不平。"洪兴祖补注:"坎壈失志,一曰不平。"刘向《楚辞·九叹·怨思》:"惟郁郁之忧毒兮,志坎壈而不违。"注:"坎壈,不遇貌也。"刘勰《文心雕龙·才略》:"敬通雅好辞说,而坎壈盛世,显志自序,亦蚌病成珠矣。"杜甫《丹青引》:"但看古来盛名下,终日坎壈缠其身。"

嶀壈　南朝鲍照《乐府八首之三·结客少年场行》:"今我独何为,嶀壈怀百忧。"

坎坷　《汉书·扬雄传》:"秽南巢之坎坷兮,易幽歧之夷平。"注:"坎坷不平貌。"

坎轲　江淹《待罪江南思北归赋》:"愿归灵于上国,虽坎轲而不惜身。"

嶀坷　汉王充《论衡·宣汉》:"夷嶀坷为均平,化不宾为齐民,非太平而何?"

坎坎　柳宗元《吊屈原》:"哀余衷之坎坎兮,独蕴愤而增伤。"

辙轲　《北史·文苑传序》:"道辙轲而未遇,志郁抑而不申。"《古诗十九首》之四:"无为守贫贱,辙轲长苦辛。"三国嵇康《述志诗之二》:"辙轲丁悔吝,雅志不得施。"

辂轲　东方朔《七谏·怨世》:"年既已过太半兮,然辂轲而留滞。"

第四组,以牢骚为核心;牢骚:抑郁不平之感(《辞海》);烦闷不满的情绪,说抱怨的话(《现代汉语词典》)。

牢愁　《汉书·扬雄传》:"又旁《惜诵》以下至《怀沙》一卷,名曰畔牢愁。"王念孙谓:"牢读为恼,集韵恼懔,忧也。"(《楚辞·九怀·昭世》："志怀逝兮心悷慄,纡余辔兮踌躇。")唐陆龟蒙《甫里集·纪事》："感物动牢愁,愤时频肮脏。"宋刘克庄《次韵实之春日五和》："牢愁余发五分白,健思君才十倍多。"

牢骚 《儒林外史》第八回："这两位公子因科名蹭蹬,不得早年中鼎甲、入翰林,激成了一肚牢骚不平。"

第五组,骨骾,亦作骨梗,原意谓骨干(如骨鲠之臣),后延伸为刚直、劲健(如用笔骨梗)等;骾通鲠,指鱼骨头,食骨留咽喉中曰鲠。

骨鲠在喉 成语"骨鲠在喉,吐之为快",比喻心中有话,非说出来不可。《鲁迅书信集·致黎烈文》："但近来作文,避忌已甚,有时如骨鲠在喉,不得不吐,遂亦不免为人所憎。"

最后一组,以块垒为核心,包括块垒、块磊、垒块、磈(kuì)磊、傀礧、磊块、魁瘣等等。块垒:比喻郁积在胸中的不平之气(《辞海》);比喻郁积在心中的气愤或愁闷(《现代汉语词典》)。

值得注意的是,上述所列举的表达郁积在胸中的不平之气的多种说法,前四组都是直接表述胸中愤慨情绪的说法,后两组则是借助具体事物的比喻说法。同时应该注意到,上述说法绝大多数都是在南北朝之前的年代。南朝刘宋时代,始见用块垒、垒块来比喻郁积在胸中的不平之气。刘义庆撰《世说新语·任诞》记王忱语谓:"阮籍胸中垒块,故须酒浇之"(第九一六则)。此后有愈来愈多的人用块垒、块磊、垒块、磈磊、磊块等词语来比喻郁积在心中的气愤和愁闷,几乎成为文人墨客胸中那种有待抒发的不平之气专用词。北宋刘弇《龙云集》七《莆田杂诗之十六》："赖足尊中物,时将块磊浇。"金元好问《遗山集》十一《论诗之五》："纵横诗笔见高情,何物能浇磈磊平。"宋末蒋捷《贺新郎·乡士以狂得罪,赋以饯行》："甚矣君狂矣!想胸中些儿磊磈,酒浇不去。"元代许有壬《神山避暑晚行田间》："不用浇磈垒,我怀无不平。"明代李贽在《焚书·杂说》谈及《西厢》、《琵琶》及杂剧本时,对于块垒的形成、表现和理论内涵进行了描述,实为中国古代文论中最为深刻而透辟者：

　　且夫世之真能文者，比其初皆非有意于文也。其胸中有如许无状可怪之事，其喉间有如许欲吐而不敢吐之物，其口头又时时有许多欲语而莫可告语之处，蓄极积久，势不能遏。一旦见景生情，触目兴叹；夺他人之酒杯，浇自己之块垒；诉心中之不平，感数奇于千载。既已喷玉唾珠，昭回云汉，为章于天矣，遂亦自负，发狂大叫，流涕恸哭，不能自止。宁使见者闻者切齿咬牙，欲杀欲割，而终不忍藏于名山，投之水火。余览斯记，想见其为人，当其时必有大不得意于君臣朋友之间者，故借夫妇离合因缘以发其端。①

明末清初陈忱《水浒后传序》云："嗟乎！我知古宋遗民之心矣。穷愁潦倒，满腹牢骚，胸中块磊，无酒可浇，故借此残局而著成之也。"

　　块垒、块磊、垒块，本义都是垒积的石头。相比之下，傀（kui）磊更符合原义，即垒积的石块。南朝梁何逊《何水部集·和刘谘议守风》："萧条疾帆流，傀礧冲波白。"二句言河中偶尔有只疾驶之船，顺流而去；波涛撞击到堆石上，翻卷着雪白的浪花。宋陆游《剑南诗稿》十三《蔬圃》："剪辟荆榛尽，鉏犁磊块无。"意思是用刀斧把地里的荆棘剪除，用锄头把石块清理出来。傀磊的另一义为多节之木，木身不平直，《尔雅·释木》"枹遒木魁瘣"，晋郭璞注："谓树木丛生根枝节目，盘结傀磊。"《释文》："魁瘣，读若傀磊。"这就是俗话说的树木根、干部位长出来的木头疙瘩。两者（石头、木头）的共同点在于"高低不平之貌"。

　　用成块的石头、木头之类的有形之物来比喻心中的郁结之气，这种说法如同平时人们说"一口闷气憋在肚子里"、"心中憋了一个疙瘩"、"心里压了块石头"等一样，完全符合汉语的构词规律和习惯说法。用

第一编　块垒的横空出世

---

① 郭绍虞主编：《中国历代文论选》第三册，上海古籍出版社1980年版，第120—121页。

"块垒"(成块成堆的石头)来表达这种心中的闷气,跟上述郁陶、郁结、郁邑、郁悒、郁伊、郁抑、郁纡、郁郁、郁噎、抑郁、愤懑、怨恨、坎壈、牢骚等词语比较起来,显然更富有形象性和表现力,因而也就更富有生命力。憋着一口闷气使人心气不舒,就好像是胸口堵着一堆石头,于是就称之为"块垒";要想化解心头这堆"石头",必须有足够的酒浇上去,才能使凝结的"气块"得以发散,于是就叫"以酒浇愁"——这完全符合中华民族传统思维的逻辑,符合中医治病的理路①。

"以酒浇愁"可以有两种形式:一种是"自斟自饮",以自言自语式的言说或者写作的方式,将胸中那口恶气直接倾吐发泄出来(如某些抒情诗、议论散文);另一种就是"夺他人之酒杯,浇自己之块垒",或者借助吟咏、歌唱他人的诗歌音乐作品,或者借他人的故事(包括经过自己加工改制甚至虚拟编造的故事)来演绎自己的思绪,甚至旁敲侧击,指桑骂槐,转着弯儿抒发自己的情怀。于是乎,"酒浇块垒"几乎成为进行创作的代用语,"胸中块垒"也就变成了有话要说的前提。

在汉语中,"骨鲠在喉,不吐不快"的说法与此相近,意思是鱼骨头卡在喉咙里,必须吐之而后快。但是,细察之则可见两者的区别:"骨鲠在喉"是外因使然;"胸中块垒"是自身凝结而成,相比之下,显然是"胸中块垒"更富有含蕴。

在国外的同类说法,除了前述"愤怒出诗人"之外,20世纪则有弗洛伊德的"情结"说、厨川白村的"苦闷"说等甚有影响,其含义也大体

---

① 中医学有病名"郁证",指七情所伤、气机郁结所致的疾病总称。有虚实之分。实证,如精神忧郁、胸闷胁痛、腹胀嗳气、不思饮食、苔薄腻、脉弦者,属肝气郁结、横逆犯胃,治宜疏肝理气;如情绪急躁、头痛目赤、胸闷胁胀、口苦舌干、舌红苔黄、脉弦数者,属气郁化火、肝火上逆,治宜清肝泻火;如咽中有梗阻感、咯之不出、咽之不下者,属痰气郁结,亦称"梅核气",治宜利气化痰。虚证,如精神忧惚、悲伤疑虑,甚至发生抽搐、不能自主、脉弦细者,多因情志抑郁、心神受伤,治宜养心安神;若见眩晕、心悸、失眠、舌红脉细数者,属阴虚火旺,治宜养阴清热、养血柔肝为主。

相同。这可视为古今中外人同此心，心同此理。

因此，我们认为，经过筛选选取胸中"块垒"来表示作家创作之前那种有话要说的蓄势待发的状态，表示那种欲借文艺创作或者文艺欣赏来发泄情绪的心态，不仅通俗易懂、形象鲜明，而且是含义确切的、意味深长的。

第二节　块垒的普遍性

如前面关于"诗可以怨"和"愤怒出诗人"一节所论，诗歌创作的起点在于诗人的怨恨、悲愤、愤懑、愤怒等强烈而深沉的感情。这种感情是诗人在生活中领悟过的、积累起来的人生感悟，它久久郁积在诗人心中，必欲吐之而后快。我们已经将这种积累起来的人生感悟命名为"块垒"。现在的问题是，这种"块垒"的存在具有普遍性吗？换句话说，"块垒"是否体现了文学创作的规律性。

如果要考察块垒的普遍性，应该包括两个方面的内容：一个是块垒的存在是否仅限于诗歌创作？它对于所有的各种文体的创作是普遍适用的吗？另一个是块垒本身是否仅限于怨恨、愤怒？它是否同样包括另外一类愉快、高兴的情感？

关于第一点。块垒之说，是我国历史上发愤抒情说的延续。而发愤抒情的传统，一般上溯到屈原和司马迁。屈原所谓"惜诵以致愍兮，发愤以抒情"，固然是指他的诗作。司马迁那段在《太史公自序》和《报任安书》中反复申明的贤圣发愤所作的名言，提到的《周易》、《春秋》、《国语》、《吕览》等著作以及《诗》三百篇显然不限于诗歌，不限于文学，是包括了当时所能看到的各种学术著作。那时候，文学还没有从一般文章中分化出来，所以发愤抒情的范围也应该是包括文学在内的各种著作。酒浇块垒的说法出现之后，不仅在诗词作品中多次出现，在小说、戏曲等各类作品的创作中也被屡屡提及，而且也同样适用于政论文章。至于作为文学创作之动力的"块垒"，与酝酿非文学写作的块垒以及生活中一般人们心胸憋闷不畅的欲借酒浇愁的块垒之间应该具有的区别，待后进行辨析。

关于第二点。块垒的说法虽然通常多用来指忧怨、愤怒之类的聚敛型情感，但是，从其理论来源、应用范围来说，应该不限于此，还应该包括舒心、赞美之类的发散型情感。至于块垒为什么会多用来指忧怨、愤怒之类的聚敛型情感，这倒是历史形成的客观事实，当然也是有其原因。

所谓"诗言志"，据闻一多先生《歌与诗》一文说，"志与诗原来是一个字"，"'志'从'㞢'从'心'，本义是停止在心上。停在心上亦可说是藏在心里"。"志有三个意义：一，记忆；二，记录；三，怀抱。"①这三个方面的意义都具有性质明确的理性内涵，与政治、教化分不开。从《诗经》中原文文本来看，"言志"不外乎讽与颂。"《诗序》主要的意念是美刺，风雅各篇序中明言'美'的28，明言'刺'的129，两共154，占风雅诗全数59% 强。其中兴诗67，美诗6，刺诗61，占兴诗全数58%弱。"②"美"是赞美、歌颂；"刺"是讽刺、怨恨、发牢骚，显然《诗经》中包含着肯定与否定两个方面的思想感情。

在中国文学史上，韩愈的"不平则鸣"说通常被认为是对于司马迁"发愤著书"说的直接继承和发挥。值得注意的是，两说的情感内涵的界限却有着很大的不同。韩愈《送孟东野序》说"大凡物不得其平则鸣"，草木遇风则鸣，水面风荡之鸣，金石或击之鸣，人们发表言论即是人之"鸣"，也是由于情动于中而不得不发，进而引出了"孟郊东野始以

---

① 闻一多：《歌与诗》，原载《中央日报》昆明版《平明》副刊，1939 年 6 月 5 日；引自朱自清：《诗言志辨》，古籍出版社 1956 年版，第 2 页。

② 朱自清：《比兴》，《诗言志辨》，古籍出版社 1956 年版，第 65 页。

其诗鸣"的主旨。这种"不平则鸣"的观点，实际上又回到了"在心为志，发言为诗"的老传统。按照我国古人对于人的心理活动的理解，人的"性"原始状态都是平静的，遇到了骚扰而打破了平静，即"性""不得其平"而为"情"。韩愈在文章结尾处说："抑不知天将和其声，而使鸣国家之盛耶？抑将穷饿其身，思愁其心肠，而使自鸣其不幸耶？"显然，韩愈是将得意之鸣（"鸣国家之盛"）与失意之鸣（"自鸣不幸"）统统算在"不平"之内的。黄庭坚有一联诗云："与世浮沉唯酒可，随人忧乐以诗鸣。"（《再次韵兼简履中南玉》之二）正是出自韩愈。韩愈在《送高闲上人序》中说得更明白："喜怒窘穷，忧悲愉快，怨恨思慕，酣醉无聊，不平有动于心，必于草书焉发之。"这就把喜、怒、忧、悲、怨、恨等一切"有动于心"而产生的"不平"情绪统统囊括在内了。

人们在高兴的时候感到"开心"、"舒畅"、"心花怒放"，其特点是向外发散的；而在忧愁的时候则相反，心里是"憋气"、"打结"，其特点是凝聚、低沉的。钱钟书先生列举了一系列记载来说明这一点。如张苍水说："欢愉则其情散越，散越则思致不能深入；愁苦则其情沉着，沉着则舒籁发声，动与天会。"陈兆仑说："盖乐主散，一发而无余；忧主留，辗转而不尽。"意大利诗人利奥巴尔迪认为"欢乐趋向于扩张，忧愁趋向于收紧"。德国大诗人歌德比喻说，快乐是圆球形，愁苦是多角物体形。圆球一滚就过，多角物体"辗转"即停。① 由此得出的结论是，虽说开心和憋气都能够写进文学作品，但是相较而言，开心不容易写好，愤怒和忧愁更容易写得动人。同样，虽说韩愈将情感由"发愤"扩充到"忧乐皆为不平"的两个方面，但是他的"诗穷而后工"的主张还是使他将诗歌创作的重心落在了表现穷困悲愁的方面，以至于在历史上形成为了写诗而强说愁的倾向，"无病呻吟"成为某些人创作诗歌的通病。

---

① 钱钟书:《诗可以怨》,《七缀集》,生活·读书·新知三联书店2002年版,第124—125页。

辛弃疾的《丑奴儿·书博山道中壁》说得好：

　　少年不识愁滋味，爱上层楼；爱上层楼，为赋新词强说愁。

　　而今识尽愁滋味，欲说还休；欲说还休，却道天凉好个秋。

上半阕说的是春花秋月的闲愁，不愤而强作，无病而呻吟；下半阕指的是关怀国事、怀才不遇而发自内心的哀愁。作者对于这种哀愁却是另一种态度：不愿随便谈起，宁可保持沉默；正是因为不愿意将它和盘托出，才愈加说明这是一种极为深沉的悲愤和忧愁。

　　总之，从文学史的实际情况来看，偏重于表现愁苦忧思的聚敛型情感作品数量多而且比较容易写得好，以至于给人留下的印象似乎作家的"块垒"都是由愁苦凝结而成。其实，无论从道理上讲，还是从文学史的实际情况来看，"块垒"作为来自于社会生活的一种情感凝结的状态，都是应该和可以包括各种情感类型的。况且，人的情感状态是十分复杂的，悲中有喜，喜而转悲，各种情感成分可能相互渗透而又相互转化，情感类型的划分也是相对的。

第三节　块垒作为深层心理背景的举例分析

　　胸中块垒，所显示的是人们的一种有话要说的蓄势待发的精神状态。这是一种带有意向性以及行为指向性的待发状态，一旦遇到适合发作的时机，就会喷薄而出、一发而不可收；而在尚未遇到适合发作的情况下，却也可以长时间地坚持隐忍不发，耐心等待。这就是说，块垒是一种经过长时间才形成而且可以长时间保持的精神状态；块垒的抒发则是还需要有另外的条件作为引发它的触媒剂。依照审美心理学的研究成果，我们把块垒所显示的带有意向性的蓄势待发状态叫做审美的深层心理动力因素；把随机出现的引导块垒喷发因叫做表层诱发条件；而块垒遇机而发的喷发过程则应该称之为灵感爆发状态。

文学创作活动作为一种能动的审美创造活动,属于审美意识的高级活动形态。对于这种高级的精神活动,当然不应该简单地仅仅从眼下的心理刺激方面来理解。我们知道,在心理学领域,源于生物学家拉马克,后来为行为主义心理学所采用的"刺激—反应"公式,早已为重视"中介变量"的新行为主义所替代,1951年托尔曼提出这个"中介变量"包括需要系统、信念价值动机、行为空间三个主要范畴;皮亚杰"发生认识论"则进一步揭示了人的认识过程是一个主体不断调节的建构过程,作为心理结构的中项是由不断吸收外来刺激的同化作用(A)和主体的遗传图式(T)两者相互作用的而形成的不断变化的认识结构;苏联维戈茨基、列昂节夫、鲁里亚为代表的社会文化历史学派,强调人的活动和交往、强调物质工具及精神工具的运用给人的心理机能带来的变化,明确提出了心理中介结构理论;人本主义心理学家马斯洛提出了以自我实现为最高目标的动机层级学说。这些心理学新学说都说明,人的心理活动之不同于动物式的基于生理需要而做出的"刺激—反应"活动,恰恰在于人是在既已形成的心理背景上做出反应的。这种出现于当下刺激之前的既已形成的心理背景,或者叫做"中介变量",或者叫做"心理结构",或者叫做"中介结构",或者叫做"动机层级"理论等,是由人的各种需要、动机、文化教养等多种因素相互作用而形成的。我们姑且称之为心理背景因素。人的心理背景是在他的长期活动中自觉和不自觉地形成的。它常常处于自觉意识活动层面之下,甚至完全沉入于无意识层面,因而主体可能并未意识到。但是,当主体在一个新的刺激物面前需要做出反应时,人的心理背景因素仍然会发生作用,会潜藏在背后而制约着主体的当下心理反应,因而呈现为如下情形:或者主体并未觉察,或者虽然有所觉察而难以说清楚。我们认为,块垒作为一种蓄势待发的动力因素,属于作家艺术家创作之前的心理背景的组成部分。我们称之为深层心理动力因素。

块垒作为心理背景结构中的深层情结,是作家在自己的长期的人生经历中形成的,往往是作家的人生各种需要动机受到压抑、阻隔而不自觉地形成的;它既经形成之后,作为一种具有意向性和行为指向性的先在预成背景,在面临某种特定的当下刺激物时,就会呈现一种突然爆发状态,促使主体不自觉地、迅速而强烈地做出反应,甚至往往使当事者自己感到难以控制。这说明块垒慢慢形成之后,往往被压抑在无意识领域,使之处于意识水平线之下;一旦遇到合适的条件,它会从意识水平线之下突然升腾起来,爆发出来,兴会顿悟,来去无踪,使主体感到难于驾驭,甚至于被误认为是"失去理智的迷狂状态"、"神力凭附"、"天才都是疯子"等等。事实上,在灵感爆发之后,在头脑冷静之后,回顾反思,其中的道理仍然是十分清楚的。

鲁迅在《呐喊·自序》①中回顾了自己写小说的经过,其中线索分明地记录了他自己多年郁积在心灵深处的"寂寞"。我们可以跟随着鲁迅的叙述,来看他胸中的寂寞是怎样一步步积累和形成的:

1."我在年青时候也曾做过许多梦,后来大半忘却了,但自己也并不以为可惜。所谓回忆者,虽说可以使人欢欣,有时也不免使人寂寞,使精神的丝缕还牵着已逝的寂寞的时光,又有什么意味呢,而我偏苦于不能全忘却,这不能全忘的一部分,到现在便成了《呐喊》的来由。"这一段清楚地说明了"寂寞"的来历和性质:"寂寞"来自于自己的生活经历,属于深深埋藏在心底而不能忘却者;其性质是一种莫名的寂寞感而少有欢欣;自己理智上认为应该把它忘却,却又"苦于不能全忘却"。从作者的说明来看,这种寂寞感是一种包含着朦胧的理性认识成分的情感凝结状态,它已经慢慢沉淀在作者的无意识领域而又不时地出现在意识之中,所以才会"偏苦于不能完全忘却"。

2."我有四年多,曾经常常,——几乎是每天,出入于质铺和药店里……在侮蔑里接了钱,再到一样高的柜台上给我久病的父亲去买药。

---

① 《鲁迅全集》第1卷,人民文学出版社1981年版,第415—421页。

……然而我的父亲终于日重一日的亡故了。"这种"从小康人家而坠入困顿"的经历,使年幼的鲁迅饱尝了人世的炎凉,也使他第一次懂得了人生的孤独和艰辛。他继续探讨人生的出路和价值。此后他外出求学,接触到了新科学,逐渐产生了一种模糊意识:"悟得中医不过是一种有意的或无意的骗子",而要想"救治象我父亲似的被误的病人的疾苦",于是去日本学医。这是鲁迅第一次立志,学医是他当时最先意识到的报国门径。当年轻的鲁迅沉醉在科学救国的美梦之中的时候,他的情绪一度是昂扬的,从其当时的作品中便可看出。

3. "有一回,我竟在画片上忽然会见我久违的许多中国人了,一个绑在中间,许多站在左右,一样是强壮的体格,而显出麻木的神情。……从那一回以后,我便觉得医学并非一件紧要事,凡是愚弱的国民,即使体格如何健全,如何茁壮,也只能做毫无意义的示众的材料和看客。"在上课间隙里看到加演的时事纪录片,本身是一个偶然事件,别人对此可能毫无所动,然而对于做着报国梦的鲁迅来说,却如同晴天霹雳一般,将他的报国梦击毁,使他重新陷入孤独。

4. 在遭受挫折之后,鲁迅又一次选择新的报国门径,立志于改变国民的精神,提倡文艺运动,创办《新生》杂志。很快地,《新生》杂志失败。人生志向的又一次改变,使鲁迅又一次经历了从兴奋到孤独的辛酸,也使他内心的人生感悟又一次得到深化。

5. 此后,鲁迅"感到未尝经验的无聊"——这使他痛定思痛,意识到自己"叫喊于生人中,而生人并无反应,既非赞同,也无反对,如置身毫无边际的荒原,无可措手的了,这是怎样的悲哀呵,我于是以我所感到者为寂寞"。鲁迅从一次又一次的失败中,领悟到报国无门的无限悲哀,感受到自己势单力薄的孤独无助,理解到人生命运的不可捉摸,产生了对于生命价值的深刻怀疑,所有这一切都使得鲁迅觉得无话可说,也就无须再说,这大概就是鲁迅所感受到的"寂寞"的内涵。同时这"寂寞"之中,还包含着他对国家前途的思考,包含着他对于社会各色人等的命运的关怀,包含着他对于中国古老文化的理解和批判……。在当时,所有这一切统统被这种"寂寞"所遮蔽,统统返归于"无"。

6. 于是,鲁迅用抄古碑等各种方法来排除这种"寂寞",实际上是不断压抑着自己的拳拳报国之志,结果是"这寂寞又一天一天的长大起来,如大毒蛇,缠住了我的灵魂了"。"我于是用了种种法,来麻醉自己的灵魂……再没有青年时候的慷慨激昂的意思了。"此时钱玄同的来访和约稿,使鲁迅在怀疑中重新燃起了唤起民心、"毁坏这铁屋的希望"。这时候,鲁迅意识到通过文学创作"画出这样沉默的国民的魂灵来",借写小说而为革命"呐喊",是实现他的报国夙愿的可行途径。于是,"从此以后,便一发而不可收,每写些小说模样的文章,以敷衍朋友们的嘱托,积久就有了十余篇"。

鲁迅在几十年中思想虽然几经变化,但是在他思想深处一以贯之的情结是如何实现"我以我血荐轩辕"的宏愿。他多次探索报国的门径,多次改变自己的志愿,忠心耿耿,矢志不移,最后终于选定了以拯救国民的魂灵为己任的文学事业。在这个漫长的探索过程中,他的志向是坚定的,他的心态却是孤独而寂寞的。这时的鲁迅已经将近四十岁,半生的人生感悟、酸甜苦辣凝结成了一种模糊的感受,叫做"寂寞"。在这篇《呐喊·自序》中,作者反复申述的中心词就是"寂寞"。其实,在我们今天看来,鲁迅所说的"寂寞"不正是他胸中郁结的"块垒"吗?他所创作的一系列小说等作品不正是"浇"在这块垒之上的一杯杯苦酒吗?我们觉得,这篇《自序》正好是鲁迅的块垒的形成和发展的客观记录。倘若不理解鲁迅的"寂寞",而仅仅从眼前的事例如钱玄同、孙伏园等人约稿来看待《呐喊》中的作品,岂不是因小失大、本末倒置了吗?

鲁迅的小说创作是作者长期酝酿的结果,恰好在《呐喊·自序》中鲁迅又叙说了自己莫名的"寂寞",如果说这"寂寞"就是"块垒",那么，这是否仅仅是一个合适的特例呢？当然不是。既然我们把"块垒"视为文学创作普遍规律的组成部分，那么，我们同样可以找一些"感物动情"式的短小作品来加以研究。

陈子昂的脍炙人口的《登幽州台歌》，全诗仅四句：

> 前不见古人，
> 后不见来者。
> 念天地之悠悠，
> 独怆然而涕下！

前两句，思前想后，俯仰古今，写时间之绵长；第三句登台眺望，只见天高地远，宇宙茫茫，写空间之辽阔；与此广阔无垠的时空相对照，不禁令人感到孤单寂寞，悲从中来，怆然涕下。吟这首诗，我们会深切感受到一种苍凉悲壮的气氛，面前仿佛出现了苍茫的原野上，兀立着一位胸怀大志却报国无门的孤独悲伤的诗人形象，因而深深为之感动。在这里，诗人将古今历史、自然空间、人生感悟熔为一炉，作为主体思念的对象，将人生的瞬间提升为永恒，使个体人生的渺小有限与永恒时空的浩渺无限形成强烈对比，从而把个体的微弱孤寂凸显出来，产生一种令人震惊的神秘的孤单感。诗人的这种人生如梦、天地悠悠的呼号，喊出了人类之每一个个体都会遭遇到的莫名的痛苦，因而是人人可以共感共鸣的浩叹。

值得注意的是，促使诗人"独怆然而涕下"的具体原因是什么，除了登幽州台这一点明了的条件之外，诗中一概舍弃未写。我们知道，陈子昂出身寒微，24岁中进士，曾经为武则天所赏识，擢为麟台正字，后任左拾遗，并曾随军到过西北边塞。他一直抱着为国尽忠的宏愿，虽位卑职下，却不断向武则天提出自己的政治主张。武则天万岁通天元年（公元696年），契丹李尽忠等攻陷营州。武则天委派建安王武攸宜率军征讨，35岁的陈子昂随军参谋。武攸宜出身亲贵，轻率少谋，完全不懂军事。陈子昂屡献奇计，不被理睬，剀切陈词，反遭贬斥，遂降职为军曹。诗人接连遭受挫折，眼看报国宏愿成为泡影，一腔悲愤无处诉说。一旦登上蓟北楼（幽州台），遥想起燕昭王礼遇邹衍、乐毅以及燕太子丹礼遇田光的历史事迹，顿然感到前代的贤君不复可见，后来的明主又来不及见到，自己真是生不逢时，除了怆然涕下还有什么好说呢？其实，在这几句人生浩叹的背后，隐藏着诗人往事如烟的诸多回忆，世道艰辛的深沉体验，壮志未酬的无边痛苦，历史兴亡的反思慨叹，积郁已久的失落之感，……

写于同一时期的《蓟丘览古·燕昭王》一诗，在写法上与《登幽州台歌》恰成鲜明对照：

> 南登碣石馆，
>
> 遥望黄金台。
>
> 丘陵尽乔木，
>
> 昭王安在哉？
>
> 霸图今已矣，
>
> 驱马复归来。

诗中明写了燕国前贤故事，燕昭王为梁人邹衍筑碣石宫亲师事之，修黄金台延请天下奇士，遂招来乐毅等豪杰之士。乐毅事魏未见功业，到燕国则屡建奇功，麾军伐齐，连克七十余城，致使齐国濒于灭亡。这全是因为燕昭王知人善任啊！"南登碣石馆，遥望黄金台。"从"登"和"望"的动作中，足可窥见诗人对于燕昭王明主之风度是何等心向往之！而今面前丘陵上长满了乔木，到哪里去寻找燕昭王呢？朝廷委派的将领如此昏庸，国事日非，"霸图"难再，使人感到前途茫茫，该是驱马复归的时候了。"驱马复归来"一句，明写览古之后归军营，实际上暗示了辞官归隐之意。此战结束后不久，陈子昂辞官回乡，以致后遭诬害而死。

无论是《登幽州台歌》故意隐忍不说，还是《燕昭王》一诗中详尽展现内心所想，两种写法不同，都属"登高怀远"之作。"登高能赋，可为大夫。"①自宋玉《招魂》提出"目极千里兮伤春心"后,"登高望远,怀古伤今"早已成为我国历代文人骚客的重要题材,钱钟书先生《管锥编》中借《招魂》一篇对此多有罗列。其中提到李峤《楚望赋》所讲的道理:"非高远无以开沉郁之绪","思必深而深必怨,望必远而远必伤","夫望之为体也,使人惨凄伊郁,惆怅不平,兴发思虑,震荡心灵"。这就清楚地说明,"登高望远"只是触发感慨的外在条件,而引发出来的"怀古伤今"却是诗人内心原有的"沉郁之绪"、"惨凄伊郁",即我们所谓之"块垒"。对此,钱钟书先生有一个很好的说明:"虽怀抱犹虚,魂梦无萦,然远志遥情已似乳壳中函,孚苞待解,应机枨触,微动几先,极目而望不可即,放眼而望未之见,仗境起心,于是惘惘不甘,忽忽若失。"②这说明"块垒"似无中生有,早已酝酿在胸;登高所见的苍茫景色,如同开关一般,一下子打开了"远志遥情"的阀门,使人"仗境起心",浮想联翩,努力去把捉那可向往而不可触及的虚幻境界,以致"忽忽若失"。

　　"感物动情"之说,着眼于外物对于心灵的触发。《乐记·乐本》:"人生而静,天之性也。感于物而动,性之欲也:物至知知,然后好恶形焉。"钟嵘《诗品·序》:"气之动物,物之感人,故摇荡性情,形诸舞咏。"《礼记·中庸》"天命之谓性"句下,孔颖达《正义》征引梁代五经博士贺场说:"性之与情,犹波之与水,静时是水,动时是波,静时是性,动时是情。"唐代李翱《复性书》上篇说:"情者,性之动。水汩于沙,而清者浑,性动于情,而善者恶。"这些都是我国古人对于性与情之关系的深刻理解。照此"感悟动情"说,人性原来是平静的,遇外物引起波澜,可谓之"心血来潮"。但是需要注意,原来的平静状态并不意味着是没有任何矛盾的沉寂,也很可能是在表面平静之下隐藏着深刻的内在矛盾,

---

　　①　《文心雕龙·诠赋》引《毛诗传》语(见《鄘风·定之方中》篇传语),意为"登高能够作赋,可以做大夫"。参见周振甫:《文心雕龙今译》,中华书局2000年版,第76页。

　　②　钱钟书:《管锥编》第3册,中华书局1979年版,第877—878页。

包藏着尚未发作的"块垒",因而一旦遇到合适的自然景物的诱发,也会借机发作出来。竹林七贤之一的阮籍纵酒谈玄,不问世事,他的《咏怀》诗大多是登高怀远、触景生情之作,内心兴寄感慨也多有流露,"徘徊将何见?忧思独伤心。"(其一)"终身履薄冰,谁知我心焦!"(其三十三)崇尚庄子、主张"目击道存"的陶渊明,写下了那么多表现田园乐趣的名篇,如:"暧暧远人村,依依墟里烟。狗吠深巷中,鸡鸣桑树颠"(《归园田居》其一);"采菊东篱下,悠然见南山,山气日夕佳,飞鸟相与还"(《饮酒》其五)等,对于决定自然万物的难言之"道"有着深切的领悟,然而在"俯仰终宇宙,不乐复何如"(《读山海经》其一)的背后,也时而显露出"夏日长抱饥,寒夜无被眠"(《怨诗楚调示庞主簿邓治中》)的痛苦辛酸和"刑天舞干戚,猛志故常在"(《读山海经》其十)的斗争意志,足见在其看似平静悟道的背后也还深藏着他的"块垒"。

由此看来,"感物动情"和"发愤抒情"这两种说法,表面上看似乎是一静一动两种写作的路子,其实却都是植根于作家原有的深层心理背景之下的随机呈现。"块垒"作为作家深层心理的动力因素,才是他进入当下创作状态的根源。我们将"块垒"称之为文学理论的元问题,其要义正在于此。

第四章　块垒的学科形态及其特征

　　块垒的提出，当然不能满足于作家对于自身经验的描述，它还必须在学理上取得自己存在的权利。这就是说，块垒作为一个概念，必须在内涵方面得到质的规定性，在外延方面得到对于其表现形态的公认。前文中援引了历史上许多作家、诗人有关人生感悟导致创作的经验之谈，充其量只能作为块垒的外延方面的实证材料，还需要对于块垒的概念内涵做出合理的解释和规定。本章拟从文学理论学科、心理学学科以及人的意识生成的哲学层面来研究块垒的本质特征。

第一节　块垒作为文学创作的动力机制

　　"诗可以怨"、"不平则鸣"和"愤怒出诗人"等说法，实际上是中外对于文学创作动力学的一种古典式解释。在中国漫长的封建社会，这种古典式解释一直传承下来。在西方，进入近代以后，理性主义成为主导思潮，认识论几乎占据了整个哲学领域，用理性的思维逻辑来解释一切成为各个学科领域进行运思的潜在规则，于是在人文社会科学领域里情感以及与情感相关的意识活动便被迫隐身后退。在文学艺术创作动力问题上，除了天才论、灵感论勉强可以算作创作动力的解释之外，几乎全部被认识能力、思维方式的说明所代替，直到非理性思潮兴起之后才有所改变。由于资本主义社会文明与异化的二律背反、基督教文化的崩溃以及对于哲学本体论的反思，几种原因作用的结果，西方从

第一编　块垒的横空出世

19世纪起就开始滋生了一股反理性思潮。其中奥地利精神分析学派创始人西格蒙特·弗洛伊德（Sigmund Freud，1856—1939）开创了深层心理结构研究，认为人的思想和意识总是被一种追求满足的愿望、冲动所驱策和引导着的，这种生生不息的"内驱力"受到某种社会力量的压抑及挫折，便会产生出形形色色、扑朔迷离的心理现象来。心理学发展史上又把弗洛伊德心理学称之为"心理分析动力学"或者"无意识动力学"。这也就为文学艺术创作提供了新的创作动力理论。在弗洛伊德看来，宗教、艺术、科学等文化成果的原始驱动力正是人类所特有的那种遭受压抑的本能。他在解释艺术作品之所以具有引人入胜的艺术魅力时说："我认为，那如此强有力地吸引了我们的东西只能是艺术家的**意图**，因为他在他的作品中成功地表现了他的意图并使我们理解这个意图。我知道，这不仅仅是一个**理性**的理解的问题；他的目的是在我们身上唤起同样的感情状态，同样的心理丛（mental constellation），也就是那些在他身上产生了创作动力的东西。"①这种创作动力，在他看来，就是作家艺术家在生活中得不到宣泄的原始本能。精神分析学派自有其兴起到衰落、瓦解的历史功过及其原因，对此姑且不论；它所关注的文学艺术创作动力的研究，我们认为，仍然是应该予以重视的。

本书之所以要专门论述"块垒"，其用意也是在于深入研究文学创作的起点和动力以及整个动力机制问题。

一、从《苦闷的象征》说起

弗洛伊德学说传到东方，经由日本到达中国。弗洛伊德关于文学创作的原始本能动力说，也经由鲁迅翻译厨川白村的《苦闷的象征》在

①　《米开朗基罗的摩西》，《弗洛伊德论美文选》，张唤民、陈伟奇译，知识出版社1987年版，第113—114页。

中国产生过巨大的影响。厨川白村的文艺主张受到弗洛伊德的影响是明显的,他在开篇就讲两种力——"生命的力"和"强制压抑之力"的冲突所造成的"生的苦闷"、"战的苦痛",才是文艺创作的真正动力。但是厨川对于弗洛伊德的"泛性欲主义"是反感的,他所说的"苦闷"是指种种"人间苦"、"社会苦"、"劳动苦","苦闷的象征"则是对于这些苦难的抗争。他在书中说:

> "文艺是纯然的生命的表现;是能够全然离了外界的压抑和强制,站在绝对自由的心境上,表现出个性来的唯一的世界。"

> "我们的生活愈不肤浅,愈深,便比照着这深,生命力愈盛,便比照着这盛,这苦恼也不得不愈加其烈。在伏在心的深处的内底生活,即无意识心理的底里,是蓄积着极痛烈而且深刻的许多伤害的。一面经验着这样的苦闷,一面参与着悲惨的战斗,向人生的道路进行的时候,我们就或呻,或叫,或怨嗟,或号泣,而同时也常有自己陶醉在奏凯的欢乐和赞美里的事。这发出来的声音,就是文艺。对于人生,有着极强的爱慕和执着,至于虽然负了重伤,流着血,苦闷着,悲哀着,然而放不下,忘不掉的时候,在这时候,人类所发出来的诅咒、愤激、赞叹、企慕、欢呼的声音,不就是文艺吗?在这样的意义上,文艺就是朝着真善美的理想,追赶向上的一路的生命的进行曲,也是进军的喇叭。响亮的阔远的那声音,有着贯天地动百世的伟力的所以就在此。"

> "倘不是将伏藏在潜在意识的海的底里的苦闷即精神的伤害,象征化了的东西,即非大艺术。"①

---

① [日]厨川白村:《苦闷的象征》、《出了象牙之塔》,鲁迅译,人民文学出版社1988年版,第15、24—25、33页。

厨川白村是一位葬身于 1923 年地震海啸灾难之中的英年早逝的文艺理论家,在日本也未必算是名家。但是,在中国,"苦闷的象征"所代表的文艺创作动力学理论,不仅得到鲁迅的共鸣和赏识,在多所大学用作教材,而且曾经影响了不止一代人。郭沫若说自己的《瓶》可以用"苦闷的象征"来解释;臧克家回忆说开始读鲁迅译《苦闷的象征》时"非常喜爱,厨川白村好似把我们心里想说的话替我们说出来了";徐懋庸说那时鲁迅遗著中"对我影响最大的"倒是《苦闷的象征》和《出了象牙之塔》;胡风谈到《苦闷的象征》和《复活》是他"迷恋"的"两本没头没脑地把我淹没了的书";冯至后来回忆说鲁迅先生"借这书作桥梁,发表了许多珍贵的文艺理论";尚钺回忆说听鲁迅讲授《苦闷的象征》和《中国小说史略》,"我却获得了以后求学和做人的宝贵教育";许广平、刘和珍等更是每星期都盼望着听讲《苦闷的象征》课;直到 20 世纪 40 年代末,当时年轻的文艺评论家王元化还说"厨川白村是我向来尊敬的作家"……。然而,到了 20 世纪 50 年代中期以后,在我国文艺理论界却对于《苦闷的象征》展开了激烈的批判,说它"完全是一种资产阶级的主观唯心主义、神秘主义",造成了"恶劣影响",甚至说鲁迅"上当、受害","误以为厨川白村的思想有助于中国进步文艺思想的发展"云云①。对于这些,不是应该深长思之的吗?

如何看待文学艺术创作的动力,本来是文艺学美学领域的一个可以讨论的学术问题。但是,在政治统率一切的年代,学术问题都被政治化,当然也就狭隘化了。在文学领域,创作的动力当然也就变成了"为政治服务",艺术规律也被一般认识论所代替。整个文学理论领域流行着十分简单化的推理逻辑:先是从作品中描绘的事物是否可以在生活中找到原型来判定唯物主义或者唯心主义,后是从现实和理想是否

---

① 以上材料分别见于《新文学史料》等书刊。引自鲁枢元:《创作心理研究》,黄河文艺出版社 1985 年版,第 233—235 页。

结合来判定作品的优劣等等。于是在一个较长时期内，文学艺术创作动力的问题无形中被划入难以探讨的思想禁区。一直到改革开放之后，文艺心理学的研究才呈现出新的面貌。但是，由于脑科学有待于突破以及心理学的不成熟，真正科学的创作动力学还有待于建立①。这期间，弗洛伊德学说等非理性主义、解构主义一并进入中国，描绘凡人小事、追求感性刺激又成为文学创作界的时髦倾向。这说明进一步研究文学创作的动力机制具有现实的迫切性。

二、研究创作动力学应该突破原有的思路

我们认为，要建立起能够指导创作实际的创作动力学必须从过去的僵化思维框架中解放出来。这里所说的僵化思维框架主要是指：思维方式的框架、显意识的框架、心理机制的框架。

首先，关于突破思维方式的框架。通常所说的思维，是指理性认识的过程和成果，思维方式实际上是指逻辑思维（抽象思维），其形式是概念、判断、推理，其方法是抽象、归纳、演绎、分析和综合。本书认为，文学艺术创作过程中的意识活动与这种通常所说的思维活动是两码事，不应该混为一谈。不过由于历史形成的原因，人们习惯上依然称之为"形象思维"。过去讨论形象思维时，许多文章是从"形象思维"这个叫法出发，想当然地认为它应该属于思维活动，硬是要以逻辑思维的阶段、规律、形式来要求艺术创作的意识活动，从理论上为演绎政策条文的所谓文学作品张目，造成了极大的混乱和损失。对此，凡是亲身经历过的人还都记忆犹新。但是，由于这种思维习惯在起作用，人们一谈到

---

① 李珺平的《创作动力学》，在这方面是一个可贵的开端。但是，还不能由此即断言"创作动力学"已经建立。该书以关于"动机"的考察代替了动力学的研究，并且把动机与灵感、情绪情感、焦虑、心理定势、心境等分别并列研究，则忽视了这些心理活动的整体性以及彼此之间的互相转化。我们认为，这些都是需要进一步讨论的。

文学艺术创作的意识活动,例如谈到创作冲动、创作动机、创作灵感等,仍然会情不自禁地以逻辑思维的概念、判断(皆通过明晰的词语和语言表述出来)、推理(一定要找出因果关系)来要求和规范它们,这就无意中形成一种思维方式的框架。如本书前文所征引过的,许多作家都谈到是一种"郁积"、"寂寞"、"空虚"、"苦闷"等导致他的创作,我们有什么理由否定他们的说法呢? 有的作家说写某篇作品是为了稿费,难道为了挣稿费就一定会写出某篇作品而必然不是写出另外的作品吗? 这些作家关于自己的创作动机的表白(为了挣稿费)难道就是可以确信无疑的吗? 如果我们承认作家创作来自于"郁积"、"苦闷",那么,这不就是承认文学创作的意识活动开始于"块垒"吗?

其次,关于突破显意识框架。通常所说的意识,即显意识,是指自己能够意识到的意识、能够运用语言表述出来的意识;与之相对的无意识,是指不知不觉的、没有意识到的心理活动,它是人和动物所共有的低级心理活动形式,如做梦等。在弗洛伊德的精神分析学派那里,无意识亦称为"潜意识",包括各种原始的冲动、本能、欲望、性欲等等,是人的全部生活的动机、意图的源泉。这与前面一点密切相联系:既然承认作家最初的创作动因是来自于"郁积"、"苦闷"、"块垒",其中理所当然地包含了无意识或者潜意识的成分和作用。因此,考虑到这一点,我们就不一定要求作家将自己的创作的最初动因用明白无误的语言说出来。既然其中包含了说不清楚的无意识成分,那么,作家如果勉强说出来的也未必就是明白无误的。谁又能保证某些作家在感到对于自己不利的一些情况下不会说出违心之论?

在弗洛伊德之前,已经有人关注过无意识领域。据说无意识概念是斯宾诺莎(Baruch Spinoza,1632—1677)提出的,其后 19 世纪早期联想主义心理学家赫巴特(Johann Friedrich Herbart,1776—1841)"提出感觉微粒的主动作用并用以解释意识与无意识之间感觉微粒的往来运动,但作为对外部刺激的反应,从总体上说,不论无意识和意识只能是一种被动的现象"①。弗洛伊德学说的贡献在于,他把人们长期忽略的无意识领域非常醒目地提到研究者面前,不再是意识的一种副现象,并且拓宽了人的心理与外部世界的相互作用范围。至于弗洛伊德本人对于无意识的解释和说明,从他的追随者纷纷离去就可证明其中包含了许多谬误。我们现在的任务是,应该把无意识领域的心理活动一并考虑在内,对全部意识活动(包括意识和无意识)做出合理的解释和说明。由此看来,用所谓问卷调查、交谈访问的方法来进行心理研究的做法,只能得出关于显意识的统计数据,而从根本上就必然忽略了被调查者的无意识成分。这种看似客观的所谓科学数据,从根本上说其真实性是大可怀疑的。

再次,关于突破当下刺激反应的心理机制的框架。诚然,人的心理活动是以大脑的机能组织的活动机制为其物质基础的。世界上许多心理学家都在致力于心理活动的自然科学基础——脑科学的研究,并且已经取得了一定的进展。人工智能的研究、电脑计算和识别的研究也取得了可观的成果。但是,由于人的大脑是一个"黑箱",人们不可能打开进行研究,这就带来了极大的难度。目前的脑科学成果,还远远不能解释人的心理活动的奥秘。而且,这里面存在一个先在的疑点——将人的心理活动完全当作自然科学研究的对象来看待,能够真正揭示其奥秘吗?即使是在动物群体中,我们都能够看到不同个体面对同一个刺激可能会做出不同的反应,难道它们的大脑构造或者大脑的活动方式完全不同?而要研究人的心理活动,怎么能够撇开社会、文化的因素,撇开情绪情感的因素而仅仅着眼于眼前的刺激呢?

目前的心理学研究正是建立在大脑对于眼前的刺激如何做出反应

① 林方:《无意识,意识和时代——评精神分析、人本主义和超个人心理学的意识观》,载潘菽主编:《意识——心理学的研究》,商务印书馆1998年版,第419页。

这一基点上。也就是说,心理学研究的是对于外来刺激信息的加工、改制和反应活动。而现实的人的意识活动,却并不限于接受外来刺激信息,至少还有来自机体本身的信息,还有机体回忆、联想起来的信息,甚至还有梦中得来的信息,对于信息的加工也不限于思维推理的运作方式(如电脑那样),还有情绪情感的推动和意志的控制,这些因素都是目前的脑科学、思维科学所根本无法解释的。囿于对外来信息加工这一思维范围来考察心理活动现象,我们认为是具有先天缺陷的。人们对于意识活动的研究,特别是对于文学艺术创作的动力系统的研究,应该突破当前的着眼于当下刺激反应式的心理机制的框架,将社会的、文化的深厚内容一并考虑进来。

三、块垒在文学理论体系中应有其位置

块垒作为文学创作的动力因素,表现为"剪不断,理还乱,是离愁;别是一般滋味,在心头"的感悟状态,是本人想说也未必说明白的情意状态。它对于作家日后的创作起到怎样的作用呢? 我们考虑,主要有以下三点:

一是作为"受动之始"的情绪记忆,亦可借用弗洛伊德的用语称之为"情结"。作家创作一部作品总是有一个起点的,或者源于生活中一次审美体验所得到的感悟,或者源于接受某种刺激之后而产生的心理变化,总之是倏然兴起一种想把自己的某些内心感悟告诉别人的要求,从而产生了要决心写作的强烈要求。例如司马迁立志撰写《史记》始于其父司马谈"执迁手而泣曰"的一番谈话,谛听之后"迁俯首流涕曰:'小子不敏,请悉论先人所次旧闻,弗敢阙。'"[①]鲁迅决心弃医从文是在看电影时事片时看到中国人"被日军砍下头颅来示众"的场面,"一个绑在中间,许多站在左右,一样是强壮的体格,而显出麻木的神情",

---

① 司马迁:《史记·太史公自序》。

那画面上情景如同钢刀刺痛着鲁迅的心,久久不能忘怀,终于悟出第一要著是改变国民精神的道理,于是下决心提倡文艺运动①。这最初的决心写作的强烈要求,常常被称为"创作冲动"。创作冲动产生之后,变成一种挥之不去的情绪记忆,亦可称为时时鞭策自身心灵的一种"情结"。它如一颗有了生命力的"种子","种"在作家的心底的土壤里,生根,发芽,承受着自己施加的压力慢慢长大,形成一种摆脱不掉、欲罢不能的"心病"。如果遇到外界的压力,它会愈发郁积着反抗的力量,千方百计地寻找冲破压力的机会。这不就是我们所说的"块垒"吗?

对于这种难以明白说清楚的创作冲动之所以会萌生的原因,如果我们进行理性分析的话,就会发现,它起源于"受动"——感受到某种需要(欲望)难以得到满足的一种痛苦。人的一生总是不断有所需求的。一个人在生活中总是会感悟、体验到某种需求不能得到满足的痛苦,意识到这种痛苦就是"受动之始"。受动产生之后,主体就要想方设法使需求得到满足,这就是"受动"变"能动"(能动性);在这个过程中要求得到满足的需求就会转化成为激情,它负载着巨大的富有创造性的本质力量。马克思曾经指出:"人作为对象性的、感性的存在物,是一个**受动的**存在物;因为它感到自己是受动的,所以是一个有**激情的**存在物。激情、热情是人强烈追求自己的对象的本质力量。""按人的含义来理解的受动,是人的一种自我享受。"②

二是作为指向文学艺术创作活动的内驱力,即导致文学作品生气灌注的内在激情。要求得到满足的受动会变成能动性的发挥,会导致激情和热情;如果得不到发挥的机会而受到压抑,致使需求无法得到满

① 鲁迅:《〈呐喊〉自序》,《中国现代作家谈创作经验》(上册),山东人民出版社1980年版,第2页。

② 《1844年经济学哲学手稿》,《马克思恩格斯全集》第42卷,人民出版社1979年版,第169、124页。

足,激情和热情就会郁积在胸,形成"块垒",压抑愈久,块垒愈积愈大,一旦发泄出来力量就愈加强大。这种力量是主体受压抑的痛苦并且郁结成为块垒的情感力量,是一种激情的力量。它在酝酿成熟进行创作的过程中,会在作家的内心里变成翻江倒海的狂风暴雨般的情感激荡,进而转化成为作品中生气灌注的激情和热情。

许多作家的成功的创作经验都告诉我们,支撑作家苦心孤诣进行创作的内驱力就是这种难以说清的深厚的情感力量,而不是某种可以明确地说明白的"动机"、"目的"之类。

三是指向创作过程的心理定势,即一种有可能出现灵感爆发的准备状态。关于块垒和灵感的复杂关系,下文将进一步专题展开论述。

总之,作为文学艺术创作动力系统的块垒,包括受动之始的情绪记忆、驱动创作活动的内在激情以及蓄势待发的心理定势这样三个环节,合起来则是作家整个酝酿、孕育作品的心理活动。它的活动结果,将会变成作家头脑中的生气灌注的意象世界,那就是文学作品的雏形。块垒作为作家在艺术构思之前的必要的意识活动环节,理应在文学理论中占据应有的位置,但是至今很少受到人们的注意和重视。现在,到了改变这种不合理的状况的时候了。

第二节　块垒作为整体性心理活动

我们考察作家的文学创作过程,考察创作过程前期的块垒状态,特别是将这种考察作为心理活动加以审视的时候,一个不可忽略的前提在于,必须把作家当作现实生活中一个活生生的整体的人来看待,而不是当作某个或者某几个心理活动环节的合成品来看待。上一节提到的研究创作动力学需要突破原有的思路,其所针对的突破对象——思维方式框架、显意识框架、研究当下刺激反应的心理机制框架——之所以必须突破,其原因正是这几种框架代表着一种将活生生的创作心理视为实验室里的抽象的活动碎片的倾向。我们对于块垒的考察,"它的前提是人,但不是处在某种虚幻的离群索居的和固定不变状态中的人,而是处在现实的、可以通过经验观察到的、在一定条件下进行的发展过程中的人。""我们的出发点是从事实际活动的人,而且从他们的现实生活过程中还可以描绘出这一生活过程在意识形态上的反射和反响的发展。甚至人们头脑中的模糊幻象也是他们的可以通过经验来确认的、与物质前提相联系的物质生活过程的必然升华物。"①我们所面对的作家,是生活在一定社会历史之中的整体人格,是有血有肉的现实存在。按照心理学的解释,"人格是个体身心特征有机的统一整体,无论是思维、记忆、情感、欲望、兴趣等心理活动,都连成一个统一整体来活动。人格是人对环境的行动方式,各个人的人格都不会是完全相同的。人格在人的一生中,从小到大,一般是进行着渐进式的变化"。② 因此,当我们考察作家所谈到的自己的胸中块垒时,必须从作家的整体人格出发,时时注意把握块垒作为整体性心理活动的特征。

首先,在意识和无意识的统一中把握人格的整体性。意识,作为动词就是觉察,意识到就是觉察到;作为哲学范畴,与物质相对应,是指客观世界在人脑中的主观映象,在这个意义上和思维同义;作为心理学范畴,是指自觉的心理活动,即人对于客观世界的自觉反映。我国心理学家潘菽明确指出:

> 什么是意识? 这是心理学上一个根本的,但还没有明确的问题。从实际分析,可以看到:意识就是认识。意识活动就是认识活动。在人们的说话或写作中常常可以听到或看到

① 马克思:《德意志意识形态》,《马克思恩格斯选集》第 1 卷,人民出版社 1995 年版,第 73 页。

② 叶奕乾等:《图解心理学》,江西人民出版社 1982 年版,第 366—367 页。

"意识到什么"这种说法。这里的"意识到"显然就是"感觉到"或"领会到"的意思,也就是"认识到"的意思。所以意识是一种作用,是对客观事物的认识作用。说一个人失去意识就是说他对客观存在情况什么认识活动也没有了。既不能领会,也不能感觉(不是生理学所说的感觉),更不能思维。说意识是认识活动这是比较地最适合于事实的。许多年来各方面的验证,说明这样的看法是恰当的,最足以说明问题。"意识"如作为一个名词讲,只是一个动名词,是人脑的一种机能或作用的名称。不明确这一点,就会造成思想上的混乱。①

无意识也是人脑对于客观现实的一种反映形式,是一种心理现象,而不是一般的生理现象。无意识包括以下几种形式:

第一种是"阈下刺激",就是费希纳提出的"无意识感觉",他指出,"无意识感觉的总和使无意识感觉接近于阈限,随后便产生现实的感觉,这一原理在实验心理学的发展过程中证明是正确的"。这就是说,由于客观事物的刺激强度不够,没有引起可以觉察的现实感觉,但是感觉不到的刺激仍然可以在大脑皮层上引起反应,产生一种电位,引起主体的自由联想,有时阈下刺激的影响会在梦中表现出来;

第二种是潜伏记忆,即潜伏下来的某些心理现象,虽然意识不到,但是对于后来的意识活动(如学习)能够显示出明显的影响,这种现象在艾宾浩斯的经典记忆实验中是显而易见的;

第三种是由于未加注意而未能意识到的,是指当时的客观刺激并未引起感官效应的,即所谓"视而不见,听而不闻,食而不知其味"的情况;

第四种是对于细节的忽略,即潘菽提出的"对个别情况的意识被组织在一较大片段的意识活动中,没有特别显出自己的存在",往往

---

① 潘菽主编:《意识——心理学的研究》,商务印书馆 1998 年版,第 18 页。

只有一个总的整体认识而未意识到其细节,但是细节仍然是起了作用的;

第五种是梦,作为一种无约束的浮泛的联想,或者有一定联系的不随意想象,或者由于机体内外刺激引起的不随意反映,也是一种无意识现象。梦中可能会有灵感爆发,有所发现,表明也是一种认识活动。但它是不自觉的认识活动,是无意识活动,如果醒来后还能回忆起来,说明无意识可以转化为意识活动;

第六种是特殊的病态的无意识活动,如呓语、幻觉、妄想等。①

以上各种无意识活动,除了病态的无意识之外,都是人们习以为常的心理现象。这些心理现象由于不同的原因而未能被意识到,却在不自觉的情况下可能出现进入意识领域,说明意识和无意识是可以相互转化的。

美国学者提供了关于无意识研究的近期成果。根据玛丽安娜·塞盖迪—毛萨克的《意识之谜》一文介绍,许多学者重新开始探索思维和头脑的深度。威斯康辛大学神经学家保罗·惠兰说:"我们每时每刻的行动大部分都是无意识的。如果每件事都处于意识的前沿,生活就会是一片混乱。"埃默里大学心理和行为科学系的教授克林顿·基尔茨说:"你的任何行为、思想、意识和无意识、日常活动,无不具有神经编码。我们最大的挑战技术找出如何研究并解开这些编码。"马尔科姆·格拉德维尔撰写了一本十分畅销的书《眨眼之间:无意识思考的力量》,认为人类行为也许不全然是高级理性思维的结果,"我们的瞬间判断和第一印象都是有缘由并受到操控的……要解释我们的行为,我们就必须承认,一闪念有着与长时间理性分析同样的价值"。认知神经科学家认为,人们仅在5%左右的认知活动中是有意识的,因此我

① 参见李令节:《国内关于意识问题的众说与我见》,潘菽主编:《意识——心理学的研究》,商务印书馆1998年版,第400—401页。

们大多数的决定、行动、情绪和行为都取决于超出意识之外的那95%的大脑活动。从心跳、推购物车到决定不伤害一窝小猫,我们靠的是一种叫做"适应性无意识"的东西,它是大脑认识这个我们的精神和肉体都必须与之交流的世界的方式。适应性无意识让我们能驾车转过一个街角,而无须用复杂的计算来找出精确的转弯角度、汽车速度和行驶半径。它还令我们能理解有歧义的句子的正确意思。哈佛商学院名誉教授杰拉尔德·萨尔茨曼也像神经科学家一样考虑意识层问题。他建议我们对于无意识活动不要妄下论断:"我认为我们还不知道纯粹理性的思维以及似乎是纯粹直觉的思维各占多大比例。"玛丽安娜·塞盖迪—毛萨克在文章最后断言:"这两者之间的平衡、已知和未知、有意识和无意识、5%和95%的混杂——正是研究巨大而复杂的头脑世界的先驱者们将继续探索的。然而我们很可能永远也无法弄个水落石出,毕竟,意识之奥秘、大脑之玄机,永远都是人之所以为'人'的终极谜题。"①

从研究文学创作活动中块垒的形成和发挥作用的角度来看,我们强调意识和无意识的统一的整体性原则是非常必要的。因为在块垒形成、积累到灵感爆发的过程中,固然意识的自觉作用是十分重要的,但是不可忽视的是,无意识在人的生活感悟、情绪郁积、梦、灵感等心理活动中的作用也是显而易见的,两者的相互转化也是必须承认的。在我们的文艺心理学、创作动力学的研究中,前者(意识活动)是不会被人忽略的,后者(无意识活动)却常常是有意无意地被忽略,或者打上神秘的、唯心主义的色彩而被歪曲,这是我们今天应该特别注意的。

————————

① 以上材料来自玛丽安娜·塞盖迪—毛萨克《意识之谜》一文,该文原载《美国新闻与世界报道》周刊2005年2月28日第1期,译文见《参考消息》2005年3月16日第9版。

其次,在知、情、意的统一中把握人格的整体性。"康德是心理过程的知、情、意三分法的首创者。"①自从康德撰写了三大批判(《纯粹理性批判》、《实践理性批判》、《判断力批判》)以来,人的心理过程划分为知、情、意三个方面已经成为人们的共识。康德哲学极大地张扬了人的主观意识的能力,他所论述的人的心理活动的知、情、意三个方面,分别与客观世界的真、善、美三大价值遥相对应,从而为人类科学知识的分类提供了必要的前提。我们认为,从三个方面分别研究人的心理活动是完全必要的,但是也应该注意不要把一个人的完整的活生生的心理活动硬性地割裂为三个部分,似乎知、情、意三个方面是各自独立运作的。事实上,现实生活中的每一个正常人都是以整个身心、整个自我来对待世界的,并且在前后的发展变化中保持其人格的统一的整体性。

人生活在世界上是时时刻刻都离不开与周围的客观世界打交道的。有交往就必然有矛盾。人必须在不断克服主体与客体、主观与客观之间的矛盾的过程中,通过实践活动认识和改造客观世界。人的实践活动包括对于主客双方(两者都作为客观对象)的认识过程以及对客观事物施加影响的意向过程。这两个过程是紧密联系、相互制约、相辅相成、不可分割的,共同组成人的心理活动过程的统一整体。对于客观对象的认识过程中也包着含意向活动的成分,但其中认识活动是主要的。对于客观事物施加影响的意向过程中也包含着一定的认识活动成分,但其中意向活动是主要的。认识活动是主观世界客观化的过程,即将客观事物的情况和变化规律纳入主观世界之中,获得客观事物的规律性;意向活动是客观世界主观化的过程,即通过实践活动向客观对象施加主观影响,使客观事物依照主体意向的方向发生变化,实现主体

① 高觉敷主编:《中国大百科全书·心理学·心理学史》,中国大百科全书出版社 1985 年版,第 16 页。

的目的性。人的实践活动恰好是认识活动和意向活动的统一,合规律性与合目的性的统一,客体的物种尺度和主体的不断提高的内在尺度的统一。当然应该指出,这种统一往往是经过多次失败之后,反复总结经验和方法而最后才能达到的统一。人的一切实践活动,都始终是在人的意向活动和认识活动两类心理活动的统一指导下进行的。潘菽指出:

> 人的心理活动显然是由两大部分或两个类别构成的。一部分是意向活动(可简称为"意"或"意向");另一部分是认识活动(可简称为"知"或"认识")。认识活动是人们对客观世界的反映活动,包括感觉、知觉、思维(回忆、联想、思考等)等。意向活动是人们对客观世界的对待活动,包括注意、欲念、意图、情绪、谋虑、构思、意志等。长期以来,传统心理学大都采用知、情、意三分法。这种"三分法"是不够符合实际情况的。因为"情"和"意"在实际上是密切结合在一起而难于分割的。情由意生,或意由情生。二者是实质相同而形式有异的东西。其实"情"也是一种"意"。所以"情"和"意"可以而且应该合在一起,也可称之为"情意"。①

情意成分作为意向总是主导着认识,认识总是在意向主导之下的认识;而认识又总是指引着意向的,意向一般总是在一定的认识引导下的意向。就人们的具体心理活动来看,有时候是以认识活动为主(虽然总是有一定的意向主导着),有时候可能是以意向活动为主(虽然也总是有一定的认识活动指引着),但是就整体来看,意向总是占第一位的主导方面,而认识则是占第二位的辅助的方面。伦理学家王海明指出:"一切感情都是主体对其需要是否被客体满足的内心体验;一切意

---

① 潘菽主编:《意识——心理学的研究》,商务印书馆 1998 年版,第 16—17页。

志都是主体对其行为从确定到执行的心理过程。所以，感情和意志虽属于心理、意识范畴，却与行为一样，都不是对客观对象的反映，而是对客观对象的反应；都不是对客观对象的摹写、复制、揭示、说明，而是对客观对象的要求、设计、筹划、安排；都不是提供关于客观对象的知识，而是提供如何利用和改造客观对象的方案；都不是寻求与客观对象相符，而是寻求与主体需要的适合。所以，感情和意志……都无所谓真假，而只有所谓对错。"①总之，人的实践行动中总是包含着意向过程和认识过程两个方面，或者说包含着知、情、意三个方面，不过应当注意，不管你怎样分析其中的成分，它们总是作为一个整体在起作用的。

有一种看法认为，"情"和"意"都属于非理性。在一本研究非理性的专著中，作者断言："情感、情绪、意志、信仰、直觉、灵感等，通常被认为是非理性的表现形式。这是因为这些形式是一种心理趋向和心理状态，而不是观念的思考和认识。""在精神结构中，它（指意志——引者）与情感的地位相仿，是非理性形式中接近理性的那一头。"②这种认识显然是不够妥当的。我们认为，知、情、意等三个方面都可以贯穿理性与非理性的各个领域，比如情感领域的理智感、道德感、美感都是具有高度理性内涵的情感，指导和控制人在实践活动中的体力、智力的意志力，更是高级的理性控制力。那种脱离人的知、情、意统一整体来单独地孤立地分析某种心理活动成分的做法，是容易导致片面性的，是不可取的。

再次，在人格的发展变化过程中把握人格的整体性。在人格的发展变化过程中把握人格的整体性，包括两层含义：一是从时间的三维关系的统一中来把握顷刻；二是从动机与效果的统一中来看待作家的

---

① 王海明：《新伦理学》，商务印书馆2002年版，第76页。

② 夏军：《非理性世界》，生活·读书·新知三联书店1998年版，第267、278页。综观全书，我们发现，实际上作者对于这个判断是犹豫的。在对于情感层次和意志目的分析中，作者又多次谈到情意之中所包含的理性内容。

表白。

　　自然时间是一个从过去到现在直到未来的、没有终点的无限的绵延过程。对于每一个人来说，他所占有的时间只能是这个无限绵延过程的一小段，即从生到死的有限的时间历程。除去少不更事的阶段之外，他能够自觉支配的时间不过区区几十年。面对着这几十年的生活历程，人们的生活态度也是大不一样的，其中为数相当可观的人可能是在浑浑噩噩的状态中度过的，只有那些自觉实现自己的人生理想的少数精英人物才会经历着向一定目标不断奋斗的历程。历史上对于人类文化作出贡献的伟大作家，都是自觉实现自己的宏伟的人生目标的有志者，他们的一生都是不畏艰难险阻努力实现人生志向的拼搏过程。特别是在他们胸中生成块垒之后，块垒的继续郁积和寻机发泄便成为"一块心病"。这个过程中的每一刻，都是负载着历史郁积的沉重负担（块垒）的一刻，同时又是指向未来的能够痛快淋漓地享受高峰体验（"酒浇块垒"）的那一刻，因而是寻机待发的一刻。这个过程的每一刻，都是"富有包孕性的顷刻"，是蕴涵着过去、现在、未来时间三维的丰富内容的顷刻。进一步扩而大之，他们的每一刻都是其整个人生中过去、现在、未来三维内涵融会贯通、凝聚集中的顷刻。因此，当我们研究作家的胸中块垒的时候，都应该从作家整个人生的总过程着眼，从其整个人生中过去、现在、未来三维内涵凝聚集中的角度来俯视其每一个顷刻。即使是人生经历了极大转折的作家，他们的转折也都不会是偶然的，之前会有转折的朕兆，之后会有转折价值的显现，仍然应该从其整体人格来看待每一个顷刻。

　　我们考察作家的创作过程，还必然会涉及动机与效果的统一问题。如前所述，块垒作为动力因素对于文学创作的成功与否具有举足轻重的作用，但它往往是难以用明确的语言来加以表述的。而人们能够看到的由作家本人明确表述出来的"动机"，却可能是五花八门、令人眼花缭乱的。这样，如何看待块垒与动机的关系，如何评价作家的动机与效果就需要认真地辨析和研究。在日常用语中,动机和愿望、目的等概念常常在同等意义上被使用。在哲学、伦理学中,动机作为道德行为的直接动因,效果作为道德行为的后果是必须统一起来加以考察的。因此,在伦理学中,动机和愿望、目的是互相区别的。目的是行为所要达到的结果,它表现为动机和愿望,并且贯穿于行为的全过程,即使动机有所改变,目的仍然起作用。愿望是指在激情、思虑的支配下,对于同时出现的各种动机所做出的一种选择。恩格斯说:"愿望是由激情或思虑来决定的。而直接决定激情或思虑的杠杆是各式各样的。有的可能是外界的事物,有的可能是精神方面的动机,如功名心、'对真理和正义的热忱'、个人的憎恶,或者甚至是各种纯粹个人的怪想。……在历史上活动的许多单个愿望在大多数场合下所得到的完全不是预期的结果,往往是恰恰相反的结果,因而它们的动机对全部结果来说同样地只有从属的意义。"[①]我们认为,块垒作为创作的动力因素,属于在激情、思虑支配下未必说得清楚的愿望的范围,是与作家的人生目的相联系的心理状态及其活动,它实际上支配着创作活动,因而是不可能作假的。而作家关于自己作品的动机的表白,却可能是"各式各样的"、"决定激情或思虑的杠杆"的多种动机之一种,可能是受某种眼前因素支配的,因而是需要加以分析的。特别是在后现代主义思潮影响下,一些自我表现欲望强烈的作者十分喜欢"作秀"式的自我"表白",在不同的情景下有时会有完全性质相反的表白,甚至还没有写出什么像样的作品就大肆标榜和吹嘘自己。由此可见,对于作家的自我表白究竟如何判断,应该联系其作品的社会效果以及本人对待社会效果的态度等一起来进行辨析,而不可简单地轻信其表白甚至把这种表白作为判断其创作价值的唯一依据。我们研究作家的胸中块垒的时候,如果能够从

---

① 《路德维希·费尔巴哈和德国古典哲学的终结》,《马克思恩格斯选集》第 4 卷,人民出版社 1995 年版,第 248 页。

作家整个人生的总过程着眼,从其整个人生中过去、现在、未来的三维内涵凝聚集中的角度来俯视其每一个顷刻,那么,轻信某种表白的片面性就是可以避免的。

第三节　块垒作为生存体验所具有的"道"化特征

过去的文学理论总是从已经有了文学的规定性之后来研究文学,从艺术构思、艺术意象或者艺术形象产生之后来谈文学,即"从有到有"地解释文学创作;即使谈到体验生活、搜集素材,也只是把这个环节当作文学形象产生之前的前奏序曲来看待,看不到从非文学到文学即"从无到有"的生发过程。现在,当我们把"块垒"作为文学创作的一个必要环节提出之后,恰好补充了这个从非文学蜕变到文学作品的过渡环节,使文学创作过程变成了一个"从无到有"的生成过程。块垒作为文学创作的动力机制,是作家从生活中得到的生存的体验和感悟的凝结,它本身自然也经历了一个由无到有的生成过程。块垒从孕育到成熟的过程,实际上体现着人类体悟和认识事物的一般行程。这一由无到有的生成过程,也体现着宇宙万物由无到有的总体性的生成规律——在中华民族的传统观念中就是"道"的体现。从这个意义上说,块垒作为生存体验体现着作为总规律的"道"的一般特征,块垒的生成过程具有"道"化特征。

"道"的观念是中华民族的古老观念。"作为空间的宇宙,在殷周人心目中投射了一个根深蒂固的深层意识,即以中央为中心,众星拱北辰,四方环中国的'天地差序格局'。"①这种宇宙结构给人们提供了一个价值的本源,观念的样式,行为的依据。传说伏羲"始作八卦",文王

---

　　① 葛兆光:《中国思想史》第一卷,复旦大学出版社 2002 年版,第 53 页。

演八卦,春秋时代已经有阴阳之说。其后,在见于典籍记载的所谓"黄帝之学",已经颇具规模,包括天圆地方、阴阳四时五行、历数,以及推演于天道、世道、人道的一整套思路。《管子·内业篇》中已经说过:"夫道者,所以充形也,而人不能固。其往不复,其来不舍,谋乎不见其形,淫淫乎与我俱生。不见其形,不闻其声,而序其成,谓之道。……道也者,口之所不能言也,目之所不能视也,耳之所不能听也。"至老子,就明确地强调了先天地而存在的"道"的优先意味,并把那种本来还与具体现象解释相关的"天道"与"阴阳"变成了富于哲理意味的思想,以此笼罩和涵盖一切。由此,一切事物"从无到有"的生成过程便都具有"道"化特征。

具体地说,块垒所具有的"道"化特征表现在以下几个方面:

第一是"玄之又玄,众妙之门"。《老子》第一章开宗明义说,我们可以说出的"道",作为万物之母的存在和产生并且支配一切的规律,还远远不是那个高深莫测的"常道"("道可道,非常道")。作为天地之原始的"无"和万物之根本的"有",实际上是同一个来源而有不同的名称。两者都是深远玄妙的,沿着这条"有"与"无"矛盾统一的线索前进,就可以达到至微至早的一切变化的总门了("玄之又玄,众妙之门")。① 第六章说"玄牝之门","绵绵若存",意思是说这个"众妙之门"也是深远神秘的、看不见的生产万物的生殖器官,它绵绵不断地、似乎永存地创造万物。第四章说"渊兮""湛兮","道"深不可测像是万物之始祖,而又清澈无形,似无而实存。

作为文学创作之始的块垒状态,也是这种玄妙的创造之门,绵绵不断地创造出文学作品,却又是深不可测的、清澈无形的、似无而实存的。

---

① 对于《老子》原文的解释,参照任继愈:《老子今译》,古籍出版社1956年版;陆文炽:《老子浅释》,北京古籍出版社1990年版;徐志钧:《老子帛书校注》,学林出版社2002年版。

第二是"无物之象，是谓惚恍"。《老子》第十四章说，"道"是看不见、听不到、摸不着的，上边不亮，下边不暗，无边无际，时隐时现，是没有形状的形状，没有形体的形象，只能叫它"惚恍"（"其上不皦，其下不昧；绳绳兮不可名，复归于无物。是谓无状之状，无物之象，是谓惚恍"）。第二十一章说："惚兮恍兮，其中有象；恍兮惚兮，其中有物。窈兮冥兮，其中有精；其精甚真，其中有信。"它是那样的恍惚，恍惚之中有形象，恍惚之中有实物，深远暗昧之中有细微的精气，这细微的精气最具体、最真实。

作为文学创作之始的块垒状态，正是这种在深远强烈的情意之中，似乎有形象，似乎有事物，似乎有细微的真情实感的具体表现，在恍恍惚惚之中难以把捉，却又不能甩开不顾……。等到时机成熟，块垒就会借助灵感的降临而趋向于明朗，变成精微具体的有独特意味的人物、场景、事件、氛围等意象。

第三是"道"的生成模式和衍生模式。《老子》第二十五章说："有物混成，先天地生。寂兮寥兮，独立而不改，周行而不殆，可以为天下母。吾不知其名，强字之曰'道'，强为之名曰'大'。大曰逝，逝曰远，远曰反。"意思是说：有一个浑然一体的东西，在天地生成之前它就存在了。寂静无声，寥廓无形。它是独立存在的，不依靠外力推动。它到处运行从不休止。它可以作为天地万物的根源。我不知道它本来的"名"，给它起个名字叫做"道"，勉强形容它叫"大"。这个"大"常常隐藏在我们的视野之外而逝去，因为它运行得远远的，运行远了就预示着它将要返还。第四十二章所谓"道生一，一生二，二生三，三生万物。万物负阴而抱阳，冲气以为和。""道"使万物得到统一，统一的事物分裂为对立的两个方面，对立的两个方面产生出第三者，于是千差万别的万事万物就产生出来。万物内部包含着阴阳两种势力，相互冲击，经过激荡而又统一起来。

作为文学创作之始的块垒状态，开始时也是一个浑然一体的东西，似乎是在独立运行着而难以控制，它在内心里郁积着而无法摆脱，可以成为未来作品的根源。它本身本来也没有名字，我们硬是给它起个名字叫"块垒"，或者勉强形容它叫"大块"（或"骨鲠"）。这个"大块"常常叫人看不清楚，躲得远远的，可是不知什么时候它又返回我的胸中而堵得难受。这个"块垒"，最初是一种说不清楚的人生感悟，在说与不说、欲罢不能的心理矛盾中郁积成长（阴阳两个方面），后来在恍惚之中产生出一个似乎鲜明的形象，或者一个什么细节，一个人物，总之是一个新的"第三者"出现了，然后围绕着这个新形象产生出一个虚拟的包容万物的艺术世界。经过艺术构思、艺术传达、遣词造句，经过这个漫长的充满矛盾斗争的过程，一部文学作品最后才会诞生出来。

第四是将万象纷纭的宇宙归纳为"道"与"阴阳"的模式规则之中，于是就得到了一个存在的理由和价值基础。这就是《老子》第四十七章说："不出户，知天下；不窥牖，见天道。其出弥远，其知弥少。"意思是说凭借着对于"道"的领悟，我不必走遍天下而知道天下，不必从窗户看出去就能知道日月星辰运行的天道的规律。如果不能通过"静观""玄览"而获得对于"道"的领悟，单凭感官来了解世界，那么，走得越远，知道得越少。我们可以把它应用在对于"块垒"的解释中，这就是说，由于"块垒"的酝酿可以通达对于人生真谛的理解，可以透过纷纭复杂的生活现象而知晓人生，不必紧盯着窗外的人影就可以由刹那见到永恒，达到对于人生终极关怀的体悟。如果不能借助"块垒"而获得对于人生的感悟，那么，你描绘出来的生活现象越多，实际上对于人生的领悟越少。同样，人们在文学艺术的接受和解释过程中可以通过对于文本中蕴涵的块垒的体悟，而获得对于人生价值体验的直接领悟。

如此这般地对于"块垒"与"道"作类比式分析，是不是牵强附会的联系？我们认为，"块垒"与"道"当然是彼此不同的两类事物："道"在老子那里代表宇宙万物生成的总体规律，也是人对于这种总体规律的理解；"块垒"是我们研究文学创作起始阶段的用语，它也应该从某个方面体现出事物总体衍化规律的一般性。从这个意义上说,二者在由无到有的生成过程中所遵循的规律是一致的。《老子》一书中所谓"道"的生成,看来似乎神秘,其实就是对于人的认识过程的模拟,或者说,是把人类如何理解世界的过程作为一个发展模式来看待,同时也是作为一个客观世界的生成模式来理解。既然文学创作过程是从"块垒"的酝酿开始,而后逐步衍化生成艺术世界,那么,"块垒"的生成和发展也就必然具有"道"化特征,这当然不是偶然的巧合。

西方思想史上也不乏对于世界生成模式的描述,例如黑格尔的绝对理念的生成也是如此。黑格尔在《逻辑学》中对于"是"的规定,《精神现象学》中对于"感性确定性"的规定,实际上是"有"也是"无",都具有这种"块垒"的特征。在《逻辑学》中,"是"(德文 sein,[英文 being,"是"])是他的全部绝对理念展示出自身的开端,也是绝对理念最初之状态。下面引用杨一之译文(该本译"sein"为"有"):

> **有、纯有**——没有任何更进一步的规定。有在无规定的直接性中,只是与它自身相同,而且也不是与他物不同,对内对外都没有差异。有假如由于任何规定或内容而使它在自身有了区别,或者由于任何规定或内容而被建立为与一个他物有了区别,那么,有就不再保持纯粹了。有是纯粹的无规定性和空。——即使这里可以谈到直观,在有中,也没有什么可以直观的;或者说,有只是这种纯粹的、空的直观本身。在有中,也同样没有什么可以思维的;或者说,有同样只是这种空的思维。有,这个无规定的直接的东西,实际上就是无,比无恰恰不多也不少。①

而黑格尔在《精神现象学》第一章开头所说的最初的对象的知识,不夹

---

① 黑格尔:《逻辑学》,杨一之译,商务印书馆1974年版,第69页。引自俞宣孟《本体论研究》,上海人民出版社1999年版,第53—54页。

杂有概念的把握的"感性确定性",也同样是这种好像丰富而实际上空
洞的规定性:

> 那最初或者直接是我们的对象的知识,不外那本身是直
> 接的知识,亦即对于**直接的**或者**现存着的东西**的知识。我们
> 对待它也同样必须采取**直接的**或者**接纳的**态度,因此对于这
> 种知识,必须只像它所呈现给我们那样,不加改变,并且不让
> 在这种**认识**中夹杂有概念的把握。

> **感性确定性**的这种具体内容使得它立刻显得好像是**最丰**
> **富的**知识,甚至是一种无限丰富的知识。对于这种无限丰富
> 的内容,无论我们追溯它通过空间和时间而呈现给我们的**广**
> **度**,或我们从这种丰富的材料中取出一片断,通过深入剖析去
> 钻研它的**深度**,都没有极限。……但是,事实上,这种**确定性**
> 所提供的也可以说是最抽象、最贫乏的**真理**。它对于它所知
> 道的仅仅说出了这么多:它**存在**着。而它的真理性仅仅包含
> 着事情的**存在**。……毋宁说只是:事情**存在**着[或有这么一
> 回事],而这个事情之所以**存在**,仅仅因为它**存在**。它存
> 在——这对感性知识说来,就是本质的东西,而这个纯粹的**存**
> **在**或者这个单纯的直接性便构成感性确定性的**真理性**。①

毫无疑问,黑格尔的哲学体系和老子哲学大不相同。我们在这里
也无意比较双方的同和异。我们想要说明的仅仅在于:黑格尔的绝对
理念在最初生成时的状态,同老子的"道"的最初生成状态,以及我们
意识中某种观念最初的生成状态,包括我们在文学理论中所要讨论的
创作过程的最初生成状态——块垒,都具有一定程度的一致性,即都是
从最初的模糊状态而逐渐生成的。本书认为,这个最初的模糊状态,称

---

① 黑格尔:《精神现象学》(上册),贺麟、王玖兴译,商务印书馆 1983 年版,
第 63—64 页。

之为"道"、"绝对理念"、"有"、"无"、"是"、"本体",或者"块垒"、"混沌"、"惚恍"等等,都是可以的,都是一样的,其间并没有什么质的区别。在我们看来,这一条思路是人类认识世界的本体论思路,是人类思考问题逐步深化的唯一思路。对此,我们将在下一编予以深入讨论。

总之,从文学理论的角度说,块垒是作家创作之前的心理状态,是文学创作的动力机制:起始于作家萌动文学创作的情绪记忆,然后作为指向创作活动的内驱力和心理定势,诱导着作家一系列的创作活动。从心理学的角度说,块垒不仅仅是作家对于当下刺激的心理反应活动,而且是对于当下刺激做出反应的心理背景,是作家在长期生活中凝聚而成的整体人格的必然呈现,是包含无意识因素的知、情、意的统一体,表现为一种带有强烈指向性的、未必说得清楚的情意状态。从人的意识发展的角度来看,块垒的生成和抒发是文学作品从无到有的产生过程,具有明显的由模糊走向清晰的"道"化特征。当我们追寻文学理论的元问题到达块垒的时候,这就是追寻到了文学诞生之前尚且不能称之为文学的本然状态——非文学状态,也就是文学何以产生的本体问题。

第二编　块垒的存在论本质

——文学的本体论考察

关于"文学是什么"的追问,我们由文学作品的显在形态追问到作家创作作品之前的感悟状态,得出了一个为文学理论界深感陌生的新范畴——块垒。块垒所标示的是作家在生活中获得的人生感悟,实际上是一种情绪—情意状态,是导致作家进入创作过程的基本原因和动力,从而使文学创作变成了一个"从无到有"的自我生成过程。文学创作生成于作家的生存感悟之中,作家的人生感悟促使他创作出文学作品。反过来说,只有某人将自己的人生感悟以大体符合文学惯例的方式书写出来(包括口头表达、网络写作)之后,只有当他的作品通过一定的媒介流传并且使一定数量的读者与之呼应,唤起相近的人生感悟之后,才会被社会承认为作家。对于撰写处女作的人来说,这一必须取得社会承认的"铁律"尤其显得残酷。从理论分析的角度说,作家和作品同时产生,是同一个自我生成的过程;从社会实践的实际状况来说,则是先有作品后有作家,先有大作品后有大作家。在这里,判断作品和作家、大作品和大作家的标准不是别的,而是看作品中是否写出了深刻独到的、令人产生共鸣的人生感悟——块垒。因此,人生感悟即块垒的有或者无、高或者低,应该是判断一个人是否成为作家以及是否称得上是大作家的根本标准。然而,我们的文学理论作为研究文学活动的科学体系,对于这一标准是相当忽视的,这不能不说是一个缺憾。

为了弄清楚块垒的本质,我们有必要从它的表现形态追问它的存在论根源,然后再去考察它在作家的生活经历中是怎样产生的、在创作中是怎样衍化的等等。本编的任务在于追问块垒的存在论本质。实际上,这就是关于文学的本体论研究。

本体论是从西方哲学引入的哲学范畴。在西方哲学史上,本体论自有其发生发展的原因和演变轨迹。在中国思想史上,本来没有如同西方那样的指向超越的彼岸世界的本体论,只有关于事物的本原、本根的追问。自从西学东渐以来,以西方的思维框架来研究中国的历史问题,早已成为国内学术界的通例。近年来,由于海德格尔哲学在世界范围内的传播,他所提倡的颠覆形而上学、批判主客二分的思维模式已经成为时下最为流行的时髦理论。与此相关,国内学术界呈现出一种本体论泛化的倾向。以文学理论的研究为例,不仅出版了若干部关于文学以及艺术本体论的专著,而且提出了一系列本体论术语:审美本体、体验本体、语言本体、文本本体、解释本体等等。这些有关文学活动各个环节上的"本体",都是着眼于某个特定环节、特定角度而言的。

本书关于文学的本体论研究,是从总体上考察文学活动与整个人类的生存状态的角度来说的。这里所说的文学本体是指人的生存本体,是人对于自己的生存状态的本体性感受,亦即人的情意本体。在本书中,体现于文学活动中的人的情意本体就是人生感悟——块垒。在这一编中,我们将对于块垒的情意本体性质提出自己的思考意见。

第五章　西方哲学中的本体论溯源

　　有鉴于本体论问题的复杂性,有鉴于中西思想史上语境的重大区别,有鉴于当下对于文学艺术本体论研究的各种歧见,我们认为,在探讨文学的本体论时,必须首先对于有关本体论的来龙去脉、本体的多种含义等问题进行必要的考察和辨析。本章首先从文学创作犹如"春蚕吐丝"的比喻引入文学的本体论思考,进而考察本体论的本质含义及其在西方哲学史上的历史发展的基本状况。

第一节　"春蚕吐丝"与本体论

　　马克思在 19 世纪曾经分析作家的创造性劳动可能是生产劳动,也可能是非生产劳动。他举例说:

　　　　"密尔顿创作《失乐园》得到 5 镑,他是**非生产劳动者**。相反,为书商提供工厂式劳动的作家,则是**生产劳动者**。密尔顿出于同春蚕吐丝一样的必要而创作《失乐园》。那是**他的**天性的能动表现。后来,他把作品卖了 5 镑。但是,在书商指示下编写书籍(例如政治经济学大纲)的莱比锡的一位无产者作家却是**生产劳动者**,因为他的产品从一开始就从属于资本,只是为了增加资本的价值才完成的。"①

---

　　① 《马克思恩格斯全集》第 26 卷(1),人民出版社 1976 年版,第 432 页。

马克思在这里所讨论的是判定作家写作是否属于雇佣劳动,是否纳入了资本主义生产关系。但是,从这段话里我们也可以体会到,在马克思看来文学创作以及理论写作也是应该有所区分的:就像密尔顿那样"出于同春蚕吐丝一样的必要而创作",使创作成为自己的"天性的能动表现",这才称得上是真正的文学创作;而"在书商指示下编写书籍"则另当别论。

而真正称得上是作家的"天性的能动表现"的作品,"出于同春蚕吐丝一样的必要而创作"的作品,在我们看来,那就是经过作家长期酝酿、呕心沥血,由胸中块垒转化而创作出来的作品。我们还可以看到另外一些作家也曾经有过类似的表白。高尔基说:"我对于我为什么写作这个问题作这样的回答:由于'令人苦恼的贫困生活'对我的压力,还因为我有这样许多的印象,使得'我不能不写'。"①音乐家贝多芬毕生挣扎在痛苦的深渊里,也几乎是毕生在构思一个重要主题——"讴歌欢乐"。义愤填膺的情绪转化成为讴歌欢乐的创作冲动蕴蓄了几十年,以致在他的作品中"快乐本身也蒙上苦涩与狂野的性质"②。贝多芬自己说:"为何我写作? ——我心中所蕴蓄的必得流露出来,所以我才写作。"③在我们看来,高尔基所说的"不能不写"和贝多芬说的"心中所蕴蓄的必得流露出来",也同样属于"天性的能动表现",属于"春蚕吐丝一样的必要"。因为,此时作者心中蕴蓄的感悟(即我们所说的"块垒")已经内化为他的灵魂的一部分,化成了"春蚕"所要"吐"出来的"丝",所以对于他本人来说,那是非"吐"不可的。也正如唐代韩愈

---

① 《谈谈我怎样学习写作》,戈宝权译,《论文学》,孟昌等译,人民文学出版社 1983 年版,第 166 页。

② 罗曼·罗兰:《贝多芬传》。转引自王先霈:《文学心理学概论》,华中师范大学出版社 1988 年版,第 67 页。

③ 贝多芬:《致旭班齐赫》。转引自《傅译传记五种》,生活·读书·新知三联书店 1985 年版,第 189 页。

所总结的:"人之于言也亦然:有不得已者而后言,其歌也有思,其哭也有怀。凡出乎口而为声者,其皆有弗平者乎!"①

前面我们对于"什么是文学"的追问,得出的一个初步结论是:文学作品不是什么现成的东西,而是从"非文学作品"演变转化而来的;这里所说的"非文学作品",是指作家孕育文学作品时的精神状态,即"胸中块垒"。"块垒"当然还不就是文学作品;"块垒"要真正演变转化成为文学作品,还需要经过若干重要的转化环节;在其后的演变转化的过程中,只要某一个环节的某一项因素机缘不够凑巧,也可能前功尽弃,无法切实演变为文学作品。但是,我们纵观中外文学史,可以肯定地说,那些载入史册、流传后世、吸引和教育着世世代代的人们珍爱生活的伟大作品,都是作者长期酝酿、呕心沥血出于"天性的能动表现"而写出来的,也就是说,这样的作家像是"春蚕吐丝一样"将自己的"胸中块垒"倾吐出来的。反过来说,如果一个"作家"缺乏由人生感悟而生成的"块垒",那么他也就无"丝"可"吐",即使勉强"吐"出来也不会是"丝",也就是说,尽管也可能写出了外观上与文学作品家族相类似的文本,却只能是脱离"文学性"的赝品。从这个根本的意义上说,理论界不断争论的所谓"文学性",就植根于由人生感悟所凝结的"块垒"。能否真正从"块垒"出发,乃是写出的文本是否具有"文学性"的关键所在,是决定其是否应该被称为文学作品的关键所在。

"块垒"作为文学作品的关键性制约因素,它像是植物的种子一样,理所当然地被视为文学的本体。

文学是什么?答曰:"是其所是。"这个文学"是其所是"的内涵,从哲学高度即逻辑上最高最终意义上说,就是文学的本体论问题。我们把文学看成是作家的"天性的能动表现",是"春蚕吐丝一样"的倾吐自

① 韩愈:《送孟东野序》,《昌黎先生集》卷十九。

己的"块垒",所回答的正是文学的本体论问题。我们认为,从本体论出发来研究文学创作的历程,思考"块垒"的形成和作用,才能为文学理论元问题找到合理的根据。

第二节　本体论就是"是论"

本体论(ontology)原本是西方哲学的组成部分,是关于存在及其本质和规律的学说,被亚里士多德称为"第一哲学"。"ontology"是由 onto 加上 logy 构成的,它应该是关于 onto 的学问。最先出现于德国经院哲学家郭克兰纽(Rudolphus Goclenius,1547—1628)于 1613 年编写的哲学词典。现在我们看到的最早的定义是德国哲学家沃尔夫(Christian Wolff,1679—1754)为本体论下定义:

> 本体论,论述各种抽象的、完全普遍的哲学范畴,如"是"
>
> 以及"是"之成为一和善,在这个抽象的形而上学中进一步产
>
> 生出偶性、实体、因果、现象等范畴。①

这个关于以"是"为研究对象的定义后来有所变化。在现代西方哲学中以"存在"(existence)取代或者部分取代"是"作为本体论研究的对象,而"存在"又被当作是表示一般的事物及其性质的概念,于是,本体论就成为关于一般的事物及其性质的学问了。②

"本体"一词来自希腊文 onto,它是希腊文 on 的变化式,而 on 则是相当于英文不定式 to be 的希腊文 einai 的中性分词,也就是说,on 相当于英文中的 to be 的现在分词 being(其动名词形式与分词相同)。

---

① 黑格尔:《哲学史讲演录》第四卷,贺麟、王太庆译,商务印书馆 1978 年版,第 189 页。译文中的"是"作"有"。此处译文据俞宣孟:《本体论研究》,上海人民出版社 1999 年版,第 20 页。

② 参见俞宣孟:《本体论研究》,上海人民出版社 1999 年版,第 20—22 页。

英文 to be 是一个系动词,它的最常见、最基本的含义相当于汉语中唯一的系词"是"。所以,以 on(being)为研究对象的 ontology,就是关于"是"和一切"是者"的学问,因此,它的确切译名应该是"是论"。① 总之,本体论是西方哲学特有的一种哲学形态,它是以"是"为核心范畴通过逻辑的方法构成的先验原理系统。

为什么"是"会成为本体呢? 这与印欧语系中的系词"是"的形态变化、语法特点以及逻辑特点直接相关。日常语言中的系词"是",依照其语法逻辑意义变成了一种纯粹的逻辑规定性——最高、最普遍的逻辑含义"是"。相对于这个最高概念来说,其他一切都不过是"是者",是处于"是"之下的下位概念。这就是哲学范畴的"是"(英文动词不定式 to be 及其动名词 being),有了它,才有了"是论"——本体论。

第三节　从柏拉图到黑格尔

最早初创本体论观念的是柏拉图。他思考问题的方式是追求事物后面的本质规定性——理念。例如在《大希庇阿斯篇》中讨论美时,就是要追求达到"美本体"。他借苏格拉底之口否定了美就是一位漂亮的小姐、一匹漂亮的母马、竖琴、汤罐、黄金以及恰当、效益等表现出"美"的东西(按照他的逻辑应该称之为诸"美者"),而特别提示"我问的是美本身,这美本身把它的特质传给一件东西,才使那东西成其为美"②,这个"美本身"就是美本体,就是"美的理念"。据亚里士多德记载,柏拉图的思想同他的老师苏格拉底是有区别的:

①　参见俞宣孟:《本体论研究》,上海人民出版社 1999 年版,第 14—16 页。
②　柏拉图:《文艺对话集》,朱光潜译,人民文学出版社 1963 年版,第 184 页。

他(指柏拉图——引者)在年轻时即熟悉了克拉底鲁和赫拉克利特的学说,即一切可感事物永远处于变动状态之中,对之是不能有知识的,所以他把这些观点一直保持到了晚年。苏格拉底忙于研究伦理事务而忽略了作为整体的自然世界,只在这些伦理的事情中寻求普遍的东西,使思想首次关注于定义问题。柏拉图接受他的教导,但是,认为这个问题不能应用于可感事物上,而当应用于另一类东西,其理由是,由于可感事物总是变动不居的,所以共同的定义不可能是关于任何可感事物的定义。那另一类东西,他称之为理念。他说可感事物都是仿效着他们、或从与它们的关系方面而命名的;因为众多者是由于分有了与它们同名的那些理念而存在的。①

柏拉图探讨的理念主要是一些抽象的概念,如善、美、正义、勇敢、节制、智慧、虔诚等等,以及数(如一和多等)、性质和关系(如动、静,大、小,类似、不类似,等、不等之类)等等。柏拉图早期主张具体事物"分有"理念,后期在《巴门尼德篇》、《智者篇》中则转化为理念之间相互分有、相互关联,突出了理念之间的逻辑规定性。他把"是"当作一个范围最为宽泛的理念来看待,世界上的万事万物(甚至包括"不是"、"无")都是"是者"(所是),"是(有、存在)"本身是一切"是者"是其所是的根据,于是,"是"(being)就成为万有之源的总体理念,"是论"就成为本体论(也译为万有论)。"柏拉图是本体论的创始人。他第一次把哲学定义为是关于研究通种间关系的学问,即最具有普遍性的那些概念之间的关系的学问。由于一切通种都分有或结合着'是'这个通种,一切通种就都是'是者',这也是后人把本体论称作是一门关于

---

① 亚里士多德:《形而上学》卷一,吴寿彭译本第 16 页。此处据俞宣孟译文,见俞宣孟:《本体论研究》,上海人民出版社 1999 年版,第 185 页。

'是'和'是者'的学问的原因。"①

亚里士多德对于柏拉图的理念论持批判的态度。他总结了以前的哲学，提出要回答"世界何以如此这般"，应该探讨"四因"：质料因、形式因、目的因、动力因。他批评以前的哲学家只是强调其中某一种原因，如寻找万物始基的哲学家只抓住了质料因，柏拉图理念是事物的模型的说法缺少动力因等。而他本人的《形而上学》一书就是要寻找世界的最初的、第一性的原因。亚里士多德提出了四种"是"的方式（即"是"的四种含义），他认为，"是"的多种含义决定了"是者"的多种多样，但是还应当有其最终的原因——第一原因。他把纷繁复杂的"是"和"是者"看成是一个分等级的、指向终极目标的系统。但是，亚里士多德从来没有让自己的哲学超越出我们的经验世界，不在我们世界之外去寻找理念的或者纯粹概念的世界。然而，亚里士多德在经验的基础上向上超越的时候，划分了从个别到一般、从种到最高的普遍的大致层次，并使之成为表达各种普遍性的概念，同时他又创立了形式逻辑，这就为本体论哲学的进一步发展提供了前提。

中世纪神学家为了论证圣父、圣子、圣灵三位一体，援引柏拉图的本体论，一些教父学会了用纯粹概念的结合或推论的方式解说神学问题。他们找到了宗教和哲学在概念上的衔接点，就是以"Being"来指称上帝。上帝是一切东西的力量和活动，而存在的事物都是这种力量和活动所产生的结果。上帝被认为是"Being"（"是"），那么，上帝产生圣子就是上帝自身之"是"的展开，即由隐蔽向显明的展开，这样，上帝是隐蔽的，圣子是上帝得以显现的形式。待到亚里士多德的哲学著作流传开来之后，这种概念的推论便获得了严密的逻辑手段，并主要用于论

---

① 俞宣孟：《本体论研究》，上海人民出版社 1999 年版，第 290 页。作者曾经解释"通种"说："'通种'一词的原文是 γευη（genus，有的英文译作 kind），中文也有译成'类'的。简单理解起来，就是那些最具有普遍性的概念。"同书第 284 页。

述上帝存在的问题。托马斯·阿奎那（Thomas Aquinas，1224—1274）对这种论证方法做出了理论上的总结，指出了它的"先天性"特征：即从绝对先天的东西出发加以论证，其中的结论是已经包含在其前提之中的。这标志着本体论哲学在神学殿堂里得到成熟，上帝是完满的、无限的存在，于是，代表万有的"是"（"Being"）就直接成为上帝、神。

西方哲学进入近代以后，出现了历史上的第二次繁荣时期。这时候，认识论成为人们关注的中心问题，围绕着认识论产生出理性主义和经验主义两大派。理性主义认识论的开创者笛卡尔（Rene Descartes，1596—1650）以"我思，故我在（是）"作为第一哲学原理，开始建立以人的现实世界为基点，通过逻辑推理可以到达本质的本体论。笛卡尔将柏拉图的理念（"idea"），转换成了思想上所把握的观念（"idea"），进而转换成认识论中可以把握的具有逻辑规定性的概念（"idea"），理性主义的"是"（上帝）就成为人通过认识逻辑可以推导出来的结论。笛卡尔为理解原本在彼岸世界中的本体提供了新的思路，开始了哲学从神学中挣脱出来的历程，也就为后来康德对于本体论的批判、胡塞尔的现象学还原、海德格尔的"生存状态的分析"埋下了伏笔。但是，笛卡尔并没有完全摆脱先验本体论。他认为理性本身固有的那些观念（"idea"），是不受时空限制的"天赋观念"，这样，通过"我思"被它取消了的神的彼岸世界（柏拉图的理念世界）和人的现实世界之间的鸿沟，又转化成了天赋观念和现实事物之间的深渊。

与理性主义相对立的经验主义只承认经验是科学的唯一牢固的基础，最大限度的普遍性也不能超出经验的范围。以休谟（David Hume，1711—1776）为代表的经验主义所谓的经验是指感觉、知觉、情感、情绪的印象，这些印象在思维和推理中的微弱的意象则被称为观念——仍然以"idea"来表示。这样，被柏拉图称之为理念的"idea"就由遥不可及的彼岸来到人们现实生活中的感觉世界。经验主义不承认现象后面的理念本质，也就从根本上取消了原来意义上的本体论。

康德是西方哲学史上第一个对于本体论进行系统的、致命的批判的思想家。他告诉我们，本体论是完全超出经验领域之外的领域，即"先验理性"存在于不可知的"物自体"领域；其中的概念称为理念，理念不能从经验得到证明，充其量不过是一些逻辑上的规定，而纯概念的推论可能造成二律背反，如果要用本体论的方法证明上帝存在实际上是行不通的。同时，康德还告诉我们，包括本体论在内的形而上学是由人的理性造成的，虽然超验的目标在纯粹理性（认识论）范围内是无法得到验证的，但是在道德和政治活动领域却是一个指引方向的目标。他认为，这是形而上学不可缺少的理由。他主张从对于理性的批判开始建立一种可以作为科学的未来的形而上学，使理性不脱离经验的界限。实际上，这也表达了康德要舍弃本体论的决心。

黑格尔的"逻辑学"就是他的本体论。他在《小逻辑》中开宗明义地说："逻辑学是研究**纯粹理念**的科学，所谓纯粹理念就是**思维**的最抽象的要素所形成的理念。"①黑格尔的逻辑学是纯粹的思想即纯粹的概念逻辑自身展开的过程，这些纯粹的思想是"超脱"了感官经验的所谓"客观思想"，所以他的逻辑学也就是概念的辩证法。黑格尔承袭了柏拉图的理念说，将绝对理念演化成为一个超越时空的、庞大完整的逻辑体系：首先是精神现象学，是对于个人意识各个发展阶段的阐述，也可以看作人的意识在历史上所经历的各个阶段的缩影，它表明人可以从最初的意识发展上升为普遍的精神，达到与绝对理念的契合。其次是逻辑学，即绝对理念的自身展开，是普遍必然的哲学原理。它"外化"为自然界和人类精神，即"外化"为自然哲学、精神哲学，精神哲学又分为历史哲学、法哲学、宗教哲学、美学、哲学史等。黑格尔让人的意识在精神现象学里兜了一圈，又在逻辑学导论里接受了一番训练，使人们以为已经进入了绝对理念的王国，便追随纯粹概念自在自为地演示出来。

---

① 黑格尔：《小逻辑》，贺麟译，商务印书馆1982年版，第63页。

黑格尔以这样的客观逻辑取代过去的本体论,然后又增加主观逻辑来覆盖人的精神世界,以便"完成那只有全人类在其前进的发展中才能完成的事情"。最后,黑格尔完成了这一有始有终的绝对理念发展过程,至此,要么哲学不再发展而停止下来,要么哲学突破黑格尔体系而继续发展,二者必居其一。很显然,历史的发展所选择的是后者而不可能是前者。

总之,所谓本体论,是运用以"是"为核心范畴逻辑地建构起来的哲学原理系统。柏拉图的理念说、中世纪的"上帝"、黑格尔的绝对理念,是西方哲学史上本体论的几种主要表现形态。黑格尔的宏伟的哲学体系,是西方哲学史上本体论的最后辉煌,也使西方哲学史上本体论思想达到了最后的顶点。马克思对于头脚倒置的黑格尔哲学的批判,也就是对于先验本体论的批判。马克思以人类通过实践劳动而自我生成的实践唯物主义(历史唯物主义),宣告了先验本体论的终结,开创了"以人为本"来思考本体论的新局面。马克思偏重于从人类历史的宏观视野来考察人的生存,而海德格尔在《存在与时间》(《是与时》)中进行的"生存状态的分析",则是从个人的微观的角度来把握人的生存。两者在以人的生存为本体这一基点上是一致的。对此我们将在下文展开讨论。

第六章　海德格尔基础存在论的启示

　　海德格尔是 20 世纪西方最为重要的思想家,甚至被施特劳斯称之为"我们时代唯一伟大的思想家"①。他的存在主义哲学带动了西方世界的哲学转向,并且正在引起东方思想界的极大震动。他的基础存在论开启了人们思考问题的新思路,也为我们研究文学活动提供了新契机。因此,我们对于文学活动的本体论思考,首先从当今世界最为显赫的海德格尔基础存在论入手。

第一节　海德格尔基础存在论的提出

　　西方哲学中的先验本体论早在 19 世纪就已经走上了消解之途。此后各种不同的思潮和学派都在走向现实的、具体的人生生活。马克思对它进行了颠覆性的批判,走向了感性的物质生产;叔本华、尼采走向了意志和权力意志;以孔德为代表的实证主义思潮主张一切科学知识都是"实证的"和"证实的",不再要求知道事物的内在本性和本质原因,走向了现实的科学主义,都是把批判的矛头指向形而上学——先验本体论。进入 20 世纪后,弗洛伊德走向了性欲和无意识;杜威的实用主义走向了感性的日常经验,标志着对于先验本体论的批判更加趋向深入。

---

　　①　引自张文喜:《颠覆形而上学——马克思和海德格尔之论》,中国社会科学出版社 2004 年版,第 359 页。

　　胡塞尔现象学的特点在于诉诸纯粹意识的分析,他从布伦坦诺得到启发,为了肯定逻辑的东西的普遍必然性,抓住了人的意识活动的意向性特点——意识活动可以分解为意向指向和意向对象两个方面,双方共同组成对立统一的一对矛盾,而其中意向指向是两者之中主动积极的一方——从而得出结论:作为意向对象的那些范畴之呈现在意识中,不仅伴随着一定的意向指向的方式,而且是由意向指向的方式所决定的,这就是说,意向指向的方式决定了意向对象的意义(即是其所是)的生成。

　　海德格尔接受并且发挥了胡塞尔的现象学方法,但是他并不是局限于意识范围里看问题,而是认为人有意识地介入他所生存于其中的世界中去,人自身和世界双方都是在这一介入过程中"绽开"出来,是其所是,即获得其本质规定性。每一个"是者"都以其"是"的绽开方式"是其所是",并且不断地领悟自己的"是"(存在)的意义(人生价值)。海德格尔说:

　　　　"人是什么?人所是的这个什么(Was),用传统形而上学语言来讲,即人的'本质'(Wesen),就基于他的绽出之生存中。……此在(Dasein)这个在 18 世纪出现的表示'对象'的名称所要表达的,乃是现实事物之现实性这个形而上学概念。这句话的意思毋宁是:人是这个'此'(das 'Da'),也就是说,人是存在之澄明——人就是这样成其本质的。这个此之'存在'(译者加注解释说,此'存在'原文为'Sein' des Da——引者),而且唯有这个此之'存在',才具有绽出之生存的基本特征,也即说,才具有绽出地内居于存在之真理中的基本特征。"①

_____

　　① ［德］海德格尔:《关于人道主义的书信》,《路标》,孙周兴译,商务印书馆 2000 年版,第 381—382 页。

在这里，"是"（存在）不再是抽象的逻辑范畴，而是现实生活中当下对于可能的生存状态的探寻和把捉，是对于自己当下生存意义的感悟和体认。海德格尔把自己从人的生存状态来分析存在（"是"）的意义的理论，即此在介入其世界的方式的分析，称之为"基础存在论"（或译"基本本体论"）。

海德格尔这样解释"基础存在论"：

"现象学是存在者的存在的科学，即存在论。从前面对存在论任务的解说中曾产生出基础存在论的必要性。基础存在论把存在论上及存在者层次上的与众不同的存在者即此在作为课题，这样它就把自己带到了关键的问题即一般存在的意义这个问题面前来了。从这种探索本身出发，结果就是：现象学描述的方法论意义就是**解释**。……——整理出一切存在论探索之所以可能的条件。最后，此在比一切其它存在者在存在论上都更优先，因为它是在生存的可能性中的存在者……"①

海德格尔要追究的是"存在"（即"是"）。存在总是存在者的存在。因此，必须通过存在者才能通达存在。但是，并非任何存在者都可以通达存在；只有人，只有能够对于存在发问的人，才能领会存在，因而在人这里，存在不是完全被封锁着的存在，而是得以某种方式展开自身的存在。人必须领会存在，才能借以追究存在。海德格尔把人称为"此在（Dasein）"，意思就是在此存在。此在是存在通过人展开的场所和情景。通过"此在"来追究存在，所以这叫做"基础存在论"。"寻问存在就得先对人的此在作一番追究，否则无论什么存在论都还是无根基的。此在的存在论是为追问存在问题作准备的，是存在论的必备基

---

① 海德格尔：《存在与时间》修订译本，陈嘉映等译，生活·读书·新知三联书店 2000 年版，第 44 页。

础,因此被叫做'基础存在论'。人的特殊存在方式被规定为生存。由是,基础存在论和生存论其实是一个意思。"①

"此在"是德文词 das Dasein 的译名。Dasein 这个词本来是歌特舍德用来译 Existenz[存在]而创造出来的②。以后在德国哲学中使用频繁,中文译名有"限有"、"定在"、"亲在"、"缘在"等。"Da"既可以指"这里"又可以指"那里",指某种确定的地点或者时间。海德格尔特别强调"Da"的指示作用,他说:

> "此在向来已从某种被揭示了的'那里'为自己指派了某种此在式的'这里'。
>
> 按照熟悉的字义,'Da'可以解作'这里'和'那里'。一个'我这里'的'这里'总是从一个上到手头的[即事物的]'那里'来领会自身的;'那里'的意义是向'那里'存在。……'那里'是时间之内照面的东西[即非此在式的存在者]的规定性。'这里'和'那里'只有在一个'Da'中才是可能的。"③

这说明选用"Da"是为了明确指出"Da"对于"这里"、"那里"的优先性,"Da"实际上是由"我的存在"所规定的。海德格尔提出此在有两项特征:一是人首先在他的行动(即生存 Existenz)中领会存在,对于存在的领会从根本上规定着此在这一存在者,所以此在分析可以叫做"生存论",也就是基础存在论;二是此在包含着"向来我属"的性质,"总也就是我的存在"。此在的这两个特征都要在"此在在世界之中"来探索。在世界之中存在(being in the world),这就是此在的

① 陈嘉映:《海德格尔哲学概论》,生活·读书·新知三联书店 1995 年版,第 104 页。

② 同上书,第 57 页。

③ 海德格尔:《存在与时间》原文第 132 页,中译修订本第 154 页。此处译文引自陈嘉映:《海德格尔哲学概论》第 57 页,与陈嘉映等修订译本有所不同。

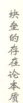

第二编 块垒的存在论本质

基本建构。

第二节　生存论与认识论的分野

"在世"（在世界之中）是此在的基本建构。这里当然首先就涉及对于世界的理解和认识。但是，一提到认识，人们就立刻陷入传统的理解方式（海德格尔称之为"形而上学的解释"）之中，即把认识当做"主体对于客体的认识"，陷入"主体和客体之间的关系"之中。这实际上就漏过了这个认识主体的存在方式问题。而今我们要从生存论上理解认识活动，那就是首先要把认识活动当做一种在世的存在方式描述出来。**"认识是在世的一种存在方式。"**①

过去从主体客体关系入手的思维方法，实际上是一种空洞的形式上的方法。把认识过程规定为主体对于客体的认识，客体总是给定的，只有主体才能进行认识活动。人们怎样深入到主体内部来认识这个认识过程，主体怎样从自己内部跳出来去认识自己以外的外部世界，主体又如何进入"外部世界"而获得认识等等，由于遗漏了认识主体的存在方式的研究，这些都是晦暗不明的。

此在只要生存，就已经是"依寓"于世界之中，是在世界之中操劳。以操劳的方式在世，无论是在实际存在上还是在存在论上，都具有优先的地位。操劳的过程就是不断有上手的用具和相关的他人来照面，打交道，前者叫做"操心"，后者叫做"操持"。操心的现象是用来解释此在借助用具器物的作为；操持是对于与此在同时共在的他人的态度，两者都是植根于此在的生存论建构之上的。海德格尔通过对于"上手状

---

① 海德格尔:《存在与时间》修订译本,陈嘉映等译,生活·读书·新知三联书店 2000 年版,第 71 页。

态"的工具的分析,通过"上手状态"和"现成状态"的连接和区分,来展现工具在世界中的因缘关系。这种因缘关系指引着此在对于世界的理解,指引着此在如何理解世界内诸存在者之间的建构关系。如果操劳的过程一切顺利,通过"上手的"工具在世界结构关系中操劳,那么就用不着过分劳神追究;如果操劳发生某种"残断"(例如工具不合用或者损毁),"上手的东西这样那样失去了上手的性质",这种情况属于"上手的东西来照面的变式,现成在手的东西之现成性就在这里暴露出来"①。这时候,此在就会"滞留"下来,"观察""在世界内照面的存在者"——工具——的"外观"及其"何所用",审视它的"现成性",于是就出现了由知觉到解释的"认识"过程:

> "在如此这般发生的'**滞留**'中——这种滞留乃是对所有操作和利用的放弃——发生对现成东西的**知觉**。知觉的完成方式是把某某东西看作某种东西,把它作为某种东西来**谈论**。在**解释**的这种最广泛意义的基础上,知觉就变为**规定**。被知觉的东西和被规定的东西可以在语句中被说出,于是就作为被道出的东西保持和保存下来。有所知觉地保持于某某东西的命题,这本身就是在世的一种方式……"②

依照海德格尔的观点,此在在世是首要的、基础性的前提,认识活动不过是此在在世的一种新的方式。尽管这种新的在世方式能够使此在获得一种新的"存在之地位","这种新的存在可能性可以独立地组织起来,可以成为任务,可以作为科学承担起在世的领导。但是,认识并不首先创造出主体同一个世界的交往,这种交往也并非从世界对主体的作用中**产生**出来。认识是此在的植根于在世的一种样式"。③ 这

---

① 海德格尔:《存在与时间》修订译本,陈嘉映等译,生活·读书·新知三联书店2000年版,第87页。

② 同上书,第72页。

③ 同上书,第73页。

就是说,认识仅仅是建立于此在在世方式之上的一种派生方式,是只有在生存过程基本建构的基础上才能加以说明的一种次生方式。因此,我们的首要工作始终是阐释在世的基本建构。

用基础存在论的生存论建构的方式来看待人生和世界,使我们突破了原先的主客二分的认识论框架,获得一个理解人生和世界的新角度和新空间。这也为我们思考文学创作活动提供了新的可能。

第三节　现身情态与领会

海德格尔的此在,"这个词('Dasein')在现代德文中的意义是'生存'、'存在'、'生活'。但是,在哲学著作中这个词往往具有更深的含义。在海德格尔这里,它是指人的生存。而且,它对于海德格尔来讲是具有内部结构的,即'Da-sein'。这个结构中的后一部分('sein')清楚地显示出它与'存在'或'是'的密切关系,前一部分('Da')则'形式(地)指引'出存在或'是'的方式。"①

海德格尔用"现身情态"(Befindlichkeit)来指称这种身处其境而有所感、有所知的情形。他说:

> "我们在**存在论上**用现身情态这个名称所指的东西,在**存在者层次**上乃是最熟知和最日常的东西:情绪;有情绪。在谈任何情绪心理学之前——何况这种心理学还完全荒芜着——就应当把这种现象视为基本的**生存论环节**,并应当勾划出它的结构。"②

---

①　张祥龙:《海德格尔思想与中国天道》,生活·读书·新知三联书店1996年版,第93页。

②　海德格尔:《存在与时间》修订译本,陈嘉映等译,生活·读书·新知三联书店2000年版,第156页。

《存在与时间》的中文译者陈嘉映特别注明："Befindlichkeit 来自动词 befinden。Befinden 一般有情绪感受、存在和认识三个方面的含义。这里,我们将它译为'现身情态'或'现身',力求表明其'此情此景的切身感受状态'以及这种状态的'现出自身'的含义。"①这说明,"现身情态"是此在"出场"之后必然会有的某种情绪状态。情绪如影随形地跟随此在一起出场,只要此在一现身,它马上就会随之"现身",显露出此在与"此情此景"的"此"之间的情绪关系。

在实际生存中,"现身情态"就是日常的感觉、情绪、情感,例如无忧无虑的心平气和,受阻受抑时心烦意乱,从心平气和转而为心烦意乱或反之,从昂扬到沮丧或者从沮丧到昂扬等等。在情绪中,此在被带到它的处身之所,即作为"此"的存在面前。"不识庐山真面目,只缘身在此山中。"情绪来自于此在所操劳、所操持的事物之中,来自于此在在世的整体结构之中。"现身情态"甚至比"感官"、纯直观还要源始。因为"感官"也属于现身在世的存在者,所以感官才有可能被触动,才有可能"产生感觉",从而使触动者在感触中显现出来。"情绪袭来",一下子在物和人上面全部抹上一层"情绪色彩",用具器物、一草一木都可以是可喜可爱的,可憎可怕的,等等。实际上,我们对于世界的原本的揭示、原初的感受,全都应该归功于"现身情态"。"现身情态"直接参与此在对于世界的组建之中。海德格尔的情绪论提请我们注意的是,"情"对于"知"的参与作用,例如以害怕来说,此在必须害怕,可怕的东西才能被视见。"**从存在论上来看,现身中有一种开展着指向世界的状态,发生牵连的东西是从这种指派状态方面来照面的。从存在论原则上看,我们实际上必须把原本的对世界的揭示留归'单纯情绪'。**纯直观即使能深入到一种现成东西的存在的最内在的脉络,它

① 海德格尔:《存在与时间》修订译本,陈嘉映等译,生活·读书·新知三联书店 2000 年版,第 156 页。

也绝不能揭示可怕的东西等等。"①

《存在与时间》中置于"此的生存论建构"标题之下的,除了情绪或现身之外,还包括领会和言谈也是同样原始的展开方式。在情绪中"领会"是此在的在世状态的基本样式。**"领会同现身一样源始地构成此之在。现身向来有其领会,即使现身抑制着领会。领会总是带有情绪的领会。"**②领会是对于这个生存处境的与生俱来的切身领会,而不是对于概念的理解,相反,它是一切后起的理解之因缘和根源。领会是对于此在在世的整个展开状态的领会,是对于在世状态如何生存的领会。这种存在论的对于在世结构的缘发性领会,先于语言、解释、直观、思维等,甚至是小孩子学习语言的前提基础,这里丝毫没有预设概念的痕迹。虽然此在实际上可以或者应该凭借知识和意志成为情绪的主人,但是这也不能否定"情绪是此在的源始存在方式",③因为情绪总是先于一切认识和意愿并且超出二者的展开程度对它自身展开了。而在心理学中,情绪却被降格为"第三等级"的副现象,这说明人们对于情绪的理解是多么浅薄。

领会是一种能在的存在,是包含着种种可能性的存在,但是,这种可能性不是作为尚未实现的、有所期待的东西,而是随着"此在之在"的情景而在生存意义上存在。海德格尔对于领会有一个定义式的解说:

> **"领会是此在本身的本己能在的生存论意义上的存在,其情形是:这个于其本身的存在开展着随它本身一道存在的何所在。**我们还应当更精微地把捉这个生存论环节的结构。"④

---

① 海德格尔:《存在与时间》修订译本,陈嘉映等译,生活·读书·新知三联书店 2000 年版,第 161 页。
② 同上书,第 166 页。
③ 同上书,第 159 页。
④ 同上书,第 168 页。

130

在生存论上,领会包含有此在之为能在的存在方式。领会是一种"能在"的展开方式,即要开辟出空间使事物呈现出自身。领会就是有所领会地对自己说:"成为你所是的!"①领会包含着可能性,具有"筹划"结构。这里的筹划完全不同于事先拟定的计划之类,而是能在(可能的存在)得以具有活动空间的生存缘发性的建构。领会是一种对于筹划(Entwurf)的生存状况的领会。与领会相应的"筹划"也是此在的生存论结构的环节。

领会又包含着"解释"。"领会的筹划活动本身具有使自身成形的可能性。我们把领会使自己成形的活动称为**解释**。领会在解释中有所领会地占有它所领会的东西。领会在解释中并不成为别的东西,而是成为它自身。在生存论上,解释植根于领会,而不是领会生自解释。解释并非要对被领会的东西有所认知,而是把领会中所筹划的可能性整理出来。"②领会作为生存结构是更为源始的,它可以通达更深层的存在者,而通过解释就可以把深层存在者和上手事物连接起来。由"解释"又派生出"命题",命题把解释进一步明确化。"话语"把可理解的整体分成环节并联系在一起,成为"含义整体",含义整体可以达乎言辞,道说出来即成为"语言"。话语是生存论基础上的语言,需要先聆听才能说出来。言说与聆听皆奠基于领会,唯有那些有所领会的人才能聆听。"比起口若悬河的人来,在交谈中沉默的人可能更本真地'让人领会',也就是说,更本真地形成领会。"③

海德格尔从基础存在论的角度,即生存论的角度,特别强调与生俱来的现身情态即情绪的源始性,强调情绪先于认识,这对于我们思考作家在前文学创作阶段的精神活动——文学的本体问题,提供了新的思

① 海德格尔:《存在与时间》修订译本,陈嘉映等译,生活·读书·新知三联书店 2000 年版,第 170 页。

② 同上书,第 173 页。

③ 同上书,第 192 页。

路和理论支持。依照这种理解,应该说文学创作活动起始于作家对于人生的感悟,这种感悟首先是作家的现身情态的情绪、感觉、情感、领会,也包括了作家对于自己的人生状态的解释,对于自己人生的可能性的、如何"成为你所是的"的"筹划",从而在这种"筹划"中聆听人生的生存论上的话语,达乎语言,才能写出通达深层存在者的文学作品来。

第四节 沉沦与决断

依照海德格尔的思路,此在只要生存在世就必然与其他存在者打交道,这些前来照面的其他存在者除了用具之外,还包括其他人。"由于这种**共同性的**在世之故,世界向来已经总是我和他人共同分有的世界。此在的世界是**共同世界**。'在之中'就是与他人**共同存在**。他人的在世界之内的自在存在就是**共同此在**。"①所以,共同存在,与他人共在,是此在的本质规定性。就是说,即使无人在侧,此在的存在仍然是"共在"。在日常生活中,此在总是得烦神与他人打交道。人们无情地竞争,意欲制胜,结果都要被他人——公众的好恶——所统制。"一般人"(das man)实施着他的真正的独裁。"一般人"如何做,如何说,如何喜怒哀乐,此在都跟随着照样做。到头来没有哪个人承担责任,每个人都已经卸除了责任,因为人人都是"一般人",人人都要一般齐。日常生活中的"此在"不是作为自己本身存在,而是消散在"一般人"之中,表现为闲谈、好奇、两可等日常生存样式的"沉沦",从而失却本真,故称为"非本真状态"。在这种"非本真状态"中如何才能获得"本真生存"的消息,海德格尔认为,要通过"畏"来实现。

---

① 海德格尔:《存在与时间》修订译本,陈嘉映等译,生活·读书·新知三联书店 2000 年版,第 138 页。

存在哲学认为此在是"已经在此"的存在,就不得不把这一实际情况承担起来。存在哲学将无可逃避的生存实际称之为"被抛状态":人是被抛入存在的,只能通过领悟存在而得以存在,看护着自己的存在。从被抛开始,情绪就作为现身情态而参与对世界的组建。此在最根本的情绪是"畏",因为"畏"公开了人的被抛状态。"畏"不同于"怕"。"怕"总是有具体的存在者作为对象,而"畏"之对象却不是任何具体的存在者。**"畏之所畏就是世界本身。"**①当"畏"来临时,一切具体的存在者都变得无足轻重,只剩下一片空无:万有毕竟一片空寂,或说是"四大皆空"。"在畏中人觉得'茫然失其所在'。"②怯懦的人害怕面对空无,唯有大勇者才能直面"畏"。此在在日常生活中沉沦,即是躲避着"畏",但是谁也逃不过人生之大限——死。死就是空无,"畏"就是直面死亡。人向死而生,懂得死亡也就是领悟生存。对于生存的领悟,就是对于生存的筹划。在由于"畏"公开出来的抛向死亡的境况中,不断领先于自身存的筹划就特别突出和醒目了。此在"先行到死"来筹划他的在世生存,就从根本之处来筹划各种各样的可能性。唯有进入"畏"之境界,唯有一死,万有皆空,人已经变得无所依托,才能洞察生存的真谛,立足于自己的人生意义来行事,也就是做出一种"决断",一种选择。人可以选择自己的人生道路。唯有本真的人,才会面临着"或者获得自己,或者失去自己"的人生选择。"从生存论上把对召唤的领会阐释为决心,这就揭示出良知乃是包括在此在根基处的存在方式。借这种方式,此在见证着最本己的能在而使实际生存对它自己成为可能。"③立足于实现自己的人生意义,决断地"成为你所是的",这一决断令人返璞归真,即把自己的本真唤出,挺身为自己的选择负责,

———————————

① 海德格尔:《存在与时间》修订译本,陈嘉映等译,生活·读书·新知三联书店 2000 年版,第 216 页。

② 同上书,第 218 页。

③ 同上书,第 342 页。

而进入自己的命运境界。把存在作为天命来思就是存在的历史。"存在达乎天命,因为它——即存在——给出自身。"①

　　海德格尔告诉人们,做一个本真的人,通过对于人生的领悟和筹划,"先行到死",做出决断,返归自身,这就是人生的真谛。

　　这条思路也就启示我们,作家作为有志者,作为本真的人,对于自己的整体人生做出筹划,确立人生志向,以实现自己的最大的人生价值,毫无疑问,是创作出伟大作品的必要前提。

　　① 海德格尔:《关于人道主义的书信》,《路标》,孙周兴译,商务印书馆2000年版,第395页。

第七章　马克思的激情本体论
和感性活动理论

在颠覆形而上学的目标上，海德格尔视马克思为同道。在海德格尔眼里，马克思是超越他的老师胡塞尔的重要思想家。海德格尔也有对于马克思的误解之处，但是这并不妨碍他对于马克思的崇高评价。单凭这一点，我们就有理由判定：马克思虽然生活在 19 世纪，但是就其思想意义来说，他仍然属于当代，仍然是属于 20 世纪和 21 世纪的伟大思想家。海德格尔的基础存在论为我们研究马克思主义提供了一个新的视角和契机，使我们能够从人的生存论的角度重新解读马克思，于是我们发现了一个新的马克思。尽管长期以来我们都是以马克思主义作为自己的指导思想，但是，由于受到既成的思维定势所局限，所以一直很少注意到马克思关于人的生存论的思想。对于面对新的世界情况思考如何摆脱人类生存困境的思想者来说，马克思的生存论思想——激情本体论和感性活动理论，乃是更为重要的指导性理论。对于包括文学理论在内的人文学科来说，尤其是这样。本章将从多个方面重新解读马克思的元典思想，力求获得我们今天思考人类生存的本体论问题的启示。

第一节　海德格尔怎样评价马克思

西方哲学史上从柏拉图到黑格尔的本体论传统，在人的现实世

第二编　块垒的存在论本质

界之外构筑了一个理念的彼岸世界。海德格尔认为,传统的本体论"之所以要受到批判,并不是因为它思考存在者之存在,并且强逼存在进入概念之中,而倒是因为它不思考存在之真理,从而看不到有一种比概念性的思想更为严格的思想"。① 海德格尔另辟蹊径,从古希腊早期思想家巴门尼德、索福克勒斯等人那里受到启发,把存在的真理看成是人对于人生意义的"无"的把捉——"思",从而走向对于"天道"的追寻。他的"本体论"(是论)是人的存在论,是从现实人生体验提出的对于人生终极意义的叩问。尽管他后期不再提本体论而改称"天道",但是由他开创的对于"存在"(是)的这种追问方式,标志着 20 世纪西方哲学史上本体论的真正转向,其影响是十分深远的。

在揭示存在之真理方面,海德格尔视马克思等人为先行者。他在1946 年写的《关于人道主义的书信》中说:"黑格尔把历史规定为'精神'之发展,这种规定却并非不真。它也不是部分为真,部分为错。形而上学在体系中首次由黑格尔把它的绝对地被思的本质表达出来了。正如形而上学是真的,黑格尔对历史的规定亦是真的。绝对的形而上学连同马克思和尼采对它所作的颠倒,都归属于存在之真理的历史。"②海德格尔针对 20 世纪西方世界流行的精神危机的现实,特别重视马克思对于"异化"的分析。他指出:

> 无家可归状态(按:依照海德格尔"这种无家可归状态是存在之被遗忘状态的标志"——引者)变成一种世界命运。因此就有必要从存在历史上来思这种天命。马克思在某种根本的而且重要的意义上从黑格尔出发当作人的异化来认识的

① 海德格尔:《关于人道主义的书信》,《路标》,孙周兴译,商务印书馆2000年版,第 420 页。
② 同上书,第 396 页。

东西,与其根源一起又复归为现代人的无家可归状态了。这种无家可归状态尤其是从存在之天命而来在形而上学之形态中引起的,通过形而上学得到巩固,同时被形而上学作为无家可归状态掩盖起来。因为马克思在经验异化之际深入到历史的一个本质性维度中,所以,马克思主义的历史观就比其他历史学优越。但由于无论胡塞尔还是萨特尔——至少就我目前看来——都没有认识到在存在中的历史性因素的本质性,故无论是现象学还是实存主义,都没有达到有可能与马克思主义进行一种创造性对话的那个维度。

　　……人们可以用形形色色的方式来对待共产主义的学说及其论证,但在存在历史上可以确定的是:一种对世界历史性地存在着的东西的基本经验,在共产主义中表达出来了。谁若是只把"共产主义"看作"党派"或者"世界观",他就想得过于短浅了……①

在这段论述中,海德格尔明显地将马克思置于比胡塞尔、萨特尔高一个层次的位置。后来在1964年,海德格尔对于马克思更是给予了高度的评价:"形而上学就是柏拉图主义。尼采把他自己的哲学标示为颠倒了的柏拉图主义。随着这一经由卡尔·马克思完成了的对形而上学的颠倒,哲学达到了最极端的可能性。哲学已经进入其终结阶段了。至于说人们现在还在努力尝试哲学思维,那只不过是谋求获得一种模仿性的复兴及其变种而已。"②

　　当然,我们应该看到海德格尔对于马克思的称道是有限度的,而他对于马克思的误读则是明显的。就是在前面引用的《关于人道主义的

　　① 海德格尔:《关于人道主义的书信》,《路标》,孙周兴译,商务印书馆2000年版,第400—401页。
　　② 海德格尔:《哲学的终结和思的任务》,《海德格尔选集》(下册),孙周兴译,上海三联书店1996年版,第1244页。

书信》那段话中间，海德格尔还说：

> 当然，对于这样一种对话来说也必需的是，人们要摆脱那些关于唯物主义的素朴观念以及那些以唯物主义为目标的廉价反驳。唯物主义的本质并不在于它主张一切都只是质料，而倒是在于一种形而上学的规定，按照这种规定，一切存在者都表现为劳动的材料。在黑格尔的《精神现象学》中，劳动的现代形而上学的本质已经得到先行思考，被思为无条件的制造（Herstellung）的自行设置起来的过程，这就是被经验为主体性的人对现实事物的对象化的过程。唯物主义的本质隐蔽于技术的本质中。关于技术，诚然人们已多有论述，但还鲜有深思。技术在其本质中乃是沦为被遗忘状态的存在之真理的一种存在历史性的天命……作为真理的一种形态，技术植根于形而上学之历史中。

这就是说，在海德格尔看来，人们理解马克思从黑格尔出发论述的异化劳动时，应该摆脱旧的"唯物主义的素朴观念以及那些以唯物主义为目标的廉价反驳"——认为"一切都只是质料"；而应该从黑格尔的《精神现象学》中"先行思考"的"劳动的形而上学"出发，按照这种形而上学的规定，劳动"被经验为主体性的人对现实事物的对象化的过程"。这里就包含了海德格尔仍然把马克思的历史唯物主义看成是以"物"代替"存在"判定。

海德格尔对于马克思的这种误解，其后又多次谈到。发表于1958年《心理学和心理疗法年鉴》的《思想的基本原则》中，再一次谈到马克思和黑格尔，并且断言马克思仍然"保持在黑格尔的形而上学里"：

> 在其死后出版的早期手稿中，卡尔·马克思声言："**全部所谓的世界史**只不过是人类通过人的劳动对自身的生产，这种劳动乃是为了人类［的目的］而对自然的改变（Werden）。"

（《早期手稿》Ⅰ,1932年,第307页。——以上原注。这段话在《马克思恩格斯全集》第42卷第131页的译文是:"整个所谓世界历史不外是人通过人的劳动而诞生的过程,是自然界对人说来的生成过程……"——引者）

　　许多人会拒绝对于世界史的这样一种解释以及这个解释所依据的关于人类本性的看法。但是,没有人能够否认现时代的技术、工业和经济作为人类自我生产的劳动从根本上决定着现实的一切现实性。仅凭这个确认,我们就已经从思想的一个维度中掉落了出来;而上面所引用的马克思关于（作为"人类自我生产的劳动"的）世界史的说法就是活动在这样一个维度中的。因为"劳动"（Arbeit）这个词在这里并不意味着单纯的活动和成就（Leistung）,而是在黑格尔的劳动概念的意义上发言。这种劳动概念被理解为辩证过程的基本特征,通过它,现实向现实性的改变（das Werden des Wirklichen dessen Wirklichkeit）得以展开和完成。与黑格尔相对立的马克思并不在自己把握自身的绝对精神中、而是在那生产着自身和生活资料的人类中看待现实性的本质。这一事实将马克思带到了离黑格尔最远的一个对立面中。但也恰恰是通过这样一个对立面,马克思仍然保持在黑格尔的形而上学里;因为就每种生产的这种生产性是思想而言,现实性的生存总是作为辩证法、也就是作为思想的劳动过程而存在,不管这种思想被认为和贯彻为思辨—形而上学的、科学—技术的还是两者的混杂和粗糙化。每种生产在自身中已经是反思和思想。①

------

① 引自张祥龙编译:《海德格尔与"道"及东方思想》,见张祥龙著:《海德格尔思想与中国天道》,生活·读书·新知三联书店2001年版,第445—446页。

依据这种判断,海德格尔后来断言"马克思达到了虚无主义的极致"①。20 世纪 60—70 年代,海德格尔晚年访问法国诗人勒内·沙尔期间曾经举办过四个小型讨论班,根据记录来看,其间海德格尔将马克思误读为经济唯物主义和技术决定主义。按照这种理解,马克思主义被解释为由抽象的"物质"或者"经济基础"决定一切的形而上学的变种。"对于马克思来说,存在就是生产过程。这个想法是马克思从形而上学那里,从黑格尔的把生命解释为过程那里接受来的。生产之实践性概念只能立足在一种源于形而上学的存在概念上。"②

客观地说,马克思之后流行的马克思主义学说,特别是进入流行的哲学教科书中的"马克思主义"理论,的确存在着将"物质"神秘化为"上帝"的倾向,以及经济基础决定论甚至技术决定论的倾向。但是,

------

① 参见《晚期海德格尔的三天讨论班纪要》,F. 费迪耶等记录,丁耘摘译,载《哲学译丛》2001 年第 3 期。原文是:"我对马克思的解释,海德格尔说道,并非政治的。这个解释向着存在而思,向着存在送出自己的方式而思。从这个观点和角度来看,我可以说,马克思达到了虚无主义的极致〔注:海德格尔将'虚无主义'思为'西方历史的根本运动……而并非只是一个当代现象,也不只是 19 世纪的产物……'(《林中路》1950 年,第 201 页及以下两页;也可参见 1955 年的《向着存在问题》,收在《路标》1967 年,第 213 页至第 253 页,又《尼采》第一、二卷,1961 年)。——原注〕。"

这篇纪要稿取自美因河畔法兰克福的 V. 克罗斯特曼出版社(Vittorio Klostermann, Frankfurt am Main)于 1977 年出版的《四个讨论班》(Vier Seminare, 1977)一书。该书辑录了海德格尔在 60 年代和 70 年代四个哲学讨论班的讨论。由于该书篇幅较大,这里只摘译了 1969 年 9 月 7 日、1973 年 9 月 7 日和 1973 年 9 月 8 日这三天的讨论,内容涉及语言、希腊哲学、胡塞尔哲学和技术问题等。其中关于马克思《关于费尔巴哈的提纲》的评论,虽然数量不多,但值得关注。1969 年讨论班的举办地是法国普罗旺斯的多尔(Le Thor)。1973 年讨论班在德国弗莱堡的采林根区(Zaehringen)海德格尔寓所举行。参与者主要是法国哲学家。原文记录是法文,记录者有《存在与时间》的法译者 F. 费迪耶(F. Fedier)、瓦岑(F. Vezin)、蒙日(Mongis)、塔米尼奥(Taminiaux)等。全部记录都向海德格尔宣读过。最后由居尔·奥赫瓦特(Curd Ochwadt)将法文记录译为德文。

② 《晚期海德格尔的三天讨论班纪要》,F. 费迪耶等记录,丁耘摘译,载《哲学译丛》2001 年第 3 期。

应该看到,这种倾向产生于别人及后人对于马克思的简单化的阐释之中,而这种阐释跟马克思本人的元典著作之间的区别是值得我们认真研究的。我们在这里不可能全面讨论和辨析马克思与海德格尔关于本体论思想的异和同①。但是,我们认为,从生存实践的角度阐明马克思的基本观点,以显示马克思的本体论思想和感性活动理论的基本面貌,从而为沟通双方思想搭建一座桥梁,是完全必要的,甚至是刻不容缓的,因为这是解决我们面临的现实问题的需要。

从生存本体论的视野来看,马克思关于人的生存状态的思想在本体论发展史上的主要贡献在于:对于黑格尔唯心主义辩证法的扬弃,亦即对于以黑格尔为代表的传统形而上学的批判,在此基础上马克思提出了自己的激情本体论和感性活动理论。

第二节　马克思对于黑格尔的扬弃

海德格尔所说马克思对于形而上学的颠倒,是指马克思对于黑格尔根源于绝对理念(形而上学观念)的头脚倒置的辩证法的批判。正如马克思本人在《资本论》第 1 卷 1872 年第 2 版跋中所说:"我的辩证方法,从根本上来说,不仅和黑格尔的辩证方法不同,而且和它截然相

---

①　关于海德格尔和马克思思想的比较分析,可参照张文喜的《颠覆形而上学——马克思和海德格尔之论》一书,中国社会科学出版社 2004 年版。该书关于马克思的本体论思想的结论性意见是:"事实上,马克思为了从事真正的资本主义历史经验研究,越是意识到自己思想中隐伏的先入之见——马克思视自己为无产阶级的理论家,下述情况就越是明显:这种研究所致力于的经验性知识总是以一种存在论(或本体论)为先声的,那种相信马克思主义哲学在思想上已彻底摆脱了存在论(本体论)的人,可能会是完全不可理解的。"(第 353 页)"马克思把自己的道德判断及其社会理想诉求变成了本体论判断。它是以存在与应当的统一、科学与伦理学的统一为特征的。"(第 357 页)

反。在黑格尔看来,思维过程,即他称为观念而甚至把它转化为独立主体的思维过程,是现实事物的创造主,而现实事物只是思维过程的外部表现。我的看法则相反,观念的东西不外是移入人的头脑中改造过的物质的东西而已。"①

马克思对于黑格尔哲学的批判,开始于1843—1844年间,集中体现在《1844年经济学哲学手稿》之中。这一批判,是从黑格尔的《精神现象学》开始的,因为《精神现象学》是黑格尔阐明自己独立的哲学体系的名著,是他的整个唯心主义哲学的胚胎和导言,是被马克思称之为"黑格尔哲学的真正诞生地和秘密"的奠基之作。马克思对于黑格尔的唯心主义辩证法的扬弃,包括了否定(批判)和肯定(继承)两个方面,下面分别进行分析。

先从批判方面说起。

首先,马克思从总体上揭露了它的唯心主义实质,指出黑格尔的全部哲学从纯粹思辨的精神开始到绝对知识结束,实际上是抽象的逻辑的思辨思维的生产史。黑格尔从抽象的思辨思维开始,外化或异化为现实世界——自然界和人。由自然阶段发展到精神阶段,经过作为人类学的、现象学的、心理学的、伦理的、艺术的、宗教的精神这样一些发展阶段,回到自己的诞生地即抽象的精神自身。黑格尔哲学体系的完成,就是这些异化过程的扬弃,是绝对精神的复归。这是一个从绝对精神开始到绝对精神结束的辩证发展过程,是一个处在虚无缥缈的彼岸世界之中的"无"本身的运转过程。黑格尔的"全部逻辑学都证明,抽象思维本身是无,绝对观念本身是无"②。他把人等同于"自我意识",这是"只在思维中运动的思维,即无眼、无牙、无耳、无一切的思维"③,

①　《马克思恩格斯选集》第2卷,人民出版社1995年版,第111—112页。
②　《1844年经济学哲学手稿》,《马克思恩格斯全集》第42卷,第177页。
③　同上书,第178页。

是没有对象的存在物，"一个存在物如果在自身之外没有自己的自然界，就不是**自然**存在物，就不能参加自然界的生活。一个存在物如果在自身之外没有对象，就不是对象性的存在物"。① 从另一方面来说，"被抽象地孤立地理解的、被固定为与人分离的**自然界**，对人说来也是**无**"②。人和自然双方都只能是无。可见整个黑格尔哲学的基础是彻底的唯心主义，它的现实存在形态就是"抽象"，就是逻辑规定性。

其次，在揭露黑格尔哲学唯心主义本质的前提下，马克思指出了他的双重错误：

第一个错误在于，黑格尔在《精神现象学》中，把财富看做是个人生活的根本范畴，把国家权力看作社会生活的根本范畴，他把财富、国家权力等只就其思想形式而言，看成是"思想的本质，因而只是**纯粹的即抽象的哲学思维的异化**"③。这样，就把人类社会的历史完全歪曲为精神发展史。人类社会中的人的本质的异化及其扬弃，统统变成了精神领域之内的演变过程。因此，黑格尔哲学虽然具有一个批判和扬弃的外表，而实际上这种批判和扬弃丝毫不会触动现实社会中私有制的一根毫毛。黑格尔晚年所表现出来的那种为现实辩护的保守的、反动的倾向，其实在一开始时，即《精神现象学》中早已存在了。

第二个错误在于，本来感性意识是人的感性意识，关于宗教、财富等的意识也不过是人的对象化的异化现实的反映；人们为改变现实生活中在宗教、财富方面的异化状况的要求，必然反过来会对现实产生影响，"因而，宗教、财富等等不过是通向真正**人**的现实的**道路**"④。而黑格尔仅仅把这一切看做是"**精神的本质**"，把一切人性的表现是"**精神

---

① 《1844 年经济学哲学手稿》，《马克思恩格斯全集》第 42 卷，第 168 页。
② 同上书，第 178 页。
③ 同上书，第 161 页。
④ 同上书，第 162 页。

第二编 块垒的存在论本质

的环节即思想本质"，这样，宗教、财富等的异化和扬弃统统变成了"一种隐蔽的、自身还不清楚的、被神秘化的批判"。由于黑格尔的辩证法是隐藏在唯心主义外壳中的批判，他自己并不真正理解自己的辩证批判的革命意义，其中"隐藏着批判的**一切**要素，而且这些要素往往已经以远远超过黑格尔观点的方式**准备好**和**加工过了**"①，因此尚有待于从其唯心主义外壳中将它发掘出来。

再看马克思对于黑格尔哲学中的合理因素的分析。

首先，他的辩证法的"伟大之处首先在于，黑格尔把人的自我产生看作一个过程，把对象化看作失去对象，看作外化和这种外化的扬弃"②。这就是说，马克思从总体上肯定了黑格尔的辩证法，肯定了他把人的本质看做是异化和扬弃的发展过程。马克思对于黑格尔的"异化"和"扬弃"这些辩证法的中介环节，给予了充分的肯定。

其次，马克思肯定了"他抓住了**劳动的**本质，把对象性的人、现实的因而是真正的人理解为他**自己的劳动**的结果"。③ 黑格尔在《精神现象学》"主人和奴隶"一节中，辩证地考察了劳动的作用。他从自我意识的角度来考察主人和奴隶的关系，认为主人是"独立的意识"，奴隶是"依赖的意识"；主人有权支配奴隶，迫使奴隶劳动，自己来享受劳动成果。奴隶一开始是带着对主人的"恐惧"进行劳动的，但是"**劳动陶冶事物**"，劳动意识，即劳动的人，通过劳动的陶冶觉察到自己的独立性，获得力量和能力，劳动者的独立性和支配权在劳动产品中客观地显现出来。奴隶通过劳动扬弃了"服从"意识，扬弃了对于主人和自然物的依附，使意识获得了自身，使自己获得了真正独立的自我意识。只知道"享受"的主人把自己与物的独立性一面让给了奴

---

① 《1844 年经济学哲学手稿》，《马克思恩格斯全集》第 42 卷，第 162 页。
② 同上书，第 163 页。
③ 同上书，第 163 页。

隶,让奴隶对物予以加工改造,事实上主人也就失去了对物的世界、对自然的支配权,于是就失去了"**劳动陶冶事物**"过程中的自为意识,变成为依赖奴隶的生产活动而生存的寄生者;而奴隶通过劳动日益成为独立的,劳动是构造的、建设的行为,它使对象改变形式,使自我意识在劳动产品中获得具体的对象性,正在做"主人所作的事"。"正如主人表明他的本质正是他自己所愿意作的反面,所以,同样,奴隶在他自身完成的过程中也过渡到他直接的地位的反面。"①主人的个性已经在异化,而原来的奴隶正在摆脱异化,他们之间的关系发生了颠倒,都走向自己的对立面,主人变成"奴隶","奴隶"变成主人。黑格尔肯定劳动具有构造性,具有改造自然和改造劳动者的双重性质,劳动的陶冶是一个发现自身、发展自己的本质的成长过程。——这是非常了不起的发现。马克思在肯定黑格尔把人"理解为他自己的劳动的结果"后,接着针对资本主义异化劳动的现实情况发挥说,"人使自身作为现实的类存在物即作为人的存在物实际表现出来,只有通过下述途径才是可能的:人实际上把自己的**类的力量**统统发挥出来(这又是只有通过人类的全部活动、只有作为历史的结果才有可能),并且把这些力量当作对象来对待,而这首先又是只有通过异化的形式才有可能"。② 这里实际上从历史宏观发展的高度肯定了资本主义异化劳动作为历史必经阶段的合理性。

但是,必须看到,"黑格尔站在现代国民经济学家的立场上。他把**劳动**看作人的**本质**,看作人的自我确证的本质;他只看到劳动的积极方面,而没有看到它的消极的方面。劳动是**人**在**外化**范围内或者作为**外化的人**的**自为的生成**"。③ 与黑格尔相反,马克思把劳动看做是客观的

---

① 黑格尔:《精神现象学》(上卷),贺麟等译,商务印书馆1983年版,第129页。

② 《1844年经济学哲学手稿》,《马克思恩格斯全集》第42卷,第163页。

③ 同上书,第163页。

第二编 块垒的存在论本质

物质活动,是改造自然同时又改变人自身的实践活动。马克思不仅看到了劳动创造价值、肯定自身的积极方面,而且看到了在现实社会中劳动给劳动者带来屈辱和痛苦的消极方面的异化的现实。这在他所创造的异化劳动范畴中得到充分的反映。马克思继续批判说:"黑格尔唯一知道并承认的劳动是**抽象的精神的劳动**。因此,黑格尔把一般说来构成哲学的**本质**的那个东西,即**知道自身的人的外化**或者**思考自身的、外化的科学**看成劳动的本质;因此,同以往的哲学相反,他能把哲学的各个环节总括起来,并把自己的哲学说成就是**这个哲学**。""因此,他的科学是绝对的。"①黑格尔哲学的主体(或主词)是精神,是意识,是意识的各个不同阶段的表现形式。现实的人,变成了自我意识。这样,无论是人,无论是劳动,全都是意识领域之内的事。"现实的人和现实的自然界不过成为这个隐秘的、非现实的人和这个非现实的自然界的宾词、象征。因此,主词和宾词之间的关系被绝对地相互颠倒了。"②人和自然界、人的劳动及其成果,在黑格尔那里,都不过是在纯思想之内的,是"在自身内部的纯粹的、**不停息的旋转**"。③ 马克思后来在《神圣家族》中批判说,黑格尔"用'**绝对知识**'来代替全部人类现实,——之所以用知识来代替,是因为知识是自我意识的唯一存在方式,而自我意识则被看做人的唯一存在方式;之所以用**绝对**知识来代替,是因为自我意识只知道它**自己**,并且不再受任何实物世界的拘束。黑格尔把人变成**自我意识的人**,而不是把自我意识变成**人的自我意识**,变成现实的人即生活在现实的实物世界中并受这一世界制约的人的**自我意识**。黑格尔把世界**头足倒置起来**,因此,他也就能够在**头脑**中消灭一切界限;可是,对于**坏的感性**来说,对于**现实的人**来说,这当然丝毫不妨碍这些界限仍

---

① 《1844 年经济学哲学手稿》,《马克思恩格斯全集》第 42 卷,第 163—164 页。

② 同上书,第 176 页。

③ 同上书,第 176 页。

然继续存在"。①

总之，马克思在清理了黑格尔劳动观的局限性之后，马克思提出了自己的历史唯物主义原理：人类通过劳动实践而自我生成的"历史是人的真正的自然史"②；"**整个所谓世界历史**不外是人通过人的劳动而诞生的过程，是自然界对人说来的生成过程，所以，关于他通过自身而**诞生**、关于他的**产生过程**，他有直观的、无可辩驳的证明。"③人是已经生活在这个世界上了（用海德格尔的话说是已经"**被抛**"在世界上），对于自身的存在和周围世界的存在还需要怀疑吗？"因为人和自然界的**实在性**，即人对人说来作为自然界的存在以及自然界对人说来作为人的存在，已经变成实践的、可以通过感觉直观的，所以，关于某种**异己的**存在物、关于凌驾于自然界和人之上的存在物的问题，即包含着对自然界和人的非实在性的承认问题，在实践上已经成为不可能的了。"④这种"自然史"又是必须在社会交往关系中才能发展的历史。"只有在社会中，自然界对人说来才是人与**人联系的纽带**，才是他为别人的存在和别人为他的存在，才是人的现实的生活要素；只有在社会中，自然界才是人自己的**人的**存在的**基础**。只有在社会中，人的**自然的**存在对他说来才是他的**人的**存在，而自然界对他说来才成为人。"⑤因此，从人的生存论的角度来看，黑格尔是在彼岸的绝对精神领域内，亦即他的逻辑发展过程中，来看待人通过劳动而自我生成的；马克思则是把这一过程颠倒过来，变成了在社会实践过程中，在人与人社会交往过程中，通过感性活动自我生成的历史，变成了必然经过异化和克服异化而全面占有人的

---

① 《马克思恩格斯全集》第 2 卷，人民出版社 1957 年版，第 244—245 页。
② 《1844 年经济学哲学手稿》，《马克思恩格斯全集》第 42 卷，第 169 页。
③ 同上书，第 131 页。
④ 同上书，第 131 页。
⑤ 同上书，第 122 页。

本质的历史过程。

论块垫

第三节　从马克思有没有本体论的争论说
　　　　　到本体论的三种含义

马克思有没有本体论思想？换句话说，有没有"马克思主义本体论"？这在学术界仍然是一个有争议的问题。

我们知道，匈牙利思想家、西方马克思主义的鼻祖卢卡奇（Lukacs György，1885—1971）晚年曾经撰写了《关于社会存在的本体论》①。书中对于马克思的本体论的阐述表现出一定的犹豫。他说：

> 如果试图在理论上概括马克思的本体论，那么这将使我们处于一种多少有点矛盾的境地。一方面，任何一个马克思著作的公正读者都必然会觉察到，如果对马克思所有具体的论述都给予正确的理解，而不带通常那种偏见的话，他的这些论述在最终的意义上都是直接关于存在的论述，即它们都纯粹是本体论的。然而，另一方面，在马克思那里又找不到对本体论问题的专门论述。对于规定本体论在思维中的地位，划清它和认识论、逻辑学等的界限，马克思从未着手做出成体系的或者系统的表态。②

在我国，李泽厚早在1981年就提出了"人类本体论的实践哲学"，

---

① 卢卡奇撰写《关于社会存在的本体论》始于1964年，1970年因患癌症中止写作计划，1971年逝世后被整理分册出版。后来路希特汉出版社收入《卢卡奇全集》第13、14卷。中译本为白锡堃等译，上下两卷，重庆出版社1993年版。

② 卢卡奇：《关于社会存在的本体论》（上卷），中译本，第637页；引自俞宣孟：《本体论研究》，上海人民出版社1999年版，第176页。

2002 年又出版了专著《历史本体论》①。20 世纪 80—90 年代我国哲学界实际上进行了马克思主义哲学究竟是怎样一种本体论的争论②。近年来，又有不少著作论及这一问题，例如张曙光在其著作中提出了"马克思的哲学生存论思想"③。他们提出的具体名称虽然不同，但是都以具体阐释马克思的本体论思想为鹄的。

俞宣孟撰写的《本体论研究》一书，对于西方哲学中本体论思想发展的来龙去脉，进行了卓有成效的梳理和辨析，廓清了许多模糊认识。但是，该书断然否定马克思具有本体论思想。书中用相当的篇幅批判了卢卡奇的著作，并且断言："无论从哪个方面说，把'本体论'一词加给马克思主义哲学，都是没有道理的。""因为本体论就是一种纯粹思辨的哲学，或者说，马克思主义所批判的纯粹思辨哲学就是指本体论。""本体论是一个旧哲学的概念，把这样一个旧哲学的概念加给马克思主义哲学，不仅掩盖、抹杀了马克思主义实质上对本体论的批判，而且会模糊马克思主义哲学与旧哲学的本质区别，从而导致取消马克思主义在哲学领域所实现的革命性变革的意义。"④

我们无意为卢卡奇的"社会存在本体论"或者其他人的另一种说

① 李泽厚在《康德哲学与建立主体性论纲》一文中提出"人类本体论的实践哲学"，见《李泽厚哲学美学文选》，湖南人民出版社 1985 年版，第 155 页；2002 年出版了专著《历史本体论》，生活·读书·新知三联书店。

② 例如李云龙：《马克思主义哲学与形而上学的关系》（《求索》1990 年第 1 期）提出"马克思主义哲学不需要本体论"；黄楠森：《再论本体论——答刘福森同志》（《人文杂志》1990 年第 5 期）提到"世界观或曰本体论"；公木：《论实践唯物主义》（《人文杂志》1991 年第 3 期）提出马克思主义以人类社会实践为本原应该称之为"实践本体论"；俞吾金：《马克思哲学本体论思路历程》（《学术月刊》1991 年第 11 期）提出，马克思哲学的发展划分为五个阶段的本体论：自我意识的本体论、情欲本体论、实践本体论、生产劳动本体论、社会本体论等等。

③ 张曙光：《生存哲学——走向本真的存在》第三章标题为"马克思的哲学生存论思想"，云南人民出版社 2001 年版。

④ 俞宣孟：《本体论研究》，上海人民出版社 1999 年版，第 175、179 页。

法进行什么辩护。我们认为,马克思有没有本体论、有怎样的本体论、我们应该怎样看待马克思主义本体论等问题,都是需要大家深入讨论的问题。在讨论之初,就预先提出有或没有以及有什么样的本体论等结论性断语,肯定是不利于深入讨论的。从这种鼓励讨论的立场出发,我们就不能赞成俞宣孟过早地下结论。也正是出于这种考虑,本书也提出自己的意见。

在这里首先要说的是,从印欧语系的系词特征入手,从清理巴门尼德、柏拉图、亚里士多德等人的元典入手,俞宣孟廓清了本体论就是"是论"的来源,无疑是一件基础研究方面的大功绩;但是,将本体论的含义凝固为有限的几种历史形态,从而判定"本体论只能是唯心主义(idealism)"①,就属于过早地设立结论的不当做法。

我们还有必要说明,从本体论原本是"是论"来说,"是"含义也不是一类,至少包括"是什么"(本质)和"有什么"(存在)两大类,因此,本体论的含义由"本质"转向"存在"则是情有可原的。这在俞著《本体论研究》中都有十分清楚的说明。在该书第八章第二节第三小节的标题就是"'是'之分为'本质'和'存在'",其内容要点是:亚里士多德《形而上学》第五卷第七章区分出"是"的四种含义,前三种("是"表示偶性和本性;"是"的各种表语的范畴种类;"是"和"不是"表示"真"和"假")都是作为系词时的"是"所可能具有的意义,即指"是什么",其中包括本质;最后一种"是""可以表示潜能与现实的意思",就是指实际上"有什么"("存在")的意思了。例如说"这是一座金山","是什么"是说出来了,但是说出来的"金山"的"存在"却是不可能"有"的。遇到这种情况,"存在"和"本质"这两种含义就必须分析清楚而不能含糊。亚里士多德著作希腊原文中对于"是什么"和"有什么"都是用 to einai(to be)来表示,据说亚里士多德对此而大伤脑筋。这些著作被翻

---

① 俞宣孟:《本体论研究》,上海人民出版社 1999 年版,第 136 页。

译成阿拉伯文时由于没有与之相对应的词,结果"将亚里士多德译成一位有时谈论存在,有时谈论本质,**却从不谈及'是'的哲学家**"①。亚里士多德著作由阿拉伯文再译为拉丁文,就产生了相应的拉丁语词,"存在"与"本质"的区分也就分明了。这一区分丰富了神学家论证上帝存在的话题,也为黑格尔撰写《逻辑学》包括存在论、本质论、概念论三大部分提供了根据。另外,在《本体论研究》一书中,我们还看到作者介绍了现代一些论家如蒯因、豪尔、艾姆斯、巴姆等人关于本体论的意见之后,说:"现代西方哲学中关于本体论的定义要是与沃尔夫的定义有所不同,那么就是以'存在'代替'是'作为本体论研究的对象。而'存在'在此又被当作是表示一般的事物及其性质的概念。于是本体论简直就被当作是关于一般的事物及其性质的一门学问了。"②

由此,我们可以把情况归纳如下:沃尔夫关于本体论的最早的定义是坚持"是论"("是什么")的,但是从源头上说,亚里士多德原义中本来就包含了"是论"和"有论"两类含义,在阿拉伯文、拉丁文文本中也都明显区分;在现代西方哲学中还有许多论者坚持从"有论"(存在)的角度谈本体论;我国哲学界也有许多人从"有论"(存在)的角度谈本体论,到头来,就只剩下俞宣孟自己还在坚持沃尔夫的定义,并且用这种凝固的"是论"定义作为判定是否符合本体论的唯一标准,这种做法不是有些过于固执了吗?

我们赞成俞宣孟所说的本体论就是"是论",但是认为对于"是"的含义还需要细分,第一步先是按照亚里士多德的原义分为"是论"(本质论)和"有论"(存在论);第二步再区分"是论"中的两层含义:一是一般事物的本质论(being),二是柏拉图把"是"看成是万有之源的总

① 英国葛瑞汉(A. C. Graham)语,引自俞宣孟:《本体论研究》,上海人民出版社 1999 年版,第 364 页。

② 俞宣孟:《本体论研究》,上海人民出版社 1999 年版,第 22 页。

体理念(Being)。沃尔夫的定义强调的是"抽象的、完全普遍的哲学范畴"的性质，其内涵显然是指把"是"看成是万有之源的总体理念的含义，这也就是西方哲学史上占据统治地位并且绵延两千年的本体论（从柏拉图的理念、中世纪的上帝到黑格尔的绝对理念）。除了这一种超验的、彼岸的、唯心主义的本体论之外，还应该承认可能有另外两种"是论"：一种是在一般事物的本质层面上来理解，实际上是"本质论"；另外一种是在存在论层面上来理解，实际上是"存在论"或者"生存论"。在国内外学术界的有关论著中，关于本体论的后两种理解事实上都是存在的，并且相互夹缠，这正是目前关于本体论的讨论中出现混乱，难以达成共识的重要原因。

本书主张在批判超验的、彼岸的唯心主义本体论的基础上，仍然保留本体论的用语，其含义限定为在存在论层面上的理解。既然只有人才能揭示存在的深刻含义，那么，也就只能是从人的现实生活的角度即生存论的角度来谈本体论。这样的本体论应该是人对自身存在于其中的世界的一种终极意义上的总体看法，而不应该也不可能想象一个无人的本体论或者纯粹无人世界的本体论。在这种含义上，马克思实现了哲学的革命性变革，用马克思的话来说："现在哲学已经变为世俗的东西了"①，因此，世俗的人的感性生存就是马克思所主张的本体论。人的个性生存为本体，就是以人的感性生命活动为本体；人的感性生命活动就是人的社会实践活动，是在一定的社会条件下掌握一定的工具从事为满足自己的需要的生命活动，是在自己的情意活动支配下进行的生命活动，这样，人作为具有自由自觉意识的生命体的情意活动就在最终意义上成为一种新的本体论。也正是在这个生存论层面上，海德格尔的基本本体论是与此相通的，因而也是应该成立的，尽管他本人后

---

① 马克思：《摘自〈德法年鉴〉的书信》，《马克思恩格斯全集》第1卷，人民出版社1956年版，第416页。

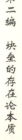

来改口加以否认。

本书同时主张，应该把在一般事物的本质层面上来理解和谈论的所谓"本体论"，干脆称之为"本质论"，以明确地区别于上述生存论层面上的本体论。因为从一般事物的本质含义上使用本体论的概念，容易同"事物的本质"相混淆，以至于在讨论问题时本体论"满天飞"。如此一来，究竟什么是"本体"，人们就会感到无所适从了。

在此，对于目前学术界流行的各种关于本体论的说法，我们需要进行一番辨析。

李泽厚先后提出了工具本体、心理本体、历史本体、度本体、情本体等等，反映了他在本体论问题上的二元论思想。他在2001年说：

> 我是强调两个本体的，我一开始，一个就是工具本体，工具本体就是穿衣吃饭，就是吃饭哲学这一套。但是人类的整个的客观走向，不会仅仅就是穿衣吃饭，不会满足于这个东西，等到穿衣吃饭有个基本上的解决以后，他会追求更多的东西。所以我才讲这个心理本体，特别强调情感本体，本体是什么，本体就是最后的实在、依据，人所以为人的那种基础或者依据也可以。人本来是个动物，要变成一个人，超这个生物族类，首先是在这穿衣吃饭的工具本体上，所以我特别强调生产力，科学技术，我讲一切都离不开这些东西。但是在这同时，人的心理、人的七情六欲也有了变化，我讲人化的自然，有两个人化，一个是外在的人化，包括我刚才讲的工具本体这一套。另一方面，内在的人，就是人的情感，这也是慢慢塑建、丰富的，心理成为本体，这就是继承马克思，也走出马克思。我一直强调历史唯物论，但是我一再指出，历史唯物论是可以走出来的，它有一定限度。我一直强调情感本体，这一次郭店竹简的发现我特别高兴，庞朴说这是唯情主义。我早就讲了：孔夫子很注意情感的塑造。塑造就是把动物的情

绪性的东西变成这种人类的情感……是在动物性里面灌输了理性的东西。历史建理性,理性哪来的?是历史经验把它构造出来的。①

李泽厚在这里明确提出两个本体,显然是哲学上的二元论。2004 年 9 月,李泽厚在北京举行的"实践美学的反思与展望"国际学术讨论会上又说:

> 我的"本体"是在中国语境里用的,是本根、根本,不是西方哲学中与现象相对立的本体,不是与 phenomenon 相对立的 noumenon。两个本体为什么不可以用呢?笛卡尔的心物二元论也可以说是两个"本体"。两个本体中,工具本体在前面,心理本体在后。为什么在工具本体之外还要提出心理本体,是因为要强调它的独立性,它可以构成意义。因此,本体论不再是关于精神存在的知识,而是人类学历史本体论,就是以社会的人类存在为根本。②

在这次发言中他还坚持了二元论提法,但是做了重要修正,即声明他是在中国哲学语境中讲本体的。在这次讨论会上,李泽厚的二元论本体论受到一些学者的质疑。但是,在我们看来,拘泥于是不是二元论的争论本身并不会具有特别重要的学术意义。重要之点在于,李泽厚的声明已经足以同西方哲学史上的本体论含义相区别了。他关于工具本体和心理本体的理解合起来仍然是以人的感性生命活动为最终本体。因此,我们认为这跟我们的理解并无根本不同。由此引申出来的一系列本体的提法,从中国哲学史的背景来看,也是有其根据的。中国哲学中探讨的是本根、本源,我们将在下文分析。

---

① 李泽厚、陈明:《浮生论学》,华夏出版社 2002 年版,第 259 页。
② 李泽厚发言记录。见徐碧辉:《"实践美学的反思与展望"国际学术讨论会综述》,《中华美学学会通讯》2004 年第 2 期(总第 21 期),第 7 页。

另外,王岳川在《艺术本体论》中提出了艺术的模仿本体、表现本体、形式本体、语言本体、文化本体、实践本体、价值本体以及体验本体、作品本体、解释本体等等①,一方面是在总结西方文艺思想史上各种理论的核心命题,另一方面则是指文学艺术活动包括从创作思想、创作实践、文本、媒介到接受、解释各个环节上的存在状态。我们认为,在后者的意义上称之为本体实际上是指各个环节的本质之义。这显然是在事物的本质意义上来谈本体。

本书认为,本着学术争鸣的精神,各种本体论当然都可以讨论;但是,必须看到在不同的语境中,对于本体的理解是分层次的、有区别的,因此需要辨析清楚,而不应该将不同含义的本体论夹缠在一起。

说到这里,我们还是要追问:究竟马克思有没有自己的本体论呢?这还需要从马克思自己的论述出发加以仔细分析。这是我们下面要详说的问题。

第四节　马克思的"激情本体论"

《1844 年经济学哲学手稿》不仅对于黑格尔基于绝对理念的唯心主义辩证法进行了颠倒性的批判,提出了异化劳动的本质及其必然被克服的共产主义学说,而且提出了马克思自己的本体论观点。在被后人冠之以《货币》的片段中,马克思明确地指出:

> 如果人的**感觉**、激情等等不仅是在［狭隘］意义上的人类学规定,而且是真正**本体论的**本质(自然)肯定;如果感觉、激情等等仅仅通过它们的**对象**对它们**感性地**存在这一事实而真

---

①　王岳川:《艺术本体论》,上海三联书店 1994 年版。

正肯定自己,那么,不言而喻的是……只有通过发达的工业,也就是以私有财产为中介,人的激情的本体论本质才能在总体上、合乎人性地实现;因此,关于人的科学本身是人在实践上的自我实现的产物……①(黑体字原有)

这段话最早的何思敬译文和相当流行的刘丕坤译文分别是:

如果人底**感受**、热情等等不仅仅是[狭]义的人类学的诸规定而且是真正**本体论**的本质底(自然底)诸肯定——并且如果它们只通过下述事实即它们的**对象感性地**向它们存在着,来现实地肯定自己,那末,……只有通过发展了的工业,即通过私有制的媒介,人的情欲底本体论上的本质才在他的总体性中也在他的人性中生成;所以关于人的科学本身是人底实践的自己活动底产物……②

如果人的**感觉**、情欲等等不仅是[狭]义的人类学的规定,而且是对本质(自然界)的真正**本体论的**肯定;如果感觉、情欲等等仅仅通过它们的**对象**对它们说来是**感性地**存在着这一事实而现实地肯定自己,那么,不言而喻的是……只有借助于发达的工业,亦即借助于私有财产,人的情欲的本体论的本质才能充分完满地、合乎人的本性地得到实现;所以,关于人的科学本身是人在实践上的自为实现的产物……③

对比之下可以看出,各种译文中分别称之为"激情的本体论"、"情欲底本体论"、"情欲的本体论",用语略有不同,但是在指明是"本体论"上

---

① 《马克思恩格斯全集》第42卷,人民出版社1979年版,第150页。以下凡引自同书的原文只注页码。

② 马克思:《1844年经济学哲学手稿》,何思敬译,人民出版社1963年版,第114页。

③ 马克思:《1844年经济学哲学手稿》,刘丕坤译,人民出版社1979年版,第103页。

是完全一致的。

马克思对于黑格尔唯心主义辩证法的批判及其经济学说早已载入史册,为举世所公认。而马克思基于对人的生存状态的分析得出的本体论思想,却长期得不到应有的重视。个中原因,一方面是由于《1844年经济学哲学手稿》曾经长期被埋没以致出版于海德格尔的《存在与时间》问世之后;另一方面,在马克思理论遗产中对于资本主义的批判和无产阶级革命的学说影响深远,更为人们所重视,从而将他的人学思想等淹没在阴影之中。20世纪西方哲学的转向引起人们对于本体论问题的关注。海德格尔对于人的生存状态的分析及其对于马克思的高度评价,为我们重新清理马克思关于人的生存问题的思想,提供了新的机遇。于是,我们发现,马克思在批判黑格尔的形而上学本体论的同时,提出了自己对于人的在世生存的本体论思想——激情本体论。

根据《1844年经济学哲学手稿》中的相关言论,我们可以把马克思的激情本体论思想概括为如下几点:

第一,人作为感性的、对象性的存在物是"受动的""自然存在物",人的激情来自于人的受动性。马克思指出:

> 人直接地是**自然存在物**。人作为自然存在物,而且作为有生命的自然存在物,一方面具有**自然力**、**生命力**,是**能动的**自然存在物;这些力量作为天赋和才能、作为**欲望**存在于人身上;另一方面,人作为自然的、肉体的、感性的、对象性的存在物,和动植物一样,是**受动的**、受制约的和受限制的存在物,也就是说,他的欲望的**对象**是作为不依赖于他的**对象**而存在于他之外的;但这些对象是他的**需要**的对象;是表现和确证他的本质力量所不可缺少的、重要的**对象**。说人是**肉体的**、有自然力的、有生命的、现实的、感性的、对象性的存在物,这就等于说,人有**现实的**、**感性的对象**作为自己的本质即自己的生命表

现的对象;或者说,人只有凭借现实的、感性的对象才能**表现**自己的生命。(第167—168页)

人具有生命。生命需要不断地进行新陈代谢。人的生存的"欲望",需要不断有一定的对象物来满足自己的需要。这个新陈代谢的过程,是一个感性的、现实的、对象化的生命过程。在这里,肉体的、感性的、现实的、对象性的、受动的,这几个修饰词对于人这个存在物来说是同义的,是产生人的激情的前提和基础:

说一个东西是**感性的**即现实的,这是说,它是感觉的对象,是**感性的**对象,从而在自己之外有感性的对象,有自己的感性的对象。说一个东西是感性的,就是指它是**受动的**。

因此,人作为对象性的、感性的存在物,是一个**受动的**存在物;因为它感到自己是受动的,所以是一个有**激情**的存在物。激情、热情是人强烈追求自己的对象的本质力量。(第169页)

马克思在这里所说的"受动的"("Leidend Sein"),这个术语来自费尔巴哈,意思是指外部世界、周围环境对于人发生作用的表现形式和方式。费尔巴哈认为,只有受动的和需要的存在物才是必然的存在物,没有需要的存在是多余的存在;只有受动的东西才值得存在。马克思对于"受动的"这一经验原则做了重要的加工和补充,把社会实践即人为了掌握和改造外部世界而进行的有意识和有目的的活动也包括进去了,因此受动导致激情;激情、热情产生于自身的欲望必须不断得到外界对象物加以满足的实践要求。但是,我们应该注意到,马克思在这里对于受动、需要、欲望的认识,还没有达到他后来创立历史唯物主义之后的高度,也就是说,还带有某些费尔巴哈的直观、抽象的色彩。

我们可以用"饥饿"为例作一个比较。《1844年经济学哲学手稿》中说:

"对于一个忍饥挨饿的人说来并不存在人的食物形式，而只有作为食物的抽象存在；食物同样也可能具有最粗糙的形式，而且不能说，这种食物与**动物的**饮食有什么不同。"（第126 页）

"人不仅失去了人的需要，甚至失去了**动物**的需要。爱尔兰人只知道一种需要，就是**吃**的需要，而且只知道**吃马铃薯**，而且只是**破烂马铃薯**，最坏的马铃薯。但是，在英国和法国的每一个工业城市都有一个小爱尔兰。连野蛮人、动物都还有猎捕、运动等等的需要，有和同类交往的需要！"（第134 页）

"**饥饿**是自然的**需要**；因而为了使自己得到满足、得到温饱，他需要在他之外的**自然界**、在他之外的**对象**。饥饿是我的身体对某**一对象**的公认的需要，这个对象存在于我的身体之外、是我的身体为了充实自己、表现自己的本质所不可缺少的。太阳是植物的**对象**，是植物所不可缺少的、确证它的生命的对象，正像植物是太阳的对象，是太阳的唤醒生命的力量的**表现**，是太阳的**对象性的**本质力量的**表现**一样。"（第168 页）

这几段话都是说明饥饿是人的一种最基本的、必须首先得到满足的需要，并且是在与动物甚至植物的对比中来显示这种需要的基础性意义；但是，尚未强调人类社会在满足食物需要方面的社会条件和文化特征，没有提到不同社会条件下的"饥饿"所具有的不同历史特点。而在1857 年撰写的《〈政治经济学批判〉导言》中，马克思谈到饥饿时，则是强调其随着社会进程而表现出不同的历史特征，已经与费尔巴哈的观点有了本质的区别：

饥饿总是饥饿，但是用刀叉吃熟肉来解除的饥饿不同于用手、指甲和牙齿啃生肉来解除的饥饿。因此，不仅消费的对象,而且消费的方式,不仅在客体方面,而且在主体方面,都是生产决定的。所以,生产创造消费者。①

第二,"按人的含义"的受动和激情,导引出"人的现实性的实现"的能动性活动,就是人的感性生存活动。马克思指出扬弃私有财产是为了人的全面发展、全面占有人的本质:

> 人以一种全面的方式,也就是说,作为一个完整的人,占有自己的全面的本质。人同世界的任何一种**人的**关系——视觉、听觉、嗅觉、味觉、触觉、思维、直观、感觉、愿望、活动、爱,——总之,他的个体的一切器官,正象在形式上直接是社会的器官的那些器官一样,通过自己的**对象性**关系,即通过自己**同对象的关系**而占有对象。对**人的**现实性的占有,它同对象的关系,是**人的现实性的实现**,是人的**能动**和人的**受动**,因为按人的含义来理解的受动,是人的一种自我享受。(第123—124页)

这段话包含有以下几层意思:

首先,应该明确人和外部世界的关系的多样性,包括各种感官和社会的感官带来的多种关系。马克思对此有一段注释:"正象人的**本质规定**和**活动**是多种多样的一样,人的**现实性**也是多种多样的"(第124页脚注)。这种多样性关系是通过对象化的现实活动才得以实现的,其结果则是人的本质力量的不断丰富和发展。"**眼睛**对对象的感觉不同于**耳朵**,眼睛的对象不同于**耳朵**的对象。每一种本质力量的独特性,恰好就是这种本质力量的**独特的本质**,因而也是它的对象化的独特方式,它的**对象性的**、**现实的**、活生生的**存在**的独特方式。因此,人不仅通过思维,而且以**全部**感觉在对象世界中肯定自己。"(第125页)

---

① 《马克思恩格斯选集》第 2 卷,人民出版社 1995 年版,第 10 页。

其次,是马克思特别重视在社会交往中形成的"社会的器官"。这种"社会的器官"不是指不同于个人感官的另外的什么器官,而是指个人感官在感受外物时突破对于个体生存的有用性的考虑,获得超出个体需要的社会性意义,即对于整个社会的意义;这种"社会的器官"当然只能是在社会交往中才能形成的。马克思解释说:

> 因此,需要和享受失去了自己的**利己主义**性质,而自然界失去了自己的纯粹的**有用性**,因为效用成了**人的**效用。

> 同样,别人的感觉和享受也成了我**自己的**占有。因此,除了这些直接的器官以外,还以社会的**形式**形成**社会的**器官。例如,直接同别人交往的活动等等,成了我的**生命表现**的器官和对**人的**生命的一种占有方式。(第124—125页)

再次,是"按人的含义"的"受动"变"能动",即指以不同于动物的社会的人的方式感觉到需要,产生出人的欲望,然后采取能动的措施去满足自己的需要。这种"按人的含义"的方式,是指社会化(即人化)的、文化的方式,是人的自我享受的方式。进一步展开来说,其深刻内涵就是:"动物只是按照它所属的那个种的尺度和需要来建造,而人懂得按照任何一个种的尺度来进行生产,并且懂得处处都把内在的尺度运用于对象;因此,人也按照美的规律来建造。"[①]

第三,人的感觉和激情在其历史发展中渗透着理性,即社会性、人性:"眼睛变成了**人的**眼睛,正像眼睛的**对象**变成了社会的、**人的**、由人并为了人创造出的对象一样。因此,**感觉通过自己的实践直接变成了理论家**。"(第124页)马克思进一步指出:

> 社会的人的**感觉不同于**非社会的人的感觉。只是由于人的本质的客观地展开的丰富性,主体的、**人的**感性的丰富性,如有音乐感的耳朵、能感受形式美的眼睛,总之,那些能成为

---

① 《马克思恩格斯选集》第1卷,人民出版社1995年版,第47页。

人的享受的感觉，即确证自己是**人的**本质力量的**感觉**，才一部分发展起来，一部分产生出来。因为，不仅五官感觉，而且所谓精神感觉、实践感觉（意志、爱等），一句话，**人的**感觉、感觉的人性，都只是由于**它的**对象的存在，由于**人化的**自然界，才产生出来的。五官的感觉的**形成**是以往全部世界历史的产物。（第 126 页）

第四，同黑格尔把现实的人变成抽象的"自我意识"的思路恰恰相反，马克思强调的是"感性的即现实的"这一思路。所以，马克思的结论是"**感性**必须是一切科学的基础"。这是马克思通过对于黑格尔哲学的批判，得出的一个颠倒头足、扭转乾坤的结论。这一结论，在当时虽然还带有费尔巴哈思想影响的色彩，但是却已经促使马克思坚定地走上了彻底清算唯心主义形而上学的道路。马克思给自己、也是给整个科学事业指出了明确的发展方向：

> **感性**（见费尔巴哈）必须是一切科学的基础。科学只有从**感性**意识和**感性**需要这两种形式的感性出发，因而，只有从自然界出发，才是**现实的**科学。全部历史是为了使"**人**"成为**感性**意识的对象和使"人作为人"的需要成为［自然的、感性的］需要而作准备的发展史。历史本身是**自然史**的即自然界成为人这一过程的一个**现实**部分。自然科学往后将包括关于人的科学，正象关于人的科学包括自然科学一样：这将是**一门**科学。（第 128 页）

在这里提出的作为科学之基础的两种感性形式——"感性意识"和"感性需要"，都是从主体的角度提出的，意思是同人的感性生活相联系的。尽管还没有摆脱费尔巴哈的"感性"的影响，但是，我们已经能够从中领会到人的现实生存的含义。对此，我们将在下一节中展开论述。

总体看来，马克思的激情本体论的思想，在《1844 年经济学哲学手稿》中所展示的上述要点，还只是初见端倪，尚有待于进一步发挥和提高。后来，马克思又有新的更为完备的表述方式，那就是他的感性活动理论以及"实践精神的掌握世界的方式"。

第五节　马克思的感性活动理论
——"实践活动的唯物主义"

在马克思之前，西方哲学史上关于感性问题的思想还一直没有同人的现实生活联系起来。古希腊哲学家早就关注感性、感觉、感知问题，但是还带有依靠肉体感官认识世界的局限性，例如，毕达哥拉斯提出"一般的感觉，特别是视觉，乃是一种很热的蒸汽"；恩培多克勒说知觉是那些适于各种感官的孔道的"流射"所造成的等等。值得注意的是，赫拉克利特强调，世界"永远是一团永恒的活火"，处于变化之中的事物存在又不存在，因此"智慧"应该"认识那驾驭一切的思想"即"逻各斯"；巴门尼德则质疑事物存在又不存在的提法，坚持"存在者存在，它不可能不存在"、"存在者不存在，这个不存在必然存在"的研究途径，据此，柏拉图导出了他的本体论①。到了近代，认识论成为哲学的主要问题，理性主义者强调真正的知识不能来自感官知觉或经验，必然在思想、理性中有其基础；经验主义派则强调一切知识都发源于感官知觉或经验，双方都是在认识论范围考虑问题。包括专门撰写了《感性学》（中译为《美学》）的鲍姆嘉顿也是把美学作为低级认识论和感性认

---

① 以上古希腊思想家的观点均引自北京大学哲学系外国哲学史教研室编译的《西方哲学原著选读》（商务印书馆1987年版）、《古希腊罗马哲学》（上海三联书店1957年版）各有关部分。关于巴门尼德的思想，俞宣孟在《论巴门尼德哲学》一文（见《本体论研究》第528—571页附录）中把巴门尼德的两条原则译为"是，不可能不是"、"不是，必不是"，并且进行了不同于常人的辨析。

识的科学。康德的《纯粹理性批判》提出了先验意义上的感性①，人类通过感性认识能力所先天具有的直观形式（时间和空间）去整理由"物自体"刺激感官而引起的感觉材料，获得确定的感性知识。黑格尔哲学是绝对理念本身的逻辑发展体系，按其体系的要求自然就取消了人的感性意识的地位（实际上他的逻辑学、精神现象学起首部分都包含有人的感性意识的成分）。费尔巴哈在批判宗教神学以及黑格尔思辨哲学的过程中，旗帜鲜明地宣传感性哲学，肯定人的感觉、感情和情欲，肯定人的感性需要必须通过对象物加以对象化，从而使哲学由天上降落到地上。但是，费尔巴哈的感性是直观的感性，他把人的本质规定为"类"的抽象物——"理性、意志和爱"，也就是"理解为一种内在的、无声的、把许多个人**自然地**联系起来的普遍性"，这样，人就完全变成了处于历史之外的抽象规定性。

马克思在撰写《1844 年经济学哲学手稿》的时候，其批判的主要矛头指向黑格尔哲学。尽管马克思的思路显然已经不同于费尔巴哈，但是在字里行间还充满着对于费尔巴哈的尊重和敬意。1844 年下半年，马克思的思想已经发生了很大变化，其标志就在于已经走上了清算费尔巴哈思想影响的道路。1845 年春马克思撰写的《关于费尔巴哈的提纲》，是匆匆写成的供自己以后研究用的 11 条笔记，但是正如恩格斯在初次发表它时所指出的，"它作为包含着新世界观的天才萌芽的第一个文件，是非常宝贵的"②。此后，他与恩格斯共同撰写的《德意志意

---

① 复旦大学 2004 年度刘长庚的博士论文《马克思的感性理论与美学问题》中，辨析了康德哲学中的两种感性："康德在《纯粹理性批判·先验关系论》中写道：'通过我们被对象刺激的方法获得表象的这种能力（接受能力），叫做感性。'（sensibility）……紧接着说明'一门有关感性的一切先天原则的科学，我称之为先验感性学。'（aesthetic）我们注意到，在同一页的论述当中，康德使用了两个不同的感性概念 aesthetic 和 sensibility。"见博士论文第 16 页。

② 恩格斯发表提纲时所说的话。《马克思恩格斯选集》第 1 卷，人民出版社 1995 年版，第 788 页注 51。

识形态》，内容是通过对于费尔巴哈等人的批判，第一次系统阐述了历史唯物主义的基本原理，并且根据自己的新的历史观对共产主义作了科学论证。"在《关于费尔巴哈的提纲》中，他还是以实践作为哲学的总体逻辑意向，即历史性的语境；而《德意志意识形态》则已经直接将这种新的历史性逻辑展现为一种完整的'历史科学'，即关注一定社会历史阶段的具体历史现实的社会关系和科学的历史性生存的'本体'性规定的历史构境论。……至此，马克思不再自认为是传统的旧哲学家，他放弃了用哲学构架来描述周围世界和社会历史的理论方式，确立了从做一个普通的人去面对社会生活和历史情境开始的新哲学世界观。这种决断使马克思能够真正摆脱由爱利亚学派滥觞的走向事物背后的彼岸理念论，返回到现实的历史的具体的社会生活本身。"① 虽然说"马克思的历史唯物主义并不是一种本体哲学的建构"②，但是，毫无疑问，这是一种传统哲学"本体论"的根本性转变。我们看到，在这两部著作中，马克思的"激情本体论"思想已经深化为"感性活动理论"，亦即"实践活动的唯物主义"。

我们之所以称之为"感性活动理论"，是因为马克思把是否从"感性的人的活动"即"实践"去理解对象，看做是他的新唯物主义同此前的唯物主义的根本区分点。在《关于费尔巴哈的提纲》中说：

> 从前的一切唯物主义（包括费尔巴哈的唯物主义）的主要缺点是：对对象、现实、感性，只是从**客体**的**或者直观**的形式去理解，而不是把它们当作**感性的人的活动**，当作**实践**去理解，（注意：这里'感性的人的活动'和'实践'是等值的。——引者）不是从主体方面去理解。（第1条）

---

① 张一兵：《"回到马克思"的原初理论语境》，《中国社会科学》2001年第3期。

② 张一兵：《神会马克思——马克思哲学原生态的当代阐释》，中国人民大学出版社2004年版，第15页。

费尔巴哈不满意**抽象的思维**而喜欢**直观**；但是他把感性不是看作**实践的**、人的感性的活动。（第5条）

直观的唯物主义，即不是把感性理解为实践活动的唯物主义至多也只能达到对单个个人和市民社会的直观。（第9条）①值得特别说明的是，第一条所说的"感性的人的活动"，在恩格斯发表时改为"人的感性活动"，两者强调的重点有所不同，但是其含义的外延所指应该是一致的。"感性的人的活动"就是人的现实的"感性的"活动，包括基于人的感性需要而进行的各种对象性的活动。马克思批评费尔巴哈从"直观的形式"去理解感性，意思是"撇开历史的进程"把人理解为"单个人所固有的抽象物"，理解为"类"的普遍性（第6条）。"撇开历史进程"也就是撇开时间，就是处于时间之外；处于时间之外的东西必然是超验的、先验的、非现实的东西。所以，马克思在《德意志意识形态》中明确指出："当费尔巴哈是一个唯物主义者的时候，历史在他的视野之外；当他去探讨历史的时候，他不是一个唯物主义者。在他那里，唯物主义和历史是彼此完全脱离的。"②

为了与费尔巴哈直观唯物主义划清界限，马克思将人的感性活动置于人类社会历史的和现实的具体时空之中，把感性活动看成是具体时空条件下的实践活动过程，这是马克思感性活动理论的总体的根本特点。这一总体特点必然贯穿于他的感性活动理论的各个方面。

依据马克思的有关论述，我们将其感性活动理论的内容概括为以

---

① 《关于费尔巴哈的提纲》第9条，《马克思恩格斯选集》第1卷，人民出版社1995年版，第54—57页。以下凡引用本篇的引语只注明第几条。

② 《马克思恩格斯选集》第1卷，人民出版社1995年版，第78页。本书所有援引《德意志意识形态·第一卷第一章费尔巴哈》的引文，都是依据此一版本。以下凡引用本篇的话只注明页码。

下三个方面：

第一，感性活动的前提：历史时空中人的感性意识和感性需要。在前面引述的《1844年经济学哲学手稿》中关于"感性必须是一切科学的基础"的那段话中，已经提出了"从感性意识和感性需要这两种形式的感性出发"的观点。感性意识不仅是从五官感觉到"社会的器官"的感受体验等由感性对象带来的意识，而且包括从机体感到受动的需要、社会交往需要以及由渴望需要得到满足的激情、热情，总之是由现实生活中的感性对象所引起的各种意识活动，是一个相当宽泛的领域。从人的活动范围来看，不仅包括人同自然界进行物质变换的生产活动，而且包括人与人的社会交往活动、日常生活活动等；从所涉及的对象范围来看，不仅包括自然界已有的对象物，而且更为重要的是，包括人类社会按照合规律性和合目的性相统一的美的规律所建造的各种事物，以及人与人之间的各种关系；从心理学角度来看，主要包括感觉、知觉、思维（感知认识）和情绪、情感、意志（情意体验）两大系列。感性意识是人同感性对象之间形成对象化关系的产物，是主体（人）的本质力量特定表现：

> 我们现在假定人就是**人**，而人同世界是一种人的关系，那么你就只能用爱来交换爱，只能用信任来交换信任，等等。如果你想得到艺术的享受，那你就必须是一个有艺术修养的人。如果你想感化别人，那你就必须是一个实际上能鼓舞和推动别人前进的人。你同人和自然界的一切关系，都必须是你的**现实的个人**生活的、与你的意志的对象相符合的**特定表现**。如果你在恋爱，但没有引起对方的反应，也就是说，如果你的爱作为爱没有引起对方的爱，如果你作为恋爱者通过你的**生命表现**没有使你成为**被爱的人**，那么你的爱就是无力的，就是不幸。①

---

① 《马克思恩格斯全集》第42卷，人民出版社1979年版，第155页。

从这段话,我们不难体会到感性意识的社会化的体验特征及其深刻程度。

感性需要是指人的现实生存的各种需要,既包括维持肉体生存的生活资料的满足,也包括社会性需要,如社会交往的需要,在社会群体中的自我定位、社会归属、安全保障,以及在社会生活中实现自身价值等等。马克思在《1844年经济学哲学手稿》中解释说:"社会的活动和社会的享受绝不**仅仅**存在于**直接**共同的活动和直接**共同**的享受这种形式中,虽然**共同的**活动和**共同的**享受,即直接通过同别人的**实际交往**表现出来和得到确证的那种活动和享受,在社会性的上述**直接**表现以这种活动或这种享受的内容本身为根据并且符合其本性的地方都会出现。"①马克思以从事科学研究活动为例,由于所运用的材料、语言以及最后的产品都是社会的,是为社会而做出的,所以这种个人性的活动仍然是由社会性需要所决定的。

上述关于感性意识和感性需要的观点,在《德意志意识形态》中进一步获得了它的前后演化的历史形态。从感性意识来看,马克思强调"意识一开始就是社会的产物"(第81页),人类的意识随着社会分工的发展而发展,经历了"纯粹动物式的意识"、"绵羊意识或部落意识"(第82页)等发展阶段,最后形成了庞大的意识形态体系。从感性需要来说,"全部人类历史的第一个前提无疑是有生命的个人的存在","一当人开始**生产**自己的生活资料的时候,这一步是由他们的肉体组织所决定的,人本身就开始把自己和动物区别开来"(第67页),"生产本身又是以个人彼此之间的**交往**[Verkehr]为前提的"(第68页);"第二个事实是,已经得到满足的第一个需要本身、满足需要的活动和已经获得的为满足需要而用的工具又引起新的需要,而这种新的需要的产生是第一个历史活动"(第79页);"一开始就进入历史发展过程的第

---

① 《马克思恩格斯全集》第42卷,人民出版社1979年版,第122页。

三种关系是：每日都在重新生产自己生命的人们开始生产另外一些人，即繁殖"，"从历史的最初时期起，从第一批人出现时，这三个方面就同时存在着，而且现在也还在历史上起着作用"；这样，生命的生产"立即表现为双重关系：一方面是自然关系，另一方面是社会关系"（第80页），"这种联系是由需要和生产方式决定的，它和人本身有同样长久的历史；这种联系不断采取新的形式，因而就表现为'历史'"（第81页）。很明显，马克思这时已经把人的感性意识和感性需要纳入到人类历史上实际存在的生产力和生产关系的考察之中，将其置于不断发展的历史时空中进行考察了。

这种历史地考察，"它的前提是人，但不是处在某种虚幻的离群索居和固定不变状态中的人，而是处在现实的、可以通过经验观察到的、在一定条件下进行的发展过程中的人"（第73页），"这里所说的人们是现实的、从事活动的人们……而人们的存在就是他们的现实生活过程"（第72页）。这些就是马克思感性活动理论的出发点，也就是马克思新提出的处于历史发展之中的存在本体论思想。显然，这种存在本体论思想已经比《1844年经济学哲学手稿》中的激情本体论深化了一步。

第二，感性活动的内容：连续不断的劳动、创造和生产。如前所述，马克思理解的人的活动是受动性与能动性的统一、是受动变能动的实践过程。在《德意志意识形态》中进一步阐明，这个过程就是人类生产（包括物质生产、精神生产、人的生产）推动社会发展的过程。马克思把人的感性活动看成是人的社会实践，把"感性活动"同"实践"视为同义词。

> 这种活动、这种连续不断的感性劳动和创造、这种生产，正是整个现存的感性世界的基础，它哪怕只中断一年，费尔巴哈就会看到，不仅在自然界将发生巨大的变化，而且整个人类世界以及他自己的直观能力，甚至他本身的存在也会很快就

没有了。（第77页）

而费尔巴哈的唯物主义仅仅停留在"感性对象"而不承认"感性活动"，也就是说，费尔巴哈无法理解马克思的实践观——实践活动的唯物主义，这就是马克思同费尔巴哈的根本分歧。马克思总结说：

> 诚然，费尔巴哈比"纯粹的"唯物主义者有很大的优点：他承认人也是"感性对象"。但是，他把人只看作是"感性对象"，而不是"感性活动"，因为他在这里也仍然停留在理论的领域内，没有从人们现有的社会联系，从那些使人们成为现在这种样子的周围生活条件来观察人们——这一点且不说，他还从来没有看到现实存在着的、活动的人，而是停留于抽象的"人"，并且仅仅限于在感情范围内承认"现实的、单个的、肉体的人"，也就是说，除了爱与友情，而且是观念化了的爱与友情以外，他不知道"人与人之间"还有什么其他的"人的关系"。（第77—78页）

马克思将自己这种建立在感性活动基础上的唯物主义理论，在《关于费尔巴哈的提纲》中命名为"实践活动的唯物主义"（第9条）；在《德意志意识形态》中将自己命名为"实践的唯物主义者即共产主义者"（第75页）。并且曾经解释说，"人的思维是否具有客观的［gegenständliche］真理性，这不是一个理论的问题，而是一个**实践的**问题。人应该在实践中证明自己思维的真理性，即自己思维的现实性和力量，自己思维的此岸性。关于思维——离开实践的思维——的现实性或非现实性的争论，是一个纯粹**经院哲学的**问题"。（第2条）这里说的"经院哲学"就是指的黑格尔式的头脚倒置的唯心主义哲学，很显然，马克思批判否定了"经院哲学"之后所建立的是自己的"思维的此岸性"哲学，实际上就是人的现实生存的本体论。

第三，作为历史性感性活动之结果的"感性世界"。"感性世界"就是以"感性活动"（社会实践）为基础的现实世界，就是我们身边的日常生活的世界。这个感性世界是随着人类社会实践活动的发展而不断发展变化的世界。这一点，却是费尔巴哈所无法理解的。马克思指出："费尔巴哈对感性世界的'理解'一方面仅仅局限于对这一世界的单纯的直观，另一方面仅仅局限于单纯的感觉。"(第75页)费尔巴哈凭借他的"感性直观"所看到的世界，仅仅是一个"感性对象"的世界，是一个处在历史变化之外的"感性对象"。张一兵评论说："马克思发现，实际上，费尔巴哈不但在人本主义上是非历史的，在唯物主义上也是非历史的，费尔巴哈从头到脚，都与历史无缘。尽管他承认感性的物质活动，承认自然物质的存在，但这个自然物质却被设定为是可以直接达及的不变的东西，是某种开天辟地以来就已存在的、始终如一的东西。这种执拗的对历史的视而不见，令马克思有点哭笑不得。"①所以，马克思在《德意志意识形态》中不无调侃意味地说："先于人类历史而存在的那个自然界，不是费尔巴哈生活其中的自然界；这是除去在澳洲新出现的一些珊瑚岛以外今天在任何地方都不再存在的、因而对于费尔巴哈来说也是不存在的自然界。"(第77页)马克思明确指出：

> 他没有看到，他周围的感性世界决不是某种开天辟地以来就直接存在的、始终如一的东西，而是工业和社会状况的产物，是历史的产物，是世世代代活动的结果，其中每一代都立足于前一代所达到的基础上，继续发展前一代的工业和交往，并随着需要的改变而改变它的社会制度。甚至连最简单的"感性确定性"的东西也只是由于社会发展、由于工业和商业交往才提供给他的。大家知道，樱桃树和几乎所有的果树一样，只是在数世纪以前由于**商业**才移植到我们这个地区……樱桃树只是**由于**一定的社会在一定时期的这种活动才为费尔

---

① 张一兵：《神会马克思——马克思哲学原生态的当代阐释》，中国人民大学出版社2004年版，第51—52页。

第二编　块垒的存在论本质

巴哈的"感性确定性"所感知。（第 76 页）

然而，费尔巴哈对于这些社会带来的变化是感到困惑难解的。"打个比方说，费尔巴哈在曼彻斯特只看见一些工厂和机器，而一百年以前在那里只能看见脚踏纺车和织布机"。（第 77 页）诚如恩格斯在原稿上所加的边注所说的："费尔巴哈的错误不在于他使眼前的东西即感性**外观**从属于通过感性事实作比较精确的研究而确认的感性现实，而在于他要是不用**哲学家**的'眼睛'，就是说，要是不戴哲学家的'眼镜'来观察感性，最终会对感性束手无策。"（第 76 页）费尔巴哈是戴着一副"有色眼镜"来看世界的，这副"有色眼镜"的名字就叫做哲学家的偏见，于是乎，他把那些不符合他的"感性世界"的东西（"特别是人与自然的和谐"）全部"排除"出去了。

总之，马克思的感性活动理论以感性意识和感性需要为出发点，以感性活动为主体内容，以感性世界为最终成果；在这个感性世界里，感性活动创造着人的感性存在，感性活动一方面改变着感性世界，同时也促使人的感性意识和感性需要不断提高，人的感性存在和他周围的感性世界一同向前发展，这就是人类通过劳动创造自己的历史的过程。"在社会主义的人看来，**整个所谓世界历史**不外是人通过人的劳动而诞生的过程，是自然界对人说来的生成过程，所以，关于他通过自身而**诞生**、关于他的**产生过程**，他有直观的、无可辩驳的证明。"①

这就是马克思的历史唯物主义的雏形，也是一种全新的以人类社会实践生存为本体的本体论。

在《〈政治经济学批判〉导言》中，马克思还曾从人对于世界的掌握方式的角度提出问题，他把政治经济学的研究方法（"完整的表象蒸发为抽象的规定"，"抽象的规定在思维行程中导致具体的再现"）称之为

---

① 《马克思恩格斯全集》第 42 卷，人民出版社 1979 年版，第 131 页。

科学"所专有的方式掌握世界",以区别于"艺术精神的,宗教精神的,实践精神的"掌握世界的方式。① 实际上,马克思所谓实践精神的掌握世界的方式就是基于感性意识掌握感性世界的方式。这种以感觉、感受、感情、情绪为基础的实践精神的掌握方式,内在地包含着形成其他掌握世界方式的胚胎和幼芽。而理论思维(逻辑思维、抽象思维)的、艺术精神的、宗教精神的掌握世界的方式,统统是在实践精神的掌握世界方式的基础上借助特殊的专门需要而发展起来高一级的掌握方式。这就是说,人们追求有益于自身生存的功利价值(利和善)的劳动实践,是推动人类社会进步、文化发展的根本动力,是促使人们追求科学之真、艺术之美、宗教之圣等其他价值的源泉;一切追求高级价值的科学、艺术、宗教等活动都是在日常的生存实践的基础上形成和发展起来的。

第六节　马克思的社会历史生活本体论的启示

综上所述,马克思在批判、扬弃黑格尔头脚倒置的绝对理念本体论的基础上,先是提出了"激情本体论",进而发展为感性活动理论,最后命名为"实践活动的唯物主义",虽然没有继续沿用本体论的名称,但是实际上他的本体论思想是一以贯之的。

事实上,马克思的研究工作并没有停步于用理性化的"实践"概念解释历史。"《德意志意识形态》虽然明确了广义历史唯物主义的一般思路,但不难看出马克思的历史话语有点勉而为之。费尔巴哈虽然被彻底地批判了,但新的出路并没有完全昭示出来。哲学与经济学在理论上并没有联结起来。历史唯物主义仍是易碎的,科学的方法论也并

① 《马克思恩格斯选集》第 2 卷,人民出版社 1995 年版,第 19 页。

没有被完全建立起来。而马克思在经济学上只有站到李嘉图已经达到的最高水平之上,历史发展的本质才有可能被科学揭示,也才有可能站在一个新的基点上批判资本主义社会。""由此,历史唯物主义并不是抽象地去指认历史中某种不变的物质基始,而是运用历史辩证法去真实地面对人类社会历史生存中的每一具体的有限的客观情境,以发现一定的、历史的、暂时的人类物质生活及其一定的、历史的、暂时的观念映现。彻底的历史唯物主义必然是革命的历史辩证法,反之亦然。"①"正是在对蒲鲁东的批判中,马克思逐渐找到了把黑格尔历史辩证法与李嘉图社会唯物主义内在地联结起来的科学方法论。"②

这样,我们可以说,马克思的本体论思想进一步发展到"社会历史生活本体论"。③ 这种社会历史生活本体论,是在仅仅承认人的一定历史条件下的现实生活的此岸性的基础上的本体论。它已经从根本上完成了本体论领域内颠倒过来的使命,开创了立足于此岸世界研究人文社会科学的新天地。

从这个意义上说,海德格尔把马克思引为"颠覆形而上学"的同道,是具有深邃的科学眼光和魄力的表现。海德格尔也有误解马克思的成分,但是这并不影响他对于马克思的总体评价。同时我们也应该看到,海德格尔仅仅是从个人的微观角度来探讨生存本体论的,他的那个处于"本真状态"的"此在",并不是生活在现实生活中我们身边的活

① 张一兵:《神会马克思——马克思哲学原生态的当代阐释》,中国人民大学出版社 2004 年版,第 89 页。

② 同上书,第 90 页。

③ 对于马克思的本体论思想如何概括命名,学术界存在争议。李泽厚 1981 年在《康德哲学与建立主体性论纲》一文中提出"人类学本体论的实践哲学"(见《李泽厚哲学美学文选》第 155 页,湖南人民出版社 1985 年版);2002 年他又出版了《历史本体论》(生活·读书·新知三联书店)。张曙光在《生存哲学——走向本真的存在》(云南人民出版社 2001 年版)一书第三章,专门论述"马克思的哲学生存论思想"。邹诗鹏提出"实践生存论",见《简论实践生存论》,《光明日报》2002 年 4 月 16 日等。

生生的人,而是被他以独有的哲学语言抽象出来的理性化的"人的规定性";同时,由于他过分执意地避开主客体对象化的视野,极力追求"此在"在获得语言明确表述之前的情绪状态,因此他的分析总是带有神秘莫测的成分,在后期走向天道、谛听道说之后,更是使他陷入一种吞吞吐吐、无法说清楚的尴尬境地。而马克思"颠覆形而上学"的途径是从社会批判入手,他以解剖社会的内部结构、寻求社会改造的出路为己任,以整个人类社会发展的历史为视野,运用历史辩证法和社会唯物主义即彻底的历史唯物主义从宏观角度来阐明现实世界的内在发展逻辑。马克思与海德格尔,双方在视野、思路以及论述方法上都是大不一样的;但是,他们在不承认此岸现实世界之外还有另外的抽象本体这一点上却是共同的。这一共同点,为双方思想的沟通提供了必要的桥梁。

我们在对于西方的本体论哲学进行巡礼之后,特别是在比较马克思和海德格尔的本体论思想之后,得到的必要启发在于:研究科学,特别是人文社会科学,必须坚持社会历史生活本体论或者称之为社会历史生活存在论的基点,即从人的现实生存出发来思考问题,而不应该从脱离人的现实生存的"抽象规定性"(对此,马克思称之为"经院哲学"或者"占统治地位的形而上学观念",海德格尔称之为"形而上学")出发,而不管这种"抽象规定性"(如人的本质、理性、物质、实践等)具有多么迷人的色彩。

毫无疑问,我们研究文学理论问题,也应该采取这一立场和思路。正是从这一立场出发,本书作为考察文学理论元问题的专门论著,才提出文学的情意本体论原理。本书对于文学现象的探讨追溯到作家创作前的人生感悟状态,并且撷取出"块垒"这一中国的传统概念,来表达这种一定的、历史的、终极性的人生感悟及其蓄势待发状态,从本体论的角度来看,应该是合乎学理的,因而是能够成立的。

第八章　中国的本原论与块垒

与西方形成的以"是"为核心范畴凭借逻辑建构起来的哲学本体论系统不同，中国思想史上只有探究天地万物产生、存在、发展变化的根本原因和根本依据的学说，应该称之为本原论或者本根论。对于中国思想史上的本原论思想的阐释，我们将在华夏文化的总背景下以儒、道、释三家为主要考察对象。

第一节　本体论与本原论

居住在华夏大地的中华民族所形成的思想传统同古希腊相比，是完全不同的。华夏神州大地的自然环境，决定了从游猎到农耕的发展道路，并且一直是在传统农业生产的制约下向前发展的。中国的传统经济形态，制约着政治、文化的发展，同样也制约着中华民族的文化心理，即制约着中国人对于世界、宇宙和社会人伦关系的理解。

中国古代思想传统当然要比传世的典籍更为悠久得多。根据近几十年的考古发现的玉琮、玉龟、玉版以及用蚌壳摆成的龙虎图案，可以看出早在公元前三四千年中华民族先人的思想意识。玉琮是一种外方内圆、柱形中空、饰以动物纹饰雕刻的玉器，可能是当时祭祀天地的重要礼器，学者们认为可能象征天圆地方，上下相通，具有沟通天地、接引鬼神的神秘力量。① 这些相关文物说明：第一，我国先民从天体地形的观察中体认到宇宙天地有中心和边缘，并且潜含着自认为居于天地中心的意识，成为"中国"这一名称的原始根据；第二，从关于天地四方的神秘感出发，形成了我国古人思想和想象的原初支点，当这种观念与神话、传说相结合，由此产生中央统辖四方、价值等级上中央优于四方、时间顺序上中央早于四方的观念，推理和联想到中央之帝王和四方之神祇的神仙谱系，以及中央帝王统辖四方藩臣的政治结构，并且认为这是天经地义、不证自明的道理和依据；第三，由于玉琮等象征天地的器物与天地具有同构性，也就具有天地同样的神秘性和权威性，制造和拥有它的人也就具有神秘的力量，这对于形成王的权威、巫师的权威，形成具有普遍指导性的观念和制度以及可操作的祭祀仪式等，一并提供了思想前提。

此后，权威人士出来"绝地天通"②，把祭祀等宗教事业变成了少数人的特殊事业。巫、史、祝、宗、尹等作为掌管祭祀和宗法等级的专职人员在社会上的地位空前提高，成为仅次于君主的沟通人神关系的重要

① 1976 年在商代妇好墓出土 14 件玉琮，1982 年江苏武进寺墩良渚文化遗址出土的玉琮，1986 年浙江余杭反山出土的玉琮，1987 年安徽含山凌家滩出土的玉龟、玉版，1988 年发表的河南濮阳西水坡仰韶文化遗址出土的蚌壳摆成的龙虎图案等，其时代已经可以上溯到公元前三千，甚至四千五百年。参见葛兆光：《中国思想史》第 1 卷，复旦大学出版社 2001 年版，第 16—19 页。

② "绝地天通"一说在颛顼时代，《国语·楚语下》记楚昭王大夫观射父解说"绝地天通"，颛顼即位后，"乃命南正重司天以属神，命火正黎司地以属民，使复旧常，无相侵渎，是谓绝地天通"，意谓颛顼进行的宗教改革。张岂之主编的《中国历史》持此说，见于先秦卷第 26 页，高等教育出版社 2001 年版。一说在尧的时代，《尚书·吕刑》："乃命重黎，绝地天通，罔有降格"，孔传："重即羲，黎即和，尧命羲和世掌天地四时之官，使人神不扰，各得其序，是谓绝地天通。"《十三经注疏》中华书局 1979 年影印本，第 248 页。一说"绝地天通"在西周时代，见徐炳昶：《中国古史的传说时代》，科学出版社 1960 年版，第 76—84 页；张光直：《中国青铜时代二集》，生活·读书·新知三联书店 1990 年版，第 47 页。并参见葛兆光：《中国思想史》第 1 卷，第 50 页。

人物、思想家和知识人。从出土的甲骨卜辞中,我们可以看到,殷商时代人们的心目中的神秘力量已经走向秩序化,祖先灵魂崇拜与王权结合而产生的秩序化,占卜仪式中所涉及的知识也在逐步秩序化,星占历算、象数观念、祭祀仪轨以及与人类自身相关的医药方剂等都空前发展起来。要而言之,夏、商、周三代占统治地位的社会意识是天命神学宗教观念,"天命神学宗教崇拜的对象有天(或称帝、上帝)、祖先神和自然神,而以天为至上神,祖先神和自然神被置于从属于天的位置"。①《礼记·表记》说:"夏道尊命,事鬼敬神而远之";"殷人尊神,率民以事神,先鬼而后礼";"周人尊礼尚施"。"'尊命'、'尊神'、'尊礼而尚施'反映着天命神学三个发展阶段的特点。作为第一阶段的夏代,天命观念已经出现,而天命神学体系尚不完备,尚未渗透到社会生活的所有领域。到了第二阶段殷商时期,天命神学体系得到充分发展,鬼神观念控制了思想意识的一切领域,迷信气氛极盛。再到第三阶段西周时期,天命神学中的现实因素发展起来。""认为天命无常,天命可以转移"②。周公以"制礼作乐"名扬后世,标志着成熟的礼制的确立,其核心就是确立将血缘关系的"家"和君臣等级制度的"国"重叠起来,就是:以嫡长子孙为纵轴、以夫妇关系为横轴、以兄弟关系为辅线的人伦关系扩大到整个国家,形成了以君臣关系为纵轴、以君主与姻亲诸侯为横轴、君主与领属卿、大夫为辅线的政权等级秩序。这样以血缘关系为中心形成了家、族、邦、国的亲族网络,以君主为核心形成了天子、诸侯、卿、大夫、平民等构成的国家体制,双方的纵横结合,就成为每一个人确认自己的身份、地位、权力的坐标系统,对于先祖的祭祀以及亲疏、上下、先后的排列就成为确保社会等级秩序的神圣而神秘的重要手段。譬如立

---

① 张岂之主编:《中国历史》(先秦卷),高等教育出版社 2001 年版,第 115 页。

② 同上书,第 116、118 页。

子立嫡制、宗法丧服制、庙数之制、同姓不婚之制等等,作为社会组织、交往礼仪、祭祀仪式各个方面的"礼制"得到整个社会的承认和贯彻。"礼"所依据的依然是传统的观念:"作为'空间'的宇宙,在殷周人心目中投射了一个根深蒂固的深层意识,即以中央为核心,众星拱北辰,四方环中国的'天地差序格局'。这种宇宙结构给他们提供的一个价值的本原,就是这种'差序格局'是天然合理的,因为它是宇宙天地的秩序;也给他们提供了一个观念的样式,就是一切天然形成的事物包括社会组织与人类自身,都是与宇宙天地同构的,因为它们来自宇宙天地;也给他们提供了一个行为的依据,就是人类应该按照这种宇宙、社会、人类的一体同构来了解、分析、判断以及处理现象世界,因为现象世界中,拥有同一来源、同一结构、同一特性的不同事物是有神秘感应关系的。这样,在当时人的思想世界中,就对天、地、人的体验与想象,形成了一个整齐不乱的秩序,在这一秩序中古代中国确立了自己的价值的本原、观念的样式和行为的依据。"①

中国的这种宇宙本原的观念也得到了西方学者的认同。例如爱利亚德(Mircea Eliade)的《世界信仰与宗教的历史》一书中就曾经指出:"从殷商到1911年的辛亥革命,关于宇宙构造与节律关系的种种观念就一直保持着连续与统一性。传统的宇宙图像指出,宇宙由天地之间围绕着一个垂直的轴的四方构成,天如半球覆盖,地如四角马车,中心的柱子将天穹支撑起来,宇宙性的数字'五'及四方加上这些规定了各种各样的色、味、音及象征,中国处在世界的中心,首都即王国的中央,王的宫室即首都的中央。"他指出,这种宇宙论对于中国古代的思想和宗教来说,是十分重要的,甚至是根本性的。②

——————————

① 葛兆光:《中国思想史》第1卷,复旦大学出版社2001年版,第53页。

② 引自葛兆光:《中国思想史》第1卷,复旦大学出版社2001年版,第53页注③。

这，就是中华民族的传统的本原论。

这种历经上千年累积下来的本原论，作为思想意识的总体背景，逐渐沉入中华民族的无意识层面成为"百姓日用而不知"观念系统，支撑着各个方面的思想意识的合理性。这就是中国最早的"道"的观念以及"阴阳"等观念。伏羲"始作八卦"、文王演八卦的说法以及《尚书·周官》中"论道经邦，燮理阴阳"的说法，都透露了西周时代早就有了"阴阳"的观念。《国语·周语上》记载"伯阳父论周将亡"中说："阳伏而不能出，阴迫而不能烝，于是有地震。"并且把地震、河竭之类的自然现象同国家兴亡直接联系起来，"昔伊洛竭而夏亡，河竭而商亡。今周德若二代之季矣，其川源又塞，塞必竭。夫国必依山川，山崩川竭，亡之征也"。足见阴和阳从其造字之初的水的南北两面之义，扩展到代表"见云不见日"和"云开而见日"两种天象，进而代表奇数与偶数以及世上所有对立存在的一切事物，成为表示对立的功能或力量的总概念。人与"天地参"，共同组成天地人三才，于是人为三。这说明"道生一，一生二，二生三，三生万物"的抽象观念，也是非常古老的传统观念。以后至春秋以及战国，"天子失官，学在四夷"①，"士"的阶层崛起，思想发生变异，儒、道、墨、法各呈其学。然而诸子百家皆出于这一总体思想背景，即是说，传统的本原论和"道"的观念，构成了各家共同的思想来源。

周公制礼，标志着周代初期已经形成的一整套典章、制度、规则、仪式，也就是在原始巫术礼仪基础上形成了氏族统治体系的规范化和系统化。所谓原始巫术礼仪乃是原始社会的上层建筑和意识形态，主要表现为图腾和禁忌的各种仪式。这些仪式构成一套神圣的规范准则和秩序法规，对于个体来说是必须遵守而不允许或者无须追问其道理的，

---

① 《左传昭公十七年·秋郯子来朝》记孔子语："吾闻之，天子失官，学在四夷。"

因而就带有浓厚的神秘意味。周礼是在以祭祀祖先为核心的原始礼仪基础上改制的,因此"礼"的各种规定也依然保持着浓厚的神秘性。以孔子为代表的儒家,正是由原来主持祭祀礼仪等巫术活动的巫师演化而来的,所以儒家学说中保留传统的"礼"的观念成分最为丰富而明确。

孔子生活在"礼坏乐崩"的时代,原有的氏族统治体系处于瓦解过程之中。孔子以维护周礼为己任,"克己复礼为仁"(《论语·颜渊12·1》),创立了自己的"仁学"思想体系,仍然保持着一定的神秘的情感意味。从孔子所处的时代来说,他明确地站在保守、落后的一边,但是,他的仁学思想突出了原始氏族体制中所具有的人道主义和民主性的一面,成为继承和发展古老传统思想的最为有力的学派。后经汉代"独尊儒术",并依照董仲舒的诠释而确立的社会政治、教育体制的形成,儒家学说遂成为中华民族传统思想的主线。它不仅成为秦汉以来的政教体系、典章制度、伦理纲常、社会秩序以及各种意识形态的主导思想,而且广泛地渗透在中华民族的日常生活的各个方面,渗透在从当权者、知识分子(士)到老百姓的生活态度、思维模式、情感取向、价值标准等深层意识领域,成为决定中华民族传统文化性质和显示其特色的主导因素。尽管还有墨、道、法、兵等各有特色的学说也都出自周礼这一思想渊源,并且后来还有外来佛家学说的传入,但是经过长期的历史浪潮的冲刷,其他各家的许多思想早已被吸收同化在儒家学说这一主干体系之中。从世界范围来说,儒家学说不仅成为中华民族传统文化的特色,而且向外传播,在世界的东方形成了儒家文化圈,成为世界几大文化系统之一的标志。因此,我们在这里考察中华民族的传统思想特色,也理所应当地以儒家思想为主线,间或以道家、禅宗思想相印证。

中国的本原论,从根本上说不同于西方的本体论。本原论立意在于从人的感受出发在现实世界里面寻找一个本原;本体论立意在于为现实世界人为地设定一个外在根源。两者的思路从一开始就呈分道扬镳之势,走的是不同的路线。因此,西方的思想传统是两个世界:一个是现实世界;另一个是支配现实世界的超验的世界(理念世界或上帝的世界)。而中国的思想传统是"一个世界",即现实世界。面对中国的思想传统,如果依然要追问世界的本体"是"什么的话,那就只能回答:本体即"是"人们的日常生活本身。

无论是柏拉图以及黑格尔的理念世界,无论是各种宗教宣扬的神造世界,都是两个世界的表现形态。人们之所以需要在自己的现实世界之外再设定一个虚拟的世界,其实质是源于人们无法自我独立的缘故。马克思曾经指出:"任何一个**存在物**只有当它用自己的双脚站立的时候,才认为自己是独立的,而且只有当它依靠自己而**存在**的时候,它才是用自己的双脚站立的。"如果"我"不能独立,"如果我的生活不是我自己的创造,那么,我的生活就必定在我之外有这样一个根源。所以,**创造**是一个很难从人民意识中排除的观念"。① 在这种情况下人们需要制造出一个创世主来供大家膜拜,这就是时至今日各种宗教信徒仍然占人类大多数的社会根源。而建立在"一个世界"观念基础上的儒家学说,尽管也曾经被称为"儒教"或者"孔教",并且也具备宗教的观念、情感和仪式三要素②,但是它却与其他宗教有一个根本的不同,即不是把希望寄托于来世。从这一点出发,它给中国人的心灵打上了不同于其他民族的特殊印记。这一"一个世界"的观念是如此之根深蒂固,尽管后来也受到本土的、外来的各种宗教观念的冲击,却没有从根本上动摇这个传统的一个世界的观念系统。对此,李泽厚曾经指出:

---

① 《马克思恩格斯全集》第 42 卷,第 129 页。

② 普列汉诺夫认为:"可以给宗教下一个这样的定义:宗教是观念、情绪和活动的相当严整的体系。观念是宗教的神话因素,情绪属于宗教感情领域,而活动则属于宗教礼拜方面,换句话说,属于宗教仪式方面。"见《论俄国的思维宗教探寻》,《普列汉诺夫哲学选集》第 3 卷,生活·读书·新知三联书店 1962 年版,第 363 页。

"中国人的价值观非常重视此生,虽然也拜祭鬼神,其实是一个世界,天堂、地狱等等另一个世界事实上是为这个世界服务的。拜神求佛,是为了保平安、求发财、长寿,这与基督教是不一样的"。"农民一直占中国人口的大多数,到现在还是这样。他们不一定知道孔夫子,也不拜孔夫子。但他们的生活方式、人生态度、价值取向、思想方式、情感表达,全部都受儒家影响。他们重视家庭生活、孝顺父母、拜祖先、慎终追远,这都是儒家思想,尽管他们本身不一定知道。他们的人生态度、生活方式,就是要很勤奋、不偷懒。所以,华人不管在哪里,一直都很勤快,都能够生根发展。"①

第二节 "一个世界"的自立意识

脱胎于原始巫术之系统化形态的周礼规范的儒家学说,理所当然地带有一定的原始宗教的色彩。孔子并没有否定鬼神的存在,一方面,孔子对于祖先鬼神保持着虔诚敬重的情感态度,"祭如在,祭神如神在","吾不与祭,如不祭"(《论语·八佾3·12》);另一方面,他对于鬼神采取一种聪明的存而不论的态度,"敬鬼神而远之,可谓知矣"(《论语·雍也6·22》),"子不语怪、力、乱、神"(《论语·述而7·21》),"未能事人,焉能事鬼?""未知生,焉知死?"(《论语·先进11·12》)。孔子异常冷静地看待丧礼仪式,"礼,与其奢也,宁俭;丧,与其易也,宁戚"(《论语·八佾3·4》),看重祭祀活动的真情实感,而不看重外在礼仪的奢华和隆重;对于鬼神,采取的是一种既不肯定,也不否定,甚至不去询问、不去思考的回避态度,他心里明白凭借讲道理来证明鬼神的

　　① 李泽厚:《为儒学的未来把脉》,《世纪新梦》,安徽文艺出版社1998年版,第131—132页。

存在与否都是不可能的,不如远离鬼神而集中精力做好当前的人世间的各种事情。这是一种非常聪明的注重现实世界的实用理性态度。

儒家的生死观来源于天命观。"五十而知天命"(《论语·为政2·4》),是说"知命"而非"认命",更非"宿命"。这个"命",既是指本身的性命,更是指个人承担的社会责任之天命,对于这样两者都能够做到心中有数(定数),其中蕴涵着许多人生的经验和智慧。子夏曰:"生死有命,富贵在天。"(《论语·颜渊12·5》)也应作如是观。

这里的问题在于,脱胎于巫术礼仪规范化形态的周礼本来应该趋向于建立神鬼世界,为什么没有建立? 或者作为远古最高本原的天道之"天"为什么没有变成人格神? 如果那样,毫无疑问,中华民族的思想意识就会向两个世界的方向发展。在这个被哈贝马斯称为"轴心时代"的人类历史上首次大觉醒的关键时刻,孔子"以仁释礼"的思想无疑发挥了关键作用。孔子讲"仁"是为了释"礼",为了维护以血缘为基础、以等级为特征的原有的氏族社会秩序。在《论语》中,我们可以看到孔子及其弟子们对于"仁"的根本目标的反复强调:

> 有子曰:"其为人也孝弟,而好犯上者,鲜矣;不好犯上,而好作乱者,未之有也。君子务本,本立而道生。孝弟也者,其为人之本与?"(《学而1·2》)

> 子曰:"弟子入则孝,出则弟,谨而信,泛爱众,而亲仁。行有余力,则以学文。"(《学而1·6》)

> 或谓孔子曰:"子奚不为政?"子曰:"书云:'孝乎惟孝,友于兄弟,施于有政。'是亦为政,奚其为为政?"(《为政2·21》)

> 子曰:"……夫仁者,己欲立而立人,己欲达而达人。能近取譬,可谓仁之方也已。"(《雍也6·30》)

> 子曰:"志士仁人,无求生以害仁,有杀身以成仁。"(《卫灵公15·9》)

　　子张问仁于孔子。孔子曰:"能行五者于天下,为仁矣。"
"请问之。"曰:"恭、宽、信、敏、惠。恭则不侮,宽则得众,信则
人任焉,敏则有功,惠则足以使人。"(《阳货17·6》)
　　……

孔子"以仁释礼",把本来是对于个体成员具有外在约束力的
"礼",解释为以人性为基础的、发自内心的情感要求,把一种本来是具
有宗教神秘意味的社会规定解释为合乎日常人情的东西:

　　宰我问:"三年之丧,期已久矣。君子三年不为礼,礼必
坏;三年不为乐,乐必崩。旧谷既没,新谷既升,钻燧改火,期
可已矣。"子曰:"食夫稻,衣夫锦,于女安乎?"曰:"安。""女
安,则为之! 夫君子之居丧,食旨不甘,闻乐不乐,居处不安,
故不为也。今女安,则为之!"宰我出。子曰:"予之不仁也!
子生三年,然后免于父母之怀。夫三年之丧,天下之通丧也,
予也有三年之爱于其父母乎!"(《阳货17·21》)

在这里,孔子给"三年之丧"这种远古氏族传统礼制,做出了新的
解释,那就是以是否符合内心情感为最终依据。君子守孝的三年时间
里,吃饭没有味道,听音乐也快乐不起来,起卧都不安心,你改为一年能
安心吗? 如果能安心,你就去做。这里能否安心,可能是因人而异;由
此看出对待父母的情感态度的不同。孔子把"三年之丧"的礼的规定,
建构在以亲子关系为核心的"孝—慈"情感之上,扭转了理解"礼"的思
路,把人们的视野导向了现实的世界。他把"泛爱众"的人道主义思想
贯穿在整个社会秩序之中,落实于君子的人格建设之上,于是形成了以
现世情感建设为核心的仁学思想体系。

　　依照儒家思想,人们既然不修来世,不求彼岸幸福,那就只有此岸
世界的现实生活可以依托了。如果人们不能把思想信仰寄托在可以皈
依的人格神身上,那么,人就必然会感到孤独而无援。特别是在物质条
件极其困难的古代,面临着大自然的各种惩罚,天灾人祸绵绵不断,人

们要"活下去"就需要极大的信心、勇气和毅力。人生在世本来就是偶然地被抛掷到世上,又无神仙可以皈依,只能自我奋斗,自我拯救,其命运必然是悲剧性的。这种悲剧性命运意识有时会体现为对于天命的敬畏,有时会表征为悲天悯人的忧患意识,甚至也可能化为"人生非金石,岂能长寿考? 奄忽随物化,荣名以为宝"、"生年不满百,常怀千岁忧,昼短苦夜长,何不秉烛游"①之类的悲情咏叹,透露出人生无所凭依的本体性悲哀。也正是在这种深层的悲剧意识的基础上,儒家提倡一种有情宇宙观,把人间的情感无限放大,投射到整个自然界,把天道与人道直接联系起来,以乐观主义的人生态度看待大自然和人间社会。外在自然之"天"成为具有道德甚至情感内容的"天"。"天地之大德曰生"(《易·系辞下》),"天行健,君子以自强不息"(《易·乾第一》),"坤厚载物,德合无疆"(《易·坤第二》),把生成万物看做是天地对于我们的大恩德,其作用是无边无际的;人应该感恩戴德,效法乾天之象,发愤自强,奋斗不息。"日新之谓盛德,生生之谓易"(《易·系辞上》),把各种生物天天推陈出新、日新月异,看成是德性隆盛,把生而又生、生生不已看成是阴阳对立转化的总规律。这样,就将乐观的人生意识赋予大自然,构成了世界观和人生观相统一的自然—历史哲学,从而把"天道"、"地道"、"人道"统一于阴阳两种力量的交互运动的"易"之中。

这就造就了被李泽厚称之为中国的"乐感文化"和"实用理性"传统。他在《初拟儒学深层结构说》一文中指出:

> 由于儒家的"一个世界"观,人们便重视人际关系、人世情感,感伤于生死无常,人生若寄,把生的意义寄托和归宿在人间,"于有限中寓无限","即入世而求超脱"。由于"一个世界",人们更注意自强不息、韧性奋斗,"知其不可而为之","岁寒,然后知松柏之后凋"。……,用这种充满积极情感的

---

　　① 古诗十九首之《迥车驾言迈》、《生年不满百》。

"哲学"来支持人的生存。从而人才能与"天地参",以共同构成"本体"。此即我所谓"乐感文化"。由于"一个世界",思维方式更重实际效用,轻遐思、玄想;重兼容并包(有用、有理便接受),轻情感狂热(不执著于某一情绪、信仰或信念),此即我所谓"实用理性"。至于这个"一个世界(人生)"的来由,当然并非始自孔子,而是源远流长,可能与远古黄河流域自然环境优越(比巴比伦以及埃及、希腊),人对"天地"产生亲近、感恩、敬重而非恐惧、害怕从而疏离的基本情绪有关。这一点,好些人(如牟宗三)也都指出过。不过我以为更重要的是中国远古巫术传统的缘故。①

儒家对待人生的悲剧命运采取勉力而为的"有情宇宙观",采取"知其不可而为之"的积极进取态度。李泽厚对此称之为"强颜欢笑"。而以老子为代表的道家则是采取冷眼旁观,冷静处理面临的各种矛盾复杂的问题,采取一种"无情辩证法"的理智态度。"儒道两家都从'人道'到'天道',由功能建实体,以人事见天意,认审美为指归,一以情,一以智,都是实用理性和乐感文化的呈现。"②

第三节　人性为本的情理中和模式

孔门仁学是把"礼"之思想基础归结为"仁",然后再展开解释仁,如前引《阳货17·6》解释为"恭、宽、信、敏、惠";《述而7·25》记"子之四教:文、行、忠、信"等,这就把"仁"放在整个学说的关键地位。"仁"在《论语》中出现百次以上,往往是针对不同情况做出相宜的解释,宽

①　李泽厚:《己卯五说》,中国电影出版社1999年版,第176页。
②　李泽厚:《论语今读》,安徽文艺出版社1998年版,第374页。

第二编　块垒的存在论本质

泛而多变化,似乎很难把握。要而言之,向内说是以"仁者爱人"为核心的人性论,向外说则是以"克己复礼"为总纲领的社会政治、伦理学说。"仁学"结构包括血缘基础、心理原则、人道主义精神以及个体人格建设等多个方面①,其中作为基础和核心的是对于父母的"孝",即所谓"君子笃于亲,则民兴于仁"(《泰伯 8·2》)。孔子的整个学说不是寄托希望于神,而是寄托希望于人,不是诉诸外部力量或强力规定而是诉诸人的内心情感,他把整个"仁学"的基础置于亲子之爱为核心的情感心理层面,通过提升情感的理性内涵而实现人性超越动物性的要求,充实人性的社会文化内涵,从而在中国历史上实现了一次空前的人性的自觉提升。这次人性自觉提升在中国历史上的影响是深远的、根本性的。

孔子把"仁"解释为人的生活中处理各种事务的情感、态度所依据的原则,要求人们身体力行地"践履""仁"的原则,实际上是归结为以"情"为本,以人性为本。孔子要求自己和他的学生"践履""仁"的原则时,要从身边小事做起,例如从说话、走路、斋戒、祭祀等具体的言行做起,而不是首先提出抽象的理性原则,所以他很少讲"性"。查《论语》中共有两处提到"性":一处是"夫子之言性与天道,不可得而闻也"(《公冶长 5·13》),显然无法看出明确的解释;另一处则是"子曰:'性相近也,习相远也。"(《阳货 17·2》)康有为《论语注》云:"宓子贱、漆雕开、公孙尼子之徒皆言性有善有恶,孟子则言性善,荀子则言性恶,告子则言性无善无不善,杨子则言善恶混,皆泥于善恶而言之。孔子则不言善恶,但言远近。"②何晏《论语集释》[皇疏]:"性者,人所禀以生也。习者,谓生后有百仪常所行习之事也。"③"性"与"习"相对,显然是人

---

① 参见李泽厚:《中国古代思想史论·孔子再评价》,人民出版社 1986 年版。
② 引自李泽厚:《论语今读》,安徽文艺出版社 1998 年版,第 400 页。
③ 同上书,第 401 页。

在"习"之前,甚至生之前的规定性。孔子似乎认为人性是中性的,没有善恶之分。孔子虽然没有提出一整套人性论观点,但是中国古代关于人性论的种种观点都是来源于孔子则是可以确定的。

按照我国古代的普遍性理解,性是"未发"的,情是"已发"的;因此,性是静态的,情是动态的,总之,性和情乃是同一事物的不同方面。孔子把"仁"归为"情",也就是归为"性"。整部《论语》所津津乐道的就是孝、弟、忠、信、义、勇、恭、敬等,都是表现为对待不同的人和事的情感、态度方面的处事原则。整个儒家学说的基础就是建立在由感性的、感情的处事态度,而升华为伦理原则、政治原则之上的。这些以单音字命名的原则,一方面紧紧联系着人们的日常生活的各个方面,联系着人们的衣食住行、待人接物的各种具体言行,因此是感性的和感情的东西;另一方面,孔子又把这些原则提升为伦理的、政治的以及关乎家、国之前途命运的大原则来看待,变成了一个人的治国平天下的社会责任心。同样还是那一个汉字,同样还是那一个原则,在孔子的解释中却成为亦情亦理、情理中和的结合模式①。这种情理中和的结合模式,在与动物的对比中充分显示出它的人性内涵,亦即中华民族文化传统的内在意蕴。

孔子作为教育家,又把他的以"仁"为核心的一整套处事原则落实到个体人格建设之上。概而言之,这是以情感为基础、以学习知识为内容、以能否坚持践履道德原则的意志锻炼为特征的人格建设路线。

孔子本人以身作则,实践了这种具有远大志向和历史责任感的伟大人格的自觉追求,并且提出了行之有效的教育原则和学习规律,提出了把追求知识、勤奋学习和锻炼意志、控制情感紧紧结合起来,以达到

---

① 李泽厚在《孔子再评价》中称之为"实践理论"或"实用理性"(后定名为"实用理性"),并且对其特点和结构进行了分析。本书认为,从其作为一种建立在实践领悟基础上的、富有理性精神的情感态度而言,似不宜套用西方现代结构主义思潮而称之为"结构"。

"志士仁人"人格修养的最高境界：

  志士仁人,无求生以害仁,有杀身以成仁。(《卫灵公15·9》)

  君子去仁,恶乎成名? 君子无终食之间违仁,造次必于是,颠沛必于是。(《里仁4·5》)

  仁者必有勇,勇者不必有仁。(《宪问14·4》)

  博学而笃志,切问而近思,仁在其中矣。(《子张19·6》)

  三军可夺帅也,匹夫不可夺志也。(《子罕9·26》)

  岁寒,然后知松柏之后凋也。(《子罕9·28》)

  仁以为己任,不亦重乎? 死而后已,不亦远乎? (《泰伯8·7》)

  ……

孔子在这里又把"仁"归结为个体人生的世界观、人生观和最高人格理想。孔子要求对于这种人生观和人生理想十分虔诚恭敬,其程度绝不亚于宗教徒。历史上真正的儒家学说的实践者,同样具有自我牺牲的献身精神和拯救众生的道德理想,同样会做到不计成败得失,不问安危荣辱,"不怨天,不尤人"(《宪问14·35》),"知其不可而为之"(《宪问14·38》),义无反顾,勇往直前。正是这种精神,培育了一代又一代中华民族的志士仁人,正是他们形成了不屈不挠的民族的脊梁和灵魂。

总之,孔子的"仁学"精神,是以现世的感觉、感情为基础的情理中和模式。这种模式,成为铸造中华民族的民族性格的基本模式。我们今天思考中国的人文学科,例如研究文学理论问题,显然是不应该离开这种模式的。

第四节　现世超越与审美人生

　中国的传统文化精神是建立在"一个世界"观念之上的情理中和

的精神模式。虽然没有对于彼岸世界的追求,却是主张要突破眼前有限事物的局限,在精神上实现心灵的超越。孔子、孟子、屈原、庄子、禅宗等,各有其自有特点的超越模式,代表了儒、道、禅等各派的思想特点。

孔子在《论语》中保留了不少体现其精神超越的言论。概括起来,可以划分为两个类型:一类是从现实生活中的具体事例上升到抽象的一般道德原则,达到道德上的满足,如:

学而时习之,不亦说乎! 有朋自远方来,不亦乐乎!(《学而1·1》)

贤哉,回也! 一箪食,一瓢饮,在陋巷,人不堪其忧,回也不改其乐。贤哉,回也!(《雍也6·11》)

饭疏食,饮水,曲肱而枕之,乐在其中矣。不义而富且贵,于我如浮云。(《述而7·16》)

叶公问孔子于子路,子路不对。子曰:"女奚不曰:其为人也,发愤忘食,乐以忘忧,不知老之将至云尔。"(《述而7·19》)

另一类是由具体生活场景直接达到审美超越。如:

"点! 尔何如?"鼓瑟希,铿尔,舍琴而作,对曰:"异乎三子者之撰。"子曰:"何伤乎? 亦各言其志也。"曰:"莫春者,春服既成,冠者五六人,童子六七人,浴乎沂,风乎舞雩,咏而归。"夫子喟然叹曰:"吾与点也!"(《先进11·26》)

子在齐闻韶,三月不知肉味,曰:"不图为乐之至于斯也。"(《述而7·14》)

子在川上曰:"逝者如斯夫! 不舍昼夜。"(《子罕9·17》)

前一类从表面上看,"曲肱而枕"、"乐以忘忧",似乎是苦中作乐,与审美距离较远,其实,对于孔子来说,道德上的满足也是一种人生境

界上的升华，因而也是一种愉悦神志的审美满足和超越。孔子听了"韶"乐，很久尝不出肉的味道，可见音乐直接作用于他的心灵，陶冶性情，入人之既深且久。孔子对于流水的喟叹，亦即对于时间的喟叹，对于人生短促的喟叹，完全是一种人生哲理上的升华和满足。时间，与人的生存本体直接相关涉，人生只能是一种时间性的存在物。这里所说的时间，不是指以计时器械为标志的外部时间，而是一种个体心灵里面所领悟到的"时间体验"，是一种心灵感悟的独特绵延的情绪性长度。人生在世对于时间流逝的体验，是抛开当下俗务而升华为对于人生本体价值的体验，是对于人生所追求的自由、永恒、家园和归宿的体验，亦即人生的终极关怀体验。孔子说："朝闻道，夕死可矣。"（《里仁4·8》）"有杀身以成仁。"（《卫灵公15·9》）这是讲死，实际上是讲生，讲人的自觉生存的最大价值和终极价值。这跟海德格尔所谓"向死而生"的意义有些近似。人生如流水，人生无常，以及人生如梦的体验，都是将未来期待、现时状态、过去记忆，即所谓时间三维集中在一点上进行情感化体验，恰好是在人生的不停运动中感悟人生之短促及其应有的价值。相比之下，世间俗务所显示的庸常时空中的一切计较，皆可忽略不计，或者说进而化为乌有。这种对于时间的感喟构成了中国文学和哲学史上的一大主题。显然，这一主题自孔子始。总之，孔子从所面对现实生活中具体事物一下子超越而通达另一种人生境界，达到审美化的人生境界，甚至达到人生终极关怀的最高境界。这，正是孔子作为至圣先师的博大精深之处。

孟子继承孔子，同样以经过道德满足达到审美之乐为最高人生理想。"君子有三乐，而王天下不与存焉。父母俱存，兄弟无故，一乐也；仰不愧于天，俯不怍于人，二乐也；得天下英才而教育之，三乐也。"（《尽心上·20》）孟子的独特之处在于，他更加重视内在的人格修养，由"养气"锻炼达到人格的崇高伟大。他为人格划分出六个层次："可欲之谓善，有诸己之谓信，充实之谓美，充实而有光辉之谓大，大而化之之谓圣,圣而不可知之之谓神。"(《尽心下·25》)"善"是在行动中追求"可欲"的、符合仁义的东西;"信"是处处都从自己本性中固有的仁义原则("有诸己")出发;"美"是已经将善人、信人所信守的仁义原则"充实"到人格的各个方面,从而包含和超越了善;在"美"之上,辉煌壮观谓之"大";进一步集前代先贤之大成,成为楷模,谓之"圣";以至于达到了圣的境界而无法解释的可以说是达到了至高至圣的"神"的境界。孟子对于美、大、圣、神的界定,都是针对人格美而言的。而要达到这样的崇高人格,孟子指出的途径是"善养吾浩然之气","其为气也,至大至刚,以直养而无害,则塞于天地之间"。(《公孙丑上·2》)孟子在这里提出的"浩然之气",乃是通过长期伦理实践锻炼而"养"成,既联系于人的生理呼吸等感性力量方面,又深化直达人的理性认识的最深之处,兼有感性与理性、自我修养与社会责任等多个方面内涵,从而成为中国历代知识分子在哲学、伦理学、美学领域所努力达到的崇高境界。

屈原虽生于楚国,却明显接受了儒家积极入世、救国济民的信念和责任感。这位在中国历史上最早的诗人哲学家,以他的不朽诗篇尖锐地提出了"死亡"主题。屈原是在明确地意识到自己必须选择自杀的前提下,来追寻是非、呼天抢地、倾诉衷肠、诅咒丑恶的。一切政治上的成败,历史的命运,生命的价值,远古的传统都成为屈原发问的对象,都需要在生死存亡面前申说自己存在的理由,从而把当下遇到的难题提升到现实存在的合理性和可能性的深层根源之处,带着浓烈的哀伤来追问存在本身! 甚至可以这样说,屈原是在人之将死即我将消失为"无"的时候,来叩问一切存在之"有"的根据和意义,因此这一叩问具有震撼人心的无比威力和千古不朽的永恒价值。

庄子的道家哲学实际上是一种人生美学。庄子的人生观,实际上与孔子的"吾与点也"的人生理想有一定的内在联系。通过"心斋"(《人间世》)、"坐忘",达到"堕肢体,黜聪明,离形去知,同于大通",

(《大宗师》)超越机体欲望,超越理智考虑,超越功利利害,超越社会荣辱,超越人之生死,使精神翱翔于太空,与大自然融为一体,达到至乐无乐的"天乐"境界,即达到超越了快乐与不快乐的无所谓乐不乐的境界。"天地与我并生,而万物与我为一。既已为一矣,且得有言乎?既已谓之一矣,且得无言乎?"(《齐物论》)既然我与万物合为一体,还会有什么言论呢?既然已经说了合为一体,还能说是没有言论吗?庄子要求人回归自然而"自然化",即人与自然合为一体,人消失于自然之中,那么,乐丁不乐、言与不言,统统是无所谓的了。庄子虽然嘲礼乐,笑儒家,超功利,反仁义,却依然重感性,求和谐,主养生,肯定生命,依然与儒家"人与天地参"的基本立场相接近,依然是与儒家的积极进取的人生态度处于相互补充的关系之中。所以,站在新儒家立场上的冯友兰,提倡"以道家精神来从事儒家的业绩","以天地胸怀来处理人间事务"的"天地境界",将儒家道家的人生态度结合起来,这其实乃是中国历代知识分子内心世界中占据主导地位的处世哲学。

佛教传入中国后分化为六家七宗,诸宗之中唯有顿悟禅宗成为中国化的宗教教派得到发扬。禅宗作为外来宗教虽然曾经对于中国传统哲学构成了冲击,但是不久就在实践中吸收了儒家的现世超越的基本精神而走向了中国化。儒家主张"道在伦常日用之中",禅宗也变成了"担水砍柴,莫非妙道"。这样在现实的感性生活中去体道、载道或者悟道,就成为儒家、道家和禅宗共同的精神超越途径。要而言之,禅宗并不提倡盲目信仰,也不执著于逻辑论证和精细分析,不强调枯坐冥思和长修苦练,而主张在日常生活、现实境遇中当下即得、"悟道"成佛:在普通的感性生活中通过"妙悟"而超越当下,借助瞬间而达到永恒——获得常驻不灭的佛性。由于禅宗强调感性即超越、瞬间即永恒,因此就更看重在普通自然现象的"动"中去领悟那永恒不动的"静"的境界,从而超越现象界而径直进入物我同一、"佛"我同一、宇宙与心灵合一的神秘境界,也就是所谓"禅意"。再者,如果说儒家强调"生生不息"的运动过程("易"),强调介入现实、施展抱负的理想人格;道家强调能够"乘云气,骑日月"在九天逍遥的"游",强调"至人"、"真人"、"神人"的那种能够与宇宙并生的人格高度;那么,禅宗所追求的却是参透生死、无所驻心、超脱一切挂碍、连超脱本身也一并超脱的"色即是空"的"彻悟"心境,如王维的"人闲桂花落,夜静春山空",苏轼的"空山无人,花开水流"等等。从心理体验的角度看,禅宗的兴起使中国知识分子的情感体验更加趋向哲理化和平淡化了,而这种寓于感性的哲理、寓于瞬间的永恒,却依然是在日常生活具体境遇之中。

上述诸种超越模式,或从道德目标着眼,或从人格理想入手,或者追问时间,或者追问生死,或者强调人与自然合一,或者超脱一切挂碍达到"色即是空"……,背景不同,重点各异,但是始终是在"一个世界"的范围内实现精神超越,皆可归入审美超越。而西方那种指向彼岸世界的形而上超越,宗教界的天堂乐土的虚幻世界,始终没有在中华大地上成为主流意识。这就是中国传统思想的审美超越特征。

第五节　现世超越背景下块垒的三种主要表现形态

如上所述,现世超越实质上就是审美超越,表现于各种艺术门类之中。而作为文学艺术的动力机制的块垒,也必然随着不同的思想背景而呈现出不同的表现形态。我们在这里顺着儒家、道家和禅宗三种思想背景,来简略地考察一下"块垒"的不同形态,则可将三种形态概括为:块垒的郁结和爆发类型、块垒的化解和隐匿类型、块垒的沉埋和冲淡类型。

儒家思想在中国历史上绝大部分时间里都是占据主导地位。儒家弟子以积极的入世精神和救国济民的社会理想见长,但是在遇到挫折时常有怀才不遇之慨叹,同时由于儒家思想骨子里包含着深沉的人生悲剧感，所以内心世界里常常是翻江倒海、矛盾重重，极易郁结而才成"块垒"。前文中曾经列举过司马迁、屈原、陈子昂、韩愈等人的言论，皆可作如是观。在这里，我们可以通过杜甫的《茅屋为秋风所破歌》而略加评点，以显示其心中郁结的块垒特征。诗云：

八月秋高风怒号，

卷我屋上三重茅。

茅飞渡江洒江郊，

高者挂罥长林梢，

下者飘转沉塘坳。

南村群童欺我老无力，

忍能对面为盗贼。

公然抱茅入竹去，

唇焦口燥呼不得，

归来倚杖自叹息。

俄顷风定云墨色，

秋天漠漠向昏黑。

布衾多年冷似铁，

娇儿恶卧踏里裂。

床头屋漏无干处，

雨脚如麻未断绝。

自经丧乱少睡眠，

长夜沾湿何由彻！

安得广厦千万间，

大庇天下寒士俱欢颜，

风雨不动安如山！

呜呼！何时眼前突兀见此屋，

吾庐独破受冻死亦足！

　　全诗可分四节:前三节均为所经所见的写实描绘,最后一节是所想,即理想。第一节五句,写秋风吹卷茅草的景况,稀里哗啦地抛洒到江郊各处。第二节五句,写南村群童公然欺我抱茅入竹而去,我只好"倚杖自叹息",叹息的内容没有明写,实际上显露出群童和我双方都是把一把茅草当作生活必需品,都是十分困穷的。第三节八句,写屋破又遭连阴雨的苦况。长夜难眠,思绪万千,回想多年战乱、残破不堪的国家,又回到无法入睡的现实境况,终究是胸中郁闷难以言表。最后联想到天下寒士何能俱欢颜,由痛苦的现实中迸发出奔放的激情和火热的希望。全诗在写实中突然超越现实境况,展开一个理想的新境界,显示出杜甫的忧国忧民的博大情怀和崇高理想。

　　陶渊明、李白都可以被看做是带有浓重道家思想的诗人代表。陶渊明在其《饮酒(其五)》提出了一个在具体事物的表象后面还有人生不可言说的"真意"的问题。原诗如下:

> 结庐在人境,
>
> 而无车马喧。
>
> 问君何能尔,
>
> 心远地自偏。
>
> 采菊东篱下,
>
> 悠然见南山。
>
> 山气日夕佳,
>
> 飞鸟相与还。
>
> 此中有真意,
>
> 欲辩已忘言。

　　全诗表现自己的隐居生活感受。前四句提出虽然身居人境,但是并没有感到车马的喧闹。原因何在? 关键是个人的处世态度:只要心存高远,便自然会觉得所居住的地方已经与尘世拉开了距离,着意于表达诗人的人生态度,可谓直抒胸臆。中间四句,写自己心怀悠然之情,于采菊活动之余,眺望南山、山气、日夕、飞鸟等景物。这里的写法是随着观者流动的目光所及而随意浏览、列举,采用的是粗线勾勒的手法,其用意不仅在于引导读者凝神于外物、欣赏景物之美,更为重要的还在于启示人们寻求一种"真意","目击而道存",即透过眼前的事物而到达对于人生真谛——"道"的领悟。这种对于道的体悟,是一种无法用语言表达,也无须用语言来表达的人生境界。这种人生境界固然也展现于所写到的几种具体物象之中:菊花迎风而立、山岚在夕阳下生辉、群鸟结伴归巢等等,但显然,并非是仅有这几种事物所能包容得了的。透过目光所及的几种物象,诗人所领悟到的是天地间支配一切事物的大气流衍,是冥冥中大化流行的普遍规律。这里所说的"大气",是处于永恒运转变化之中的阴阳二气。阴阳二气化生万物,交织成有生命的节奏。所以,这里所说的"大化流行",是超越于具体事物之上的、生生不已的"道"(或者说生命的节律)的运行。在陶渊明看来,"道"作为"大化"在"流行",它不仅支配着菊花、南山、山气、飞鸟等具体事物的变化,也决定着人世间的世事浮沉,当然也制约着作者自身的人生走向和命运。诗人自己"不为五斗米折腰",从官场退隐、回归自然的人生经历,也正是对于大化流行之"道"的自觉适应和明智选择。诗人领悟到的宇宙内部的生命节奏,同自己内心深处的心灵节奏,是顺势合拍、契合如一的。诗人通过对于自然之道的领略,同时达到对于自身人生之道的体悟和肯定,从而获得一种人生自得的满足感。

其实,上述这些仍然是浅表层面的分析。陶渊明并非总是那么潇洒自如,他的内心深处仍然存在着深沉的痛苦。在魏晋时期,陶渊明的超脱尘世跟阮籍沉湎于酒一样,都是一种不得已而为之的选择。他没有当时社会所重视的门阀地位,又不情愿卷入权力斗争的旋涡,于是就自觉地退了出来——回归田园,蔑视功名利禄,却仍然对于人生、社会、生活保持着很高的兴致,仍然保留着"猛志固常在"的一面。寄情山水却又未忘世事,猛志常在却又能悠然南山,这才是完整的陶渊明。在他自觉选择的人生道路中,我们可以理解到庄子式的"独立无待"的理想人格的影子。总之,陶渊明的诗,由于对"道"的体悟将他内心的"块垒"的一大部分给化解掉了,余下来的部分也被隐匿起来了,但是,细心的读者依然可以感受到陶渊明那颗"悟道"的平静的心里面依然跳动着矛盾痛苦的杂音。

唐代的王维、宋代的苏轼都是历史上最富有禅味的大诗人。苏轼是一位多方面才华出众的大家,其思想深受禅宗影响。我们可以通过他的《和子由渑池怀旧》一诗加以体会。诗云:

> 人生到处知何似?
>
> 应似飞鸿踏雪泥:
>
> 泥上偶然留指爪,
>
> 鸿飞那复计东西!
>
> 老僧已死成新塔,
>
> 坏壁无由见旧题。
>
> 往日崎岖还记否?
>
> 路长人困蹇驴嘶。

在这首写给他弟弟苏辙的诗中,巧用雪泥鸿爪来比喻人生的偶然性和不可知性,用老僧新塔、坏壁旧题(昔日苏氏兄弟应举过渑池县,"题其老僧奉闲之壁")以及马死之后不得不骑驴的旧事,唤起往事如烟、人生若梦、空漠若无之慨叹。苏轼一生盘桓于官场,并未引退,然而在他的诗文中所显示的那种对于整个社会采取退避态度的空漠之感,却是无比沉重的,沉重到对于一切全都看破,对于一切无所希冀、无所寄托的落寞无望。这是一种空前的深沉喟叹!也就是苏轼的禅意。"这里没有屈原、阮籍的忧愤,没有李白、杜甫的豪诚,不似白居易的明朗,不似柳宗元的孤峭,当然更不像韩愈那样盛气凌人不可一世。苏轼在美学上追求的是一种朴实无华、平淡自然的情趣韵味,一种退避社会、厌弃世间的人生理想和生活态度,反对矫揉造作和装饰雕琢,并把这一切提到某种透彻了悟的哲理高度。"①尽管苏轼处处显示随遇而安的乐观主义,内心里却有着否定一切的破坏性。苏轼走上这条人生之路,是和他的屡遭挫折分不开的,由于他经历的痛苦太多而走向了看破一切红尘俗物。在这种情况下,我们还能够在他那对于人生的偶然性、不可知性、空漠若无的喟叹后面把捉到他的痛苦吗? 当然应该是肯定的。他的内心深处的"块垒"已经被掩埋起来,或者说化做风云而飘散。尽管如此,我们还应该说,在其冲淡格调的背后,在其神秘的禅意背后,还是有"块垒"的蛛丝马迹的。这当然需要独具慧眼才可予以识破。

如果我们把块垒的郁结和爆发、块垒的化解和隐匿、块垒的沉埋和冲淡等不同的类型,统统看成是块垒在不同历史条件下的显现形态,那么,不仅看出了块垒存在的普遍性和多样性,而且也就掌握了在现世条件下由人生感悟而导致有待于抒发的块垒的必然性和规律性。而这一点,正是我们下面将要展开论述的题目。

① 李泽厚:《美的历程》,《美学三书》,安徽文艺出版社 1999 年版,第 161页。

200

第三编 块垒生成论

—— 文学的本源论研究

西方思想家从对于本体论形而上学传统的否定中回归到感性世界，回归到对于生存情绪的领悟；而中国的本原论思想传统，则是在现实人生的情意眷恋中寻求审美的人生、在人性为本的情理中和模式中寻求对于现世的超越。当 20 世纪后半叶在经济、文化领域出现"全球化"潮流的时候，人们自然就会提出一个问题：从哲学思想的最高层面上来说，中西思想能够实现沟通吗？

回答应该是肯定的，至少这种思想沟通的可能性是存在的。我们可以以海德格尔作为个案稍加分析。海德格尔中年以后走向了中国的"道"。1930 年他在演说过程中即兴援引庄子的寓言（《庄子与惠施濠上观鱼》）；1946 年夏天他曾经与萧师毅合作翻译《老子》（未完成）；1957 年他在《同一的原理》中将"中国的主导词'道'（Tao）"与古希腊的"逻各斯"以及他自己思想中的主导词"自身的缘构发生"（Ereignis）相提并论，认为三者所显示的都是思想原发的体验境域；同年在《语言的本性》文中直接论述"道"作为"道路"的缘构发生的性质："此'道'（Tao）能够是为一切开出道路（alles beweegende）之道域。在它那里，我们才第一次能够思索什么是理性、精神、意义、逻各斯这些词所真正切身地要说出的东西。很可能，在'道路'（Weg）、即'道'（Tao）这个词中隐藏着思想着的说（Sagen）的全部秘密之所在（das Geheimnis aller Geheimniss），……一切都是道（Weg，道路）。"①他晚年言论中提出的"道说"显然是从"道"衍生出来的。与此相关的还有《周易》所包含的阴阳互补、刚柔相济的太极结构，意味着整体相关性及其所导致的完美性，互补双方之间的协调性、相互依赖性。这种整体性思维对于现代科学的发展仍然具有深刻的启示。与之相比较，更加显示出西方近代科学以主客二分的知性逻辑为特征的认知和分析的取向之偏颇。海德格

---

① 转引自张祥龙：《海德格尔语中国天道》，生活·读书·新知三联书店 1997 年版，第 443 页；上述材料均见该书附录《海德格尔语"道"及东方思想》。

尔对于"在"和"在者"的重新区分,正是对于西方哲学两千多年来的这一误区的深刻揭示。他提出由于历史上对于"在"的长期遗忘,已使人无法"诗意地栖居",其出路可能在于重新使技术诗意化和艺术化,使"祛魅"的世界重新"返魅"。这就有赖于科学技术本身的形而上学的重新预设,同时需要转换其表征的方式。这与《周易》的整体性的象式思维,《易传》对于形而上之道和形而下之器的自觉区分,都在运思的方式上显示出某种互相对应的一致性。① 海德格尔代表了西方思想家向东方寻求思想资源的努力。这种努力同包括中国的东方思想家向西方寻求思想资源的努力,已经出现了相互接通的可能性。毫无疑问,这对于全球性的文化交流和发展,尤其是人文社会科学的发展必然带来新的动力。

从文学理论学科来说,我们所关心的是,在哲学本体论高度上中西思想打通之后将会给该学科带来怎样的影响? 如前所述,我们已经从海德格尔的基础本体论、马克思的激情本体论和感性活动理论以及中国的本原论等思想资源中,寻找到了文学创作乃是基于作家对于人生的感悟而凝结成为块垒,下面的问题将是:块垒作为文学创作的深层动力因素是怎样生成的? 什么样的人在什么样的条件下才能生成块垒? 块垒生成之后又在什么样的条件下转化出文学作品? 这中间有没有规律性可寻?

生活中并非每一个人都是作家,也不能说每个作家所创作的每一部作品都是抒发胸中块垒而创作出来的精品,有不少即兴之作完全是逢场作戏、言不由衷的产物。事实上,只有那些优秀作家的优秀作品,才往往是经过长期酝酿、基于酒浇块垒的产物。然而,这些优秀作品无疑代表了人类文化的优秀传统,充分体现着艺术创作的根本规律,值得我们认真加以研究。

---

① 参见何中华:《易学与中西文化会通》,《光明日报》2003 年 12 月 2 日。

第三编 块垒生成论

块垒的生成需要一定的心理基础和一定的社会条件。概而言之，块垒的产生源于人生感悟，其前提是人的文化心理背景，特别是其中的人生价值的追求；块垒产生于人生理想境界与现实境遇的巨大落差之中；块垒产生的又一必要条件是艺术思维的训练；灵感的爆发是酒浇块垒的高峰状态。我们认为，一方面，块垒并不是神秘的，只要具备一定的基础和条件，人人都可能培育出来；另一方面，应该看到，要真正写出伟大作品，必先培育出能够产生伟大作品的块垒作为前提，而这是需要经过长时间的不懈努力才能达到的。

第九章　块垒源于人生感悟

　　块垒源自作家对自身的人生体验的领悟。事实上,每个人都会在对于自身生存状态和生存活动的体验和反思中,不期然而然地上升到一定程度的理性认识,似乎是无师自通一样,一下子达到某种相对深刻的富有理性内涵的深入领悟。人生感悟积累到一定程度,加上其他必要的条件,就有可能升华为有待传达的胸中块垒。因此,我们研究块垒的生成,必须从人生感悟说起。

第一节　日常生活批判理论述评
——人生感悟基础之分析

　　什么是人生? 人生就是指人的生活过程,即人的生存活动及生存状态的延绵。生存活动是指人所从事的个人性的以及社会性的各种活动,包括维系个体生命和延续生命的活动、生产活动、社会交往活动、闲暇时间的休闲、游戏、学习等活动。生存状态是指对于自身生存状态的自我感受和自我评价。对于个体来说,人生是一个从生到死的有限的生存过程;对于人类整体来说,这是一个历史久远的、不断走向自觉的、无限积累发展的提升过程。

　　过去我们常说文学源于生活,高于生活,而对于什么是生活却从来不加以解释,总是把"生活"当作一个既成的理所当然的概念加以运用。在习以为常的用法中,生活的基本含义是"火热的斗争生活",包

第三编　块垒生成论

括生产斗争和阶级斗争,其中特别是指阶级斗争的各种斗争形式;个人的私生活似乎就不应该包括在内。这种理解,在阶级矛盾和民族矛盾特别尖锐的岁月里,在战火纷飞的年代里,自然有其特殊的价值,而在和平建设的年代里,在现阶段经济转型的历史时期,显然是把生活的范围大大缩小了。查《辞海》我们可以得到生活的两个主要的词义:一是"人的各种活动。如:政治生活;文化生活";一是"生存;活着"。前一个词义从活动的角度来看,可以包括个人的、社会的等多种多样的活动内容;后一个词义是指个体生命持续的存在,其中包含了个体的和族类的生命延续的自然过程,这样两个方面代表了我国传统文化中关于生活的基本含义。

马克思、恩格斯在《德意志意识形态》中曾经提到"个人的生活过程"、"现实生活过程"、"物质生活过程"、"日常生活"①等概念,但是总起来讲,他们是从人与动物区别的角度来论述生活资料的生产对于人的本质的生成所具有的决定性意义:"个人怎样表现自己的生活,他们自己就是怎样。因此,他们是什么样的,这同他们的生产是一致的——既和他们生产**什么**一致,又和他们**怎样**生产一致。因而,个人是什么样的,这取决于他们进行生产的物质条件。"②在他们那里,生活和生产是含义基本重合的范畴,生产被分为物质资料的生产和人自身的生产,同样,生活也可以划分为社会生活(类生活)和个人生活。他们指出:"一开始就进入历史过程的第三种关系是:每日都在重新生产自己生命的人们开始生产另外一些人,即繁殖。这就是夫妻之间的关系,父母和子女的关系,也就是**家庭**。"③恩格斯晚年更加明确地概括出"两种生产"的理论:"根据唯物主义观点,历史中的决定因素,归根结蒂是直接生

---

① 《马克思恩格斯选集》第 1 卷,人民出版社 1995 年版,第 71—73、93 页。

② 同上书,第 67—68 页。

③ 《德意志意识形态》,《马克思恩格斯选集》第 1 卷,人民出版社 1995 年版,第 80 页。

活的生产和再生产。但是,生产本身又有两种。一方面是生活资料即食物、衣服、住房以及为此所必需的工具的生产;另一方面是人自身的生产,即种的蕃衍。"①很显然,这些论述中包含了对于人的生活的进一步分析的萌芽。但是,马克思和恩格斯当时的主要精力集中于从物质生产的角度揭示人类社会结构及其发展的动因,进而提出了经济基础和上层建筑、无产阶级革命和无产阶级专政的学说,而无暇顾及关于"人自身的生产"的研究以及相关理论范式的建立。

20世纪思想家对于人的生活进行了新的探讨。胡塞尔晚年从科学世界和逻辑世界向前科学的"生活世界"回归,维特根斯坦提出了"生活形式",海德格尔通过对于"此在"在世特别是"日常共在"的剖析,揭示了"常人"在闲谈、好奇、两可中的"沉沦"状态和陷入烦、畏的精神异化状态。西方马克思主义思想家对于现代日常生活中的物化和异化进行了有力的批判,提出了消除异化、确立人的主体性的种种主张,卢卡奇、列菲伏尔比较清晰地提出了"日常生活"的概念,A. 赫勒撰写了《日常生活》专著。这些都为我们进一步理解和分析生活的全部内涵提供了新的思路。

卢卡奇的学生、布达佩斯学派的代表人物A. 赫勒提出:"如果个体要再生产出社会,他们就必须再生产出作为个体的自身。我们可以把'日常生活'界定为那些同时使社会再生产成为可能的个体再生产因素的集合。"②我国当代学者衣俊卿从文化哲学的角度回归生活世界,立足于我国的现代化历史进程,重点进行了日常生活批判,提出了具有开拓性、系统性的日常生活批判理论。衣俊卿把生活分为"日常生活"和"非日常生活"两个部分:**"所谓日常生活,总是同个体生命的**

① 《家庭、私有制和国家的起源》(1884年第一版序言),《马克思恩格斯选集》第4卷,人民出版社1995年版,第2页。
② A. 赫勒:《日常生活》,重庆出版社1990年版,第3页。

延续即个体生存直接相关,它是旨在维持个体生存和再生产的各种活动的总称。与此相关,我们同时可以获得非日常生活的概念。非日常生活总是同社会整体或人的类存在相关,它是旨在维持社会再生产或类的再生产的各种活动的总称。"①

日常生活主要包括三种基本的活动类型或基本层次:

一是日常消费活动。衣食住行、饮食男女等以个体的肉体生命延续为宗旨的日常生活资料的获取与消费活动,是日常生活世界的最基本的层面,古今中外概莫能外。在这种意义上,可以把日常生活世界称之为消费世界。

二是日常交往活动。杂谈闲聊、礼尚往来等,以日常语言为媒介,以血缘关系和天然情感为基础的日常交往活动,同样是日常生活世界的基本层面之一。与日常消费活动所反映的"主体—客体"关系结构不同,日常交往所代表的是"主体—主体"的关系结构,即主体间性结构。在现代社会中,随着社会经济的发展和科学技术的提高,日常消费给人造成的生存压力越来越小,人们的闲暇时间越来越多,日常交往活动越来越具有重要意义。如何消除人际交往中的异化现象,充分尊重个体人格,使日常交往和非日常交往活动统一协调发展,正是我们现代社会所面临的需要解决的重要任务。

三是日常观念活动。伴随着日常消费活动、日常交往活动以及日常生活中的其他各种活动的日常观念活动,是一种非创造性的、以重复性为重要标志的自在的思维活动。在这种意义上,日常观念活动领域就是胡塞尔晚年所推崇的前科学、前逻辑、原给定的世界,同以巫术和神话为基本表现形态的原始思维活动在本质上是一致的(这里衣俊卿所概括的日常观念活动的本质特征是不准确的,容后文辨析)。

---

① 衣俊卿:《回归生活世界的文化哲学》,黑龙江人民出版社2000年版,第191页。

总之,以个体的衣食住行、婚丧嫁娶、饮食男女为主要内涵的日常生活领域,构成社会生活的基础层次。在这个基础层次上面,中间是政治、经济、技术操作、经营管理、公共事务等有组织的或大规模的社会活动领域,最上面是科学、艺术和哲学等自觉的人类精神生产领域或人类知识领域,由于这一领域所探究和揭示的是关于人本身的知识,关于自由自觉的和对象化的类存在物的知识,所以也可以称之为自觉的类本质活动领域。这样,整个社会生活领域就形成了一个包括三个层次的金字塔结构。在这个三层次的社会结构中,中间层次既包括经济制度(经济基础层面)又包括政治制度(上层建筑层面),最上面的精神生产领域则是大体与社会意识形态相当(其中还有区别)。这是一个比较经济基础和上层建筑的二层结构更为丰富的人类社会的新图式。如果说经济基础和上层建筑学说为我们提供了一个从社会总体角度观察社会结构的构架,就是说它仅仅提供了一个非日常生活世界的构架,那么,日常生活世界的提出就使非日常生活世界的潜在的基础结构显现出来,从而为我们加深理解人类社会发展的内在机制提供了新的帮助。

从宏观的人类历史发展的角度来看,应该说日常生活世界是人类社会的原生态,而非日常生活世界则是人类社会的次生态。人类社会的历史发展途径是从日常生活状态到非日常生活出现,再到非日常生活真正建构起来并且不断壮大发展,以至于日常生活世界不断受到挤压,逐渐退守到只能以人类社会的潜在结构而嵌入背景世界——这在西方发达国家就表现为人们在精神上失去家园的漂泊感。漫长的原始社会时代,人们的实践活动是一种自在自发的重复性的实践活动,支配这种活动的是以交感巫术、万物有灵观念为基础的神秘的原始思维,以及在神话表象世界覆盖下的习惯、禁忌、戒律、原型意象等等。在这种自在自发的原始活动基础上,凭借着天然的血缘关系形成了氏族制度下的初民世界。他们的全部精力都集中在衣食住行、饮食男女这些带有自然色彩的日常生活之中,换句话说,日常生活涵盖了他们的全部生活内容,构成了人类社会的原生态。经过漫长的母系氏族社会时代,进化到父系氏族公社时期,随着生产力的提高,开始出现了两个重要变化:一是私有制、阶级和国家(奴隶主阶级政权)的萌发;二是精神生产和物质生产的分化,这就导致了原始社会制度的解体,于是,从人们的日常生活中也就分化出独立的经济、政治、军事等公共事务的管理领域,以及以巫术礼仪为主要形式的意识形态领域,即最初的科学、艺术、哲学等精神生产领域。告别原始社会进入文明时代以后,公共事务管理和精神生产领域进一步发展,就逐步形成了自觉的非日常生活的世界。但是,从奴隶制社会到封建社会,在以自然经济的农业生产为基础的条件下,由于自然分工、人身依附、土地依赖、社会等级等方面的严格限制,只有极少数统治阶级才有可能进入公共社会事务活动领域和自觉的精神生产领域,获得发挥创造性的机会;而绝大多数人口还被限制在宗法制天然共同体之中,他们依然基本上停留在日常生活的层面,从事着封闭、落后、重复性的日常活动,因此总体说来,仍然是以规模庞大的日常生活结构支撑着相对狭小的非日常生活结构,人们的创造意识受到限制,社会进步是相当缓慢的。直到工业文明和商品经济的大规模发展,才给传统的日常生活世界带来巨大的冲击。新生的资本主义商品经济大潮彻底打破了自然经济的封闭王国,解除了农民对于土地的依赖和人身依附关系,使千百万农民进入充满风险、罪恶和竞争同时又充满新的机遇的非日常生活世界之中。工业发展带动了技术理性和科学思维,极大地激发了人们在非日常生活领域发挥创造性和主体精神。这两个方面共同作用的结果,出现了技术理性带来的异化状态,传统的日常生活世界被挤压、切割和重建,以至于退隐为狭小的私人领域,成为人类社会的潜在基础和背景世界。一方面工业文明时代的个体和整个社会获得了前所未有的发展动力;另一方面非日常生活对于日常生活的挤压和冲击也会使人失去日常生活世界给人带来的安全感和自在的生存价值。随着科学技术的高度发展(近来手机摄像的出现），就连个人隐私的狭小领域也面临着被曝光的危险，人们更加渴望多多保留一点传统日常生活带给人们的温馨感和稳定感。在西方发达国家，这就表现为弥漫于社会的一种"无家可归"的精神危机。

我们认为，衣俊卿将生活世界划分为日常生活、非日常生活两个部分，并且从人类社会宏观视野、从横向和纵向两个维度来理解社会不同层面所产生的不同作用，为文化哲学研究提供了新的视角，对于说明当今世界的文化危机具有积极的意义，对于深化人文社会科学的研究具有一定的建设意义。对于正处于社会历史转型时期的中国来说，从理论上探讨如何发挥后发优势，避免西方世界在发展中走过的弯路，开拓出中国化的和谐发展的新路，这是我们面临的重大历史课题。因此，从日常生活与非日常生活的角度来审视我们的文化哲学和精神文明建设，也就具有重要的启示意义。同时，我们还应该看到，就目前来说，日常生活批判理论还处于粗疏的草创阶段，其中包含了一些不够准确的甚至是片面的论述，还有需要补充和完善的地方。下面主要从精神生产领域的特殊性的角度，提出一些商榷和补充的意见：

首先，我们认为，如作者已经做过的那样，仅仅限于从人类历史的宏观视野的角度，从社会结构的共时态、历时态的角度来界定日常生活和非日常生活的分野，还是很不够的；还应该从个人的、微观的角度来探讨二者的分野。我们认为，不应该把日常生活及其观念活动看成是固定不变的，而应该充分重视人类社会不同阶段上日常生活、非日常生活成分在质上、量上的发展变化；这种发展变化不仅表现于社会宏观方面，同样也表现于个人微观方面。每个人的生活历程都可以从时间、空间维度上划分为日常生活、非日常生活两个部分，双方互相联结又互相转化，并且处于在质上、量上不断变化的动态平衡的过程之中。这就是说，对于每一个个体来说，他的生活历程中都有可能包括日常生活和非日常生活两个部分，一部分时间是在日常生活中度过的；另一部分时间是在非日常生活中发挥作用的。一方面，从专职的政治家、艺术家、科学家角度来说,其主要活动领域是从事非日常生活世界的活动,他仍然会有至少三分之一的时间是在属于私人生活、家庭生活等日常生活中度过的;另一方面,从被作者视为局限于日常生活领域的广大底层群众来说,即使是活动范围狭小的农村居民,也不能说他始终地、完全地处于日常生活状态,他仍然有可能突破个体、家庭的生活圈子,例如为村子里的、地方上的甚至是更大范围内的事情操心,他还有可能揭竿而起,成为农民起义的领袖,甚至于像历史上的刘邦、朱元璋那样夺取全国政权,成为一代开国之君呢! 由此看来,实际上每一个人都是在日常生活与非日常生活的交替中生存的,只是不同的人在不同的时期日常生活与非日常生活各自占有的比例不同而已。我们认为,衣俊卿对于这种微观上的区分相当忽视,由此就得出了绝对化的片面性结论。①

其次,由于作者对于日常生活、非日常生活在时空界定上具有绝对化倾向,导致他推论得出日常思维与非日常思维的区分也具有绝对化倾向。他断言日常生活中的"日常观念活动,这是一种非创造性的、轻科学的、前逻辑的、以重复性为本质特征的思维活动,它与原始思维活动在本质上是一致的",非日常生活"则是创造性思维与创造性实践占主导地位的领域";断言"封建社会中,也只有少数人能进入非日常生活领域,而大多数人终生以家庭和村庄等共同体为活动阈限"②,这样就会得出整个社会包括少数精神贵族和大多数群氓两个部分,也就是

---

① 衣俊卿并不是完全没有注意到这一点,他曾经指出:"在现代生活中,每个人都有机会进入非日常生活领域,但其日常生活也是在相当狭窄的地方共同体(城市的某一区域和家庭)中展开的,而非日常空间则呈现开放发散的趋势。到今天,随着交通和通信技术的飞速发展以及世界的一体化进程,一个人的非日常空间几乎可以拓展到地球的所有部分。"(《回归生活世界的文化哲学》,第305页)但是,他对于前现代时期的个人,包括原始社会、奴隶制社会、封建社会的人,一律做出绝对性的判断,因而在总体上是绝对化的。

② 衣俊卿:《回归生活世界的文化哲学》,黑龙江人民出版社2000年版,第304—305页。

"唯上智与下愚不移"的结论。这一结论显然是不妥的。在理论上，它必然堵塞了人们由日常生活中对于人生的感悟上升到理性成果的可能性；在实践上，它也不符合历史上许多民间发明创造的实际情况；其危害性在于，它将会变成替少数统治者辩护的舆论工具。

再次，我们认为，衣俊卿对于"制度化领域"的思维的性质做出了错误的判断。衣俊卿所说"非日常生活领域"的"非日常的社会活动领域"，包括政治、经济、技术操作、经营管理、公共事物等，被 A. 赫勒称之为"制度化领域"。A. 赫勒指出："这是社会—经济—政治诸制度的领域。这些制度建立了它们自己的有关交往、活动和程序的一整套规范和规则。"①这个制度化的生活领域，在文化学上被称为制度文化的层面，它同行为文化层面一起，同处于物质文化和精神文化的中间层。如果单从思维方式来看，并不存在一个单独的制度化的思维方式，也不可将制度化领域看成与科学的抽象思维、艺术创作的形象思维等同样地属于专业化思维领域。我们认为，衣俊卿把这个制度化生活领域划入"非日常思维"的构成因素，并且断言"这些活动图式直接决定了非日常思维的本质规定性，它是一种创造性思维。人们所探讨的抽象思维、形象思维、灵感思维等类型的非日常思维，都具有这一共同本性，即自由自觉性、超越性和创造性"②，并不恰当。那些被规定为交往、活动和程序的规范和规则的东西，在规则制定者那里（如立法议会），也许是具有"自由自觉性、超越性和创造性"的，但是在广大群众实际操作过程中只能是被动服从，而不会具备"自由自觉性、超越性和创造性"。恰恰相反，它会融入日常生活，久而久之也会像风俗习惯一样经过日积月累的沉积而沉入到人们的意识深处，甚至成为无意识成分，如此也就

---

① A. 赫勒：《日常生活是否会受到危害？》，第 61 页；引自衣俊卿：《回归生活世界的文化哲学》，黑龙江人民出版社 2000 年版，第 195 页。

② 衣俊卿：《回归生活世界的文化哲学》，黑龙江人民出版社 2000 年版，第 333 页。

无法将它们从日常生活中区分出来。因此,我们认为,这个制度化生活领域的中间层实际上仍然属于人们日常生活的一部分。

区分日常生活与非日常生活、日常思维与非日常思维,对于我们研究人们在日常生活中通过直接领会而获得人生感悟是十分必要的。在我们看来,真正伟大不朽的、传之久远的文学艺术作品都是从作者的人生感悟开始,由人生感悟的不断积累和沉淀而成为深沉的、挥之不去的"块垒"衍化出来的。

第二节　日常意识中的感悟与专业化思维方式
——关于掌握世界的不同方式问题

既然每一个人的生活历程中都会包含着日常生活和非日常生活两个部分,这两个部分不断地随着时间推移而互相转化着,那么,我们也就无法将日常意识和非日常意识截然分开。每一个精神健全者的意识活动都是一个整体性意识世界的不断流动的过程,而不是精神分裂者或者裂脑人的不可理喻的意识活动。人们通常把人的内心意识世界分为知(认识)、情(情感)、意(意志)三个方面,并不意味着三者之间互不相干、彼此分离,实际上三者是相互作用、相互转化并且作为人的意识整体而进行活动的。同样,从另一个角度来看,将一个人的内心世界分为日常意识和非日常意识的两个方面,也不意味着彼此互不相干,而是互相联结、互相渗透又互相转化,共同组成一个人的内心世界的整体。衣俊卿在专题论述"日常思维与非日常思维"的区别时,将它们视为人类历史上两种截然不同的思维方式,在笔者看来是不妥的,两者的实质内容,充其量不过是同一个人在面对不同情况而相应地采取不同的掌握世界的方式而已。

在谈到政治经济学的研究方法时,马克思曾经为了对比科学的掌握世界方式而提出了另外的三种掌握世界的方式。他说:"整体,当它在头脑中作为思想整体而出现时,是思维着的头脑的产物,这个头脑用它所专有的方式掌握世界,而这种方式是不同于对于世界的艺术精神的,宗教精神的,实践精神的掌握的。"①对于这四种掌握方式,学术界曾经进行过热烈讨论,笔者也曾经撰写过专题论文予以辨析②。我们认为,马克思所谓实践精神的掌握方式亦即人们日常生活中须臾不能离开的意识活动,是同人的具体生活实践活动直接地、密切地联系在一起的意识。它是实践的,是基于日常需要并且为实践直接服务的;又是精神的,是以人的精神活动为其特色,亦即区别于动物界的。人们日常生活实践中的意识活动,由于被具体实践情景所局限,其内容常常是基于当下的感觉、直觉、感受、感情、领悟而做出的知性判断,以及随机性、应对性的思维活动,甚至可能是下意识的反应活动。这里谈不上充分的理性分析和逻辑论证,因而其成果也常常是肤浅的,甚至可能是错视误判的。如果说日常意识一般只是解决"是什么"、"怎么做"的问题,那么,要解决"为什么"、"应如何"等深层次的问题,则要从日常意识上升一步到达非日常意识,因此相对说来,非日常意识更具有明显的自觉性和创造性。非日常意识活动包括科学精神(理论思维)的、艺术精神的以及宗教精神(在其提高纯粹的意义上)的掌握方式。对于每一个社会成员来说,不必着意特别的努力就可在社会文化环境的濡染过程中自然地形成日常意识模式;而要进入到艺术精神的、科学精神的、宗教精神的掌握的方式,则需要经过一定的训练,付出相当的努力才有可能实现。

但是,从另一方面来说,人们的日常意识又内在地包含着形成其他

① 《〈政治经济学批判〉导言》,《马克思恩格斯选集》第 2 卷,人民出版社 1995 年版,第 19 页。

② 夏之放:《论艺术的掌握世界的方式》,《美学》1982 年第 4 辑。

第三编 块垒生成论

非日常意识的可能性,包含着其他各种掌握方式的胚胎和幼芽。一切科学、艺术、宗教等活动都是在日常生活活动的基础上形成和发展起来的:由日常的推理活动升华出形式逻辑、辩证逻辑等抽象推理体系以及各种科学理论,由日常审美意识培育出各门独立审美形态的文学艺术,由原始崇拜演化成多神教和一神教等神学信仰体系。因而应该说,理论思维(逻辑思维、抽象思维)的、艺术精神(形象思维)的、宗教精神(信仰)的掌握世界的方式,统统是在实践精神的掌握世界方式的基础上借助特殊的专门需要而发展起来的。这就是说,人们追求有益于自身生存的功利价值(利和善)的日常生活,首先是生产劳动实践,是推动人类社会进步、文化发展的根本动力,是促使人们追求科学之真、艺术之美、宗教之圣等其他价值的源泉。

从人对于世界的掌握方式的角度来看,衣俊卿所谓日常观念活动(日常思维)就是马克思所说的实践精神的掌握方式。这种实践精神的掌握方式是受到实用关系的极大制约的,因此一般说来是肤浅的、受局限的,但是由于它直接与人的生活实践相联系,具有现实性的品格,因而它是其他各种掌握世界方式的基础和母体。在实践精神的掌握方式的基础上,一些更为自觉的、专门的、富于创造性的掌握方式发展起来,这就是马克思所谓的科学的、艺术精神的、宗教精神的掌握方式。这些专门的掌握方式在思维方式上各有其特色:科学的掌握方式主要依靠抽象的逻辑思维;艺术精神的掌握方式主要依靠不脱离形象的艺术想象,实际上就是进一步提纯和升华了的人生感悟的思维方式;宗教精神的掌握方式表现为在情感意向指引下对于某种观念的执著追求而出现的偶发性顿悟,从而达到神秘的信仰,就其思维方式来说实际上仍然主要是直觉式领悟。上述科学的、艺术精神的、宗教精神的掌握世界方式,在衣俊卿日常生活批判理论视域里,就是所谓"非日常生活领域"中的"非日常的精神生产领域"。

人们的日常意识活动之所以能够提升到科学的、艺术精神的、宗教精神的掌握方式,即专业化的思维方式,原因在于,一方面是接受人类积累的文化成果从而使思维受到训练;另一方面,更重要的在于个人从日常实践中直接领悟,即人生感悟。

所谓人生感悟,就是指人们在日常生活中由于具体事物的触发而直接上升到理性高度,即不经过推理论证直接从感性到达了理性意识。

众所周知,人们的日常意识活动包括两个方面:一是对于客体事物的认识活动(可以是限于常识水平的一般认识),一是向客体事物施加影响的意向活动(以情感和意志为主)。认识活动是将客观情况纳入主观世界之中,使主观认识客体化;意向活动是将主观愿望投射到客体事物,向客体施加影响,使客体适应主体需要,即客观事物主体化。这两个方面中,总是以意向活动为主,认识活动服从和服务于意向活动。因此,与行为相联系的人的意向性情意活动,其中也必然包含着实用理性的"知",这固然也属于认识、知识、理性的范围,但它是服从和服务于实际需要的知性和理性,与借助于逻辑推理而建立起来的理论思维(其结果是理论体系)在思考层次上明显有别,因而是需要加以区分的。正是因为日常实践活动中包含着理性内容,并且会沉积在感觉之中,所以,马克思说"**感觉通过自己的实践直接变成了理论家**"①。

其实日常生活中的情意状态,是以意向活动为特色的综合性心理过程,是理性与非理性统一的心理过程。在它的强化形态中,可以分析出认识(思维)、情感、意志等各种成分;它的弱化形态就是模糊囫囵的感觉或直觉,是难以进一步加以区分的。而在日常情感的基础上升华出来的理智感、审美感、道德感以及宗教领域里皈依神灵的神秘体验等等,都是充满着理性精神的高级情感形态,甚至是通达终极关怀的最高境界。这种高级情感状态,亦即艺术的(即审美的)掌握世界方式的高级状态。它同逻辑推理的思维活动以及终极意义的信仰,合起来都是

第三编　块垒生成论

---

① 《马克思恩格斯全集》第42卷,人民出版社1979年版,第124页。

属于人的高级理性的活动方式,亦即马克思所说的艺术精神的、理论思维的、宗教精神的掌握世界的方式。它们都是建立在实践精神的掌握方式(即日常意识)基础上的高级形态,但是三者运用了不同的心理活动形式,采取了不同的升华路线:理论思维通过逻辑推理而到达抽象的理论体系;艺术欣赏中运用审美直觉而获得优美感、崇高感、悲剧感等;宗教活动是采用神秘性体验的方式达到对于神灵的信仰。一般来说,这几种高级形态的掌握方式都是需要经过一定的教育培养过程才能获得的。

日常生活中的日常意识本来就包含了推理、感悟以及直觉式、灵感式的意识活动成分,在这些成分的基础上不断发展、提高,逐步形成了专业化的思维方式。其中科学活动中的抽象思维、艺术创作中的形象思维以及灵感的降临,都是创造性思维方式,都是在人类进行专业化精神创造活动中形成的,因而是推动人类文化发展的思维方式。但同时我们应该注意到,即使是终身从事科学研究、艺术创作的科学家、艺术家,也不会是整天都在运用专业化的思维方式,他们仍然会有大量时间是在日常生活中度过,他们的专业研究也需要在大量的日常思维的滋养中获取灵感。这些早已为文化史上的大量史实所证明。在我们看来,那种把所谓"日常思维"和"非日常思维"截然划分开来的做法,实在是难以成立的。

日常意识活动通过直觉直接得到高一级的理性成果,这就是通过直觉领悟而达到"合情合理"的结果——"度"。合情合理,或者说合乎情理,是指合乎日常生活中的情与理,而不是采用逻辑推理而得到的抽象规定性。对于合情合理的"度"的体验和掌握,就像庄子所说的"庖丁解牛"一样来自反复的实践,来自人对于技艺操作的领会体悟。这是在实践中历经多次失败和反复之后,在不期然而然的灵感状态下顿悟而得的,是一种可意会而难以言传的领会,甚至可能带有神秘感和令人崇拜的色彩。中国古人所说的"中"、"和"、"巧"、"中庸"以及平时说的火候、技巧、经验、恰到好处、"找到感觉"等等,都是这种在实践活动中的对于"度"的拿捏和掌握。人对于"度"的掌握,体现在各种实践活动中,体现在对于各种事物的结构、形式的把握和超越之中。与人类的这一精神活动的发展相对应,在外部世界领域就表现为一定社会的文化成果逐渐积累的历程。所以说,日常生活中对于"合情合理"的"度"的把握和积累,对于人类文化来说具有本体论意义。李泽厚近年在《历史本体论》、《实用理性与乐感文化》等著作中,结合中国传统文化的实用理性特征,充分论述了"度"的本体性,亦即掌握"度"对于人的生存所具有的本体意义。

我们所说的人生感悟,就是指这种对于"度"的直接领悟和掌握的意识活动方式。

第三节　理性自明、德性自证与审美自得
——人生感悟的基本类型

从纵向结构来说,人生感悟可以在深浅不同的层面进行:外在的浅表层面体现为某种具体实践活动的操作(如所谓熟能生巧),进而到某类事物辩证发展的规律性预测(如根据气候判断农作物的收成),一直深入到对于人生的总体反思以及对于终极关怀的追求和体验(如难得糊涂之类的人生格言)等等。

从横向结构来说,按照人性的知、情、意来考察,人生感悟则可分为三个类型:理性自明、德性自证、审美自得。这三个方面不断升华的成果表现为个人在知、情、意三个方面的能力的提高,也可以划分为智力(认识)子系统、情感子系统、意志子系统三个方面,分别对应于人生追求的真、善、美三大价值,共同构建整体人格的人性结构。这就是康德三大批判所探讨的人的三种能力,也就是李泽厚所说的与工艺——社会

结构(文化的外在形态)相对应的人的文化—心理结构。李泽厚十分推崇康德的先验理性,力图说明这些先验理性(包括纯粹理性、实践理性和判断力)虽然对于个体来说是先于经验的,但是从人类历史的宏观角度来说,都是族类长期实践中所掌握的"度"的积淀的成果。据此他以实用理性来联结外在工艺—社会结构与内在文化—心理结构,分别以理性的内化(智力结构)、理性的凝聚(意志结构)、理性的积淀(审美结构)沟通内外两个方面,已经构建了系统完整的主体性即人性结构体系。"这种主体性的人性结构就是'理性的内化'(智力结构),'理性的凝聚'(意志结构)和'理性的积淀'(审美结构)。它们作为普遍形式是人类群体超生物族类的确证。它们落实在个体心理上,却是以创造性的心理功能而不断开拓和丰富自身而成为'自由直观'(以美其真)'自由意志'(以美储善)和'自由感受'(审美快乐)。"①

我们认为,李泽厚的理论构架气魄宏大,发人深思,但是目前还处于凭借逻辑推理建立起来的理论假设阶段,还需要借助于历史实证材料加以验证。本书无意重复李泽厚着眼于人类社会整体发展的宏观结论,下面想从个体的微观的角度来说明人生感悟之所以可能以及它的表现类型问题。

人类历史实践所长期积累的文明成果,一方面表现为外在工艺—社会结构领域,表现为物质文明和精神文明的各项成果;另一方面则表现为人的文化心理模式,表现为一定社会的个体如何理解自身和周围的世界以及如何应对周围世界。对于一个新生的个体来说,从他被动地降生于人世开始,他就开始了自身与周围世界的互动过程,开始了在生物性规定的基础上建设超越生物性规定的人性心理模式的历程,耳濡目染地、自觉和不自觉地接受着前人所积累下来的各种文化成果以

---

① 李泽厚:《关于主体性的补充说明》,《实用理性与乐感文化》,生活·读书·新知三联书店 2005 年版,第 222 页。

塑造自己的心灵。文化学家把这个过程称之为文化的"濡化"作用。这些文化传统中包含着不同层次的人生经验、知识、智慧,既有关于具体对象实践操作层面的,也有关于存在对象之辩证发展层面的,还可能有关于世界整体之终极存在层面的。从文化成果方面说,往往以理性命题、判断、格言以及禁忌、崇拜、信仰等形式,从家长、教师、长者和书籍、文物以及宗教仪式等渠道,迫使新生个体予以接受。从接受者方面说,青少年时期新生个体的理解能力是有限的,他们往往是尽管记住了、背过了,却依然是知其然而不知其所以然,即使在道理上已被说服却仍然由于缺乏实际体验而备感隔膜。只有他在生活实践中亲身经历过、体验过之后并反思这些体验的时候,才会把感性经验同理性规定倏然之间联结起来,发现新的生活体验正好验证了原来已知的某种结论,当下立即顿悟,产生豁然贯通的开朗之感。这种由感性领悟直接到达理性认识的直觉方式,就属于对于人生的体悟或感悟。在这种人生感悟之中,固然包含了对于前人经验加以确证的含义,但是,它并不是前人经验的简单的印证和重复,而是新的个体面对新的情况得到的新的体验,其中必然包含了不可重复的创造性因素。这就说明,在青少年接受文化濡染的过程中,一切理性的规定必须通过自己亲身体验,经过自身对于人生的感悟才可能融化进灵魂的深处,真正成为世界观人生观的组成部分。在此基础上,新一代有可能站在前辈的肩膀上发挥自己的独立创造性,将人类积累的文化成果向前推进一步。

从建设人的主体性文化心理结构着眼,人生感悟可以划分为理性自明、德性自证、审美自得这样三种类型。

一、理性自明

人们在反复的实践操作中寻找和把握合适的"度",从对于"度"自觉把握中领悟规律性和普遍性,这种理性的内化就是人类的创造性的理性自明过程。李泽厚以数学、逻辑等符号操作系统为例,从人类历史的宏观角度说明这些都是通过理性自明而创造出来的成果。其实,从个体微观的角度也可以说明这种理性自明状态。例如庄子提出的"庖丁为文惠君解牛,手之所触,肩之所倚,足之所履,膝之所踦,砉然响然,奏刀騞然,莫不中音,合于《桑林》之舞,乃中《经首》之会"(《养生主》)。在这个解牛过程中,首先是庖丁对于牛的生理结构,包括骨节、筋腱、肌肉纹理,有着十分精确的把握,完全符合牛的身体的客观规律,然后对于自己如何下刀,方向如何掌握、如何转弯,用力大小如何变化等操作程序,统统达到得心应手、烂熟于心,才能够做到"砉然响然,奏刀騞然,莫不中音",即完全符合所要求的"度",真正达到了理性自明。在庄子笔下,还有"佝偻者承蜩"、"津人操舟若神"、"吕梁丈夫蹈水"、"梓庆削木为鐻"、"工倕旋而盖规矩"(以上《达生》)、"列御寇为伯昏无人射"(《田子方》)、"大马之捶钩者"(《知北游》)等故事,描绘了一系列工匠、手艺人、船夫、游泳能手、射箭能手等人在技艺上所达到的高度自由。即使是在我们的日常生活中,例如骑自行车或摩托车、开汽车,刚刚学习的时候十分用力和吃力,逐渐掌握了车子开动的规律性,掌握了自身各个器官的协调性,也就可以达到得心应手而进入某种理性自明状态。只是这种实践操作上的理性自明往往是可意会而难于言传的,即使让你专门介绍经验时你也难以说得清楚明白。

对于理性修养更高的人来说,面对现实感性活动中有限的经验材料,可以通过理性直觉而达到超越的无限之境,即经过豁然贯通的方式——突破形式逻辑的限制,采用跳跃递进的方式,直接达到对于宇宙人生的整体把握。进一步说,个体的人能够经验到的客观世界的事物和现象总是有条件的、相对的、有限的,而对于世界整体的把握总是无条件的、绝对的、无限的,哲学思考要求从有限的经验领域向无限的超越领域飞跃,这就离不开豁然贯通式的理性直觉。而通过理性直觉之所得就是理性自明。

二、德性自证

所谓德性自证,是指人作为意识主体,不仅有意识和自我意识,而且能够用意识之光来反观自我,自身确证"我"是德性之主。按照我国传统的理解,它包括两层含义:先是作为主体的人感受到宇宙万物的自然之理和社会交往的"当然之则"(这些都是所谓"天经地义"的"大公之道"),凝聚为人的德性,这叫"凝道以成德";然后是主体的人将自己的德性对象化,即通过符合"自然之理、当然之则"的行为而创造价值,这叫"显性以弘道"。两者结合起来,这个主体的人的德性凝聚和释放的过程,就叫做"德性自证"。它的进行方式既不是逻辑推理,也不同于日常生活中反复操作形成理性的内化,而是"理性的凝聚",是由主体领悟到自己的行为符合和确证了自己所赞赏的"当然之则"。当然之则对于个体来说似乎是先验的,实际上则是来自于世世代代所积累的文化惯例之中的,代表着社会的甚至是整个人类的"大主体"的愿望和理想的崇高目标的大观念;而个体在行动中得以直接验证这种崇高观念,也就是在实践中不断实现和完善自身的道德理想。

德性是在行动中培养起来的。亚里士多德说:"德性则由于先做一个一个简单行为,而后形成的。这和技艺的获得一样。当我们学过了一种技艺时,我们愿意去做这种技艺,于是去做。就由于这样去做,而学成了一种技艺。我们由于从事建筑而变成建筑师,由于奏竖琴而变成为竖琴演奏者。同样,由于实行公正而变为公正的人,由于实行节制和勇敢而变为节制的、勇敢的人。"①首先要有完善自我品德之心,即要求完善自身的决心和毅力,然后才能通过在行动中不断进行德性自证,而真正成为具有完善品德的人。完善自身的道德理想,对于新生个

① 周辅成编:《西方伦理学名著选辑》上卷,商务印书馆1954年版,第292页。引自王海明:《新伦理学》,商务印书馆2002年版,第200页。

体来说似乎是一种"天经地义"式的先验规定,其实是保障人类社会得以长期运行的必要条件和必然结论。

德性自证亦即主体具有作为人类伦理行为之基本形式的"自由意志",或者称之为崇高的"伦理本体"、"文化心理的意志结构",也就是康德的"道德律令"。自由意志的基本特征在于:个人在意识到自己的感性生存与群体社会性的理性要求处于尖锐矛盾冲突状态时,个体甘愿牺牲一己的利益、幸福以至生命,以维护群体的利益、要求和指令。某些动物物种,如蚂蚁、蜜蜂等,也都有这种牺牲个体维护群体的行为。我们认为,那是出于动物物种的本能而不是出于个体的理性选择①。人的自由意志的关键在于明明知道这种选择有悖于个人利益和幸福,而心甘情愿地做出牺牲个人利益的选择。这意味着:主体清楚地意识到只有牺牲个人利益才能做到自我品德的完善,自我才能感到心安理得;如果不做出这种选择,则会受到自己的良心的谴责。康德把这种发自内心的意志选择,看成是来自至高无上的立法原理、道德律令。康德认为对于道德律令应该深怀"一种敬重感情",令人惊叹赞羡。其伟大庄严的崇高含义,只有宇宙本身才能与之相比,所以他说:"位于上者,灿烂星空;道德律令,在我心中。"李泽厚指出:康德"形式主义伦理学的伟大意义就在于,它深刻而准确地揭示了这个作为人性能力的心理

---

① 据美国《发现》月刊 2004 年 4 月号发布的卡尔·齐默的《你会救谁的命?》一文介绍,埃默里大学的萨拉·布罗斯南和弗兰斯·德瓦尔,根据灵长类动物实验于 2003 年 9 月报告说,猴子具有公平感,看起来也能进行道德判断。普林斯顿大学脑、精神和行为研究中心的博士后研究人员乔舒亚·格林借助于脑成像(MRI)扫描仪进行实验研究,认为作为道德判断之后盾的情感直觉是大脑的特定区域的神经网络活动的产物,"我们深信的行动道德观或许是进化史的痕迹"。译文见《参考消息》2004 年 4 月 19 日。可见关于动物有没有道德意识仍然是存在争议的。如果通过脑科学的实验研究果能证明人类的道德直觉源于进化的话,那么,康德的先验的道德律令就成为可以解释的科学结论。不过,我们对于这种通过实验证明道德判断之来源的方法本身是否合理是怀疑的;我们仍然坚持认为,人类的道德意识是长期社会实践的产物。

形式所具有的超功利、超历史的'先验'独立性格。Kant 所高扬的不计利害、超越因果(现象界)的伦理道德的绝对性,其实质正是高扬这个'理性凝聚'的人性能力。这种能力对人类生存延续具有根本的价值,它不依附更不低于任何外在的功过利害、成败荣辱,而可以与宇宙自然对峙并美,'直与日月争光可也'。当然,Kant 这里的所谓'先验'实际上仍然是通由人类长期历史的经验而来。……就中国说,孔子和儒家的由'礼'(人文)归'仁'(人性),便显示着这个由文化('礼')而积淀为人性('仁')的转换完成。虽其形态表现为'仁'先'礼'后,似乎'仁'(心理结构)是根本。这与 Kant 实践理性的先验优位似乎相近。其实并不相同。"①

三、审美自得

上述理性自明、德性自证的活动都可以直接升华到审美境界,达到愉悦身心的审美自得效果。前述庄子"庖丁解牛"的故事中,在"莫不中音"之后,紧接着就是"合于《桑林》之舞,乃中《经首》之会",意即符合音乐舞蹈的节奏,达到了一种艺术享受的境界。前述康德对于道德律令的"敬重感",实质上是审美领域里的崇高感。除了理性自明、德性自证之外,审美作为一种以形式为中介、以情感反应为特征的精神现象,还有其自身的活动天地。一方面广阔多彩的艺术领域为人们提供了广阔的审美空间;另一方面,即使是在日常生活领域,也常常可以达到审美自得的境地。孔子的"裕乎沂,风乎舞雩,咏而归"的愿望,庄子的"天籁、地籁"之音,禅宗的复又"见山见水"的境界,都是基于日常生活感受而达到的审美自得的范例。这在我国古代山水诗、感遇诗中可谓比比皆是也。由眼前有限的景物而达到对于整体人生的深切感悟,

---

① 李泽厚:《实用理性与乐感文化》,生活·读书·新知三联书店 2005 年版,第 60—61 页。

正是这类作品苦心孤诣的目标。

审美自得就是在日常生活中的某些机缘凑巧的情况下直接获得美感体验。美国人本主义心理学家马斯洛（Abraham H. Maslow, 1908—1970）所说的生活中的高峰体验，其实就是由日常生活中的幸福感升华为审美自得的愉悦。他说：

> 举例来说，一位年轻的母亲在厨房里为丈夫和孩子们准备早饭而转来转去，奔忙不止。这时一束明媚的阳光泻进屋里。阳光下孩子们衣着整洁漂亮，一边吃东西，一边叽叽喳喳地说个不停；丈夫也正在轻松悠闲地与孩子们逗乐。当她注视着这一切的时候，她突然为他们的美所深深感动，一股不可遏止的爱笼罩了她的整个心灵。她产生了高峰体验（说到这里，我想起了当我听到女士们谈起这类体验时，我所表现出的惊愕状态。我的惊愕表明，我们曾经是怎样一直用大男子主义的眼光来理解这一切的）。

> 几年后，一个青年男子对我说，他依靠在一个爵士乐队里担任鼓手来挣钱读完了医科学院；在整个鼓乐期间，他一共有过三次高峰体验。在这些时候，他突然感到自己是一个杰出的鼓手，而他的演奏效果简直达到了完美的地步。

> 一位女主人在宴会顺利结束后，最后一个客人已道别离去，她坐在椅子里，望着杯盘狼藉、乱七八糟的屋子，想到度过了一个多么愉快的夜晚，她体验到一阵极度的兴奋和幸福。

> 人们也可能体验到一些比较轻微的高峰体验。例如，对一个男子来说，这种体验可能产生在他与友人共进了一顿美餐，然后点上一支高级雪茄时；对一位女性来说，她可能在打扫厨房后，望着周围清洁无瑕、闪闪发光的炊具器皿而进入这种体验。

因此,显然有多种途径达到这些狂喜神迷的体验。①

马斯洛依照自己的观察和研究,认为高峰体验的出现方式是"毫无预料、突如其来的","人不能强迫、控制或支配高峰体验。意志力是无用的,奋力争取和竭力遏止也是无用的";"在高峰体验中,'**是什么样**'与'**应当怎么样**'已合而为一,没有任何差异和矛盾。感知到的**是**什么,同时就**应该**是什么。凡实际出现的,便都是美好的"。这些都属于我们所说的审美自得的特点。他所列举的高峰体验包括"神秘体验、宇宙意识、海洋体验、审美体验、创作体验、爱情体验、父母情感体验、性体验、顿悟体验等等",甚至把宗教性的神秘体验——例如神学家的"大同意识"(Unitive Consciousness),进入天堂"窥见上帝"的体验——也包括进来,则可分析为有的直接就是审美经验(包括优美感、崇高感等),有的是由幸福感升华为审美愉快,有的则是由宗教性神秘体验转化而成为叩问人生终极意义的审美感。②

---

① 马斯洛:《谈谈高峰体验》,陈维正译。转引自林方主编:《人的潜能和价值》,华夏出版社 1987 年版,第 369—370 页。

② 同上书,第 372、379、374、371、380—381 页。

第十章　自我实现与人生价值

　　每一个来到人世的新生个体，都必然会接受一定的社会文化的濡化作用，在一定的社会环境中生存成长。对于每个个体来说，满足自身机体需要以及不断产生的新需要是他的全部活动的原动力，向周围学习（自觉的和不自觉的）并不断获得人生感悟是促使他在精神上不断成长的基本力量，久而久之，就会逐步形成处理个人与自然、与他人、与自身等几大关系的相对稳定的原则和思路，也就是形成了自己的独特的个性。

　　在心理学上，个性亦称人格，指个人的稳定的心理品质的整个系统。它包括两个方面，即人格倾向性和人格心理特征。人格倾向性包括人的需要、动机、兴趣和信念等，决定着人对现实的态度、趋向和选择；人格心理特征包括人的能力、气质和性格，决定着人的行为方式上的个人特征。这两个方面有机结合起来，使个性成为一个整体结构。这是一种由一定社会的文化积淀而成的心理模式（如思维方式、情感状态、行为模式、审美趣味等），即所谓"文化心理结构"。一个人的个性中，一方面体现着社会环境、文化传统的共同性；另一方面又带有鲜明的个人特征。由于个人的遗传素质尤其是社会实践活动各不相同，使个体之间在人格倾向和人格心理特征方面各不相同，于是就会形成千差万别的人格，表现出人格的个性差异。这种个性差异不仅表现在人们是否具有某种特点上，而且还表现在同一特点的不同程度、不同水平、不同色彩的差异方面。

　　从社会的宏观角度来看，我们至少可以把个性划分为两大类：一类是通常社会条件下占多数的、忙于日常庶务的常人个性,他们大部分时间在为生计而忙碌和抗争,在日常生活中以实践精神的掌握世界的方式领悟人生,往往是由于客观形势所迫或自身条件所限而无法充分实现自我的人生理想,因而在他们的个性中还会带有自在自发的性质;另一类是在一定社会条件下比数虽小而能量极大的超常个性,他们会利用客观社会条件而自觉地向着一定方向发展,以至于能够进入专业思维领域,取得堪入史册的不凡业绩,我们称这样形成的个性为自觉型人格、自我实现的人格,即自觉地实现自我人生价值的人格。毫无疑问,历史上的伟大作家、艺术家以及科学家、政治领袖等杰出人物都具有自觉型的人格,是立志将自我价值同人类文化的发展目标联系在一起的人;只有胸怀远大、自觉服务于人类事业的作家、艺术家才有可能形成胸中块垒并且创作出伟大的文艺作品来。

第一节　基本需要与自我实现

20 世纪50—60 年代盛行于美国的人本主义心理学,是以人的潜能和价值问题为研究中心的心理学流派。人本主义心理学家认为,人有高于一般动物的多种潜能,因此,人也有高于一般动物的多种价值。潜能是价值的基础,潜能决定价值,潜能的发挥就是价值的实现。人的高度发展的中枢神经系统构成人的高级潜能的基础,人通过自己的中枢神经系统能够认识到自身的潜能和价值,能够主动地实现自身的价值。与弗洛伊德心理学不同,人本主义心理学所说的潜能不是指的本能的泛性论的"力必多",而是在人的先天条件基础上通过后天学习以及环境影响而形成的,因而其中强调了应对社会环境的主动性和创造性。这一学派更加注意对于社会成功人士的成功经验的总结和研究,所以产生过巨大的社会影响。应该说,人本主义心理学对于人格问题的研究方法是具有前进意义的转变,当然也还存在一些不足之处。人的心理涉及人体内部、外部以及社会历史发展等多方面因素,如果过分倚重自然科学的试验和元素分析的方法、现象描述的方法,容易相对忽视对于整体的社会历史条件的分析。总的说来,人本主义心理学提出并论证的关于人的潜能和价值的许多观点,是值得我们借鉴的。

哥尔德斯坦(Kurt Goldstein, 1878—1965)的机体论或整体论被认为是人本主义心理学的理论基础。他最先提出了自我实现的观点:"我们的主要结论是:机体的基本倾向在于**尽量实现自身的能力,自身人格,即自我实现的倾向**。在评价作为特殊需求可能产生影响的各种力的时候,应从上述观点出发来衡量其动机效果,**看这种力对机体自我实现的意义如何**,——无论在哪种条件下,也无论是病理机体还是正常机体。"①马斯洛被公认为是人本主义心理学派的主要代表,他进而提出了一套自我实现的理论。他在其《动机与个性》一书中提出了明确的动机理论,将人的基本需要划分为五个层级:

生理需要(The Physiological Needs)

人的需要中最基本、最强烈、最明显的一种,就是对于生存的需求。人们需要食物、饮料、住所、性交、睡眠和氧气。一个缺少食物、自尊和爱的人会首先要求食物;只要这一需要还没有得到满足,他就会无视或者把所有其他的需求都推到后面去。这时可以简单地用"饥饿"二字来反映整个机体的特征,人的意识几乎完全被"饥饿"所优先支配。需要已经满足了,就不再是一种需要。当一个人填饱了肚子之后,立即会出现更高级的需要。这些需要依次得到满足后,又会有新的更高一级的需要产生。人的一生实际上都处在不断追求之中,几乎很少达到完全满足的状态。马斯洛把这叫做"人类的基本需要组成有相对优势的

---

① 哥尔德斯坦:《从机体角度探讨动机问题》,姚渝生译。转引自林方主编:《人的潜能和价值》,华夏出版社 1987 年版,第 160 页。

层次"①。

安全需要（The Safety Needs）

如果生理需要相对地满足了，就会出现一组新的可以概称之为安全的需要，有机体可以完全受它们所支配。整个有机体是一个追求安全的机制，接受器、效应器、智能和其他能量都是寻求安全的工具。在一个和平、安定、良好的社会里，健康的正常的成人都会得到安全需要的满足，不会产生危险感。所以，马斯洛特别注意观察研究儿童，发现儿童受到恐吓和处于危险时他们的反应总是表露在外，正常的生活节奏被打破时就会焦虑不安等等。

爱的需要（The Love Reeds）

当生理的、安全的需要得到满足时，就会产生爱、情感和归属的需要。"现在这个人会开始追求与他人建立友情，即在自己的团体里求得一席之地。他会为达到这个目标而不遗余力。……他甚至会忘了当初他饥肠辘辘时曾把爱当作不切实际或不重要的东西而嗤之以鼻。"②马斯洛认为弗洛伊德把爱情说成来自性欲是个极大的错误。对于马斯洛来说，爱是一种两个人之间健康的、亲热的关系，它包括了相互信赖。马斯洛说："爱的需要涉及给予爱**和**接受爱……我们**必须**懂得爱，我们必须能教会爱、创造爱、预测爱。否则，整个世界就会陷于敌意和猜忌之中。"③

尊重的需要（The Esteem Needs）

马斯洛发现，人们对于尊重的需要可分为两类：自尊和来自他人的尊重。自尊包括对于获得信心、能力、本领、成就、独立和自由等的愿

---

① 马斯洛：《人的动机理论》。转引自林方主编：《人的潜能和价值》，华夏出版社 1987 年版，第 164 页。

② 弗兰克·戈布尔：《第三思潮：马斯洛心理学》，吕明等译，上海译文出版社 1987 年，第 43 页。

③ 同上书，第 44 页。

望。来自他人的尊重包括承认、接受、威望、赏识、关心、地位、名誉和高度评价等。

自我实现的需要（The Needs for Self-actualization）

在哥尔德斯坦提出的基础上，马斯洛充分阐述了自我实现的重要意义。自我实现需要的产生，有赖于前面的生理需要、安全需要、爱的需要以及尊重需要的满足。在这些基本需要得到满足的基础上，才有可能期望出现最富有创造力的自我实现的人。自我实现是指人类具有的成长、发展、利用潜力的需要，"就是指促使他的潜在能力得以实现的趋势。这种趋势可以说成是希望自己越来越成为所期望的人物，完成与自己的能力相称的一切事情"①。就是说，这样的人"对天赋、能力、潜力等等的充分开拓和利用。这样的人能够实现自己的愿望，对他们力所能及的事总是尽力去完成"。② 在马斯洛看来，自我实现的人是人类最好的范例，是"不断发展的一小部分人"的代表。从个人来看，自我实现意味着"一个人**能**成为什么，他就**必须**成为什么"。从人类整体的发展趋向来看，自我实现意味着"一种想要变得越来越象人的本来样子、实现人的全部潜力的欲望"③。

马斯洛经过深入研究，又在《通向一种关于存在的心理学》一书中对基本需要理论作了扩展和阐明。他发现了更高层次上的一系列全新的需要，为了与基本的需要或因匮乏而产生的需要相区别，他将新发现的称之为发展的需要，即存在的价值。他认为人的这种高级本质以他的低级本质为基础，是人的本质的一部分。当人的基本需要得到满足时，他就会走向更高的层次，会因为更高级的需要而产生动力。因此，他又把这种后起的追求存在价值的动机称之为后动机（metamotiva-

---

① 林方主编：《人的潜能和价值》，华夏出版社1987年版，第168页。
② 弗兰克·戈布尔：《第三思潮：马斯洛心理学》，吕明等译，上海译文出版社1987年版，第24页。
③ 同上书，第45页。

tion)。马斯洛列了一张后动机表,包括16项内容①:完整、完善、完成、正义、活跃、丰富、单纯、美、善、独特、轻松、乐观诙谐、真实、诚恳、现实、自我满足。上述所列出的各项内容发展需要,即所谓"后动机"的内容,并且认为这些发展需要是同样重要的,彼此并无等级之分,它们共同指向自我实现的总目标。

马斯洛主张人性善,相信人类具有大量尚未加以利用的潜力。他"相信绝大多数人都有创造、自发、关心别人、好奇、不断成长、爱别人和被人爱的能力,以及自我实现者身上所具有的其他一切特点。一个人行为不善,是因为他的基本需要被剥夺才做出的反应。假如他的行为有所改善,那就是说他开始发展他的真正潜力,并向更健康、更正常的人看齐"②。他经过多年研究,得出一个结论:向自我实现的发展是自然的,也是必要的。这里所说的发展,是指天赋、能力、创造力、智慧以及性格的不断发展,发展就是越来越高的心理要求不断得到满足的过程。马斯洛认为,对于处于健康环境下的正常的孩子,只要鼓励他们去探求,给他们以吃一堑长一智的机会,他们就能发展。当一个人理解了自己,就会有自知之明,就会懂得自己最根本的需要和动机是什么,并且学会以一种能使它们得到满足的方式去行动。自我理解也可以帮助一个人去理解别人,同别人相处。如果说,全人类最本质的需要都是相同的,那么,通过自我理解就可以达到对全人类的理解。在这种对于

---

① 参见弗兰克·戈布尔:《第三思潮:马斯洛心理学》第51—52页,在第57页画出的表列出16项,次序如下:真、善、美、活跃、个人风格、完善、必要、物产、正义、秩序、单纯、丰富、乐观诙谐、轻松、自我满足、有意义。马斯洛还说:"所有这些人都以某种方式献身于寻求我称之为'存在'的价值的东西(缩写为'B'),那种固有的终极的价值,不能再还原到任何更终极的东西。这些B价值大约有14种,包括古人的真、善、美,还有圆满、单纯、全面,等等。这些B价值在本书第9章和我的另一部著作《宗教,价值和顶峰经验》的附录中有过说明。它们是存在本身的价值。"(《自我实现及其超越》,林方主编:《人的潜能和价值》,第257—258页)

② 弗兰克·戈布尔:《第三思潮:马斯洛心理学》,吕明等译,上海译文出版社1987年版,第59页。

整个人类理解的信念支配下,他们会有一定的自我约束、自我控制,甚至为了发展的需要甘心付出痛苦和悲哀的代价而做出明智的选择。用他自己的话来说,"从人的天性中可以看出,人类总是不断地寻求一个更加充实的自我,追求更加完美的自我实现。从自然科学意义上说,这与一粒橡树种子迫切地希望长成橡树是相同的"。①

马斯洛发现,这些自我实现的人都报告说他们有过他所说的"高峰体验",即处于最佳状态的时刻,感到敬畏、强烈的幸福、狂喜、完美或欣慰的时刻,感到最能发挥作用、坚强、自信、能够完全支配自己的时刻。马斯洛断言,在高峰体验期间,人能更好地认识现实木身、洞察现实的统一的面目。与当代某些时尚理论不同,马斯洛旗帜鲜明地指出人类具有共同的道德标准和价值观,可以通过对人类中的优秀代表的研究找到它们。真、善、美以及正义、欢乐等都是人类的内在本性,体现着人类共同的价值目标。他说:"似乎有一个人类的终极价值,一个全人类努力争取的远大目标。不同的作者给它取了不同的名字,如自我实现、自我完善、整合(integration)、精神健康、个性化、自主性、创造性、生产性,但他们都一致同意这些都意味着充分实现一个人的所有潜力,也就是说他能彻底成为一个真正的人,充分实现他的一切可能性。"②

如前文所说,这种高峰体验,实际上是一种对于整个人生的审美体验,并且是通向人生终极价值的深层审美体验。

第二节　生存状态与人生境界

由于马斯洛仅仅限于从心理活动的角度来研究人,缺乏更广泛的

---

① 弗兰克·戈布尔:《第三思潮:马斯洛心理学》,吕明等译,上海译文出版社1987年版,第64页。

② 同上书,第100页。

社会学、文化学和历史唯物主义的视野,在我们看来,他难免陷入一种矛盾之中。一方面,马斯洛从人性善出发,主张绝大多数人都可以在基本需要基础上产生高一级的发展需要(后动机),努力实现自己的发展目标,并且能够于不知不觉中体会到高峰体验;另一方面,他认为只有少数成功人士才能成为自我实现的人。按照马斯洛的研究结果来估计,他"所研究的这类自我实现的人只占人口中的极少数,大约百分之一"①。

马斯洛对于自我实现的人的好奇心始于大学时代,他最早研究的对象是他崇敬之至的两位教授——本尼迪克特和韦特海默,以后从他的相识、朋友、名人以及大学生中选取研究对象。后来他决定在布兰代斯学院全体学生中挑选百分之一的最健康的人进行研究。他把这部分人称之为"健康的人"、"不断发展的一小部分人"、"自我实现的人",并且经过调查和研究为这些人总结出一系列心理上的特点,诸如健康自尊、非常独立、洞察生活、谦虚、创造性、很少自我冲突、心理自由等等,以区别于普通的芸芸众生。自我实现的人更会享受生活——并不是他们没有痛苦、忧愁和烦恼,而是他们能从生活中得到更多的东西。他们较少因为失望及羞耻或者缺少目的而烦恼。他们较少害怕和焦虑,更具有自信心及轻松感。他们具有幽默感,但不会欣赏那种嘲弄人或把别人弄得低人一等的幽默,而是更喜欢一种哲理的或含义宽广的幽默。他们更会生活,更有情趣,更能意识到世界之美。他们从不厌倦生活,他们能够一次又一次地欣赏日出、日落、爱情、友谊、大自然。总之,马斯洛认为:"普通人的动机来自于缺乏——他力图满足自己对安全、归属、爱、尊敬、自尊等的基本需要。健康人的动机'主要来自于他对发展、实现的潜力及能力的需要'。换句话说,健康人的动机主要来

---

① 弗兰克·戈布尔:《第三思潮:马斯洛心理学》,吕明等译,上海译文出版社1987年版,第33页。

自于自我实现的欲望。"①"自我实现的人广泛地享受生活的各个方面，而芸芸众生只能享受成功、胜利或经历中的高潮与顶点等偶尔的片刻。"②

在我们看来，这两部分人之间实际上并不存在不可逾越的鸿沟：世界上并不存在生来就具有自我实现的大志的人，普通的"芸芸众生"都可以通过自己的努力达到自我实现的阶段；影响一个人能否成为有作为的自我实现的人的关键因素，包括客观条件和主观努力两个方面，其中主观努力更具有决定性意义。如果从历史发展的总趋势来看，由普通人提升到自我实现的人的人数越来越多，所占的比数必然是越来越大。从某一时代的社会全局来看，我们可以将人们划分为两个部分——以基本需要为满足对象的多数人和为了满足自我实现需要的少数人——总是可以的。进一步深入研究，我们会发现人们的满足需要的状况是相当复杂且又并不均衡的，一个人在其所有的欲望中通常总是部分得到满足，另一部分得不到满足，其需要的层次可能发生颠倒，其行为的动机也不是单纯的而可能是多重交错的。如果我们换一个视角，从人的实践活动以及自身同周围世界的关系来看，从人的生存状态和生存意义来看，我们可以把人们分为自在自发状态的、异化受动状态的类型和自由自觉状态的类型。在不同生存状态下人们所要满足的自身需要的层级不同，人的精神追求的境界也就有所区别。

第一种类型，在自在自发的、异化受动的实践活动与生存状态条件下，人处于为满足生存的物质需要的功利境界之中。

在迄今为止的社会条件下，大多数常人的主要精力和实践活动忙于基本需要能否得到满足：首先是基本的生理需要能否得到满足，其次

---

① 弗兰克·戈布尔：《第三思潮：马斯洛心理学》，吕明等译，上海译文出版社1987年版，第33页。

② 同上书，第36页。

是安全需要、归属和爱的需要以及尊重需要能否得到满足。在这种情况下，主体的能动性的发挥必然囿于基本需要的阈限，从而限制了自由自觉的创造性意识的发挥。我们从许多优秀作品中都可以看到这种生存状态的直接展现。鲁迅笔下的阿Q整日劳作而不得温饱，"食色性也"两大基本需要得不到满足，不得已成为盗窃集团的小角色，却阴差阳错地被当作革命党而杀掉；阿Q是真心向往革命的，不过他所向往的革命其内容仍然是解决自己的生计和婚姻问题，仍然是满足自己的基本需要。一直到走向刑场的那一刻，阿Q也没有弄明白他为什么被枪毙，他不明白自己死的意义，也不明白自己生的价值。阿Q是懵懵懂懂地喊着"过了二十年又是一个……"死去的，他至死也没有脱离其自在自发的生存状态。同阿Q相比，祥林嫂的生存状态稍好一些。尽管祥林嫂遭遇许多磨难，但是总起来说，她在大部分时间里还是能够得到温饱的，对于她来说，到土地庙捐了门槛仍然不能摆祭品一事才使精神上遭受到致命的打击。由于嫁过两个丈夫，她在别人眼里"是败坏风俗的"，她沾手的祭品"不干不净，祖宗是不吃的"，所以她就被另眼相看，低人一等，并且捐了门槛也无法得到解脱。对于祥林嫂来说，这意味着在人格上无法获得应有的地位和归属感。精神上受到的歧视击倒了她的生的意志，死后被阎罗锯开的恐怖击垮了她的整个灵魂，完全绝望使她不可能再继续生存下去，终于在年终祝福的爆竹声中默默地死去。尽管初看起来，在生存处境及所要满足的基本需要的层级方面，祥林嫂似乎比阿Q高一些，而实际上，他们都是处在"想做奴隶而不得"的生存状态，处在自在自发的生存方式层次上，而且限于当时的社会条件以及主体的思想水平，他们对于自己的处境不可能认识清楚，更谈不上寻找摆脱困境的出路何在。

如果说阿Q和祥林嫂主要是由于自身的原因而不可能超出自在自发的生存水平的话，那么，处在资本主义社会中的雇佣工人则主要是由于阶级剥削和社会分工而重新跌入自在自发的生存状态之中。本来,资本主义的社会化大生产大大开阔了人们的眼界,为人们更深刻地思考人的自身发展的无限可能性提供了新的社会条件。但是,正如马克思所揭示的那样,资本家为了追逐利润而把工人仅仅当作工具的一部分,当作机器的零件,于是出卖劳动力的工人失去了人的品格,他们的劳动变成了异化劳动。"结果是,人(工人)只有在运用自己的动物机能——吃、喝、生殖,至多还有居住、修饰等等——的时候,才觉得自己是在自由活动,而在运用人的机能时,觉得自己不过是动物。动物的东西成为人的东西,而人的东西成为动物的东西。"①马克思从几个方面阐明了异化劳动的特征:从这种劳动对人而言的外在性和强制性,使劳动变成为"肉体受折磨、精神遭摧残"的活动;劳动成果的异己性,造成他生产得越多他得到的越少,他创造的价值越多他自己就越是贬值;本来是人的可以肯定自身、发展自身的自由自觉的劳动,完全被扭曲和异化,变成了单纯谋取最低生活来源的卖身活动。总之,这种劳动是把自己出卖给另一个主体之后的、完全受动的活动。在《摩登时代》等影片中,我们看到卓别林扮演的拧螺丝的工人变得像机器人一样,看见别人大衣上的纽扣也要拧一通的滑稽表演,那正是异化劳动的生动写照。就是在社会主义初级阶段,在经济相对发达的社会条件下,只要人们还被迫地屈从于社会分工,并且把自己所从事的工作仅仅当成是谋生的手段,就依然会陷入异化劳动的境遇之中无法自拔。这些人在被视为谋生手段的劳动中难以感受人生创造的愉快和人生的乐趣,他们感受到的仍然仅仅是受到束缚、压抑的状态之中的异化感。

与上述自在自发的实践活动中主体根本未曾觉悟不同,这种异化的受动的实践主体却是明明知道被出卖而不得不出卖自身。如果说前一种情况是自由自觉的人的本质活动尚未真正生成,那么,后一种情况

---

① 《1844年经济学哲学手稿》,《马克思恩格斯选集》第1卷,人民出版社1995年版,第44页。

却是将已经生成的自由自觉性、创造性的人的本质活动被迫地加以扭曲、变形，使之变成为扼杀人的本质力量的异化活动。这两种情况在本质上又有共同性，它们都体现着人的生存状态的受动性和被决定性，代表着对于人的本质活动的自由自觉性和创造性的根本否定。在这种生存状态下，对于温饱等基本需要的追求限制了人们的眼界和创造力，人的精神世界局限于为满足生理物质需要的功利目的，当然也就谈不上对于更高的人生境界的追求。

历史上各个社会阶段都存在大量的自在自发的日常生活实践和生存方式，并且是最低层次的、基础性的生存方式。而伴随着资本主义社会而出现的异化受动的实践活动和生存方式，也会随着多次重复、日月流逝而逐渐融入自在自发的实践活动之中。我们前一章所说的日常生活的世界，就是在这种自在自发的实践活动、生存方式的基础上形成的。这种活动方式是一种自然而然地、不假思索地照例进行的日常实践活动，因而具有自在性、自发性和重复性。它是在习惯性、传统性的规则和模式的基础上，按照给定性原则办事的活动方式，其思维活动仅仅停留在弄清"是什么"、"怎么办"的层面上就可以了，而不必追问"为什么"、"应如何"等深层次问题。日常生活世界是个体的生存和再生产的领域，包括衣食住行、婚丧嫁娶、饮食男女、杂谈闲聊、礼尚往来、言谈交往等日常活动，是与大规模有组织的社会活动以及科学、艺术等自觉的精神生产活动相区别的私人生活领域。在漫长的社会发展过程中，人们的日常生活也会缓慢地发生着变化，在不同的历史时代、不同的社会制度下以及在不同的个体那里，其日常生活在质上、量上也不尽相同，也会显示出水平高低不同以及各种成分比重大小方面的差异；但是，尽管如此，日常生活始终保持着基本稳定的特征。为了个体的生命延续而进行的日常生活资料的获取和消费是日常生活的基本内容，以血缘关系和天然情感为基础的日常交往是日常生活的基本的人际关系，按照习惯办事是日常生活的基本思维方式。日常消费活动、日常交往活动和日常思维活动,构成了日常生活世界的基本框架。这一基本框架,显示出人的实践活动受着自然规律、客观必然性等制约的被决定的、受动的一面,因而是人的存在领域中最为贴近纯粹自然的天然王国的部分。这一基本框架,一方面,它来源于远古时代的精神遗产,来源于原始社会先民们自发形成的生活秩序和精神框架的代代传承;另一方面,它也是后代自觉创造活动形成的新秩序、新习惯经过多次重复之后反过来向日常生活领域回归,即经过无数次重复而沉积于人们的无意识领域里的结果。

在20世纪80—90年代关于实践问题的讨论中,人们纷纷从认识论、价值论、本体论、人本学等不同视角审视实践,突破了过去仅仅从认识论角度对于实践范畴的理解,从而大大拓宽了实践范畴的内涵。依据马克思关于实践唯物主义的基本原理,我们可以把实践界定为人之为人的本质性活动或者人的存在方式。据此,实践活动就不仅包括自由自觉的创造性活动(毫无疑问这类活动是显示人的本质的最重要的活动),同时也应该包括人们的日常生活实践。日常生活实践虽然是人的活动中最为显著地受到自然规律制约的部分,但是,我们必须看到,无论是从历史渊源上来说,无论是从它作为人的生存方式的性质来看,与动物界的活动方式相比它已经具有完全不同的性质。动物不把自己同自己的生命活动区别开来,它就是自己的生命活动。动物是在直接的肉体需要的支配下进行生产活动,只生产它自己和它的幼仔所直接需要的东西,因此,动物的存在同其他自然物一样,只是自在自然存在链条上尚未分化的一环。而人的生存活动则是自己意志和意识的对象,是脱离和超越了直接肉体需要的全面性的活动,是按照人类文化的理解和社会的分工而进行的活动,因而人的活动所创造的属人的世界是原有的自在自然存在链条的中断和升华。从人猿相揖别的时代开始,人类的生存活动早已具有的这种性质一直延续下来,沉淀在人们的日常生活活动之中。尽管在人类的日常生活世界中,人们的活动还常常带有自在自发性、重复性,但是已经脱离动物界的人的实践活动所必然具有的目的性、能动性和创造性等本质特征,就历史地必然地呈现为一个开放的不断的生成过程,并且随着人类历史的不断进步而愈来愈在更高的程度上呈现出自由、自觉的特性。正是在日常生活世界中不断滋生出自由自觉的创造性力量,不断冲击和超越传统的日常生活秩序,不断开拓新的实践活动领域,从而推动着社会不断向前发展,人们的生存方式也在不断发展变化之中。从人类历史全局来说,一方面,应该承认日常生活的实践活动既是整个社会再生产的基础,是非日常生活得以进行的前提;另一方面,也应该看到,由于日常生活世界的重复性、保守性,又常常成为个体和社会整体发挥创造性、实现社会进步的障碍,这就需要通过高扬主体的自由自觉性来逐步加以克服和提高。

第二种类型,处于自由自觉的实践活动和生存状态条件下,主体具有明确的自我实现的人生目标,追求现实利益的提高以及超越现实的人生境界。

尽管自觉地致力于自我实现的人数可能在整个社会中所占的比例较小甚至很小,他们却是推动人类社会进步的重要因素。这些力图满足发展需要的、自我实现的人,比较集中地出现在从事政治、经济、文化等方面的组织管理及其更新的社会活动家、革命者,以及献身于科学、艺术、哲学等科学家和人文知识分子之中。人类历史上实际存在的从事社会管理和精神生产的人们,由于其所处的具体环境在客观社会条件和主观精神条件方面均有其特定性,在历史上发挥的作用也必然有或正或负、或大或小的区别,而不能一概而论。但是,就其整体性质和发展趋向来说,他们的自由自觉的和创造性的实践活动,是在个人的基本需要得到满足的前提下进行的自我实现的活动,其性质属于个人为了集体、社会、族类的发展而自觉进行的类本质活动,因而可以达到体现人类实践活动的纯粹性质的高级形态。

人类历史的发展是一个不断地确证人的本质力量的过程。这个过程可能有停滞、有曲折甚至有倒退,但是向人类最高理想迈进的总趋势终归是可以确定的。引领这种自由自觉的实践活动的是不断发展的人类理想,是环绕着人并且为了人而不断提高的人类的物质的和精神的生活,是日益提高的人化的、社会化的、属人的世界。在马克思看来,人类的这个最终的理想世界具有丰富的内涵:这是一个以人和自然和谐统一为基础的丰富的物质世界,是个体自由和群体发展相和谐的自由王国,是人以一种全面的方式,也就是说作为一个完整的人——占有自己的全面的本质的实现,是"人与自然界之间、人和人之间的矛盾的**真正解决**,是存在和本质、对象化和自我确证、自由和必然、个体和类之间的斗争的真正解决"①。马克思把这种理想世界称之为共产主义。共产主义的实现"只有通过人类的全部活动、只有作为历史的结果才有可能"。共产主义要求"人实际上把自己的**类的力量**统统发挥出来,并且把这些力量当作对象来对待,而这首先又是只有通过异化的形式才有可能"②。在他看来,异化劳动和工人的异化的生存方式不仅是必然会出现的,而且是通向共产主义的必要阶段和必由之路,其中社会化的大工业的发展正是以一种异化的形式昭示着资本主义必然导向共产主义的发展趋向。所以,他说工业的发展是"一本**打开了的关于人的本质力量**的书","在人类历史中即在人类社会的产生过程中形成的自然界是人的现实的自然界;因此,通过工业——尽管以**异化**的形式——形成的自然界,是真正的、**人类学的**自然界"。③

人的生存状态不同,所要满足的自身需要的层级不同,自然所追求的人生境界也不相同。宗白华先生在《中国艺术意境之诞生》一文中指出:"人与世界接触,因关系的层次不同,可以有五种境界:(1)为满

---

① 《1844 年经济学哲学手稿》,《马克思恩格斯全集》第 42 卷,第 120 页。
② 同上书,第 163 页。
③ 同上书,第 127—128 页。

足生理的物质的需要,而有功利境界;(2)因人群共存互爱的关系,而有伦理境界;(3)因人群组合互制的关系,而有政治境界;(4)因穷原竟委,追求智慧,而有学术境界;(5)因欲返璞归真,冥天合人,而有宗教境界。功利境界主于利,伦理境界主于爱,政治境界主于权,学术境界主于真,宗教境界主于神。但介乎后二者的中间,以宇宙人生的具体为对象,赏玩它的色相、秩序、节奏、和谐,借以窥见自我的最深心灵的反映;化实景而为虚境,创形象以为象征,使人类最高的心灵具体化、肉身化,这就是'艺术境界'。艺术境界主于美。"①宗先生所说的实际上是六种境界。如果我们稍加分析,这六种境界则可以分为现实境界和超越境界两大类:前四种境界(功利境界、伦理境界、政治境界、学术境界(科学境界)),都是从满足现实需要、解决现实任务出发的,应该属于现实的境界。后两种境界(宗教境界、艺术境界)则是超越现实的,可以归结为超越境界。宗先生关于人生境界的分析,对于我们研究人的自我实现的不同层级具有重要参考价值。

就社会整体而言,自我实现的实践活动和生存方式主要包括对社会进行制度化的组织管理、革新改造和进行科学、艺术等精神生产活动两大类。如果依据主体在活动中自我实现的程度和所追求的境界之不同来区分,我们应该将它们划分为相互联系又相互区别的两个大的层级:

一个是将自我实现的目标限定在现实的事功层面,所追求的是现实的建功立业、事业成功的现实境界。例如为国家为民族的利益而施展抱负、边塞立功、战胜强敌、发展经济、创办实业、科学实验、学术争鸣等等,所追求的目标可能是政治的,或者是学术的,伦理的,总之是现实生活中可以实现的。凡是在现实中真正创造了伟大业绩的人物,都会获得人们的尊重和赞誉而载入民众的口碑、写进人类历史的长卷,即使

① 《宗白华全集》第 2 卷,安徽教育出版社 1996 年版,第 357—358 页。

仅仅在某一活动领域作出突出贡献的人们,也至少会获得同一领域内后人的赞誉和尊重。宗白华所说的前四个境界都属于现实境界,其中仅仅局限于满足个人的生理的物质需要的功利境界者已如前文所述,属于自在自发的实践活动和生存状态;另外的伦理境界、政治境界、学术境界皆属于这里所说的现实境界层级。

另一个是将自我实现的目标指向超越现实的精神层面,所追求的目标是凌驾于现实世界之上的超越的精神境界。这主要是指审美境界(艺术境界)和宗教境界。上述现实境界是指主体处于现实实践的关系之中,以对于现实对象的认识为前提,也就难免受到现实客观条件的必然性所制约,因而人们难以获得完全的充分的自由。而超越的精神境界虽然也是从现实出发并且是为改善现实状况而创造出来的,但人们创造超越境界的目的却并非仅仅针对现实中具体问题的解决,而是超越到具体问题之上,突破现实实践关系中主客二分的制约和局限,在虚拟的境界中获取精神上的自由解放,使人的精神世界升华到新的境域。

细分之,这两种超越的精神境界又有不同。宗教追求的自由是脱离现实生活而到达天堂、天国、西方乐土以及来世等彼岸世界,它同眼前的现实世界是脱节的,两者之间横隔着一条不可逾越的鸿沟,因而通过宗教境界获得的自由带有虚幻性。艺术追求的自由则呈现为审美的人生态度,其特征在于"一是把玩'现在',在刹那的现量的生活里求极量的丰富和充实,不为着将来或过去而放弃现在的价值的体味和创造";"二则美的价值是寄于过程的本身,不在于外在的目的,所谓'无所为而为'的态度"①,不再另作他求,因而是直接在生活中通过精神升华而到达虚拟的自由境界。艺术通过审美意识给人以自由。张世英指出:"审美意识的超越是人与宇宙合一,与周围事物合一……是有限的

---

① 宗白华:《论〈世说新语〉和晋人的美》,《宗白华全集》第2卷,第279页。

人生与宇宙万物'一气流通'、融合为一,从而超越了人生的有限性";"认识的结果只是关于必然性的知识,而审美意识的创造性则可以显示无限的可能性,这是一种不受限制的自由,一种最大的自由","超越了主客关系,就会从欲念、利害以至整个认识领域里逻辑因果必然性的束缚下获得解放和自由,这就是自由的理论根据"。"超越主客二分的天人合一叫做'忘我之境'。"①一般地说,西方人在传统上往往将人生终极关怀的追求寄托于宗教生活,寄托于彼岸世界的超越;而中华民族则遵循着"一个世界"的思维模式直接在艺术审美中思考人生的真谛,在此岸的现实世界中达到天人合一的超越境界。中西艺术都是创造艺术境界,而境界的层次以及所追求的侧重点则有所不同。例如西方绘画传统以模仿现实中的物象之美为主,侧重于追求悦耳悦目、悦心悦意之效果;中国艺术偏重于创造超越现实时空、蕴涵宇宙节奏的境界之美,不仅要求悦耳悦目、悦心悦意,而且追求悦志悦神的灵魂提升,通向对于人生意义的终极关怀。要而言之,两者都要求超越现实,而超越的方式、追求的目标则明显有别。

我们说审美境界是超越的,是指人们在审美活动中其精神指向可以超越当下的现实对象。就审美活动的出现来说,它产生于现实生活而不可能是超越现实生活的。事实上,正如前文所说马斯洛的人生高峰体验即审美体验,人生获得高峰体验的途径是宽泛多样的,不仅包括各种艺术领域,而且包括现实生活中的审美自得活动。人们在求真的活动中可以达到理性自明,在伦理实践活动中可以达到德性自证,甚至在宗教活动中可能获得神秘的超越体验,究其实质,也都是一种关于人生领悟的审美超越的精神体验。

在这里还需要指出的是,我们所说的自在自发的、异化受动的生存方式与自由自觉的生存方式,日常生活世界与非日常生活世界,满足基

第三编 块垒生成论

———————
①　张世英:《哲学导论》,北京大学出版社 2002 年版,第 130—132 页。

本需要与满足自我实现的需要,追求现实境界和超越现实的境界,这前后两个方面并不是截然有别、严格区分的。在历史的和现实的活动中,它们都是交织在一起,并且是互相转化的。我们只能在理性思维的抽象中才能把它们区分开来。人的实践活动并不是单一的、同质的、纯粹的一种活动,而是包括自在自发性、异化受动性、自由自觉性、能动创造性等多种成分的复合矛盾体。人所生活的世界是一个包括自然的、自在的、异化的和属人的多种存在物的复合总体。每一个人都生活于自在与自为、受动与能动、自由与必然等多种矛盾成分的纠结冲突之中。每一个人所要满足的自身需要也会随着时间的流逝而不断转换。每一个人所追求的人生境界也不是一成不变的。因此,必须指出,我们所分析的不同类型、不同层级都是在相对意义上而言的。但同时应该看到,这种相对的分类研究决不是没有意义的。它可以帮助人们看清所考察的对象的各种成分和性质,从而更好地把握事物的矛盾及其发展趋向。

第三节　人生信仰与人生价值

不同的人具有不同的自我实现的目标,具有不同的人生境界的追求。一个人具有怎样的人生境界,决定于他具有怎样的人生理想,追求怎样的人生价值。一个人的人生价值观念的理论化形态则被称之为人生观。通俗地说,一个人的人生观就是他认为自己的一生怎样度过才是有意义的、值得的。

价值是揭示外部客观世界对于人的意义关系的哲学范畴。在哲学层面上,我们用价值这个范畴来概括外部客观世界能否满足人的需要以及在多大程度上满足人的需要的关系,价值是指具有特定属性的客体对于主体需要的意义。人类的价值认识是在已经知道了对象"是什么"、"怎么样"的基础上产生的评价性认识,是关于这个对象的"好不好"、"有没有用"、"要不要"、"该不该"、"美不美"等方面的意识。对象是什么是由对象的客观性所决定的,而评价对象好不好则是对象与主体之间的不同关系所决定的,因此不同的主体就会有不同的评价。在这里,人们的主体价值意识具有重要的决定性作用。

人的价值意识可以分为初级和高级两种形态:其初级形态表现为欲望、动机、兴趣、日常情感等日常心理活动形式,它们都与人们的日常生活的各种需要相联系,跟现实生活中的价值存在的关系更为直接和具体,因而常常处于变动不居的状态之中;价值意识的高级形态是在上述初级形态基础上经过人生感悟而达到的观念的、理性的形态,这主要是指信念、信仰、理想①。前者是在心理活动层面上,后者是指理性的观念的意义。两者不属于同一个层面,其间的区别不仅是在量上,而且是在质上。由此反观马斯洛关于人的动机理论,我们不难看出,他所说的基本需要(包括:生理需要、安全需要、爱的需要和尊重的需要)引起的欲望、动机、兴趣等,主要是在当下心理活动水平上的反应;而自我实现的需要则远远高于人们的当下心理活动,是基于人的高级价值意识——信念、信仰和理想——而产生的精神需要。

信念是自己认为应该确信的看法,一般表现为人们对于自然事物、社会现象的合理性和可实现性的高度肯定,以及对于自己的相应行动必然取得积极成果的坚信状态,如"开卷有益"的信念、"正义必胜"的

----

① 李德顺在其《价值论》一书中将人的价值意识分为"价值意识的心理水平"与"价值意识的观念水平"两个层级(参见李德顺:《价值论》第五章,中国人民大学出版社 1987 年版)。本书认为是可取的,但在具体解释上有不同意见。我们认为,作者把"情绪和情感"、"意志"统统归入个体的心理水平是不妥的。认知、情感和意志作为人的心理活动的三个基本方面,全都贯穿于感性和理性的全过程;情感、意志既可以表现为感性的当下心理活动,也可以包含理性的、观念的深刻内涵。吴倬将价值意识分为"理性的价值意识和非理性的价值意识",并且干脆把情感、意志明确地归入非理性范畴,完全取消了高度理性化的情感和意志的存在的地位,这就更为不妥了。(参见吴倬主编:《马克思主义哲学导论》,当代中国出版社 2002 年版,第 195—196 页)

第三编 块垒生成论

信念等。

信仰是人们关于最高价值的信念,例如对于各种宗教的神灵、对于大自然的造化、对于人的命运、对于某种学说或者主义极度相信和尊重,并且将它作为自己追求的目标和行动的准则。"信仰是人生的一盏明灯,这明灯始于人之初,指引着人走向茫茫无涯的人生旅途。"①人生在世需要有一定的信仰和体现信仰的人生理想,这是一个人的全部人生价值的指向机制和定向机制。生活中人们对于信仰有着各种各样的理解:由于人们感触于不同的生活体验,生发出不同的人生追求,立足于不同的哲学立场,着眼于不同的价值关怀,因而人们的信仰在形态、性质、层次、程度等方面呈现出不同的理解和面貌。信仰是"对于人生最高价值和社会最高理想的反映、评价和把握,是一种极富有辩证性动态运作过程"。"信仰标示着一种对终极价值的肯定和持有,表征着一种对终极价值的关怀。"②信仰和最高理想是同级的概念。信仰作为一种终极关怀,通过理性和非理性两种基本的形式而实现,从较成熟的文化表达形式来看,它的非理性的实现形式是宗教,它的理想的实现形式是哲学。就是说,哲学作为一种信仰表达的是终极关怀。信仰本身属于人的非理性成分,但是这并不排除信仰和理性的统一。从人的心理活动过程角度来说,信仰是一种以"相信"为中心的知、情、意相统一的综合精神状态,是一个由可信导向确信的不断发展的过程。人类信仰的发展史表明,信仰中既含着理性又含着非理性,理性和非理性两个方面既相矛盾又相统一的展开和运作,构成了宗教信仰和科学信仰的斗争历程,最终会走向二者的辩证统一。

人的信念、信仰和人生理想,其核心是人生价值问题。人生为什么会有价值?人生应该有怎样的理想和怎样的价值?一个人应该怎样创

---

① 荆学民:《社会转型与信仰重建》,山西教育出版社 1999 年版,第 106 页。
② 同上书,第 47、72 页。

造自己的人生价值？这些问题实际上是每一个人都会面对的问题。对于这些问题的回答决定着一个人所要自我实现的目标属于什么性质，决定着他所追求的人生境界的高低，也就最终决定了他的一生的生存价值。

那么，一个人的人生价值是由什么决定的呢？有没有决定人生价值的客观标尺呢？要回答这些问题，还必须从什么是人生的意义说起。

如前所述，马克思在《1844年经济学哲学手稿》中曾经深刻地指明了人与动物的本质区别。动物只能按照它所属的那个物种的尺度本能地适应外界自然，它们只能一代又一代地复制自身，只能跟随着外界自然条件的变化而不断地适应性地改变自己的生存规律，并且这一切都是在暗含着自然界必然规律而不自知的情况下被动实现的，并不是通过动物的自觉意识实现的，因此，动物只能是尚未达到自觉意识的非历史的存在物。而人则不同，人是基于自己当下对于各种事物客观规律的理解和自身的不断提高的需要及理想两方面来采取行动的，人能够按照物的客观尺度与人的主观尺度的统一来进行生产。人们从事改造客观世界的实践活动，同时也在不断地改变自己，起先是不自觉地、后来则是逐步走向自觉地改造自己。人能够一代又一代地发展和提高自己的能力，并且能够把这种改造世界和改造自身的能力和成果——文化，通过制造生产工具和语言文字等符号系统积累并且传承下来。人类借助文化的积累和传承，创造了自己的历史，同时也照亮了整个世界的演变过程。因此，与上述非历史的动物界相区别，人的生存、人的生命活动是历史性的活动。人是历史性的存在物。

人是历史性的存在，其实质含义就是，人是文化的存在，因为人类的历史就是人的生命活动借助文化得以延续和发展的历史。"历史不外是各个世代的依次交替。每一代都利用以前各代遗留下来的材料、资金和生产力；由于这个缘故，每一代一方面在完全改变了的环境下继续从事所继承的活动，另一方面又通过完全改变了的活动来变更旧的环境。"①人类改造客观物质世界和自身主观世界的所有成果全都累积和沉淀在人类文化的长河之中。每一代人都是在历史形成的文化成果的基础上来把握世界的,既包括人们运用继承下来的、不断改进的生产工具去改造物质世界;运用继承下来的、不断改进的人际关系来保障和调节各项社会活动,以实现对于世界的实践精神的掌握;同时也包括人们为了实践活动的需要,运用继承下来的、日益丰富的科学、艺术、哲学、宗教等意识形态去认识和把握世界,实现对于周围世界的科学精神的、艺术精神的、宗教精神的掌握。人类的文化既是人类掌握世界的各种方式,又是人类以这些方式掌握世界所不断取得的各种成果。一定社会的文化就构成了一定社会所创造的属人的生活世界,并且使这个社会的每一成员都能获得温馨的家园感。于是,人们借助自己所创造的文化世界获得自己生存的意义。因此,每一个人的生存意义也都必须从个人在人类文化世界中所应该具有的位置和价值来加以判断和说明。

人类借助于自己的劳动实践超越了动物界,从而使人的生命活动成为一种具有二重性的存在:一方面仍然生存于自然时空之中,是自然世界中的自然存在物;另一方面又生存于人类所创造的历史文化环境之中,是社会的实践的存在物,是人类社会的文化意义上的存在物。显然,如果仅仅从人作为自然存在物的角度来理解人生的意义,那就会将人降低到等同于动物的境地。如果一个人的生活仅限于饮食男女、吃喝玩乐,如果一个人只是消耗社会财富而没有创造价值,那么,这样的人就跟动物界的生存一样,根本谈不上对于人类社会的意义。如果从人是社会的实践的存在物的角度来看,这样就把个人置于一个意义世界的发展过程之中,从而在个体存在与社会总体、个人创造与历史文化

---

① 马克思、恩格斯:《德意志意识形态》,《马克思恩格斯选集》第 1 卷,人民出版社 1995 年版,第 88 页。

创造、个人发展与人类走向全面自由等纵横关系中显示出个人的人生的意义。这就是说，一个人的人生意义显示于他的整个生命活动对于一定社会的乃至全人类的文化发展所起的作用如何。他对于社会乃至人类的贡献越大，他为社会乃至人类所创造的价值越大，那么，他的人生意义也就越大；反之亦然。这也说明，"人有两重生命（自然生命、自为生命），有两重本性（物的本性、超物本性），人是有两重性的存在（实体存在、意义—价值存在），并且同时生活在两重性的世界（本然世界、应然世界；自然世界、属人世界；现实世界、理想世界；物质世界、精神世界等）里面。人来自于物，不能归结为物；人是生命存在，又从不满足于生命存在；人在大自然之中，却超越了自然的局限。可以说，'人'是一种'超物之物'、'超生命的生命体'、'超自然的自然存在'，这种超越性的两重化本性，就是人和其他存在物的根本区别所在，也正是人作为人的可贵之处。"①

　　每一个人都必然是生活在人类文化世界的链条之中，生活在一个由文化的意义构成的价值世界里，并且通过自己的行动而客观地具有某种人生意义。有些人自觉地意识到这一点，有些人可能模糊地意识到这一点，有些人可能终生都难以明白这一点。不过，无论他是否意识到，他都必须通过自己的行动进行价值选择。法国存在主义哲学家萨特认为，人的一生本质上就是一个选择的过程。他说："不选择却是不可能的，我总是能够选择的，但是我必须懂得如果我不选择，那也仍旧是一种选择。"②萨特把选择说成是完全凭着主观意愿决定的，是绝对自由的，这显然是片面的；但是他所强调的一个人不可避免地进行人生价值选择以及这一选择的至关重要性都是正确的。既然人的生命活动

---

　　① 高清海为秦光涛《意义世界》所写的《序——有这样一个世界》，见《意义世界》，吉林教育出版社 1998 年版，第Ⅱ—Ⅲ页。

　　② 萨特：《存在主义是一种人道主义》，上海译文出版社 1988 年版，第 24 页。

是有目的的自由自觉的创造性活动,是一个将主观意愿对象化的活动过程,那么,这就决定了人生必然是一个不断进行各种选择的过程,而不管他本人是否自觉地意识到这一点都是如此。

那些自觉地意识到人生意义的人,就会在对于自己的生命活动所可能形成的文化意义的思考中进行衡量、比较和选择,力求赋予自己的生命活动以更大的意义。这种选择不仅仅是具体实践活动的目标取舍,而且是关于人生的根本目标的选择,是关于人生道路的方向性选择,是如何理解人生意义的价值选择。比如,如何理解人为什么活着?自己的一生怎样度过?怎样处理个人和他人、个人和社会的关系?按照怎样的道德原则和行为规范来处理人际关系?……这些重大人生问题是每一个人都会面对的问题,都是必须做出选择的问题。对于这些根本问题的理解和选择所形成的基本观点,就是人生观问题。人生观的核心就是关于人生意义的思考和回答。

从实际情况来说,人们在生活中自发形成的人生观,往往是不系统、不明确、不稳定的。只有在一定的哲学世界观的基础上形成的人生观,才是系统的、明确的、稳定的和自觉的人生观。历史上曾经出现过各种各样的人生观:如追求感官快乐的享乐主义人生观;认为追求个人幸福是人生最高目的和价值所在的幸福主义人生观;主张将人的欲望特别是肉体欲望看成是罪恶根源的禁欲主义人生观;认为人生毫无意义,只有死亡才能解脱人生苦难的悲观主义人生观;等等。历史上也有劳动人民和进步力量所主张的积极进步的人生观,认为通过创造性劳动改造世界是人生价值所在,人生的目的就在于追求真理和追求社会的文明与进步,相信真理是存在的,人类的前途是光明的,相信自己的努力和人类的进步是一致的,这是乐观主义人生观。

我们认为,在人类历史上,那些选择自觉地为一定社会乃至全人类的利益而贡献自己的一切的人,那些正确地选择了自己的人生目标并且努力实现这一目标的人,才是具有高尚目标的自我实现的人。这类具有高尚目标的人,总是自觉地从事创造性的劳动,以求自己的高尚目标的实现。马克思把这种劳动称之为"真正自由的劳动"。这样的劳动会为自己创造出这样一些主观的和客观的条件,"在这些条件下劳动会成为吸引人的劳动,成为个人的自我实现,但这绝不是说,劳动不过是一种娱乐,一种消遣,……真正自由的劳动,例如作曲,同时也是非常严肃,极其紧张的事情"。① 为了人类的生存和发展,在改造客观世界的同时不断地改造自己的主观世界,以满足人类不断发展的需要,实现自己确定的目标,这就是高尚的人的自我实现的过程。这个自我实现的过程,是与人类社会生活发展的规律相协调,从最终意义上说与人类社会进步方向相一致的实践活动,对推动人类文化的发展,具有正面的历史价值。反过来说,那些危害他人、危害社会的人,尽管他们本人以及少数人的需要可能已经得到满足,但是由于他们对整个社会和人类的进步带来了危害,其人生价值就是负面的。

因此,总体看来,一个人的价值从根本上说是看他对于社会有什么贡献,而不是看他索取了多少。一个具有高尚目标的自我实现的人,将能够以对于社会和人类做出最大贡献作为自己终生追求的人生最大价值,时时以这种崇高目标来衡量和要求自己的成长过程,从而实现自己的最大的自我价值。他们的自我实现的目标是建立在把个人的小我和社会的大我统一起来,小我服从大我的前提之下的"为我",是个人利益服从社会利益前提之下的"利己"。这里所说的"为我"和"利己"的含义,是指追求自我人格的完美。这样的自我实现,本质上是一个自身为了更好地适应社会要求不断提高自己、充实自己、完善自己的过程。他定然会时时感受到来自社会甚至来自人类整体的对于自身成长要求的巨大压力。他感到在社会向人们的体能和智慧提出了更高要求面前,自己必须十分努力才有可能实现自己的人生理想,达到自己梦寐以

---

① 《马克思恩格斯全集》第46卷(下),人民出版社1980年版,第113页。

求的人生目标。马克思在青年时代就立志献身于人类的事业,并且对于把这种献身与自身的幸福统一起来。他说:"在选择职业时,我们应该遵循的主要指针是人类的幸福和我们自身的完美。不应认为,这两种利益是敌对的,互相冲突的,一种利益必须消灭另一种的;人类的天性本来就是这样的:人们只有为同时代人的完美、为他们的幸福而工作,才能使自己也达到完美。"①他从事政治经济学研究的目的不是为了个人,而是为了探索人类求解放的道路。他认为:"科学绝不是一种自私自利的享乐。有幸能够致力于科学研究的人,首先应该拿自己的学识为人类服务。"他终生最喜欢说的人生格言是:"为人类工作"②。

总之,人类历史上那些为人类社会进步而贡献自身的人,是具有高尚目标的自我实现的人,也必然是具有崇高人生境界的人,是具有崇高人生价值的人。这样的人必然为人类历史所肯定,为后人所敬仰。在文学领域,中外许多伟大作家也都是这样的人。

---

① 《马克思恩格斯全集》第40卷,人民出版社1982年版,第7页。

② 保尔·拉法格:《忆马克思》,《摩尔和将军——回忆马克思恩格斯》,人民出版社1982年版,第89页。

第十一章　文学家块垒的生成及其本质

以上两章对于人生感悟和人生价值的分析,极易使人产生一种错觉:人们在日常生活中所感悟到的认识,特别是有关自我实现、人生境界和人生价值的认识,其表现形式是一种理性的命题和判断,似乎都应该非常清晰地呈现于人们的脑海之中,当事者作为主体似乎应该能够清晰地用语言表述出来。其实,未必如此。在日常生活中,人们对于人生的感悟所得,包括自我实现的目标、理想境界的展望、价值追求的原则等等,都未必是自己能够说清楚的;也许只有那些训练有素、理论思维能力很强的人,通过自己认真地反思之后才可能比较清晰地表述出来,但是这种表述依然是与其所感悟到的内涵两者之间是有差距的。在一般情况下,人们对于来自人生感悟的意识成果,常常是性质确定而又朦胧模糊的。说它性质确定,是指当事者本人已经意识到一种感情色彩明晰、情意指向性明确的见解和信念;但是,这种见解和信念还是有待实践、有待证明的东西,它还缺少现实事物的那种单个特定的、可亲可感的现实品格,因而是模糊朦胧的。作家由于人生感悟而得的"块垒",正是这种性质确定而又朦胧模糊的意识状态。

黑格尔在《精神现象学》中曾经就人的认识过程提出了他的三段论,其第一个阶段是"事物的简单概念",他称之为"事物一般"。他以盐为例解释说:

> 盐是一个单纯的这里,并且同时又是多方面的;它是白的并且**又**是咸的,**又**有立方的形状,**又**有一定的重量等等。所有这些众多的特质都存在于**这一个**简单的**这里**,它们并且在**这**

里互相贯穿起来;没有一种特质具有异于另一种特质的另一个这里,而每一种特质随便在何处都同别的特质一样存在于同一这里之中;并且同时它们并没有由于不同的这里把它们分离开,在这种贯穿在一起的情况下,它们又彼此互不相影响;盐的白色不影响或改变盐的方形,盐的白色和立方形两者又不影响或改变盐的咸味,既然由于每一特质本身都是简单的**自我关联**,它们互不干扰对方,它们彼此间只是通过那漫无差别的**又**联系起来。因此这个**又**就是那纯粹共相自身,或者是那把它们那样互不相干地联在一起的媒介——**事物一般**。①

其实,这里所说的抽象的"事物一般",只是若干抽象特质的集合,距离个别性、现实性还相当遥远,但是它已经具备了事物的"一般"特征,是一种朦胧模糊的意向性的东西。黑格尔所说的"事物一般"是他的抽象的认识逻辑的开始阶段,与我们所说的人生感悟所得的成果并不是一回事。我们所说的人生感悟所得的成果是知、情、意合一的整体性成果,而不是单纯的认识成果,更不是黑格尔的抽象认识逻辑的产物。我们在这里借助黑格尔的"事物一般",只是想说明人生感悟所得成果在其存在状态上也是性质确定而又模糊朦胧的,在其发展阶段上类似于黑格尔所说的认识过程中的"事物一般"。

块垒产生于人生感悟,是一种感悟所得的成果。块垒能够产生的前提在于:首先是作家将远大的自我实现的人生目标作为自己的抱负,而后抱负受挫,并在屡次反思中愈陷愈深而无力自拔;终于积郁而成为块垒;其次是在反思中突破个人利害考虑的小圈子,不断开阔自己的眼界和胸襟,将人生抱负提高到整个的"类意识"高度,升华为关注终极

---

① 黑格尔:《精神现象学》(上册),贺麟等译,商务印书馆 1983 年版,第 76 页。

价值的人文情怀;再次是对于文学创作专业知识的关注,在文学艺术领域寻找排解积郁的突破口,在熟悉和掌握有关文学作品家族的惯例知识的基础上,立足于疏解自己的块垒而进行创造性发挥,从而为建立自己的表述风格奠定基础。在这样的基础上,遇到生活中某一偶然因素的触发,就会进入灵感爆发状态,获得人生高峰体验,那才会创作出真正深刻独特的伟大作品。

第一节　抱负受挫而后郁结
——块垒的生成及其心理本质

块垒的生成过程,包括三个不可缺少的环节:抱负,受挫,反省。

首先说抱负,这是一种"舍我其谁"的使命意识,即对于"天命"的自觉承担。

人类历史上一切伟大人物,包括伟大作家,都是具有伟大抱负的人物,这一点应该是毫无疑义的。从马斯洛人本主义心理学的观点来看,就是说,他们都是基本需要获得满足的条件下进入自我实现需要层次的人。从人的生存状态角度来说,虽然说他们也会有自己的日常生活,但是已经自觉地摆脱了"日常生活状态"而进入了"非日常生活状态",通过人生感悟而升华出超越现实的超越意识,在思维方式上由实践精神的掌握世界的日常意识有可能提升到专业化思维方式(科学的、艺术精神的掌握方式)的水平。这就是说,他们能够通过理性自明、德性自证、审美自得等感悟方式,从自在自发的生存状态下提升出来,对于人类社会中的异化受动的客观现实也有了比较清醒的认识,从而开始进入自由自觉的生存状态,即具有比较明确的自我实现的人生目标,开始追求超越性的人生境界。他们已经意识到自己在何种领域能够承担何种历史任务,把这种对于历史任务的承担看成是自己责无旁贷的使命。他们把自己必须完成这种历史责任看成是人生的终极价值所在。这种价值,一方面,对于族类、社会以及整个人类来说,它是客观具有的价值,一定会在历史发展的过程中显现出来;另一方面,从个人角度来说,它是自我完美人格理想的实现,同时也是自我价值的呈现,因而,它也是主体自身所获得的人生最大、最高的审美愉快。

孔子曾经把这种人生的使命感、责任感看成是自己的"命"或"天命"。子曰:"文王既没,文不在兹乎?天之将丧斯文也,后死者不得与于斯文也;天之未丧斯文也,匡人其如予何?"(《论语·子罕 9·5》)"天生德于予,桓魋其如予何?"(《论语·述而 7·23》)孔子把承担和传递文王之道看做是上天赋予自己的使命,是自己终生的责任,同时认为,要实现这种上天赋予的责任,必然会遭遇难以预测的阻碍,在人生道路上会充满变数即偶然性。在孔子看来,匡人、桓魋等是不能阻止自己完成上天赋予的使命的,所以在匡人、桓魋等人的围攻面前,他依然镇定自若。孔子认为,君子必须懂得、认识这种外在偶然性造成的困难,必须与之抗争,从偶然性中建立起属于自己的必然性,从而完成上天赋予自己的神圣使命。这就是"知命"。子曰:"不知命,无以为君子也"(《论语·尧曰 20·3》),"五十而知天命"(《论语·为政 2·4》),甚至认为,君子要"畏天命"(《论语·季氏 16·8》),就是对于"天命"保持一种敬畏的神圣情感,以使自己在世事纷乱中决不失去内心的主宰。所以,在孔子这里,"知天命"、"畏天命"的"天命",不是指外在的异己的主宰力量,而是指自己谨慎、敬畏地承担起一种自己意识到的天经地义的责任,"不怨天,不尤人"(《论语·宪问 14·35》),在经历艰难险阻的生活行程中建立起属于自己主宰的必然性,以这种必然性去抗争所遇到的偶然性,从而实现自己的理想和责任。

孟子曰:"尽其心者,知其性也。知其性,则知天矣。存其心,养其性,所以事天也。夭寿不贰,修身以俟之,所以立命也。""莫非命也,顺受其正,是故知命者不立乎岩墙之下。尽其道而死者,正命也。桎梏而死者,非正命也。"(《孟子·尽心上 2》)孟子所谓"知天"、"立命"、"正命",与孔子之"知天命"同义。孟子进一步提出善养"浩然之气"(志气)来培育这种尽心知性的"立命"观。儒家原典中这种伟大神圣、无私忘我的襟怀抱负,这种勇于承担、舍我其谁的历史使命感,千百年来已经凝结于无数炎黄子孙的灵魂深处,成为激励后人磨砺意志、立志报国的座右铭,成为一代又一代中华儿女安身立命、义不容辞的道德准则,成为国人在行动上选择义无反顾、从容赴难的思想根源。

我国历史上第一个伟大诗人屈原,虽然生活于南方的楚国,却也深受儒家理性精神的影响。屈原曾为楚怀王左徒,"入则与王图议国事,以出号令;出则接遇宾客,应对诸侯。王甚任之。"(《史记·屈原贾生列传》)他对外主张联合齐国,对抗秦国;对内主张任用贤人,厉行法制。"举贤而授能兮,循绳墨而不颇"(《离骚》),"奉先功以照下兮,明法度之嫌疑。国富强而法立兮,属贞臣而日娭"(《惜往日》),代表了他的施政纲领。他声明自己的所作所为并非是为了惧怕个人遭受灾祸,而是担心国家遭受败绩;他表明自己鞍前马后地奔走,只是希望重现历史上楚国的强大这一理想:"岂余身之惮殃兮,恐皇舆之败绩。忽奔走以先后兮,及前王之踵武"(《离骚》)。从《离骚》开篇所写的出生、命名以及"重以修能"的过程来看,屈原是从幼年时期就立下了伟大志向的。怀王早期也曾想任用屈原,跟他有"成言"之约(《离骚》:"初既与余成言兮,后悔遁而有他"),答应实行屈原的政治主张。但是,后来怀王听信谗言,疏远排斥屈原,才使他的宏大志愿无法得以实现。

我国历史上第一个伟大史学家司马迁,其抱负来源于其父司马谈之遗志:谈临终时"执迁手而泣曰","无忘吾所欲论著矣"。自此之后,司马迁立志赓续自周公至孔子的文化传统,"意在斯乎!意在斯乎!小子何敢让焉。"(《太史公自序》)司马迁突破了太史公推尊道家的思想传统,高度发扬了先秦儒家的积极进取的人生价值观念,肯定个体人格的独立性、主动性,将个体对于社会所承担的责任置于极其崇高的地位,撰写了中国第一部纪传体通史《史记》,被鲁迅誉为"史家之绝唱,无韵之离骚"①。司马迁继承了儒、道和屈原三大思想的精华,突破了"怨而不怒"的传统思想束缚,充分肯定和高扬了做一个建功立业、扬名后世的"烈丈夫"的伟大抱负,开创了中华文化史上新的一页。他所代表的人生价值观念,所显示的美学观念和文艺思想,一直教育和影响着中华民族的历代后来者。司马迁在《报任安书》中说:"人固有一死,或重于泰山,或轻于鸿毛,用之所趋异也。"②这固然也是对于孔孟推崇杀身成仁、舍生取义的生死观的继承和发挥,却以其鲜明对比式的简洁语言道出了人生价值的真谛,从而成为砥砺国人意志的至理名言。

其次说受挫,就是在完成使命过程中必然遭遇到来自客观和主观两个方面的种种阻碍,甚至遭受巨大的挫折。

一个有抱负的人在其实现这一抱负的过程中,遇到困难、遭受挫折是必然的。其深刻的内在原因在于,人类社会的发展轨迹乃是由许多人的合力造成的,而不是由哪一个人的意志所决定的。恩格斯深刻地阐明了这一点:

> 历史是这样创造的:最终的结果总是从许多单个的意志的相互冲突中产生出来的,而其中每一个意志,又是由于许多特殊的生活条件,才能成为它所成为的那样。这样就有无数相互交错的力量,有无数个力的平行四边形,由此就产生出一个合力,即历史结果,而这个结果又可以看作一个作为整体的、**不自觉地**和不自主地起着作用的力量的产物。因为任何一个人的愿望都会受到任何另一个人的妨碍,而最后出现的结果就是谁都没有希望过的事物。所以到目前为止的历史总

---

① 《汉文学史纲要》,《鲁迅全集》第 9 卷,人民文学出版社 1981 年版,第 420 页。

② 《汉书》卷六十二。引自《历代文选》(上册),中国青年出版社 1978 年版,第 254 页。

是像一种自然过程一样地进行,而且实质上也是服从于同一运动规律的。但是,各个人的意志——其中的每一个都希望得到他的体质和外部的、归根到底是经济的情况(或是他个人的,或是一般社会性的)使他向往的东西——虽然都达不到自己的愿望,而是融合为一个总的平均数,一个总的合力,然而从这一事实中决不应该作出结论说,这些意志等于零。相反地,每个意志都对合力有所贡献,因而是包括在这个合力里面的。①

可见,任何社会的任何个人都不可避免地会遇到其他许多人的影响、抵制和干扰,都不可能完全按照自己的意愿行事,更何况一个人自己的意愿也常常由于认识不足或者情况变化而必须不断调整,也处于不断变化之中。对于一个想要实现个人远大理想的人来说,诸事顺遂只是一种幻想,而遇到困难和挫折才是不可避免的。从理论上说,社会生活中充满了由于意想不到的偶然性所造成的意外情况,正是这些偶然性合在一起才综合造成具有必然性、规律性内涵的事物发展过程。

尤其是在中世纪的封建社会,皇帝是至高无上的至尊,是凌驾于所有人的意志之上的唯一权威性意志;每一个人都必须服从皇帝的"金口玉言",而这种所谓的"金口玉言"实际上却常常为其当下的情绪所左右,因而是喜怒无常的。所谓"伴君如伴虎"一语,就清楚地说明了这一点。因此,生活于封建社会的怀有崇高正义感和远大理想的仁人志士,必然会与非正义的黑暗势力发生冲突,必然会受到专制皇帝的猜忌和挤压,必然会遇到困难和挫折。无数历史事实都证明了这一点。司马迁在《报任安书》和《太史公自序》所列举的"文王拘而演《周易》,仲尼厄而作《春秋》,屈原放逐,乃赋《离骚》⋯⋯"等等,都是如此。司

---

① 《恩格斯致约·布洛赫》,《马克思恩格斯选集》第 4 卷,人民出版社 1995年版,第 697 页。

马迁本人因愚忠直谏,触怒龙颜,"拳拳之忠,终不能自列",遂遭宫刑,"重为天下观笑,悲夫悲夫！事未易一二为俗人言也"(《报任安书》)。可以想见,司马迁当时精神上是何其悲愤痛苦也！

既然皇帝是整个社会的至尊,他的意志成为别人必须服从的唯一意志,那么,皇帝是否就会事事顺遂而不会产生挫折感了呢？事情当然不是这么简单。皇帝的至尊地位仅仅限于他所统辖的一定社会范围之内的人际关系方面,还有很多属于客观规律的方面是任何个人也不得不服从的;即使在受其管辖的人际关系范围之内,也还存在敢于冒犯皇帝意志的人,如"舍得一身剐,敢把皇帝拉下马"所说的那样。在每一个人必须服从的自然规律之中,人生之大限就是一道人人跨不过的铁门槛。人的生存欲望、志向抱负是无涯的,而人生是有涯的;古代帝王追求长生不老是注定要失败的。海德格尔干脆把人称之为"终有一死者"。"终有一死"的必然结局就构成了嗟叹人生短暂的悲情主题。这种悲情意识,对于希图人生永恒的个体来说,实际上也是一种命运攸关的人生挫折感。举例来说,贵为魏王、实掌皇权的曹操,可谓握有朝中一切生杀大权,仍然在自己的《蒿里行》、《苦寒行》等一系列诗篇中流露出一种慷慨悲凉的色彩。"对酒当歌,人生几何？譬如朝露,去日苦多。慨以当慷,忧思难忘。何以解忧？唯有杜康。"(《短歌行》)这种慷慨悲凉的情绪当然是那个时代的产物。汉末的社会动荡造成的人生苦难,使当时的人们普遍具有一种人生苦短、世事无常的深切痛苦。早在东汉后期出现的《古诗十九首》中对此已经多有反映,如《回车驾言迈》篇中"人生非金石,岂能长寿考",《今日良宴会》篇中"人生寄一世,奄忽若飙尘",《驱车上东门》中"人生忽如寄,寿无金石固"等等。诗中所显示的是,为了从痛苦中解脱出来,人们要及时享乐,甚至要向上"爬"到高位以求个人富贵:"何不策高足,先据要路津。无为守贫贱,辗轲长苦辛。"(《今日良宴会》)这些显然具有消极的思想成分。曹操诗歌的可贵之处在于,他对于人生短暂发出慨叹的原因是由于"忧世不治", 因而在他的慷慨悲凉之中激荡着一种积极进取的豪情壮志。如他的《步出夏门行》第四章：

> 神龟虽寿, 犹有竟时; 腾蛇乘雾, 终为土灰。老骥伏枥, 志在千里; 烈士暮年, 壮心不已。盈缩之期, 不但在天; 养怡之福, 可得永年。幸甚至哉, 歌以咏志。

由此可见, 人生伟大抱负而不得实现的挫折感的产生, 一方面固然与仁人志士所遭遇的巨大困难分不开; 另一方面, 还与他们主观上是否理解挫折以及如何对待这种挫折相关, 甚至可以说, 后面的主观态度更是决定性因素。

第三是反省, 即对于所遭遇的挫折不断地进行总结和提升。

人在愉快的时候, 动脑筋少而感到时间过得快; 人在遭难的时候, 必然由起初的惊愕、震动、无法接受, 转而陷入"百思不得其解"的痛苦煎熬之中, 时间也似乎过得特别慢。诗云："求之不得, 寤寐思服。悠哉悠哉, 辗转反侧。"这是一种被迫的反省, 精神紧张地回想过去、盘算未来, 反复思索出路而难以休息。随着时间的流逝, 头脑渐渐冷静下来, 人们就会回顾事情发生的来龙去脉, 找出遭受挫折的内外原因, 检点自己的前后言行, 总结人生的经验教训。特别是在面临着生死考验的重大关头, 人们必然会不遗余力地反省过去、思考现在和展望未来。在面对死亡的时候, 在自己的想象中出现了死亡以后的、自我缺失的世界, 才有直接面对一个"我给世界留下了什么"的人生大问题, 获得一个思考自己一生价值的特有位置和角度, 从而获得一个省悟人生价值何在的难得契机。

关于这一点, 存在主义哲学家海德格尔进行了前所未有的深刻论述。他把这称作"对本真的向死存在的生存论筹划"。他说：

> 向死存在, 就是先行到**这样一种**存在者的能在中去: 这种存在者的存在方式就是先行本身。在先行着把这种能在揭露出来之际, 此在就为它本身而向着它的最极端的可能性开展

着自身。把自身筹划到最本己的能在上去,这却是说:能够在如此揭露出来的存在者的存在中领会自己本身:生存。先行表明自身就是对**最本己**的最极端的能在进行领会的可能性,换言之,就是**本真的生存**的可能性。本真生存的存在论建构须待把先行到死中去之具体结构找出来了才弄得明白。……

死是此在的最本己的可能性。向这种可能性存在,就为此在开展出它的最本己的能在,而在这种能在中,一切都为的是此在的存在。在这种能在中,此在就可以看清楚,此在在它自己的这一别具一格的可能性中保持其为脱离了常人的,也就是说,能够先行着总是已经脱离常人的。领会这种'能够',却才揭露出,[此在]实际上已丧失在常人自己的日常生活中了。

……先行到无所关联的可能性中去,这一先行把先行着的存在者逼入一种可能性中,这种可能性即是:由它自己出发,主动把它的最本己的存在承担起来。①

本真的向死存在可以概括为:先行到死,看清楚了丧失在常人之中的日常存在,不再沉陷于操劳和操持,而是立足于自己的生存筹划出种种生存的可能性,面对由"畏"敞开的威胁而确知它自己,因负重而激起热情,解脱了常人的幻想而更加实际,在向死存在中获得自由。这时候,一种"大音希声"的"良知",作为"最本己的本身能在",会在耳边呼唤自身。"一声呼唤,不期而来,甚至违乎意愿。另一方面,呼声无疑并不来自某个共我一道在世的他人。呼声**出于我而又逾越我**。"这是"**此在在良知中呼唤自己本身**"。② 在良知的呼唤下,下了决心的此在解放

---

① 海德格尔:《存在与时间》(修订译本),陈嘉映等译,生活·读书·新知三联书店 2000 年版,第 301—302 页。

② 同上书,第 315 页。

自己,自由地面对其世界。只有以先行到死的方式把握自己的实际存在,决心才是本真的决心。一切本真的实际筹划都只有通过向死先行的决心才能得到理解。正是"决心",组建着本真生存的源始独立性与整体性,体现着一个人对于自身价值的承担。海德格尔所说的向死而生的领悟,虽然其中不乏有一些神秘难解的成分,但是总体上说,他对于人在面临生死问题而达到关于自我人生价值的省悟的说明,是深刻而合理的。

在关于自己的人生价值的反省之中,如何处理个人和社会(包括集体、社会以及整个人类)的关系必然是反省的中心问题。如前所述,在人类社会中,所谓个人的人生意义是指个体对于社会所客观具有的价值,这种价值显示在社会发展过程之中;个人的自我价值是指个人对于这种客观价值的自觉意识和自我评价。当一个人在生死关头意识到自己的生存对于社会的客观价值的时候,一种崇高的道德感召唤他选择牺牲个人利益而换取社会的整体利益,这就叫"良心"或"良知"。在良知指导下决心选择自愿承担社会责任,就是人类历史上具有伟大抱负的人物的共同特征。

伟大抱负受到挫折之后所进行的反省,包括良知和决心,自然都是主体所进行的整体性反省,是全部身心都沉浸在内的领悟。如果细分起来,它包括了知、情、意等方面:

从认知方面说,这种反思式领悟是一种理性认识的提升,是对于人生的生存意义的深化和升华,但是这种认识的提升和深化主要是通过"悟"而直接达到的,当然也可能包括运用一些逻辑推理的成分。通过这种提升,人会变得愈来愈清醒,看问题会愈来愈深刻,心里变得更加明白有数,行动也会趋向沉着果断,于是就进一步夯实了下步行动的认识基础。

从情意方面来说,这种反省既是意志的砥砺和磨炼,也是情感的郁积和凝结。经过砥砺和磨炼,意志力会愈益坚定;经过郁积和凝结,情感会更加深沉。因而在情意方面,引导行动的方向愈加趋向明确,推动行动的动力愈益强大而富有韧性,克服困难、战胜挫折的毅力和持久性也得以大大提高。

这样,经过反省和领悟,主体在知、情、意等方面都已经经受了锻炼和提高,整个灵魂更加趋向成熟和老练,对于未来的行动意义的理解日益加深,决心日益增强,方向愈来愈明,呈现出坚韧不拔的意志力。这就是说,主体已经可以对相关的刺激信息做出应有的反应,甚至已经有了采取行动的精神准备。但是,这种精神准备仍然是一种朦胧的人生态度,还欠缺对于主客观实际情况的了解,更谈不上采取具体的行动计划,因此所做的准备还只能说是初步的。

正是这种主体处于一种情意方向已经明确,力量有所准备,而行动计划尚属朦胧模糊的精神状态,我们把它称之为"块垒"。这是块垒的通常的初级的形态。它的心理内涵是包含一定理性认识的、具有一定行动指向性的情意郁结状态。它类似于弗洛伊德所说的"情结",平时可能处于潜伏状态而不发作,遇到适当的时机就可能显露出来。块垒在胸中郁积愈久,所含蕴的能量就会愈大,于是有可能呈现为一种蓄势待发而又隐忍未发的战备状态。古人云"胸中块垒,故须酒浇之"。这就是说,人们内心所郁积的能量,需要日后某种随机性的偶然因素作为刺激媒介才有可能爆发出来。

第二节　作家的人文情怀
——块垒的社会内涵

上文所讨论的由抱负受挫而形成的块垒,从原则上说,是人人都有可能出现的情意郁结状态。事实上,块垒最初出现于典籍的时候——《世说新语》所记王忱语"阮籍胸中块垒,故须酒浇之",其本意并非指文学创作,而是说阮籍在生活中有不平之气在心中郁结成为"块垒"。从生活中人人可有的不平之气的郁结,到后来转化为专指导致作家写出传世之作的"块垒",这中间又有不可忽视的重要区别。

这种区别主要体现在两个方面:

一是从作家的块垒中所蕴涵的情意内容来说,必须是令读者大众感兴趣的,可分为令人同情的、普遍关心的、休戚与共的、涉及人类共同利害的以及指向人类终极关怀的等多个层级;而绝对不会是仅仅满足一己低层次需要的个人欲望得失之类。荆轲刺秦王的故事能够为历代作家所瞩目,成为屡写不厌的重大题材,其根本原因在于荆轲无私无畏、舍生忘死的义举捍卫了人生的重要信念。而生活中某一个人的"杀父之仇,夺妻之恨",尽管也会在当事者胸中形成所谓"复仇的情结",却不一定能够写出好的文学作品。如果这种仇恨丝毫不涉及公共利益,不涉及道德原则,那就不该进入文学作品;即使勉强写出来,也不会为大众所认可和称道。人们常说"少女可以歌唱失去的爱情,守财奴不能歌唱失去的钱财",其原因就在这里。

二是作家必须具备借助文学创作渠道疏解胸中块垒、传达艺术构思的能力。舍此,就不可能被称为作家,当然也就不再被称为"作家的块垒"。从中外文学史上流传下来的伟大作品中,我们可以清楚地看到,作家耿耿于怀的"块垒"中普遍蕴涵着深刻的情意内涵,是建立在关怀他人疾苦、关怀人类命运的伟大的人文情怀基础之上的。反过来说,缺乏这种伟大的人文情怀的文学作品,是不可能载入史册成为传世之作的。这种关怀他人疾苦、关怀人类命运的伟大的人文情怀,不是一种简单的情绪和情感状态,而是包括知、情、意等多种心理内涵的高级意识,是高度理性化了的情意融合状态,是建立在人的完整的心理结构之上的整体人格之体现。

从中国古代优秀的文学传统出发,我们可以总结出作家伟大的人文情怀的基本内容,其要点是:

第一,仁民爱物的博爱情怀和志士仁人的人格理想。中国传统思想的主流是儒家学说。孔门儒学的核心是"仁"的观念及其贯彻于实际行动之中的人性要求。就孔子的本意来说,讲"仁"是为了释"礼","克己复礼为仁"(《论语·颜渊12·1》),提倡"仁"是为他的社会政治目标——维护古代氏族体制——服务的。孔子释"礼"归"仁",就是把"礼"的社会政治目标变成对于人的伦理—心理活动的要求,结果"手段高于目的",使"仁"所代表的人性心理原则成为更为根本的东西。在"己所不欲,勿施于人"(《论语·颜渊12·2》)、"仁"者"爱人"(《论语·颜渊12·22》)的阐释中,我们可以体会到,孔子在主张恢复氏族社会的等级秩序的外表之下,努力提倡的是保留原始的人道主义的博爱精神。孔子的"仁",既是对于理性原则的阐释,也是对于人的情感意志的要求,是对于整体人格修养和个体行动的综合要求,并且带有半宗教性的神秘色彩。"仁"学的基本原则就是由"亲"及人,由"爱有差等"而"泛爱众",由亲亲(对氏族内部有血缘关系者)而仁民(全氏族),以至于延伸到对于有生命的、无生命的各种物类,都要采取宽厚仁爱的态度。北宋儒家张载进一步提出"民胞物与",意思是"人民是我的同胞,万物都是我的朋友"①,更是进一步发挥了这种仁民爱物的精神。仁民爱物的要求不仅•是原始的人道主义观念的高扬,同时也是一种可贵的生态伦理学精神,因而具有超越时空的当代性和全人类性的深远意义。

　　仁民爱物是孔门仁学的外在方面的人道主义要求,与此相对,内在方面则突出了个体人格的主动性和独立性。孔子一再强调:"为仁由己,而由人乎哉?"(《论语·颜渊12·1》),"当仁不让于师"(《论语·

---

　　① 张载《西铭》原文:"民吾同胞,物吾与也。……凡天下疲癃残疾,惸独鳏寡,皆吾兄弟之颠连而无告者也。"这里的两句译文引自张岱年《张载——11世纪中国唯物主义哲学家》,湖北人民出版社1955年版,第43页。

卫灵公15·36》)，"夫仁者，己欲立而立人，己欲达而达人。能近取譬，可谓仁之方也已"（《论语·雍也6·30》)，说明"仁"既是高远深邃的义理也是切近可行的原则，既是一种历史责任感也是主体的自觉能动性，既是理想化人格要求也是个体眼前行动的指导方针。孔子把建立在血缘关系基础上的人道主义理想和个体行动的心理原则，统一为对于个体人格的塑造之上，特别强调学习、修养和教育。这种刻苦的自我修养和伟大的历史使命感，最终使个体人格达到"仁"的至高境界："士不可以不弘毅，任重而道远。仁以为己任，不亦重乎？死而后已，不亦远乎？"（《论语·泰伯8·7》)"求仁而得仁，又何怨？"（《论语·述而7·15》)"三军可夺帅也，匹夫不可夺志也"（《论语·子罕9·26》)，"志士仁人，无求生以害仁，有杀身以成仁"（《论语·卫灵公15·9》)等等。孔子已经把培养和树立个体人格的"仁"学原则，提高到类似宗教信仰的高度，要求人们孜孜不倦、临事不惧、不计安危而"知其不可而为之"（《论语·宪问14·38》)，以伟大的自我牺牲的献身精神和拯救人间世界的道德理想来勉励和要求自己。

千百年来，孔子的仁人思想成为铸造国人灵魂的指针。它教育一代又一代知识分子以天下为己任，"先天下之忧而忧，后天下之乐而乐"，"鞠躬尽瘁，死而后已"。前文已说过，无论是屈原，还是司马迁都曾以志士仁人自许。其后诸葛亮、曹操、李白、杜甫、韩愈、苏轼、辛弃疾、岳飞、范仲淹、文天祥等等，无不如此。

第二，同情弱者的"恻隐之心"和为民请命的斗争精神。在中国古代典籍之中，"恻隐之心"来源于孟子。孟子对此说过一段非常著名的话：

> 人皆有不忍人之心。先王有不忍人之心，斯有不忍人之政矣。以不忍人之心，行不忍人之政，治天下可运之掌上。所以谓人皆有不忍人之心者，今人乍见孺子将入于井，皆有怵惕恻隐之心，非所以内交于孺子之父母也，非所以要誉于乡党朋

友也,非恶其声而然也。由是观之,无恻隐之心,非人也;无羞恶之心,非人也;无辞让之心,非人也;无是非之心,非人也。恻隐之心,仁之端也;羞恶之心,义之端也;辞让之心,礼之端也;是非之心,智之端也。人之有是四端也,犹其有四体也。……苟能充之,足以保四海;苟不充之,不足以事父母。(《孟子·公孙丑上6》)

这是孟子的有名的人性四端说。孟子继承并发挥孔子的学说,其特点是更具有激进的人道民主思想,提倡仁政王道必须与民众的利害相联系,"民为贵,社稷次之,君为轻"(《孟子·尽心下14》)。在发挥孔子仁学思想时,孟子有意识地突出了人格心理因素,把"不忍人之心"作为整个仁政王道体系的基础,甚至根据梁惠王看见牛将被宰而"不忍其觳觫"而断言他能够实行仁政。孟子认为,只要有恻隐同情之心,就可以推而广之,"老吾老,以及人之老;幼吾幼,以及人之幼。天下可运于掌。"(《孟子·梁惠王上7》)孟子的四端说,赋予"恻隐之心"等以先验性质,也就是他的人之区别于物的性善论。这是一种伦理绝对主义,如同康德先验的道德律令一样,是建立在先验唯心主义基础之上的,但在实际生活中却具有极大的感召力,成为建构中华民族传统人格的重要指针。

在人性善的基础上,孟子又十分强调后天的修养,主张"集义"凝志,"善养浩然之气",自觉地承担自己所意识到的、社会所赋予的历史重任。"故天将降大任于斯人也,必先苦其心志,劳其筋骨,饿其体肤,空乏其身,行拂乱其所为,所以动心忍性,增益其所不能。"(《孟子·告子下15》)孟子认为,一个人只要有了承担大任的志向,就会把眼前遇到的各种困难统统看成是锻炼提高自己的机会了。一个人经过自觉自愿的锻炼,沿着"善、信、美、大、圣、神"的人格层级逐步提升,努力达到道德人格的崇高境界,就可以"居天下之广居,立天下之正位,行天下之大道,得志与民由之,不得志独行其道。富贵不能淫,贫贱不能移,威武不能屈,此之谓大丈夫"。(《孟子·滕文公下2》)孟子关于人性修养的言论,在中华民族的历史上早已成为人们立身行事的不朽格言。孟子所代表的由"内圣"而"外王"的思孟学派,成为后世儒家学说的主流学派。

由于时代条件的变化,孟子的思想更为急进,其人道主义和民主思想的色彩更为鲜明,因而也更具有斗争精神。虽说孟子的仁政王道的治世理想是空想的、倒退的,但是他的崇高的社会道德境界和人格精神却一直是教育和鼓舞后人的巨大精神力量。中国历史上许多坚守气节、矢志不移的仁人,富贵不淫、威武不屈的志士,敢于揭露黑暗、惩治腐恶的改革家,以及关注民瘼而大声疾呼、写下"朱门酒肉臭,路有冻死骨"等名句的诗人,都是在这种精神感召下锻炼成长的。他们集义凝志、至大至刚,反抗邪恶、疾恶如仇,藐视权贵、直言敢谏,舍生取义、视死如归的原则立场和斗争业绩,是我们民族魂魄的支柱,一直教育和激励着后来者。恰如鲁迅先生所说,要论中国人,必须到地底下去看中国人的"筋骨和脊梁":"我们从古以来,就有埋头苦干的人,有拼命硬干的人,有为民请命的人,有舍身求法的人,……这就是中国的脊梁。"①毫无疑问,孔孟所代表的仁人思想和气节精神,为熔铸"中国的脊梁"奠定了基调。

第三,对于人生命运和终极价值的关怀。伟大的思想家、文学家、艺术家不仅关注现实社会的人生状况,关心人民群众的痛苦,而且关注整个人类社会的终极性问题,关注整个人类以外所有生命的安危,将对于世界的关注的基点提高到整个人类的"类意识"高度,追求一种人生和世界的终极价值的关怀。

什么是终极关怀? 终极,就其词义来讲,是指穷尽、最后、极限的意

———————

① 鲁迅:《且介亭杂文·中国人失掉自信力了吗》,《鲁迅全集》第6卷,人民文学出版社1981年版,第118页。

思。终极应该包括如下内涵：就一个人来说，首先终极的直接含义是指生命的最后时刻——转向死亡的时刻；其次，终极的根本的、深刻的含义是指对于这个人的人生最为重要的价值或者目的。就抽象的一般事物来说，终极首先是指该事物的起点（始基）和终点（归宿）；其次是指这一事物的最后的、深刻的、唯一的"本质"。关怀，意思是关心、关注、重视等含义。现在大家经常说到的"终极关怀"，作为一个内涵深远的哲学范畴，其含义是指人生在世的最高意义（对于社会、人类而言）和人生的最为重要的价值（一方面对于社会、人类而言；另一方面对于个体本身而言）。这种意义和价值不是指一个现实生活中的固定的单一的对象物，而是指超越现实生活的、令人心向往之的文化性内涵，即人们的信仰对象。对于人生信仰对象的终极关怀，表现为把信仰对象当作终生追求的终极性目标，当作自己整个人生的寄托对象，从而使自己的人生历程成为永不停息地追求这一人生目标的奋斗过程。如此，终极关怀实际上呈现为始终处于追求人生信仰过程之中的体验状态——一种矢志不渝的人生境界。

人类的终极关怀主要有两种实现形式：一种是指向彼岸世界的宗教，一种是指向此岸现实世界的哲学（特别是哲学的重要分支美学）和艺术。

马克思曾经指出："这个国家、这个社会产生了宗教，一种**颠倒的世界意识**，因为它们就是**颠倒的世界**。宗教是这个世界的总理论，是它的包罗万象的纲要，它的具有通俗形式的逻辑，它的唯灵论的荣誉问题[point d'honneur]，它的狂热，它的道德约束，它的庄严补充，它借以求得慰藉和辩护的总根据。宗教是人的本质**在幻想中的实现**，因为**人的本质**不具有真正的现实性。"①宗教作为"这个世界的总理论"的幻想形式，所

---

① 《〈黑格尔法哲学批判〉导言》，《马克思恩格斯选集》第1卷，人民出版社1995年版，第1—2页。

关怀的正是人类精神生活的基本的、终极的、无限的方面，是生存或者毁灭的大问题，是人的终极关怀问题。过去我们比较注重宗教的幻想的、消极的方面，因此偏重于进行批判，其实，我们还应该注意到宗教作为终极关怀对于人生具有的积极意义。宗教借助于人们的想象而超越现实，从有限趋向无限，在信仰中把握未知世界和彼岸世界，从而在幻想世界中实现人生与终极世界和谐一致的愿望，满足人们追求无限、永生的精神需要。人们通过一定的宗教生活，通过将自己心目中的神圣的对象视为人生真谛，摆脱现实生活有限存在的人生困扰，产生一种神圣感、宽慰感、安全感和平静感，进入一种超越现实的宗教境界，在情感和意志上获得圆融满足的精神享受。宗教对于信仰它的受众来说，是解脱现实痛苦、抚平心灵创伤、获得精神安慰的不可或缺的心理途径，因而在宗教徒占人数很大比例的现代，宗教有利于社会的稳定和团结。由于宗教通过设定神灵、相信神灵而实现终极关怀，因此它是建立在非理性基础上的虚幻的终极关怀。所谓西方乐土、天堂以及地狱等的设定，都是不同宗教为了实现各自的终极关怀而设想的虚幻的彼岸世界。

哲学和美学，同样是把整个人生作为整体思考和表现的对象，可以通过理性的方式超越现实人生进入理想的世界，通过有限进入无限，通过掌握必然、创造价值而实现人生的自由境界。文学艺术则是直接以具体形象的方式展现人生理想，通过现实中短暂的瞬间进入永恒，进入人生的最佳状态。哲学、美学和文学艺术中所展示的，正是人生的本质结构：一方面是人的现实性、有限性；另一方面是人的理想性、无限性，由前者到达后者，亦即指向人生的终极关怀。"人是这样一种存在物，他生存于'天'、'地'之间，向'下'看，是人所源出的'大地'即自然世界；向'上'看，是人类所向往的'天'即理想世界。人类世界则存在于这'天'、'地'之间，'立地顶天'而'与天地参'。"①立地，需要理性精

---

① 陈晏清等：《现代唯物主义导引》，南开大学出版社 1996 年版，第 16 页。

神；顶天，既需要理性精神，也需要崇拜、敬畏、信仰。立地而顶天，顶天而立地，两端通达终极，贯穿其中的正是对于人生的终极关怀。依照马克思主义哲学看来，人生的最高意义并不是在超世脱俗的彼岸，而是在现实的此岸的世俗世界。"马克思主义哲学中的'终极'不是给定的终点，而是体现在非终极的无限发展过程中。终极意义上的存在，既不是已经给定了的存在，也不是永远处在彼岸世界的、实现不了的抽象的存在，而是由人们经过实践不断实现、又不断否定的理想中的存在。因此，终极关怀通过信仰固然表现为对现实的超越，但这种超越并非完全脱离现实，而是立足于现实又摆脱现实的束缚。"①这也就是说，实现这种终极关怀的马克思主义信仰，本身是源于人类现实生活的、建立在人类理性基础之上的信仰；作为这一信仰目标的共产主义社会，不应该解释为一个固定不变的终极目标，而应该被理解为一个不断趋向理想目标的发展过程；共产主义作为终极目标所具有的意义，就体现于现实生活中一次又一次地趋向理想的超越之中——每一次具体超越的行动，都包含着一定的终极关怀的意义。

就中国的文化传统而言，指向彼岸世界的宗教超越形式的影响力相对较小，而实现终极关怀的主要途径是在现实人生领域和文学艺术等审美领域。具体说来，主要有以下几种类型：

儒家通过道德追求而达到对于人生和社会理想信仰之终极意义的关怀，从而获得人生高峰体验，实际上是达到审美超越。《论语·雍也6·7》中说："子曰：'回也，其心三月不违仁，其余则日月至焉而已矣。'"（李泽厚的译文是：孔子说，"颜回呀，内心可以长久不违反仁德，其他的不过一两天、一两月做到一下罢了。"②）孔子还说："知之者不如好之者，好之者不如乐之者。"（《论语·雍也6·20》）"一箪食，一瓢

---

① 荆学民：《社会转型与信仰重建》，山西教育出版社1999年版，第86页。
② 李泽厚：《论语今读》，安徽文艺出版社1998年版，第149页。

饮,在陋巷,人不堪其忧,回也不改其乐。"(《论语·雍也 6·11》)在孔子眼里,颜回对于"仁"的体认已经达到很高的、最高的境界——达到不仅超越了"知之"层次,而且超越了"好之"层次,已经达到"乐之"的层次。颜回对于"仁"的追求,已经深入到骨髓中,融化在血液里,虽然物质生活过得十分清苦,但是在实际行动中却时时可以体认到"求仁得仁"的乐趣,并且是一种带有神秘性的人生最高快乐。"有颜回者好学,不迁怒,不贰过。不幸短命死矣。今也则亡,未闻好学者也。"(《论语·雍也 6·3》)在孔子看来,颜回之所以能够达到如此高的修养境界,是与他长期好学深思分不开的,是非常难能可贵的。这就是宋明理学家吸收禅宗思想而宣称的"孔颜乐处",也就是马斯洛所谓的高峰体验,禅宗所谓的瞬间永恒感。我们认为实际上是一种在现实生活中直接感悟到的审美体验。这种人生乐趣,是在日常生活中可以直接通达与人生信仰、终极关怀相连接的神秘性体验,是一种经过道德追求而达到的人生境界。这种人生境界是在此岸世界即可到达的,这与宗教徒们认为经受苦难乃是体现了神的旨意,从而灵魂得以超生,可以得到通向彼岸世界的神秘快乐,其性质是不同的。

道家立足现实而直接实现人生的审美超越。庄子讥笑凡夫俗子的享乐观,提出了自己不同世间常人的享乐观:"今俗之所为与其所乐,吾又未知乐之果乐邪,果不乐邪? 吾观夫俗之所乐,举群趣者,誙誙然如将不得已,而皆曰乐者,吾未知之乐也,亦未知之不乐也。果有乐无有哉? 吾以无为诚乐矣,又俗之所大苦也。故曰:'至乐无乐,至誉无誉。'"①(《至乐》)庄子认为在真正摆脱和超越了"身安、厚味、美服、好色、音声"等方面的享乐之后,才有可能体验到真正的人生至乐;人生最大的快乐是自在无为(而世间常人认为这是最大的苦恼),最大的荣誉是无所谓荣誉。这种超越现实苦乐、直达自在无为

① 参见《庄子今注今译》,陈鼓应注译,中华书局 1983 年版,第 446 页。

的终极意义的人生快乐,被庄子称之为"天乐"。尽管从哲学思想来说,儒家、道家和佛学禅宗在超越现实的途径和归宿方面各有其特色,但是在不指向彼岸而指向此岸这一点上,显示着中国传统思想的共同性。

这种对于人生命运和终极价值的关怀,在中外文学艺术的历史传统上,有一系列相当响亮的名字:人道主义、人民性、类意识等等。无论是中国文学中以儒家为代表的原始的人道主义;无论是西方文艺复兴开始的人文主义或者俄国民主主义思想家提倡的文学的人民性;无论是杜甫关于战争给人民群众带来的无穷灾难的如实描绘;无论是托尔斯泰那种面对现实进行灵魂考问最终指向宗教教义的宣传;不管是建立在唯物主义思想基础之上,还是在唯心主义世界观指导之下,又不管其提出的主张能否实现,……只要是作家对于民生疾苦的关注突破现实利害的局限,超越现实生活层面的思考,提高到整个人类的类意识的高度,就必然趋向对于人生终极价值的关怀。这类常常被冠之以人道主义倾向的文艺作品,其内在思想底蕴正是作家的人文情怀。这里所说的人道主义精神不是专指历史上的某一具体思潮,而是指思想领域里纵贯古今的一种价值取向,代表着作家、艺术家的崇高的理想追求和精神境界。

第三节　寻求通过文学而抒发
——块垒的疏解渠道

块垒产生于日常生活的人生感悟之中,是作家胸中郁积而成的情意状态。如果一个人的人文情怀仅仅蕴涵于他的内心世界,那么,别人是难以真切了解的;如果一个人的人文情怀展现在他的一系列实际行动中,那么,只有他周围的相关人员可能会了解其内心世界;如果一个作家把自己的人生抱负、人文情怀抒写出来,通过艺术的、感染人的文学样式表达出来,那么,随着相关媒介的传播,就可能为千百万读者所理解,他的理想和抱负、挫折和痛苦就会进入一定社会范围的历史,可能成为一定社会乃至全人类的共同的精神财富。

作家形成胸中块垒寻求通过文学而抒发,必欲吐之而后快,还必须解决好渠道疏解的问题。这只有在掌握相关的文学专业知识和技巧的基础上才能实现。这里,首先有一个转换思维方式的问题,需要由通常的实践精神的掌握方式转化成为专业化的艺术的掌握世界的方式;还要有对于文艺表达功夫的重视和相关技艺的熟练掌握。这些都是需要经过长期的学习积累才能达到的。概而言之,一个人要寻求通过文学的渠道疏解块垒,还需要在以下三个方面作好准备,这就是:审美感受体验的日积月累、文学惯例知识的熟练掌握、语言表述能力的不断提高。

第一,审美感受、体验的日积月累。一切文学创作,都是以作家在现实生活中获得的审美感受为其发端的。审美感受是感知、情感、理解、想象等多种心理功能的相互交融的复杂过程。审美感受源于对于感性对象的直接观照,是渗透着理解和情意的感觉,是伴随着情感意象又包含着理性因素的直觉式领悟。人们只有在审美感受的基础上才能产生审美意象,才有可能进行艺术构思,所以说,审美感受是文学创作的基础性环节。但是,审美感受还仅仅是偏于感性直觉的初级意识活动,总是由眼前的具体物象引发的,免不了带有个体性和分散性,因此还需要进一步深化为审美体验。审美体验是一种直接通达一个人的深层情意状态的感受和反应活动,并且伴随着一个人全部身心的感应而与内心活动和外部动作相联系,因此它包含着更为强烈的情感色彩和更为深刻的理性内容。审美体验能够跟过去意识中郁结、累积的理性的和非理性的情意联系起来,因而能够突破眼前对象的局限而进入超越的、自由创造的新天地。正是为了突出强调审美体验的重要性,列夫·托尔斯泰才干脆说:"一个人为了要把自己体验过的感情传达给别人,于是在自己心里重新唤起这种感情,并用某种外在的标志把它表达出来——这就是艺术的起源。"①

我国古代文论中常用"触兴"来标示心灵被触动和灵感的萌发,用"感兴"、"兴会"等词语标示从审美感受向审美体验("至感")的深化。在审美体验的状态下,"物色万象,爽然有如感会"②,即各种意象联翩奔涌而来,倏忽转换,难以遏止,像是受到无意识、超理性、超人格的神秘力量所驱使,自然而然地建构和组织成富有新意的"兴象"——唐代殷璠提出的"兴象"就是指按照"兴"的方式构织的意象。以"兴"为核心的这一组术语,实际上是体现艺术构思、艺术创作规律的艺术心理学概念。另外,古人体会到创作不能仅仅根据一两次感兴,而往往依赖于多次感兴的作用,所以又提出"伫兴"和"养兴":伫兴是把平时的感兴积累和储备起来,养兴则是指提高自身修养以培育感兴状态的出现,实际上都是加深和积累自己的审美体验的功夫。伫兴和养兴,其过程可长可短,短可立等,长则一生。这对于作家来说,是跟块垒的郁积相伴而行的另一种基本功夫,同样是不可缺少的。

第二,文学惯例知识的熟练掌握。

第三,语言表述能力的不断提高。这两个方面同样是作家必须具备的基本条件。对于文学作品的布局谋篇、遣词造句方面的熟练掌握,包括艺术构思阶段关于人物、故事、环境、氛围、意境、心态等成分的组合,视角的选择,时空的处理,如何完成未来作品的总体建构以及细部描画的全面设计,还包括各种修辞手法的运用,韵脚和节奏的处理等等语言技术层面的问题。这些方面都是必须经过长期的下苦功夫的锻

---

① 《什么是艺术?》,《西方文论选》(下卷),上海译文出版社 1979 年版,第432 页。

② 遍照金刚:《文镜秘府论·南卷·论文意》。

炼，才能达到得心应手地自由运用的境地。

所谓惯例是习惯上存在的常规做法，即未经言明却又约定俗成的潜在规范。惯例存在于有成规可循的习惯做法之中。对于文学惯例特征的自觉掌握，是使新作品能够保持文学的家族相似的根本要求。因此，作家要想做到得心应手地传达自己心中的构思，一方面就必须在总体上十分熟悉已有的文学惯例，以便使自己创作的作品更符合文学文本在结构安排上、体例格式上的基本规范，以取得社会上对于自己文本的承认；另一方面，作家又必须从如何最大限度地、最为成功地疏解自己的胸中块垒，表达自己的艺术构思的要求出发，以此为尺度对于已有的文学惯例进行裁度和剔抉，做出判断和取舍，必要时大胆突破惯例，开拓出新的文学表现领域和表现规则。这样，就使文学文本在规范性上既保持着文学家族的形似性，又随着新情况的出现而不断发展和创新。作家在创作过程中，始终面对着一对矛盾——遵循惯例还是突破文学惯例——的矛盾。我们认为，作家应该以能否抒发自己的人生感悟、能否疏解自己的胸中块垒作为考虑问题的依据和轴心。正是因为作家在创作实践中不断地突破文学惯例，文学事业才会不断推陈出新而欣欣向荣。

对于作家个人来说，处理好遵循和突破惯例的矛盾，也会在疏解自己的心中块垒的过程中愈来愈自觉地形成自己独特的创作风格，在文学史上取得自己独特的地位。对于接受者来说，人们也会在文学活动方式（作为人类独有的特定生存方式）中越来越深广地感受、体味到人生的价值和意义。

由人生感悟凝结而成的块垒，作为一种基础性因素还将在文学创作和文学接受活动的各个环节中衍化出一些衍生形态。对此，我们将在下面块垒衍化论部分中进一步加以讨论。

第四编 块垒衍化论

——块垒在文学活动过程中的演变

块垒发源于作家自身的人生感悟,奠基于作家为一定社会乃至全人类的利益而献身的自觉担当、包容寰宇的宽广胸襟和为了实现理想的人生目标而矢志不移的奋斗精神,生成于抱负受挫的人生经历之中,触发于机缘凑巧的灵感状态,此后,它还将衍化于全部文学活动过程之中。在人类历史上,真正的伟大作家都是在生活旅途上累积而形成"块垒"的前提下写出不朽的传世之作的。

块垒在作家心中既经形成之后,遇到合适的条件而被激活,于是会出现一种似乎难以解释的灵感状态。由块垒引发灵感,进而由灵感产生出富有生命力的核心审美意象,可能是一段情感体验,一个生活细节,甚至是一个人物的眼神,或者一朵路边野花的迎风摆动等等。它虽然细小却具有很强的生命力,不同于过目即忘的一般意象而是一种心中不能忘怀的情感牵连,是一个可以导致浮想联翩的中心意象。由核心审美意象"生发"为意象体系,生发(即虚构)出一连串的人物、人物纠葛、故事、命运,直至形成一个完整的艺术世界。在虚拟的艺术世界构思完成之后,又要考虑如何叙述故事、如何变换时空、穿插场景,采取怎样的视角,选取怎样的文体和语言格调,如何遣词造句、锤炼语言,如何押韵、修辞等等。此后还要反复修改定稿,使自己所构思的艺术世界借助文学语言凝定下来。在整个文学创作过程中,块垒不仅是引动灵感的背景、推动创作的动力,而且是构织意象世界的贯穿线。块垒隐匿于文学作品的语言、结构、景象等层面的背后,成为文学作品的深层意蕴——文学作品的主题,以后又在文学接受过程中叩击着接受者的心扉,从而在接受者的情感激荡中展示其新的生命力。虽说块垒经过创作—传播—接受等环节不断衍化之后总会发生一定的变化,但是其中的人生感悟的基本内涵仍然具有稳定而持久的艺术魅力。

块垒作为一种本体存在的情意状态,包含着理性和非理性的丰厚内涵,值得我们深深发掘;块垒作为文学创作的起点和文学理论的应予重视的首要问题,值得我们另眼看待。

第十二章　块垒与灵感

　　块垒只能生成于胸怀大志者的心胸之中。这些仁人志士立下了为社会、为人类干一番事业的抱负,在人生旅途中却难免屡遭挫折,不得不反复咀嚼、感悟人生的滋味,不断提升自己的人生境界,拓展自己的人文情怀,以坚守自己的伟大志向,终于把一腔热血、满腹牢骚凝结为"块垒",转化为必欲吐之而后快的强烈愿望;与此同时,留心积累文学创作的有关知识、磨炼自己的文学表现力,于是,就具备了写出优秀文学作品的前提条件。这个前提条件恰恰是作家从生活积累到创作伟大作品之间的重要中介,就是说,一切成功的伟大的文学作品都是经过这个中介而创作出来的;反之,如果缺少"块垒"这个中介,缺少对于人生感悟的积累和沉淀,也就很难写出深刻反映时代人生的伟大作品,即使勉强能够写出来,也难以经受住历史浪潮的淘洗冲刷。

　　以往的文学理论著作从来没有把"块垒"作为文学创作的前提,没有把作家树立远大的人生志向、抱负、境界视为筛选和凝结人生感悟的过滤器。这样无形中就造成了一种倾向:既然灵魂深处的情意志向不被看重,那么如何组接和剪辑材料的"手艺活儿"行情相对来说就会看涨,于是文学创作的成败似乎仅仅取决于作家如何"获取"、"编织""材料"的技艺功夫——这种认识上的偏差必然会给文学事业带来危害。

　　人们常说:机遇只是垂青于有准备的头脑。对于有准备的头脑来说,飘忽而过的偶然信息也能转化成触发灵感的媒介物;与此相反,对于缺乏准备的头脑来说,十分有价值的信息也难以引起反响,再好的机会也会擦肩而过。块垒的生成正是创作伟大作品的必要准备,它使作家的头脑内部发生了变化。"唯物辩证法认为外因是变化的条件,内因是变化的根据,外因通过内因而起作用。鸡蛋因得适当的温度而变化为鸡子,但温度不能使石头变为鸡子,因为二者的根据是不同的。"①对于作家的头脑来说,胸中块垒的生成犹如使"石头"变成了可以孵出小鸡的"鸡蛋";与此相反,如果没有形成块垒,他的头脑仍然犹如一块"石头",当然也就难以"孵出小鸡"。这就是说,当一个人形成胸中块垒的时候,就像是在他身上安装了感应器、定向接收器和动力装置,使他具备了迅速及时做出反应的内在根据,于是,他对于外界的某些适合的信息就能够快速敏捷、深刻有力地做出反应,形成黑格尔所谓的艺术"敏感"。生活中随机出现的、携带着适当信息的刺激物充当了引发灵感爆发的点火器。它好比是那浇在块垒上的"酒",引发了主体的一种特别痛快淋漓地发泄情感的机遇。块垒和灵感的关系,犹如内因和外因的关系。块垒形成在先,成为诱发灵感的基础;灵感引发于后,成为块垒喷发的突破口,两者都是不可缺少的。有了块垒在先的头脑,遇到合适的外界刺激时,就会如同刘禹锡所说:"晴空一鹤排云上,便引诗情到碧霄"。②

第一节　块垒作为灵感的前提条件

如果我们深入全面地考察块垒与灵感的关系,就会发现两者之间并非上述块垒郁结、灵感发泄的简单关系,而是更为复杂的关系。在块

---

① 毛泽东:《矛盾论》,《毛泽东选集》第 1 卷,人民出版社 1968 年版,第 277—278 页。

② 刘禹锡:《秋词二首》(其一):"自古逢秋悲寂寥,我言秋日胜春朝。晴空一鹤排云上,便引诗情到碧霄。"引自《唐诗鉴赏辞典》,上海辞书出版社 1983 年版,第 836 页。

垒产生以及郁结积累的过程中,就可能包含着灵感的降生的成分;同时,灵感的降生和发泄也可能进一步引发块垒的郁结,特别是在长篇小说的创作过程中,块垒和灵感的互相转化可能是经历过多次反复的。

我们可以分两层加以讨论:

第一,在新的刺激与过去的块垒相互触动时会产生创作冲动,这本身就是一种灵感状态。

块垒得自于人们的人生感悟,其心理活动形式是直觉式领悟,它本身就有可能是灵感爆发状态。直觉式领悟包括两种基本类型:一种是表现于认识过程中的倏然飞跃状态——在感受中直接诉诸理智,即康德所谓"知性直观";另一种则是突破单纯认识而获得全身心的领悟,不仅诉诸理智而且诉诸情意,如前文所说的人们在日常生活中都有可能产生的人生感悟,可以达到理性自明、德性自证、审美自得的高度,获得一定程度的审美体验,或者如马斯洛所说的高峰体验。这种审美体验的心理活动形式是借助直觉式顿悟同时获得知性判断和情感愉悦,这本身就可能是一种灵感降临式的愉快。

许多世界著名科学家都曾经谈到凭借直觉式领悟获得预感而导致伟大的科学发现。居里夫人在镭的原子量测定出来之前四年就"预感"到了它的性状,并且提议命名为"镭",正是"以直觉的预感击中了正确的目标"[1]。丁肇中说:"1972 年,我感到很可能存在许多有光的特性而又有比较重的质量的粒子。然而,理论上并没有预言这些粒子的存在。我直观上感到没有理由认为重光子也一定要比质子轻。为了研究更重的光子,我们在布鲁海文国家实验室的高能加速器上设计了一个实验",于是发现了震动物理界的 J 粒子[2]。波尔总结说:"实验物

---

① 劳厄:《物理学史》,商务印书馆 1978 年版,第 63 页。引自陶伯华、朱亚燕:《灵感学引论》,辽宁人民出版社 1987 年版,第 139 页。

② 丁肇中:《在探索中》,《中国青年》1981 年第 6 期。引自陶伯华、朱亚燕:《灵感学引论》,辽宁人民出版社 1987 年版,第 139—140 页。

理的全部伟大发现都是来源于一些人的直觉。"爱因斯坦说:"我相信直觉和灵感","真正可贵的因素是直觉"。彭加勒在《科学与方法》一书中说:"逻辑是证明的工具,直觉是发现的工具","没有直觉,数学家便会象这样一个作家:他只是按语法写诗,但是却毫无思想。"①

不仅在科学发现中存在直觉式领悟,而且在文学艺术创作领域则更为常见。文学艺术创作的真正起点是作家在生活中对于美的发现,实际上是新遇到的刺激物与他过去郁积的块垒相互触动的时候,随之产生一种将它诉诸笔端的"创作冲动"。其特征在于:他会怦然心动,情感激荡,甚至心房为之久久颤动,难以平复;虽然他所得到的可能只是一种模模糊糊的意向,或者一种难以忘怀的细节,但是一直放心不下,难割难舍,成为推动他一定非要写出来不可的一种"情结"。创作冲动的出现往往是不期而遇的,仿佛是得到神助似的一种高峰体验状态,实际上是一种灵感状态。

黑格尔特地用"Sinn"来表述这种美的发现所引起的冲动状态,朱光潜先生将它译为"敏感":

> 对象一般呈现于**敏感**,在自然界我们要借一种对自然形象的**充满敏感的**观照,来维持真正的审美态度。"敏感"这个词是很奇妙的,它用作两种相反的意义。第一,它指直接感受的器官;第二,它也指意义、思想、事务的普遍性。所以"敏感"一方面涉及存在的直接的外在的方面,另一方面也涉及存在的内在本质。充满敏感的观照并不很把这两方面**分别**开来,而是把对立的方面包括在一个方面里,在感性直接观照里同时了解到本质和概念。但是因为这种观照统摄这两方面的性质于尚未分裂的统一体,所以它还不能使概念作为概念而

---

① 以上三段引语均引自陶伯华、朱亚燕:《灵感学引论》,辽宁人民出版社1987年版,第140页。

呈现于意识,只能产生一种概念的朦胧预感。①

译者朱光潜加以解释说:"德文'Sinn',英译本和法译本都作'感觉'(Sense),俄译本作'对外形的感觉'。依一般心理学的划分,感觉只限于对直接外形的认识,抽象思考才能获得对事物本质的认识。黑格尔认为美是感性与理性的统一,所以用来认识美的心理功能,不是知解力而是他所说的'敏感'(Sinn),是介乎感觉与思考之间的一种心理功能。"虽说黑格尔的论述和朱先生的解释都带有局限于认识论看问题的痕迹,但是,他们对于"敏感"的特征的把握是相当准确到位的。"敏感"是一种身心震撼的整体性领悟——灵感状态,其成果是感受中包含着深刻理性的"朦胧预感",所以才会导致文学作品中那种"可以意会而不可言传"、"言有尽而意无穷"的艺术效果。

许多作家都曾经谈到过自己的这种经验:

巴尔扎克在《驴皮记》(序言)中说:"在真正的思想家、诗人、作家身上,出现一种不可理解的、非常的、连科学家也难以说明的精神力量,这是一种透视力,能够帮助文艺家在任何可能情况下测知真相,说得确切点,这是一种难以明言的,把文艺家送到理想去的力。"②

罗曼·罗兰站在姜尼克仑山上,望着夕阳西下,深红色的罗马在脚下燃烧,亚尔彭群山的笑意在消逝,索拉克特山上的拱门在飘浮,突然看见了孕育中的约翰·克利斯朵夫的形象,发现了他那部小说的主题和基调。③

哥伦比亚作家马尔克斯谈到,他的每一部小说都是开始于一个"目睹的形象":"我总是先得有一个形象。《礼拜二午睡时刻》我认为

① 黑格尔:《美学》第 1 卷,朱光潜译,商务印书馆 1984 年版,第 166—167页。

② 引自杨春时等《文学概论》,人民文学出版社 2002 年版,第 232 页。

③ 《罗曼·罗兰文钞:内心的历程》,第 195 页。引自陶伯华、朱亚燕:《灵感学引论》,辽宁人民出版社 1987 年版,第 139 页。

是我最好的小说，它是我在一个荒凉的镇子上看到一个身穿丧服、手打黑伞的女人领着一个也穿着丧服的小姑娘在火辣辣的骄阳下奔走之后写成的。《枯枝败叶》是一个老头儿带着孙子去参加葬礼。《没有人给他写信的上校》的成书原因是基于一个人在巴兰基利亚闹市码头等候渡船的形象。……不是直接从现实中取材，而是从中受到启迪，获得灵感。我记得，我们住在阿拉卡塔卡的时候，我年纪还小，有一次我外祖父带我去马戏团看过单峰驼。又有一天，我对我外祖父说，我还没有见过冰块呢，他就带我去香蕉公司的仓库，让人打开一箱冻冰鲷鱼，把我的手按在冰块里。《百年孤独》就是根据这一形象开的头。"①

我国作家李准在回顾《李双双》的创作经过时，曾经追述自己在一个叫做龙头村的山村里开始接触农村新人物的原型时一些零碎的令人难忘的场景：

> 老队长把我安排住在妇女队长家里。这位妇女队长去县里开会去了。家里只有她公公，我就住在这三间陈设干净的瓦房里。就在这个房屋里，我发现墙上和糊着白纸的窗子上，贴满了很多纸条。这些纸条上写着我从来没有见过的话：
>
> "我真想学习呀，就是没有时间。"
>
> "水库的库字，就是裤子的裤字，去掉一边的衣字。"
>
> "决心学文化，天大困难也不怕！"
>
> "谁聪明，谁憨？见人多了，工作多了就聪明！锁在家里不见人就憨！"
>
> "如今兴握手，真好。用右手握。"
>
> ……

---

① ［哥伦比亚］加·加西亚·马尔克斯：《番石榴飘香》，《冰山理论：对话与潜对话》（下册），工人出版社1987年版，第701—702页。

写着这样话的纸条还很多,这是这位妇女队长学文化练字写的。我看着这些象火焰一般的语言,这些对新生活充满希望、理想和挑战的语言,我的感情激动的很厉害。因为这是一个普通农村妇女写的,一个过去的文盲、旧社会的童养媳写的。这是她对生活发表的朴素的感想。这些语言在我面前打开了一个崭新的精神世界。

乍一看起来,这些小纸条上写的话很普通,也正因为普通,所以真实。可是它又是那么不普通:一个农村妇女对人的"聪明""愚笨"形成的根源所发表的议论,是以她自己的斗争和切身感受为依据的。它反映出这个特定环境中这类新型人物的精神和理想。另外,对文化的渴求,对集体工作的热爱,甚至连她刚学会的"握手"这个小事情,都包含着新人物的理想。

……

这是我孕育李双双这个人物的开始。①

我国茅盾文学奖获奖者周克芹曾经动情地谈到自己的人生感悟的故事:有一天,他见到一个陌生的妇女带着一个小女孩在田间小路上挖野菜。她们赤着双脚,衣衫褴褛。突然间,那位妇女看见山坡上一丛鲜红的刺梨儿花,她马上放下手中的篮子,爬上山坡摘了一朵下来,插在小女孩的头上,她们俩那黑黝瘦削的脸上,同时绽出了欣慰的笑容。这一场面,使作家感慨万分,"想到很多很多的事情"。他说:"我平时的感受、思考、悲欢、爱憎,一切一切,都涌上心来。那一天,我的笔记本上记下了这件事,并写道:人民是不会绝望的。在人生的道路上,人人都可能遇到可怕的灾难、打击、艰难和不幸,而重要的是热爱生活,直面人

———————————

① 李準:《我喜爱农村新人》,《中国现代作家谈创作经验》(下册),山东人民出版社1980年版,第877—878页。

第四编 块垒衍化论

生……"①从这个令人动情的场面中,作家周克芹头脑里突然出现了巴尔扎克所说的"透视力",一下子领悟到我们的人民在逆境中不屈不挠、奋发向上的民族精神。这时灵感的降临,令他激动不已,感慨万分,终于酝酿创作出了长篇小说《许茂和他的女儿们》。

第二,在创作冲动产生之后,块垒继续积累和强化,呈现为随时都可能爆发灵感的蓄势待发状态。

如果能够摒弃黑格尔的绝对精神的框架来看他在《美学》中对于艺术家的想象、天才和灵感的分析,我们感到,其中还有很多值得吸收的有益成分。黑格尔在论述想象的时候,十分强调情感——"深厚的心胸和贯注生气的情感"。他说:

> 艺术家所选择的某对象的这种**理性**必须不仅是艺术家自己所意识到的和受到感动的,他对其中本质的真实的东西还必须按照其全部广度与深度加以彻底体会。因为没有深思熟虑,人就不能把在他身心以内的东西搬到意识领域来……艺术家一方面要求助于常醒的理解力,另一方面也要求助于深厚的心胸和贯注生气的情感……

> 通过渗透到作品全体而且灌注生气于作品全体的情感,艺术家才能使他的材料及其形状的构成体现他的自我,体现他作为**主体**的内在的特性。因为有了可以观照的图形,每个内容(意蕴)就能得到外化或外射,成为外在事物;只有情感才能使这种图形与内在自我处于主体的统一。就这方面来说,艺术家不仅要在世界里看得很多,熟悉外在的和内在的现象,而且还要把众多的重大的东西摆在胸中玩味,深刻地被它们掌握和感动;他必须发出过很多的行动,得到过很多的经

---

① 周克芹:《〈许茂和他的女儿们〉创作之初》,引自陶伯华、朱亚燕:《灵感学引论》,辽宁人民出版社 1987 年版,第 144 页。

历,有丰富的生活,然后才有能力用具体形象把生活中真正深刻的东西表现出来。因此,天才尽管在青年时代就已露头角,但是只有到了中年和老年,才能达到艺术作品的真正成熟,例如歌德和席勒就是如此。①

在黑格尔看来,这种"深厚的心胸和贯注生气的情感",是艺术家从多年的人生感悟中反复"玩味"并且被它"掌握和感动"的东西,是"生活中真正深刻的东西"。其实,这就是我们所说的块垒。很可惜,黑格尔没有找到一个合适的名字。

黑格尔认为想象活动在创作过程中的能力就是灵感。他指出,单靠通过感官刺激不能激发灵感,单靠存心要创作的意愿也召唤不出灵感来,关键在于有没有"真正有艺术意义的东西"。"如果艺术的动力是正当的,这种真正有艺术意义的东西就会抓住一个明确的对象和内容(意蕴)而得到坚实的表现。"黑格尔在这里所说的"真正有艺术意义的东西",还是前文说的"深厚的心胸和灌注生气的情感",即块垒。有了这个块垒,就会招来灵感。黑格尔进一步分析说,灵感到来的具体方式可以有多种:可以是"象鸟儿栖在树枝上歌唱"那样,诗人"单从他本身吸取材料来创作";也可以"应外在的机缘而创造出来",如品达创作颂诗那样。对于后一种情况来说,外在机缘恰好成为诱发灵感的条件:

> 就这一点来说,艺术家的地位是这样:作为一个**天生地**具有才能的人,他与一种**碰到的现存的**材料发生了关系,通过一种外缘,一个事件,或是像莎士比亚那样,通过古老的民歌、故事和史传,通过这一类事物的推动,他自觉有一种要求,要把这种材料表现出来,并且**因此**也表现他自己。所以创作的推

---

① 黑格尔:《美学》第 1 卷,朱光潜译,商务印书馆 1979 年版,第 358—359 页。

动力可以完全是外来的，唯一重要的要求是：艺术家应该从外来材料中抓到真正有艺术意义的东西。在这种情形之下，天才的灵感就会不招自来了。一个真正的有生命的艺术家就会从这种生命里找到无数的激发活动和灵感的机缘，这些机缘临到了旁人就不发生影响，就轻易放过了。

如果我们进一步追问艺术的灵感究竟是什么，我们可以说，它不是别的，就是完全沉浸在主题里，不到把它表现为完满的艺术形象时决不肯罢休的那种情况。①

依照黑格尔的理解，不管是从本身吸取来的，还是应外在机缘而创造的，只要艺术家先有了"真正有艺术意义的东西"，就会很容易地遇到激发"灵感的机缘"。这就是说，块垒产生之后继续累积，就成为日后诱发一系列灵感产生的基础和前提以至于"完全沉浸在主题里"。如果从心理学角度加以解释，那就是在大脑皮层的某一部位造成了特殊的心理场，造成了等待灵感到来的"诱发态势"，以至于可以达到一种蓄势待发状态，遇到合适的火星就能点燃起来。

我们还可以用前人的论述和经验来加以验证。刘勰强调"神思"的前提是"积学以储宝，酌理以富才，研阅以穷照，驯致以怿辞"（《文心雕龙·神思》）。在积学、酌理、研阅、驯致的过程中，不仅积累了创作的材料，而且使作家的主体性情得到陶冶，这就为"感兴"创造了必要的条件；再加上掌握了关于作品结构、体裁、表现手法等方面的要求，就会像是深通棋术的棋手一样，进入得心应手的灵感状态："若夫善弈之文，则术有恒数，按部整伍，以待情会，因时顺机，动不失正。数逢其极，机入其巧，则义味腾跃而生，辞气丛杂而至。"（《文心雕龙·总术》）我国古代理论家把生活中的偶然感悟叫做"感兴"、"起兴"、"兴"；如果

---

① 黑格尔：《美学》第 1 卷，朱光潜译，商务印书馆 1979 年版，第 364—365 页。

一两次感兴不足以创作成功,需要积累和储备多次感兴的成果,这个过程叫做"伫兴"、"养兴"。明代高棅《唐诗品汇·序目》指出:"文不按古,伫兴而成。"清代王昱《东庄论画》说:"未作画之前,全在养兴。"其实,由感兴到伫兴的过程,就是块垒出现和累积的过程。这个过程的特点正如清代袁守定在《占毕丛谈·谈文》中所说:"得之在俄顷,积之在平日"。近代王国维在《人间词话》中曾经总结说:"古今之成大事业、大学问者,罔不经过三种之境界:'昨夜西风凋碧树。独上高楼,望尽天涯路。'此第一境界也。'衣带渐宽终不悔,为伊消得人憔悴。'此第二境界也。'众里寻她千百度,蓦然回首,那人却在,灯火阑珊处。'此第三境界也。此等语皆非大词人不能道。"他还在回答别人疑问时进一步作了解答:"第一境即所谓世无明王,栖栖皇皇者。第二境是知其不可而为之。第三境非归与归与之叹与。"①我们认为,王国维在这里所说的"成大事业、大学问者"的三种境界,实际上代表了进行创造性思维的三个阶段,代表了从块垒郁积到灵感爆发的普遍规律。他所谓第一境"望尽天涯路",是指初次立志尚且找不到门径,即胸中初得块垒者;第二境"为伊消得人憔悴",是指块垒不断累积、痛苦寻觅而终不改初衷者;第三境"蓦然回首",是指在块垒累积的基础上终于获得灵感之爆发者。我们也可以将这一规律简化为"长期积累,偶然得之"。正如周恩来所说:"好作品的产生,可以是偶然得之,但是这种偶然得之是建筑在长期的生活和修养基础上的,这也是偶然性与必然性的辩证统一。"②

　　一些作家的创作经验也同样说明由块垒的累积而引发灵感的爆发的过程。列夫·托尔斯泰在1873年春天苦苦思索长篇小说《安娜·卡

---

①　滕咸惠校注:《人间词话新注》,齐鲁书社1986年版,第2—3页。

②　周恩来:《关于文化艺术工作两条腿走路的问题》(1959年5月3日),《党和国家领导人论文艺》,文化艺术出版社1982年版,第26页。

第四编　块垒衍化论

列尼娜》的开头。这部小说的内容和情节,他在一年前就想好了,但是苦于找不到好的开头,一直没有动笔。一天晚上,他的大儿子赛尔该正在读普希金的《别尔金小说集》给老姑母听。托尔斯泰拿起这本书随便翻了一下,看到后面一章的头一句:"在节日的前夕客人们开始到了。"他兴奋地喊起来:"真好!就这样开头。别的人开头一定要描写客人如何,屋子如何,可是他马上跳到动作上去了。"随后,他立即走进书房,坐下来写了《安娜·卡列尼娜》的头一句:"奥布浪斯基家里一切都乱了。"①马卡连柯用13年的工夫搜集材料,却难以下笔。高尔基来做客时的一席话,使他茅塞顿开,马上着手写作《教育诗》。法捷耶夫说:"我的几部作品(《毁灭》和《最后一个乌兑格人》)是根据国内战争的素材写成的,我自己就有国内战争的经验,特别是游击斗争的经验。那时我没有想到我会成为一个作家,可是一切发生的和经历过的事情的印象却贮存在我的意识里。显然,在我参加的那次斗争中,有一种东西特别使我惊叹不止,那次斗争中某些方面引起我特别的注意,有许多东西我已经不自觉地抛弃掉、忘记掉。如果当时我想到我要成为一个作家,我大概会趁记忆犹新的时候把许多东西记录下来。不过即使这样,我事先也不知道怎样来利用记录下来的一切。""在最难说明的艺术的原始工作时期,艺术家的意识中的形象非常杂乱,没有整理出来;艺术家的意识中还没有完整的、完备的艺术形象,有的只是现实原料:最能达到他的人物的面貌、性格、事件、个别的情况、大自然的景色等等。……全部积聚起来的材料在一定的时候会和一些主要的思想与观念起一种有机化合,而这些主要的思想与观念是艺术家作为任何一个思想着、斗争着、有爱、有欢欣也有痛苦的活生生的人在自己的意识里原来就有着的。要经过一个相当时期,现实的零碎形象才开始形成一

---

① 此例以及下面马卡连柯的事例均引自陶伯华、朱亚燕:《灵感学引论》,辽宁人民出版社1987年版,第2—4页。

个整体,虽然是远非完善的整体……"①我们在前面曾经引述过的鲁迅的创作经历同样也说明,从幼年开始的家庭和家乡的记忆中那些令人耿耿于怀、无法忘却的东西,形成了胸中块垒,经过多少年的累积,终于在一个适当的时机爆发出来。

第二节　灵感的性质和形态

古今中外历史上已经有那么多艺术家、科学家、思想家都曾经谈到灵感,或者记述自己在灵感来临时的感受,或者力图对于灵感现象做出自己的解释,显得成绩斐然,以至于当代思维科学界也开始进行专门的灵感思维的研究。但是,对于灵感现象的理解至今仍然是众说纷纭的,至今还没有哪一种解释得到大家的一致公认。

在当下常见的文学理论著作中,主要有以下几种处理方式:

一种是把灵感和直觉放在艺术创作的心理机制的题目之下加以论述,即作为文艺创作的心理活动形式之一,与想象和联想等并列。有的将直觉置于首位,"直觉是不经过逻辑过程,仅依据感知的片面、个别映象就直接把握事物底蕴(或规律)的能力",然后再讲"与直觉相类似的思维奇象是灵感"②;有的先讲灵感,认为"灵感是艺术构思阶段最重要的思维方式之一","它的外在形态是对问题突如其来的顿悟",后说"直觉就是省略了推理过程而对事物的底蕴或本质做出的直接了解和揭示"③。

---

① 中国社会科学院外国文学研究所编:《外国理论家　作家论形象思维》,中国社会科学出版社 1979 年版,第 172—173 页。

② 董学文、张永刚:《文学原理》,北京大学出版社 2001 年版,第 130 页。

③ 童庆炳主编:《文学理论教程》,高等教育出版社 1998 年版,第 178—179 页。

再一种是把直觉当作大概念,以直觉吞并和代替灵感,认为直觉是创作主体所具有的"一种比较奇特的感觉功能",能够不经过逻辑推演而直接把握对象本质,而"和直觉处于同一范畴的还有顿悟、灵感、创作的非自觉性等",并且申明"有的教科书花很大篇幅去分析直觉与灵感的区别,似乎没有太多的必要"①。

还有一种是把直觉和灵感分别在不同的章节中论述,认为直觉是"指创作中一种超越逻辑推理的直达事物本质的认识能力",而灵感是"一种由偶然因素突然激发的、情绪特别亢奋、思维特别活跃、极富创造力的精神状态。在文学创作中,灵感就是最佳的创作状态……从心理机制上看,又是长期积淀而成的无意识心理层突然被唤醒和激活所致"②。

上述各说在理解直觉、顿悟、灵感及其关系上各不相同,或灵感与直觉各不相干,或以直觉包括灵感,或将灵感等同于顿悟,或含糊地说它们彼此相类似等等。但是有一点似乎是共同的,那就是几乎都是从思维方式、认识能力、感觉功能的角度立论的。但是,在笔者看来,这一点恰恰是值得研究的一个问题。

在近年兴起的关于思维科学的研究中,就更加突出了从思维角度来研究灵感的势头。我国著名科学家钱学森是一个突出代表。他在一次思维科学研讨会上的讲话中说:

> 叶峻提的特异思维,指的是一些特异功能人的思维活动,即外国人所谓 ESP。现在我想说的是灵感思维,是不是也放到这里面去?诸位有否灵感过一下子?从前我做研究工作的时候,有过这个感受,即一个课题,醒着的时候怎么也琢磨不

① 杨春时、俞兆平、黄鸣奋:《文学概论》,人民文学出版社 2002 年版,第 227、232 页。

② 狄其骢、王汶成、凌晨光:《文艺学新论》,山东教育出版社 2001 年版,第 513、565 页。

出来,尽碰钉子,毫无办法。但有时在睡觉时,或半睡半醒时,一下子解决方法就来了,赶快爬起来试验一下,灵,那难题就解决了。我想,这就叫灵感(inspiration)。这不是科学里面的insight,我认为 insight 是一种形象思维,即使是创造性的思维,那还是不一样的,那还是比较容易的。例如研究生跟随好的导师工作,先不会,慢慢学会看问题,一下子抓住要害,这个叫 insight。抓住要害,还要证明它对不对。胡世华同志讲,科学里主要是逻辑思维,而 insight,就是胡世华同志刚说的科学思维里的形象思维,这与灵感是不一样的。灵感没法说,问我为什么做梦想到了,一点也说不出来。因此,我想灵感要归纳到特异思维里去。我说人的思维分类还是三大块,从个人看(不管人跟人的互相影响,即从前我提的社会思维学,那是另一回事),人的个人思维三大块,一块是抽象或逻辑思维,还有一块是形象或直感思维(insight),还有一块是特异思维,这个特异思维包括从前说的灵感,也包括特异功能人的思维过程。①

与上述钱学森的见解相呼应,赵光武主编的《思维科学研究》一书的各个章节都是从思维角度对于灵感、直觉、顿悟等进行研究的。书中引述美国著名认知科学家司马贺(H. A. Simon)教授的定义是:

直觉是"不经有意识的推理而了解事物的能力和行为"②;

顿悟是"通过理解和洞察了解情境的能力和行为",根据这一定义,直觉也是一种"快速而敏捷的顿悟",但是顿悟除了具有直觉的特征之外,还具有伴随着挫折感等新的条件;

---

① 钱学森:《在北京地区第四次思维科学研讨会上的讲话》(代序),赵光武主编:《思维科学研究》,中国人民大学出版社 2001 年版,第Ⅲ—Ⅳ页。

② 转引自赵光武主编:《思维科学研究》,中国人民大学出版社 2001 年版,第 384 页。

灵感"通常是与新颖思想的产生和理解联系在一起的","新颖性是通过已经存在的基本成分间的联合和再联合而产生的,新的物证、新的定理、新的思想等等均可通过少数有限的原始成分无限循环地进行联合而产生出来"。

由朱新明等与司马贺合作研究的成果认为:

"直觉实质上是对熟悉事物的再认,没有知识就没有再认,没有再认就没有直觉"[1];

顿悟在心理学研究史上"最初是在动物的实验中发现的",德国的科勒(Kǒleen)通过对黑猩猩进行研究,"发现动物解决问题是将问题情景改组成一种新结构的过程,表现为对整个问题情景的顿悟";"从信息加工心理学的角度看,这种克服功能固着(指某种工具的固有用途的观念——引者)的过程实际上是通过转移注意,形成新的问题表征的过程";

灵感和顿悟有同有异:"灵感和顿悟都是在多次尝试失败以后的产物";"顿悟的结果是获得一种解决问题的方法,而灵感的结果是产生新颖的形象、新概念或新思想";"可以将灵感定义为'在积累大量经验的基础上,通过对形象信息或抽象信息进行类比、分解、综合、归纳等操作,以一种豁然开朗的方式获得新形象、新概念或新思想的过程'。"

大体说来,上述文艺学著作是把直觉、顿悟、灵感看作是一种思维方式或者认识能力;而思维科学的研究者则直接把它们看成是一种思维方式,既然是一种思维方式,就免不了要从中找出"进行类比、分解、综合、归纳等操作"的种种痕迹。

本书认为,把灵感当成思维方式来看,这恰恰是关于灵感研究中的一个误区。过去很长一段时期中,学术界过分夸大了认识论的作用和

---

① 赵光武主编:《思维科学研究》,中国人民大学出版社 2001 年版,第 376 页。根据"后记"介绍,这一部分为朱新明、李亦菲执笔。

范围,千方百计地要把艺术创作中的想象活动纳入认识论的轨道,纳入理性认识的框架中加以解释,造成了对于艺术创作规律的严重曲解。众所周知,人类的精神活动包括知(认知)、情(情感)、意(意志)三大领域,其中认知活动侧重于认识客体,掌握客观事物的原貌及其发展规律,属于认识论范畴;情、意这两个方面常常结合在一起,侧重于主体的态度——喜欢与否、如何评价以及在行动上如何对待等方面,属于价值论领域,总之知、情、意三者既互相区分、各有侧重,又互相结合、互相支持组成为统一整体。理性认识活动,包括感性、知性、理性等不同层次,其基本规律是利用概念、判断、推理进行分析综合、演绎归纳,遵循理性思维的逻辑。而从人的生存状态角度考察其作为存在者的意识活动,则不能局限于认识活动的逻辑思维,更应该关注存在者通过对于客观世界的领悟而产生的情意感受、情意反应等主体态度方面。过去有一种说法,把人的所有意识活动统统叫做认识,称之为广义的认识,是可以把情意包括在内的。但是,这需要在行文中特别注明。如果不注明对于认识的广义用法,而又坚持把艺术想象解释为认识能力以及思维活动的方式,硬是把艺术创作当作一种思维方式来研究,岂不是首先就定错了大前提?其结果也就只能是越来越离开艺术创作的特殊规律。本书认为,《思维科学研究》一书所坚持的研究方向,就是这样一种错误的研究方向。

诚然,《思维科学研究》一书的编写者都是努力遵循钱学森同志的思考方向进行研究的。但是,我们必须注意到,钱学森提出的任务是人工智能、智能机的问题,是解决电脑输入问题,他认为突破口在形象思维。这是尖端科学技术的重点问题。钱学森本人对于如何解决这一尖端科学技术问题始终本着探索的态度,而不是预先提出什么定论。他说过:"形象思维即直感思维。灵感(顿悟)思维也是这么回事,只不过从形象(心象)到'概念'的搜索对比过程非常曲折,而且还可以插入些逻辑推理。还是老话,思维学的突破口在于形象(直感)思维";他又说过:"人工智能或模拟智能代替一部分人脑的工作,但不能全部代替,人脑还是要的"①;在前面引述的讲话和信件中,钱学森要把灵感归入特异思维,并与形象思维区分开来,就是另有考虑的。钱学森后来给戴汝为的信中有一句话说得特别好:"思维科学是研究加工信息,而不是研究如何获得信息,那是人体科学的事。"②据此可知,思维科学只解决对于已经得到的信息如何进行加工的环节;而直觉、顿悟、灵感等,并不局限于信息加工环节,还包括了来自主体的好恶、评价和态度等等,这些是与从客观世界输入的信息性质不同的东西;正是由于加入了这些性质不同的东西,才使原有的信息发生了质变,产生了新的质,而这些新质的东西是不可能仅仅根据原有的信息进行加工而得出的。进一步说,人工智能机(电脑)所能够从事的工作只能是对于外来信息(对于智能机来说是外来信息)的加工,即思维科学所要解决的课题;人工智能机不可能自身产生一部分信息,也不可能产生推动自身运动的动力,因此要求人工智能机完成超出已有信息的加工(思维)范围以外的任务是违反它的本性的。而人的直觉、顿悟、灵感等,恰恰不是对于外来信息的加工,而是主体自身产生的信息和动力加入进来从而发生质变,因而压根儿就不应该要求人工智能机解决灵感之类的问题。如果勉强要求人工智能机去解决直觉、顿悟、灵感的问题,那么,就只能是像司马贺教授及其合作者那样,把直觉看成是"再认",把顿悟看成是"转移注意",把灵感解释成"类比、分解、综合、归纳等操作",即把直觉、顿悟、灵感看成是属于对于原有信息进一步加工的思维过程,才能成为智能机可以接受的东西。

　　根据以上分析,本书认为把灵感归入思维进而称之为"灵感思

　　① 钱学森1992年1月9日、1989年8月24日致戴汝为的信。赵光武主编:《思维科学研究》,中国人民大学出版社2001年版,第604、599页。

　　② 钱学森1995年3月16日致戴汝为的信。赵光武主编:《思维科学研究》,中国人民大学出版社2001年版,第Ⅴ页。

维"，这本身就是理解上的错位。这一错位正是灵感思维研究必然陷入困境的根本原因。现在是从这一研究误区中解脱出来的时候了。

本书认为，灵感状态的出现虽然暗中包含着理性认识的飞跃，但是它从根本上说并不属于思维，它不是判断、推理的结果；灵感是靠情感和意志的推动，靠意向性情感的作用，而突然跳跃式地出现一种新的创造性的意识成果——这些成果可以是理性观念的飞跃，也可以是某种形象的闪烁。如果仅仅按照一般推理思维的规律来衡量灵感，就会发现灵感带来的创造性的意识成果似乎是找不到直接来由的，因而是难以解释的。

古希腊所谓灵感 Θεοπνεσοτια 一词，原意是指神的灵气。英文语词 inspiration 意思是灵气（spirat）的吸入。《大英百科全书》中这一条目的解释开头就说："中国那些被称为'巫'的宗教祭师，自称能够通神或把灵气吸入自己身体里面，因此能做出一些预言。"中国古代的"灵"来自跳舞降神的"巫"，楚人称巫为灵，繁体灵字（靈）下面本来就是个巫字。但是，我国古代并没有灵感这一说法。在中国古代文学理论中，与灵感相近的说法是感兴、兴会、应感、神思、灵机、性灵等等，也都有"神来"、不可捉摸之意。据考证，灵感这个概念在我国文坛出现于 20世纪 20 年代，根据英文音译为"烟士披里纯"，后来才改译为灵感。①应该说，译为"灵感"是相当传神的，灵感一词正好保留了它的成果突然爆发、找不到来由这一本质特点。《辞海》对于灵感的解释说："一种人们自己无法控制、创造力高度发挥的突发性心理现象。"我们认为，凡是符合这一特点——意识中突然出现、无法控制又找不到来由的意识过程和意识成果，一概统统可以叫做灵感。因此，直觉和顿悟中那些出现新的创造性成果类型，都属于灵感的范畴，是灵感中比较简单、初

---

① 以上材料见朱狄：《灵感概念的历史演变及其他》，《美学》第 1 辑，上海文艺出版社 1979 年版。

级的表现形态。

我们把灵感归纳为程度不同的三个状态或者三个层次：直觉领悟状态、倏然偶得状态、亢奋迷狂状态。

第一，直觉领悟状态。如前文阐述块垒得自于人生感悟部分所说，直觉作为不经过推理过程而直接得出结论的心理活动方式，包括两种类型：一种是认识过程中的知性直觉，亦可称之为知性直观（本书认为，《思维科学研究》一书中根据司马贺教授的实验而提出的直觉"是对熟悉事物的再认"的说法，就只能是这种知性直观）；另一种是包含知、情、意全部内容的人生感悟，即理性自明、德性自证、审美自得三类感悟形式，它本身就是一种审美体验或者称为高峰体验。一般说来，块垒的源头来自于生活中的人生感悟，就是指这种直觉顿悟式的审美体验状态——令人激动而难于忘怀的高峰体验，也可以说是一种初级的灵感形态。在块垒形成、累积以及此后考虑表达的过程中，这种直觉顿悟式的灵感状态还会多次光顾，以至成为创造性意识活动的特征性标志。无论是科学研究活动中的创新还是文学艺术创作活动，都少不了直觉顿悟式的灵感状态。

我国古代文学理论中历来强调应感、感兴、兴会、灵机等，其实都是这种因感而生的直觉、顿悟状态。《乐记·乐本篇》有言："人心之动，物之使然也。感于物而动，故形于声。"刘勰《文心雕龙·明诗》："人禀七情，应物斯感，感物吟志，莫非自然。"日人遍照金刚《文镜秘府论》在十七势中专设"感兴势"："感兴势者，人心至感，必有应说，物色万象，爽然有如感会。"宋代杨万里《答建康府大宰库监门徐达龙》中谈到兴会："我无意于作是诗，而是物是事适然触乎我，我之意亦适然感乎是物是事，触先焉，感随焉，而是诗出焉。"明代袁中道《陈无异寄生篇序》："心机震撼之后，灵机逼极而通，而智慧生焉。"清代袁枚《随园诗话》卷四中说："云窦禅师作偈曰：'一兔横身当古路，苍鹰才见便生擒，后来猎犬无灵性，空向枯桩旧处寻。'……虽禅语，颇合作诗之旨。"曹禺曾说:"列文有句话说得太好了,他说:我所谈到的,不是我想出来的,而是我所感到的。这个'感到的'在创作上非常重要。有时候,我被一个人或一件事所震动,在心里激起一种想写的欲望,这大概就是所说的灵感吧。这种灵感是最难得的。"[1]王汶石说得更为详细:"作家在生活阅历中,积累了大大小小数也数不清的人和事,经验和积累了各种感情,产生和积累了丰富的生活思想(这最重要的一点常被初学者忽略),它们像燃料似的保存在作家的记忆里和感情里,就像石油贮存在仓库里一样,直到某一天,往往由于某一个偶然的机遇(比如听了一个报告,碰到某一个人和某人的几句闲谈,甚至于只是到了一个新地方或旧地重游,等等),忽然得到了启发(人们通常把这叫做灵感),它就像是一支擦亮了的火柴投到油库里,一切需用的生活记忆都燃烧了起来,一切细节都忽然发亮,互不相关的事物,在一条红线上联系了起来,分散在各处的生活细节,向一个焦点上集中凝结……"[2]。列夫·托尔斯泰在日记中记载了他由于看到路边生命力旺盛的鞑靼花(牛蒡)想起了顽强生存的哈泽·穆拉特,于是创作了这部小说。这个事例被赫拉普钦科写进《作家的创作个性和文学的发现》一书中,更是广为人知。

第二,倏然偶得(顿悟)状态。顿悟状态是一种倏然偶得的状态。正如陆游《文章》诗所说:"文章本天成,妙手偶得之。"(《陆游集》卷八十三)意思是说好文章是大自然造就的,是造化天成的,写作的高手偶然随手拾到它。这里面包含着作家本人也解释不清楚的成分。最典型的说法是我国宋代文学理论家严羽以禅论诗的"妙悟说",他在《沧浪诗话·诗辩》中说:"诗有别材,非关书也;诗有别趣,非关理也。"严羽

① 引自陶伯华、朱亚燕:《灵感学引论》,辽宁人民出版社1987年版,第9—10页。

② 王汶石:《答〈文学知识〉编辑部问》,《中国现代作家谈创作经验》(下册),山东人民出版社1980年版,第917—918页。

把好诗看成是"不涉理路,不落言筌者"即不关道理的,"惟在兴趣,羚羊挂角,无迹可求。故其妙处透彻玲珑,不可凑泊,如空中之音,相中之色,水中之月,镜中之象",当然都是没有来由的。这正是灵感到来的特点。

顿悟与直觉有一个明显的不同:直觉是在外界事物的刺激下有感而生的;而顿悟却常常是主体处于长时间冥思苦想之中无法得到,而在注意力转移之后,甚至于睡梦之中倏然偶得的,这里缺少引动意识飞跃的外界刺激物,完全是无意中得之。恰如王国维所说的"第三境界":"蓦然回首,那人却在,灯火阑珊处。"前面引述钱学森讲到的在睡觉时、半睡半醒时解开难题,就是如此。达尔文说:"我能记得路上的那个地方,当时我坐在马车里,突然想到了一个问题的答案,高兴极了。"数学家高斯也曾经说过,他求证数年而未解的一个难题"终于在两天以前……像闪电一样,谜一下解开了。我自己也说不清是什么导线把我原先的知识和使我成功的东西连接了起来"。苏联诗人马雅可夫斯基为了要描绘一个孤独的男子怎样保护和疼爱他的爱人,苦想了几天几夜,找不到一个恰当的比喻。有一次朦胧半睡之中突然想到一个比喻,便马上起来记在烟盒上:"就像一个在战争中残废了的士兵爱护他唯一的一条腿……"《灵感学引论》的作者在书中自道,对于灵感问题的研究想有所突破,苦思苦索反复了近一年,实在感到山穷水尽走投无路了,偶然听到别人说"灵感真像挟着作者飞跃的翅膀"这样一个比喻,"头脑里突然一亮,处于绝境的思路顿时感到活了。在骑自行车回家的路上,脑海里像沸腾了一样,十来分钟时间就想好了一篇一万多字论文的纲要结构"。① 我国作家夏衍说:"所谓灵感只不过是作家从生活实践中长期积累起来的大量素材,从量变到质变那一瞬间迸发出来

---

① 以上四例引自陶伯华、朱亚燕:《灵感学引论》,辽宁人民出版社 1987 年版,第 4、187、16 页。

的火花而已。"①何其芳回忆说:"我那时也就入迷到那样的程度,有一次就梦见在梦里做成了一首诗,而且其中有一些奇特的句子。醒来只记得几行,但我把它补写成了。这首诗后来还收入了我的第一个诗集,题目叫做《爱情》。"②

第三,亢奋迷狂状态。灵感的最为强烈的、常为人们广为传颂的表现形态是亢奋迷狂状态。许多理论家、作家都谈到过这种不可思议的精神状态。晋代陆机《文赋》中对于"应感"即灵感状态进行了诗意的描绘:

> 若夫应感之会,通塞之纪,来不可遏,去不可止。藏若景灭,行犹响起。方天机之骏利,夫何纷而不理。思风发于胸臆,言泉流于唇齿。纷葳蕤以馺遝,唯毫素之所拟。文徽徽以溢目,音泠泠而盈耳。及其六情底滞,志往神留,兀若枯木,豁若涸流,览营魂以探赜,顿精爽于自求。理翳翳而愈伏,思乙乙其若抽。是以或竭情而多悔,或率意而寡尤。虽兹物之在我,非余力之所勠。故时抚空怀而自惋,吾未识夫开塞之所由也。

这里所描绘的"来不可遏,去不可止"、挥洒自如、浩浩荡荡的写作状态,正是一种灵感爆发之后的亢奋迷狂状态,作者认为是"天机之骏利",是"未识夫开塞之所由"即无法说得明白的。

陆机提出的"天机"一语,到宋代以后更为多人所称道。邵雍《闲吟》诗:"句会飘然得,诗因偶尔成。天机难状处,一点自分明。"陆游《九月一日夜读诗稿有感走笔作歌》:"天机云锦用在我,剪裁妙处非刀尺。"包恢《答曾子华论诗》:"盖天机自动,天籁自鸣,鼓以雷霆,豫顺以

---

① 夏衍:《戏剧创作座谈会文集》。引自陶伯华、朱亚燕:《灵感学引论》,辽宁人民出版社1987年版,第10页。

② 何其芳:《写诗的经过》,《中国现代作家谈创作经验》(上册),山东人民出版社1980年版,第464页。

动，发自中节，声自成文，此诗之至也。"另《论五言所始》："发越天机之妙，鼓舞天籁之鸣"。明代谢榛《四溟诗话》："诗有天机，待时而发，触物而成，虽幽寻苦索，不易得也。"清代王昱在《东庄论画》中说："未作画前，全在养兴，或睹云泉，或观花鸟，或散步清吟，或焚香啜茗。俟胸中有得，技痒兴发，即伸纸舒毫，兴尽斯止，至有兴时，续成之，自必天机活泼，迥出尘表。"①有人认为，"中国诗学中所说的'天机'，并非一般意义上的灵感，而是指创造出最佳、最独特的作品的契机。诗论家们谈到'天机'，都是指那些被人们视为出神入化的奇妙佳构，对这类篇什的创作动因充满了神往。"②据我们看来，陆机所谓"天机"之所以不同于一般灵感状态的特殊性，正是在于它是指灵感爆发之后呈现出的亢奋迷狂状态，这种"有如神助"的迷狂状态是作者自身无法控制的，所以才被称为"天机"。

郭沫若在《我的作诗的经过》中详细地记述了灵感袭来的状态：写《地球，我的母亲》时，"在馆后僻静的石子路上，把'下驮'（日本的木屐）脱了，赤着脚踱来踱去，时而又率性倒在路上睡着，想真切地和'地球母亲'亲昵，去感触她的皮肤，受她的拥抱。""《凤凰涅槃》那首长诗是在一天之中分两个时期写出来的，上半天在学校课堂里听讲的时候，突然有诗意袭来，便在抄本上东鳞西爪地写了那诗的前半。在晚上行将就寝的时候，诗的后半的意趣又袭来了，伏在枕头上用着铅笔只是火速的[地]写，全身都有点作寒作冷，连牙关都在打战，就那样把那首奇怪的诗也写出来了。"③宗白华说自己在写《流云小诗》的时候，"往往在半夜的黑影里爬起来，附着床栏寻找火柴，在烛光摇晃中写下那些现

---

① 引自沈子丞编：《历代论画名著汇编》，文物出版社 1982 年版，第 401 页。

② 耿文婷：《中国古代诗学中的"天机"论》，《光明日报》2003 年 3 月 26 日。前文所引邵雍、陆游、包恢、谢榛诗句言论，均引自该文。

③ 郭沫若：《我的作诗的经过》，《中国现代作家谈创作经验》（上册），山东人民出版社 1980 年版，第 42—43 页。

在人不感兴趣而我自己却借以慰藉寂寞的诗句。《夜》与《晨》两诗曾记下这黑夜不眠而诗兴勃勃的情景。"①曹禺说："我捺不住了在情绪爆发的当中,我曾经摔碎了许多可纪念的东西……我绝望地嘶嗄着,那时我愿意一切都毁灭了吧,我如一只负伤的兽扑在地上,啃着咸丝丝的涩口的土壤。我觉得宇宙似乎缩成昏黑的一团,压得我喘不出一口气。"②柴可夫斯基也说过,灵感到来的时候"简直会忘记一切,变成一个狂人,每一个器官都在战栗着,几乎连写出个大概来的时间也没有,就一个思想接着一个思想的迅速发展着……——这就是被称为灵感的那种超自然的、不可理解的、从来没有分析过的力量的结果。"③

第三节　由块垒破解灵感的神秘性

上述直觉领悟状态、倏然偶得(顿悟)状态、亢奋迷狂状态,虽然在引发因素、时间久暂、情感强度等方面可能有些差别,但是,它们的共同性是突出的、明显的,这就是突如其来、转瞬即逝的不可预见性、找不到来由的不可知性,因而难免被人们认为是神秘的。

一、灵感的不可预期性

灵感的到来或者爆发,是不可预期的。它的特点可以概括为:坐等不来,不期而遇,稍纵即逝,难以再度体验。黑格尔曾经指出:"马蒙特

---

① 宗白华:《美学与意境》,人民出版社 1987 年版,第 177 页。柴可夫斯基:《致梅克夫人》。

② 曹禺:《〈日出〉跋》,《中国现代作家谈创作经验》(上册),山东人民出版社 1980 年版,第 369 页。

③ 引自陶伯华、朱亚燕:《灵感学引论》,辽宁人民出版社 1987 年版,第 6 页。

尔(Marmontel,1723—1799,法国作家——引者)说过,他坐在地窖里面对着六千瓶香槟酒,可是没有丝毫的诗意冲上他脑里来。同理,最大的天才尽管朝朝暮暮躺在草地上,让微风吹来,眼望着天空,温柔的灵感也始终不光顾他。"①谁会干这种"坐等灵感"之类的蠢事? 如果不是那些对于文艺创作一无所知而又盲目迷恋的青年人,那么,只有傻瓜才能干得出来。真正有经验的作家都会告诉我们,灵感不会服从你的意愿,灵感的来临是不可能预约的。正如费尔巴哈所说:"热情和灵感是不为意志所左右的,是不由钟点来调节的,是不会依照预定的日子和钟点迸发出来的。"②

灵感的到来只能是"不期而遇"的,如谢灵运在《归途赋序》中说"事出于外,兴不由己",袁枚所说"千招不来,仓促忽至"③,或如平时所说"踏破铁鞋无觅处,得来全不费工夫"。灵感的爆发,"来不可遏,去不可止",本人根本无法掌控;同时又"来去匆匆","急起从之,振笔直遂,以追其所见,如兔起鹘落,少纵则逝矣"④。诗人、作家在灵感出现的闪念之间必须及时抓住,即使是在睡梦中一有灵感来袭也要摸张纸赶紧记录下来,否则,第二天很可能再也想不起来。我国诗人臧克家说:"诗思一来,怕它跑了,赶紧披衣起床,扭亮台灯……我有两句诗描绘这种情况:'诗情不似潮有信,夜半灯花几度红。'"⑤德国文豪歌德说有一些诗篇的创作,"事先毫无印象或预感,诗意突如其来,我感到一种压力,仿佛非马上把它写出来不可,这种压力就像一种本能的梦境的冲动。在这种梦行症的状态中,我往往面前斜放着一张稿纸而没有

---

① 黑格尔:《美学》第 1 卷,朱光潜译,商务印书馆 1984 年版,第 364 页。
② 《费尔巴哈哲学著作选集》(下卷),商务印书馆 1984 年版,第 504 页。
③ 袁枚:《续诗品三十二首·勇改》。
④ 苏轼:《文与可画筼筜谷偃竹记》。《中国美学史资料选编》(下册),中华书局 1981 年版,第 39 页。
⑤ 臧克家:《〈忆向阳〉序》。引自陶伯华、朱亚燕:《灵感学引论》,辽宁人民出版社 1987 年版,第 77 页。

注意到,等我注意到时,上面已写满了字,没有空白可以再写什么了。我从前有许多像这样满纸纵横乱涂的诗稿,可惜都已逐渐丢失了,现在无法拿出来证明做诗有这样沉思冥想的过程。"①俄国大诗人普希金在题为《秋》的抒情诗中对于灵感曾经作了生动的描绘:

> 诗兴油然而生:
>
> 抒情的波涛冲击着我的心灵,
>
> 心灵颤动着,呼唤着,如在梦乡觅寻,
>
> 终于倾吐出来了,自由飞奔……
>
>
> 思潮在脑海汹涌澎湃,
>
> 韵律迎面驰骋而来,
>
> 手去执笔,笔去就纸,
>
> 瞬息间——诗章进涌自如。②

二、灵感的不可知性—神秘性

由于灵感到来是不可预期的,其创造性成果是连本人都说不清楚来由的,据此,人们就常常说灵感是不可知的或者无法解释的,于是就有了各种神秘的解释。早在公元前 8 世纪希腊诗人赫西阿德(Hesiod)就曾经说过:"蒙缪斯女神和阿波罗神的恩宠,诗人才来到人世间并朗诵抒情诗。"③苏格拉底也说过:"我这才明白了,诗人写诗并不是凭智慧,而是凭灵感。传神谕的先知们说出了很多美好的东西,却不明白自己说的是什么意思。我觉得很明显,诗人的情况也

---

① 《歌德谈话录》。《外国现代作家谈创作经验》(上册),山东人民出版社 1980 年版,第 107 页。

② 引自陶伯华、朱亚燕:《灵感学引论》,辽宁人民出版社 1987 年版,第 4 页。

③ 引自朱狄:《灵感概念的历史演变及其他》。《文学理论争鸣辑要》(上册),上海文艺出版社 1983 年版,第 463 页。

第四编 块垒衍化论

是这样。"①影响最大的神秘解释是柏拉图的"神力凭附"的"迷狂"说。他认为：

> 诗神就像这块磁石，她首先给人灵感，得到灵感的人们又把它递传给旁人，让旁人接上他们，悬成一条锁链。凡是高明的诗人，无论在史诗或抒情诗方面，都不是凭技艺来做成他们的优美的诗歌，而是因为他们得到灵感，有神力凭附着。科里班特巫师们在舞蹈时，心里都受一种迷狂支配；抒情诗人们在做诗时也是如此。……诗人是一种轻飘的长着羽翼的神明的东西，不得到灵感，不失去平常理智而陷入迷狂，就没有能力创造，就不能做诗或代神说话。……神对于诗人们像对于占卜家和预言家一样，夺去他们的平常理智，用他们作代言人，正因为要使听众知道，诗人并非借自己的力量在无知无觉中说出那些珍贵的辞句，而是由神凭附着来向人说话。……这类优美的诗歌本质上不是人的而是神的，不是人的制作而是神的诏语；诗人只是神的代言人，由神凭附着。②

依照柏拉图的见解，诗人靠着"神力凭附"而进入迷狂状态向人说话，并非借助自己的力量而写诗。据此，阿诺·里德总结说："灵感一词的古代意义是众所周知的，它是指艺术家借助于某种高于他自身的一种存在物，例如上帝（或神性）、一个缪斯女神或一个天使的媒介创造了他的作品。灵感的意思就是'吸气'，也就是通过缪斯女神或其他神灵把音乐或诗或其他类似的东西吹进了艺术家的灵魂中去，让他誊写下来。虽然这种看法现在不再具有它曾经有过的力量，但是每当某人讲出来的东西好像显得不是从他自己本身那里来的，而是从一个他自身以外的某种力量

① 柏拉图：《苏格拉底的申辩》。《西方哲学原著选读》（上卷），商务印书馆1987年版，第67页。

② 柏拉图：《伊安篇》，《文艺对话集》，朱光潜译，人民文学出版社1963年版，第8—9页。

或作用那里来的时候,我们就常常会说这个人是被灵感了。"①

英国《美学》杂志主编 H. 奥斯本在 1977 年夏季号发表《论灵感》一文,将西方灵感概念的产生和嬗变过程划分为三个阶段:原始宗教意义上的神赐天启论;与天才概念结合的灵感;与无意识结合的灵感。贯穿在这三个阶段的灵感中的共同特点在于找不到灵感成果的明确来源,于是才把这种没有来由的灵感归因于无须再加解释的神灵、天才、无意识身上。德国哲学家谢林说,"所有的艺术家都说,他们是心不由主地被驱使着创造自己的作品的,他们创造作品仅仅是满足了他们天赋本质中一种不可抗拒的冲动","真正的艺术家虽然是极其深思熟虑地进行工作的,却不知不觉地把这种深不可测的奥秘迁移到自己的作品里去,无论是他自己还是任何其他人,都完全无法深入了解这种奥秘"。② 在中国文论史上,也有类似的观点。如唐代皎然在《诗式·取境》中说:"有时意静神王,佳句纵横,若不可遏,宛如神助。"李德裕《文章论》中说:"文之为物,自然灵气。惚恍而来,不思而至。"明代谢榛《四溟诗话》中说:"诗有天机,待时而发,触物而成,虽幽寻苦索,不易得也。"这些说法,也都是强调神力。

灵感的不可预期性,说明它的到来具有偶发性;灵感的不可知性、神秘性,是说它似乎是没有来由的,亦即很难把它的来龙去脉搞清楚,因此是不可理解的。在我们看来,这个没有来由的神秘性,正是需要破解的难题。

三、灵感的神秘性之破解

本书认为,灵感的出现并不是完全由外力控制而主体无法左右的,

① 阿诺·里德:《美学研究》。引自朱狄:《灵感概念的历史演变及其他》。《文学理论争鸣辑要》(上册),上海文艺出版社 1983 年版,第 463 页。

② [德]谢林:《先验唯心论体系》,梁志学、石泉译,商务印书馆 1983 年版,第 266—268 页。

而是有规律可循的,在灵感降临的偶然性的背后是以一定的必然性、规律性作为基础的;灵感虽然不能绝对排除一定的神秘意味,但是仍然是可知的,可以理解的。关键在于,必须破除以符合惯常逻辑思维框架来要求灵感的作法,破除以"灵感思维"的规定性来要求灵感的潜在前提,即突破在"信息加工"的范围内来研究灵感的思维定势和研究惯性。

如前所说,灵感的降临并不是靠单纯的"思考"(即信息加工)的产物,而是当事者在一定的心理定势的前提下,已经形成一种诱发势态;然后忽然遇到机缘合适的新信息,犹如"一根擦亮了的火柴投到油库里",豁然开朗,甚至达到无比亢奋、激动的激情状态。这里所说的"心理定势",既包括面对要尽快解决的难题而当下冥思苦想的心理境域,也包括当事者心中积压的老大难题长期求索而未解的心理境域。定势是由一定的心理活动所形成的准备状态。它决定同类后继活动的发展趋势。由德国心理学家缪勒(G. E. Müller,1850—1934)和舒曼(F. Schumann,1863—1940)在1889年最初提到,后经苏联心理学家乌兹纳泽(Дмитрий Николаевич Узнадзе,1886—1950)加以改造、发展而提出的定势理论认为,定势是在需要和满足需要的情境相结合时产生,它确定主体心理和行为表现的指向性,并调节人的各种意识和无意识的心理活动形式。

这种心理定势,不是别的什么,它正是我们前面所说的"块垒"。作家、艺术家胸中早已形成的块垒,并不是单纯的理智认识的成果,而是以情意成分为主、包含着理智成分的综合性整体性的心理状态。块垒以情意状态为主,具有强烈的情意指向性,极容易转化成为急风暴雨式的激情状态;同时它又像所有情感状态一样,具有朦胧、模糊、说不清楚的一面。由于块垒已经形成在先,成为诱导灵感出现的前提基础和中介结构,因而,一旦出现了合适的信息,就有可能迅速形成新的电路接通,出现富有创造性的意识成果。

如果我们从刚好出现的机缘合适的新信息方面来考察，不难发现这些新信息并非全部是旧的，也不是全新的，而是对于部分旧有信息重新进行组装，即将两个本不相干的信息连接在一起，其结果恰好是组成了创造性的新信息。这就是灵感状态。如果触发灵感的信息全部是旧有的，那种心理活动叫做记忆、识记和回忆：对于过去经验中的信息重新唤起使之再现的心理活动叫做记忆；**"识记是通过把新东西与过去获得的东西联系起来的方法使新东西得到巩固的记忆过程"**；**"回忆是对我们在时间和空间上有局限的往事的各种映象的再现。"**①显然，灵感与这些重新唤起旧信息的记忆、识记、回忆活动是不同的。如果面前的信息是全新的，那就只能引起惊愕、好奇，而不能触发灵感。当事者面临着思考解决新任务的难题时，突然遇到过去曾经遇到过的某种相类似的信息，新旧信息之间凭借着某种形似性而临时连接起来，才会形成重新组装的创造性新信息。

显然，如果我们仅仅限于新旧信息之间接通的思路来考察灵感，那就仍然是局限于信息加工的范围进行研究，我们认为，这正是将灵感强行纳入思维轨道而必然陷入困境的原因。为了避免重蹈覆辙，我们应该把注意力投向诱发信息之外的新因素，投向"块垒"所蕴涵的强烈的推动力——情意指向性。由于块垒是长期郁积而成的，它实质上主要是一种备受压抑的情绪状态，一种渴求发泄的情绪状态，压抑愈久，它的能量愈大，总会寻找机会发散出来。在这一点上，我们认为弗洛伊德所谓无意识受到意识的压抑而要求释放出来的观点是有道理的；不过他所说的是性意识"利比多"，而我们所说的是作家、艺术家由人生感悟而得到的块垒。正是由于块垒所包含的极大的情感能量的推动，才使得当事者在当下信息的启示下倏然呈现意识领域里的飞跃状态，即

————————

① ［苏］彼得罗夫斯基主编：《普通心理学》，朱智贤等译，人民教育出版社1981年版，第323、335页。

灵感。

　　灵感降临时还有一个值得研究的规律性现象,就是它不是蓦然呈现于苦思冥想的过程之中,而是常常呈现于注意力转移的缝隙之间:例如在紧张思索过后的休息时候,散步、聊天的时候,甚至是睡梦之中、半睡半醒的朦胧状态等等。其实,正是因为注意力转移,大脑皮层上原有的兴奋灶区域得到休息,于是,周围的相关区域的脑细胞受到"负诱导"作用的影响,变得异常活跃起来,这时候,过去积存在脑海中的某些相关信息才有可能突然呈现出来,形成新的电路接通,于是诱发灵感的到来。

　　我们认为,借助于块垒作为中介,可以对于灵感现象的著名事例做出全新的、令人信服的说明。例如《三国演义》第 79 回载曹丕命曹植七步成章,曹植口占一首四句:

> 煮豆燃豆萁,
>
> 豆在釜中泣。
>
> 本是同根生,
>
> 相煎何太急。

《曹植集校注》卷 2"七步诗"为六句:

> 煮豆持作羹,
>
> 漉豉以为汁。
>
> 萁在釜下燃,
>
> 豆在釜中泣;
>
> 本是同根生,
>
> 相煎何太急。

两个版本意思相同。南朝宋刘义庆《世说新语·文学》亦载此事,谓"令东阿王七步中作诗,不成者行大法",曹植应声为诗,"帝(曹丕)深有愧色"。人们常以此诗为曹植才思敏捷、灵感附体的确证。《灵感学引论》一书认为"曹植七步成诗,就是这种智力激发的典型",是"急中生智",即"潜在的智能在危机状态中的突然激发"①。但是,为什么潜意识可以在危机时刻突然激发?却少有人道出个中底蕴。本书认为,曹植之所以能够七步成诗,还应该追究到他对于曹丕的用心、自己的处境早就深有体悟,内心里早有"块垒"在先,正是早有一肚子苦水没处倒出,正好以"煮豆燃豆萁"作为比喻来借题发挥。明代李梦阳《曹子建集序》赞曰:"至今萁豆之吟,吁嗟之歌,令人惨不忍读。"清代沈德潜《古诗源》卷五谓此诗"至性语,贵在质朴"。清代陈祚明《采菽堂古诗选》卷六评曰:"《七步诗》窘急中至性语,自然流出。繁简二本并佳。多二语,便觉淋漓似乐府;少二语,简切似古诗。"②这些评论,都是着眼于曹植的灵感来自于胸中块垒,而并非仅仅是灵机一动的产物。由此看来,说曹植七步成诗是"急中生智",实为皮相之见。

又如,古希腊科学家阿基米德在鉴别王冠是否纯金时,煞费苦心,不得其解。当他来到澡堂进入浴盆时,看到溢出盆外的热水,忽然得到启示连声高喊:"我知道了!我知道了!"在随后的实验中,他不仅揭开了王冠之谜,还总结出有名的浮力原理。我们认为,阿基米德为解开鉴别是否纯金之谜,已经于胸中形成块垒在先;这种带有指向性的块垒意识成为吸纳相关信息的接收器,于是他才会异常敏感地从澡盆溢水的现象中豁然省悟,通过水的浮力而解开物质比重之谜。当然,他的豁然贯通的灵感成果还需要通过以后的实验来检验。

---

① 陶伯华、朱亚燕:《灵感学引论》,辽宁人民出版社1987年版,第73页。
② 参见赵传仁主编:《诗词曲名句词典》,山东教育出版社1988年版,第267—268页。

第十三章 块垒在文学活动过程
中的衍化形态

　　前面我们已经得出如下结论:块垒形成在先,成为诱发灵感的基础;灵感引发于后,成为块垒喷发的突破口,两者都是不可缺少的。这实际上表明,块垒作为文学创作的远因和基础、灵感作为文学创作的近因和条件,都是文学创作的必备因素,至少是载入史册、传之久远的文学佳作的必备因素。这就意味着,对于作家来说,他所创作的文学作品,如果不具备这些必备因素——块垒和灵感,则很难达到动人情感、启人心智、体悟人生意蕴、通达终极关怀的艺术效果。这一点,早已为中外文学史上的那些留下传世佳作的著名作家们的经验之谈所一再证实。

　　块垒是作家在长期的生活实践中获得的人生感悟的凝结物。由作家日积月累而形成"块垒",又适遇一定的条件爆发为"灵感",最后经过一系列转化过程,衍生成为文学作品中深层的人生哲理意蕴。块垒贯穿于文学创作和文学接受的全部过程之中,又在各个阶段呈现为不同的衍化形态。本章所要研究的问题就是:块垒在作家创作的过程中是怎样发展变化的? 它在读者的接受过程中又是如何呈现的? 它在文学理论体系中应该占据怎样的位置?

第一节　核心意象的受孕以触发块垒为其必备条件

　　法国雕塑大师罗丹(Auguste Rodin,1840—1917)有句名言:"美是到处都有的。对于我们的眼睛,不是缺少美,而是缺少发现。"①诗人、作家、画家、摄影家等,首先都是美的发现者。一切伟大的文学艺术作品都起始于一种"美的发现"的刹那:当他们在生活的偶然机遇中发现了某些与自己的块垒相沟通的"美"时,他们会怦然心动,随之油然而生出一种强烈的"创作冲动"。正如威廉·詹姆斯所描述的:"当美激动我们的瞬息之际,我们可以感到胸部的一种灼热,一种剧痛,呼吸的一种颤动,一种饱满,心脏的一种翼动,沿背部的一种震摇,眼睛的一种湿润,小腹的一种骚动,以及除此而外的千百种不可名状的征兆。"②这是预感到其中的奥妙而无法说清楚的整体性的悟性把握,是一种直觉式感应,是灵感的降临。例如,曹禺听到一个同学的嫂嫂的爱情悲剧而产生了塑造繁漪这个人物的强烈愿望;巴金夜半醒来看见暗中闪着微光的湿抹布而引起写《抹布》的想法;雨果在巴黎圣母院墙壁上看到"命运"的字迹,捕捉到中世纪黑暗时期的不幸灵魂的微光,由此构思了《巴黎圣母院》;伏尼契在画廊看到一幅勇敢而悲哀的肖像画,促使她塑造了《牛虻》的主人公亚瑟……。总之,在这种"敏感"状态里,作家犹如得到了神助似的,由情绪激动到浮想联翩,仿佛一下子进入一个思绪万千、自由解放的广阔天地,获得了自由创造的无穷乐趣。

我们细究一番就会发现,其实作家最初获得的"美的发现"仅仅是一鳞半爪的、片段的意象。它可能是一段情感体验(如曹禺谈创作《雷雨》),一种生活情景(如李準谈创作《李双双》),甚至是一个人物的眼神(如梁信谈创作《红色娘子军》),一朵路边的"牛蒡花"(如列夫·托尔斯泰创作《哈泽·穆拉特》)等等。但是,这种片段的意象却像是撒入沃土的一粒种子一样具有巨大的生命力,像是妇女"受孕"一样会导

① 《罗丹艺术论》,人民美术出版社 1987 年版,第 62 页。

② 威廉·詹姆斯:《心理学原理》第 2 卷,纽约 1980 年英文版,第 470—471 页。转引自《美学基本原理》第 3 版,上海人民出版社 2001 年版,第 427 页。

第四编 块垒衍化论

致新生儿的降生。它"种"在作家的心田里,会"生发"——生根、发芽、成长、壮大,既沉积于意识底层,又常常萦绕于心头之上,于是,许多相关的记忆中的生活材料会向它靠拢,围绕着它而明晰起来,最终会转化为一个虚拟的意象世界。

我们将这种最初产生的、具有无限生命力的意象称之为"核心审美意象",简称"核心意象"。

一个人在生活中可能获得无数的意象。但是,并不是随便一个什么意象都会具有如此巨大的生命力,事实上只有极少数的意象才能被我们称之为核心意象。在一般意象同我们所说的"核心意象"之间,存在着不可忽视的质的区别。

意象的基本含义是意中之象,是在主体过去已经积累的大量表象的基础上经过想象而产生的超前性、意向性的设计图像。意象不同于客体事物在人的意识中留存的表象,而是一种偏重于主体的愿望、设想方面的富有新意的图像。在日常生活、生产劳动中,人们头脑中也会出现有关劳动成果、事情结局的意象;在日常审美活动中产生体现审美愿望的意象更是经常的事情。马克思说:"最蹩脚的建筑师从一开始就比最灵巧的蜜蜂高明的地方,是他在用蜂蜡建筑蜂房以前,已经在自己的头脑中把它建成了。劳动过程结束时得到的结果,在这个过程开始时就已经在劳动者的想象中存在着,即已经观念地存在着。"①他还指出:"消费创造出**新的**生产的需要,也就是创造出生产的观念上的内在动机,……消费**在观念上提出**生产的对象,作为内心的图像、作为需要、作为动力和目的提出来。消费创造出还是在主观形式上的生产对象。"②马克思所说"想象中存在着"的"内心的图像",其实都是意中之

---

① 《马克思恩格斯选集》第2卷,人民出版社1995年版,第178页。
② 《〈政治经济学批判〉导言》,《马克思恩格斯选集》第2卷,人民出版社1995年版,第9页。

象;并且认为,人类的意象活动是人类区别于动物界所特有的精神活动。很显然,生产劳动、消费活动中出现的一般意象以及日常审美意象,都是与导致创作伟大文学艺术作品的核心意象有别的。

我们所说的"核心意象"是具有巨大生命力的、导致文学创作的"艺术胚胎"①。它之所以具有极强的生命力,其深刻的内在原因恰恰在于,它是与作家在长期生活积累中所形成的块垒相撞击而产生的。块垒是人生感悟的凝结物,包含着作家在现实生存过程中形成的人生理想的追求,包含着作家对于人生价值的理解,它指向作家所向往的人生信仰、终极关怀等人生哲理层面。这是人的灵魂深处的核心成分,是人的心灵深处最为隐秘的那根心弦。一旦作家的这根最为隐秘的心弦被眼前的刺激物拨动的时候,就会引起灵魂深处的极大震动,引起作家整体人格、全部身心的震撼,并且与作家实现人生理想的责任感、义务感(富有理性内涵的高级情感)联系起来。正是这种实现人生理想的责任感、义务感构成了作家内心深处的良知(良心),使作家无法忘怀,无法释然,使作家感到如果不能完成自己的创作就会于心不忍,于心不安,良心上过不去。这种崇高的道德义务感促使作家进入非写出来不可的情意(情感意志)状态之中,陷入一种难以自拔的境地,这样,作家就会于不知不觉中进入那种"出于春蚕吐丝一样的必要而创作"的状态,使创作成为自己的"天性的能动表现"②,就像是植物自然而然地会开花结籽那样。

由于块垒作为一种深沉的情意状态具有强烈的倾向性和指向性,可以引起激情爆发,使主体进入情绪亢奋状态;由块垒和灵感结合而产

①　"艺术受孕作为创作主体与创作客体在爱欲之下相撞击、相结合的产物,它本身既是对主体、也是对客体的否定—扬弃。就是说,受孕之后,……组成了具有新质的第三者——艺术胚胎。"杜书瀛:《文学原理——创作论》,人民文学出版社 2001 年版,第 130 页。

②　《马克思恩格斯全集》第 26 卷(Ⅰ),人民出版社 1976 年版,第 432 页。

生的核心意象,就会激活主体以往留下的众多生活信息,使之"浮想联翩",甚至辗转反侧,夜不能寐;这一核心意象作为最为强烈的兴奋点就会像灯光烛照暗夜一样,给那些零星散碎的意象片段带来光明,使之放射出人生重大意义的光辉,这时候,这些零散的意象就会向核心意象聚拢,于是就有围绕着核心意象而把他们串联起来。——这样,作家就会进入意象生发的阶段。

第二节 意象世界的生发以"发表"胸中块垒为根据

在"美的发现"引起核心意象的萌发之后,作家进而转入酝酿构思的过程中,也就是核心意象为种子"生发"出完整的艺术意象体系来。巴尔扎克在《论艺术家》的系列短文中曾经对于作家的意象生发过程有过生动的比喻和描绘:

> 某一天晚上,走在街心,或当清晨起身,或在狂欢作乐之际,巧逢一团热火触及这个脑门,这双手,这条舌头;但是,一字唤起了一整套意念;这些意念的滋长、发育和酝酿中,诞生了显露匕首的布局、富于色彩的画幅、线条分明的塑像、风趣横溢的喜剧。这是转眼即逝、短促如生死的一种幻象;看去像悬崖峭壁般深沉,海面波涛般壮丽;这是五彩缤纷令人目眩的彩色;这是一组无愧于辟格麦利安(传说中塞浦路斯国王。他看上了自己所雕的一座象牙女像。这一传说后来成为文学和艺术上许多作品的主题。如法国 18 世纪雕刻家法尔格内就用这个主题雕刻成群像。——译者原注)一个美丽得使苏丹为之魂不守舍的女像;这是可以使一个垂死者笑逐颜开的喜剧性场面;熔炉中火光闪闪,这是艺术家在劳动,在静寂与孤独中展示出无穷的宝藏;你想要什么就有什么。这是忘掉

了分娩的剧痛在创作中所感到的无上喜悦。①

由作为核心意象的一个眼神或者一个细节开始，怎么就会生发出一个性格鲜明的人物及其周围的艺术世界？这些，本来都是在作家头脑中酝酿完成的事情，如果作家自己缄默无言，局外人是难以确知的。梁信曾经专门回顾自己创作《红色娘子军》的历程，相当清楚地记录了自己的漫长的酝酿过程，为我们提供可资研究的例证。梁信说自己在部队工作时，认识了许多女同志，包括青年学生、女工、内服、童养媳、丫头、孤儿、唱戏的小徒弟、歌女、舞女等等。1947 年在东北整风学习时，一个丫头出身战士的"那双眼睛"，给他留下了难以忘怀的深刻印象：

> 那个当丫头的，曾先后逃跑过十几次。地主挖空心思设计的"金木水火土五刑"，她都受过。据说地主少爷是研究生物学的，"称赞"她的十几次死而复生，谓"动物的奇迹"。……
>
> ……从那时起，就在我的脑子里留下一双难忘的目光，像剧本所描写的吴琼花的那双眼睛：火辣辣燃烧着刻骨的仇恨，与旧社会势不两立！至今，就是在黑夜里，我也能看见那两点不屈的火。②

梁信这里所谈到的"那双眼睛"——"两点不屈的火"，就是我们所说的"核心意象"。这个核心意象像是一粒种子在梁信的心底扎下根来，使他久久无法忘怀，黑夜里也能看见。此后这个核心意象具有了自己的生命，像是种子一样吸收新的水分和养分，寻找破土而出的成长机会，

① 巴尔扎克于 1830 年 2—4 月发表于《侧影》周报上的一组短文，总名为《论艺术家》，盛澄华译，《古典文艺理论译丛》第 10 辑，人民文学出版社 1964 年版，第 97 页。

② 梁信：《从生活到创作——吴琼花形象的塑造经过》，原载《人民日报》1961 年 10 月 25 日；引自山东师范学院中文系文艺理论教研室编：《中国现代作家谈创作经验》(下)，山东人民出版社 1980 年版，第 931—946 页。

生发出完整的意象体系来。直到 1958 年,梁信到海南遇到了一位娘子军烈士的事迹,使他的灵魂再一次被深深地触动了:

> ……她名叫什么花? 我已忘记,因为她入伍后不久就牺牲了。她从小无父,母亲是个盲人。她公家姓陈,是个大土豪。半县的山林半县的田,都属那劣绅。她十岁卖给陈家,命定给陈家侄少爷。那个大头儿,头脑比身子还大。两三年后,大头儿摔了一跤,跌死了。于是,她叫人按着头,跟公鸡拜了堂。从此,她明是侄少爷的未亡人,实是丫头。……她受不了那苦,十五岁那年,她趁赶庙会,逃跑了一次。抓回来,地主就把她活埋了。埋上也不知几个时辰,正赶上地主姨太要分娩,地主怕她的冤魂投胎报仇,又令人把她扒出来,想不到她又活了。十七岁那年,她终于跑出白区,参加了娘子军。她和姐妹们可亲,有说有笑,就是怨气大。她打仗时就听不到指挥。几次想藏枪偷跑,到陈家去报仇。白天一提到陈团总,她一夜翻来覆去,瞪眼咬牙,我们就得看守着她……

> 这位先烈,生平没有什么惊天动地的大事留下,但像这样爱憎分明、活生生的小事件却有很多。……

梁信根据以上两个女战士的经历,并且参照其他人的事迹,在脑子里将她们"合成"一个,围绕着"火辣辣燃烧着刻骨的仇恨"的"那双眼睛",围绕着"逃跑"的强烈动作,顺着这个思路构想出(即生发)吴琼花的一连串故事来:

> 琼花盲目逃跑,追兵逼进,狭路上遇见一位巨商。观众刚刚知道巨商是位革命者,他又马上被押入狱,然而也只有这"阶下囚"的身份,也才有可能接近牢中的琼花。可一忽儿他又被尊为上宾。最后他利用"座上客"的地位抢救了琼花,就在这确乎有些奇特的故事中,着力写琼花的跑。用"跑"字刻划她的烈性,同时提出她的命运……

这就是从"火辣辣燃烧着刻骨仇恨的眼睛"到"生发"出娘子军主人公吴琼花的过程。经过作者的生发,"那双眼睛"所代表的"种子"生根发芽,成长出了生动感人的"这一个"人物,并且围绕着吴琼花展示了海南岛红军初建时期的斗争生活,构织了一个全新的意象世界。过去都把这个过程叫做"艺术构思"或者"典型化"。现在我们称之为"生发",即由核心审美意象生长发育为完整的意象体系:它一方面向记忆中的生活现象"生根",使复杂繁多的生活材料向核心审美意象聚集、靠拢;另一方面向设想中的虚拟意象"发芽",可以生发(即虚构)出一连串的人物、人物纠葛、故事来,直至形成一个完整的艺术世界。概括地说,"生发"就是由触动块垒、灵感爆发形成"核心意象"(艺术胚胎)之后,围绕着核心意象构筑起前后勾连、步步衔接的虚构的意象体系,即由人物、故事、环境、氛围、心态、意境等具体景象(人、事、物、景等)组成一个完整的虚拟的艺术世界。

我们将艺术构思过程称之为"生发",正是来自鲁迅的一段话。鲁迅在《我怎么做起小说来》一文中说:

> 所写的事迹,大抵有一点见过或听到过的缘由,但决不全用这事实,只是采取一端,加以改造,或生发开去,到足以几乎完全发表我的意思为止。人物的模特儿也一样,没有专用一个人,往往嘴在浙江,脸在北京,衣服在山西,是一个拼凑起来的角色。有人说,我的那一篇是骂谁,某一篇又是骂谁,那是完全胡说的。①

鲁迅的这段话经常为人们所引用,但其中的深切含义却很少有人加以细细追究。我们认为这段话的关键词有两个:一个是"生发",另一个是"发表"。这两个关键词恰恰是与"块垒"密切相关的。生发的

① 鲁迅:《我怎么做起小说来》,引自山东师范学院中文系文艺理论教研室编:《中国现代作家谈创作经验》(上),山东人民出版社1980年版,第23页。

前提是作家已经获得的核心意象以及过去生活积累中的许多相关感受,生发的原则是围绕着核心意象"足以几乎完全发表我的意思为止","发表我的意思"才是整个生发过程的贯穿线。这里鲁迅所说的"发表我的意思",其内涵显然不是指人物、故事、环境、意境等组成景象层面的具体事物,而是指比这些更为内在的东西。鲁迅在同一篇文章的前文中说:

> 说到"为什么"做小说罢,我仍抱着十多年前的"启蒙主义",以为必须是"为人生",而且要改良这人生。我深恶先前的称小说为"闲书",而且将"为艺术的艺术",看作不过是"消闲"的新式的别号。所以我的取材,多采自病态社会的不幸的人们中,意思是揭出病苦,引起疗救的注意。所以我力避行文的唠叨,只要觉得够将意思传给别人了,就宁可什么陪衬拖带也没有。

这段话涉及当时文坛上关于"为人生"的艺术和"为艺术的艺术"之间的争论。抛开争论双方孰是孰非不说,在这里鲁迅明白告诉我们的,他所说的"意思",是"揭出病苦,引起疗救的注意"。这不正是他在《〈呐喊〉自序》里所说的"寂寞"吗?鲁迅自己所说的这种"寂寞",恰恰就是我们所说的块垒的别称。这一点,我们在第三章第三节早已论及。由此可见,通过创作"发表我的意思"的含义就是抒发人生感悟的郁结物——块垒。

由于这个核心意象是作家在固有的块垒基础上触发灵感而获得的,因此借助核心意象"发表我的意思"——其内涵正是指向了发掘块垒中的人生哲理性意蕴,导向了对于社会生活的真善美三大终极价值的深层开掘。这已经是从意象世界的景象层面深入到更为深层的意味层面了。意味层面的深刻内容,恰恰是作家长期累积形成的块垒所包含的东西。从对于"真"的开掘来说,作家通过窥破假象、放大细部、鸟瞰总体面貌等等,引导读者透过现象加深对于生活发展规律的理解。

从对于"善"的开掘来说,作家通过人物之间的关系所形成的场面、纠葛、故事的展示,在具体细节上发掘其深刻的道德意义,建立起道德裁定的"法庭",旗帜鲜明地伸张正义。事实上,历史上许多文学名著(例如屈原、杜甫的诗作,陀思妥耶夫斯基、列夫·托尔斯泰的小说等),都包含有道德裁定的篇章段落,常常是最为震撼人心的部分。"真"的发现、"善"的裁定都可以显示作家的匠心慧眼,引导人们超越眼前的生活现象而有所发现而感到新鲜愉快,但是最终仍然以对于"美"的开掘为指归——这就是通过对于生活场景的展示,直接导向对于人生深层意蕴的领悟,叩问人生的终极价值,获得发现新的人生价值的愉快。这种对于人生真善美的开掘,定然是跟作家长期积累凝结的"块垒"相联结的产物,而不可能是拿起笔来再"临时抱佛脚"所能奏效的。

老舍的《茶馆》以北京的一个茶馆为背景,以茶馆老板王利发为核心人物,浓缩了近代北京乃至整个中国的半个世纪的历史身影。表演大师于是之所扮演的王利发,从一个手脚利落、步履轻健的小老板演到动作颤抖、步履维艰、言辞木讷、说话漏风的老掌柜,在几个令人难忘的生活场景的展示中,艺术地流露出历经磨难、饱经沧桑、穷困潦倒的历史走向。老舍将历史浓缩了,也将历史提纯了、哲理化了。它给我们提供一个纵向审视中国近代史的超越性视点,使我们从人生哲理的制高点上来俯视历史,观照人生,在看似光怪陆离、滑稽可笑的生活现象背后,认清了历史主体(中国人民)的悲惨遭遇,以至于令人心酸落泪。这种对于中国人民的历史命运、人生遭际的哲理性理解和领悟,其根基毫无疑问是老舍先生几十年人生体验的凝结,是由作者的胸中块垒衍生出来的。

从美的发现,核心意象的萌发,到人生哲理的探求,我们都能窥见其中块垒的深刻底蕴。块垒作为一种蕴涵着激情的情意状态,通达作家对于人生的终极关怀,代表着作家对于人生的哲理性探求,因而是深沉的,包含着不可穷尽的意味。由此可见,恰恰是"块垒"推动了核心意象的生发过程,贯穿于生发过程的始终,以至于衍化成为未来作品的说不尽的意味——主题。作家的创作过程实际上是借助于笔下的人物故事表达自己的人生感受,也就是借笔下人物故事之酒杯来浇自己胸中的块垒。在这里,用来浇胸中块垒的人物故事之"酒杯",不管是来自作家"见过"的亲身经历,也不管是来自"听到过"的间接材料,都是由我们称之为核心意象的基础上生发出来的,所以都是为浇自己胸中块垒服务的。正因为它是作家在心灵上曾经受到过冲击的、打动过自己的东西,是植根于块垒之上、引动灵感爆发过的"美的发现",所以,才会是富有滋味的、言有尽而意无穷的、不可穷尽的。

反过来说,如果作家所写的人物故事不是曾经打动过自己的,不是基于块垒之上引动灵感爆发的东西,就不可能渗透着人生感悟的深层意蕴。如果是这样,尽管其笔下的人物故事也称得上生动有趣,但是其中的"意思"只能是一种对于生活事件的肤浅的、表面的、一目了然的判断,甚至是某种外在条文的图解,那么,当然只能令人感到索然寡味、难耐咀嚼。严格说来,这样的东西只能算是文学创作领域里的赝品。如果细心检查一下我们的文学艺术园地,这种难以打动人心的赝品,实在是为数不少的。

在这个过程中,以什么样的意象生发原则作准则,是一个不可忽视的问题。这也就是过去所说的创作方法问题。我们检查中外文学发展的历史,可以将意象生发原则概括为三大类:

现实主义原则要求作家按照生活本来的样子构织意象体系,直接从人的经验世界中取材,以贴近生活的样式来表现对于现实发展规律的理解。现实主义总是把真实可信放在首位,以塑造现实生活中实有的人物为致力的重心,以符合生活原貌的精雕细刻的艺术手法见长,以表达作家对于现实生活的规律性的理解为其基本指归。现实主义作家把来自生活中的创作素材,按照自己对于美的发现和人生哲理思考的思路组织起来,集中起来,加以改造生发,以达到充分表达自己的理解、体现生活发展的逻辑为己任。现实主义作家对于生活素材的改造生发,以不违背生活原貌为限度。

理想主义(浪漫主义)原则的根本要求是,按照作家的理想来构织理想化的意象世界,或者说是按照生活可能有、应该有、希望有的样子来展示生活。理想主义总是把作家热烈追求向往的东西放在首位,以塑造理想世界中的理想人物(英雄)作为致力的中心,以夸张的笔调、强烈的激情见长,力图引导人们为实现理想而积极行动。按照理想主义原则来构织意象世界,那就要强调改造和变形,往往把生活中原有的人物、事件上面符合理想的一面突出出来,有悖于理想的一面则加以删削省略,甚至可以把失败写成成功,把人物写得十全十美,甚至超凡脱俗犹如神灵一般。理想主义的夸张、变形,尚保留着符合生活实际的外观,这是与魔幻主义有原则上的区别的。由于作家的理想性质不同,理想主义可以分为积极和消极两大支派。

魔幻主义构象原则产生于神话时代,其后在童话、寓言、神魔小说、魔幻现实主义的作品中体现出来。这类作品所展示的魔幻世界,已经远离了现实生活,其变幻莫测的人物(神、鬼、妖、怪或者动物等)及其形成的故事,多是人间不可能存在的。魔幻主义作品展示的是幻觉幻象,而这些幻觉幻象并不是无源之水,往往是作家的理想生活的曲折变形的表现形态,是发源于现实生活的,因而中外文学艺术史上不乏体现人类进步理想的魔幻主义杰作。

上述三大类意象生发原则,三者的区别主要是构织意象世界的依据不同,所展示的意象世界的外貌有明显区别,但从最终意义上说都是植根于现实、联系着理想的,并且都是采用生活中的材料进行加工的,因此还有许多相通之处。我们认为,单就三大类意象生发原则本身而言,其间并没有高下优劣之分,因而都是可以自由运用的。不仅一个作家创作不同作品时可以采用不同的意象生发原则(鲁迅不仅创作了一系列现实主义杰作,而且也写出理想主义的《故事新编》和《过客》之类的魔幻主义作品),而且在同一部作品中,也可以使三者互相补充、交相运用(《红楼梦》、《水浒传》、《西游记》中都有这种情况)。归根到底,采用哪一种意象生发原则还是如鲁迅所说"到足以几乎完全发表我的意思为止",也就是以能否抒发胸中块垒、"发表"作者对于人生哲理的深刻意蕴体悟为依据。这一根本原则,是从核心意象生发出意象世界的一则铁律,作家是不能违背的。

第三节　艺术形式的熔铸以精准地抒发块垒为指归

熔铸艺术形式,也就是意象世界的凝定阶段。这就是把心中的意象体系借助语言体现出来——写出来。这是一个艰苦的创造过程。其中的基本功前提在于对于文学惯例相关知识的积累和熟悉,包括对于文学媒介——语言——的驾轻就熟的运用,对于各种文体格式的熟练掌握等等,然后在这个基础上自觉地突破既有的艺术成规。这里所遵循的原则,仍然是以精准地抒发胸中块垒为宗旨。

艺术形式的熔铸包括内外两个紧密相连的层面:一个是意象世界(景象层面)的内部结构层面——内形式;一个是意象世界借助于媒介符号——语言的音义层面——的外形式。

首先说结构层面。

一部文学作品的内在要素的排列组合方式同时也是支撑作品外在样态的基本构架,这就是作品的结构层面所要解决的问题。细分来说,结构层面主要包括对于以下问题如何处理:

第一,文体格式。作为文学作品最终形态的文本,必须依照历史上已经形成的惯例呈现为某一类体裁样式。例如西方文学传统中的抒情的、叙事的、戏剧的三大类;我国文学史上形成的诗歌、小说、散文、戏剧四大类等。文学的体裁样式,对于题材类别、作品容量、结构要求、语言运用等方面都具有一定的制约性,在篇幅大小、章节排列、语言格调、节奏韵律等方面有一定的习惯性要求。例如我国的格律诗,在句数、字数、押韵、平仄、对仗等韵律方面都有相当严格的要求,在整体构架上还要有起承转合的顺序;欧洲的十四行诗,也有自己的一套格式要求。但是,每一种文体格式,都有一个容许一定程度变通的弹性空间;而且从根本上说,规则总是由人从实践经验的总结中制定出来的,也总会有人不断突破固有的格式要求而创制出新的样式,因此,文体格式总是处于不断发展变化的历史过程之中——不断有新的文体诞生,也会有旧的文体走向消亡。

第二,时空处理模式。结构层面所要解决的任务是各个部分的先后次序、详略以及穿插、照应等问题。如何着眼于全局来安排部分,如何安排部分与部分的连接、顺序、比例等,与一定的时空处理模式密切相关。按照古典的时空观念,事物各个现象之间的联系限于历时性纵向因果关系和共时性横向并列关系,要描绘和记录一件事情的来龙去脉,按照事情发生的顺序安排就是其基本模式,即先按照历时性时序,然后穿插空间地点的转换也就足够了。这是一种以物理时间为基本坐标的时空模式,其中的变化主要是生活的纵剖面和横剖面如何交织组合安排的问题。现代主义思潮兴起以后,强调内心世界的真实,流行以人物或者作者的心理时空为构织作品的纵轴线,使客观的物理时空服从主观的心理时空。整部作品的布局常常以人物或者作者的心理活动为转移,把看到的、想到的(回忆、做梦、愿望等)种种场景连接在一起,使客观的物理时空顺序(过去、现在、未来)被打乱、切碎,重新加以组合。这样做的好处是便于细致地展现主观内心世界,给人以真实亲切之感;缺点是往往由于过多的任意性的时空转换常常使人如堕五里雾中,难以理清现在与过去和未来、现实与非现实、真实与虚幻之间的区别。后现代主义思潮更是强调作者与读者心理时空的沟通和交流,甚至故意把作者与作品中虚构的人物混同起来,造成一定的叙述圈套,运用得好可以给人以新鲜别致、耐人寻味之感，运用不好也会使人感到头绪纷繁而不得要领。

第三，叙述模式。文学创作最后必然要落实于语言文字的排列顺序问题，这就要解决叙述方式、叙述结构、故事形态、叙述策略等问题，包括：

采用何种类型的叙述者——第一人称、第三人称或者根据一个人物的观察点用第三人称引导的叙述情境，还有些作品部分地采用第二人称；

选取什么视角——叙述者无所不知无不能说的非聚焦型、叙述者只能说出某个人物所知道的内聚焦型、叙述者说出来的少于人物所知道的外聚焦型①；

故事中人物设置、角色分类，如英雄、反面人物、契约、考验、复仇等等，以及选择怎样的人物关系的"行动元"模式——依照格雷马斯的理论，"行动元"是指人物之间、人物客体之间行动关系的结构单位，他提出了三种主要模式：主体/客体、发送者/接受者、帮助者/敌对者，可以为分析不同作品中的故事结构提供便利；

环境（自然景物、社会背景、物质产品）如何呈现的方式，如支配与从属、清晰与模糊、静态与动态等；

文本叙述语言的变化、转换以及反讽、复调等手段的运用，如故意错落叙述、造成含糊效果等等。

我们只要联系具体作品稍作分析，便可体会出不同的叙述模式造成的艺术效果是大不相同的。例如《孔乙己》中通过咸亨酒店小学徒的眼睛来观察主人公，话也说得模模糊糊（"我到现在终于没有见——大约孔乙己的确死了"），意在显示周围世界对于主人公的冷漠；《阿Q

---

① 参见胡亚敏：《叙事学》，华中师范大学出版社1994年版，第38—41、24—36页。

正传》中对于阿 Q 之死的描写，则是采用全能视角，既写出了主人公内心感觉（"两眼发黑，耳朵里嗡的一声，觉得全身仿佛微尘似的迸散了"），又观察到城里人看热闹的反应（"游了那么久的街，竟没有唱一句戏，他们白跟一趟了"）以及其他人的反应等等，充分显示双方都是处于深深的相互隔膜的愚昧状态之中。

再说外在的语言符号系统的音义层面。

语言符号系统是展现文学作品意象世界之外部风貌的唯一物质媒介手段。对于语言媒介的掌握和运用是作家手中的唯一的工具和武器，历来受到作家们的高度重视。真正伟大的作家都是驾驭语言的高手，往往被尊称为语言大师。他们从熟练掌握语言的最小单位——词——的音义两面（义包括象、情）开始，到对偶、排比、反复、比兴、象征、夸张、双关等修辞手段的选择，以及语言的节奏、韵律、格调等方面的把握掌控，都下过苦功，做到得心应手，才能使文学作品的结构层面、景象层面的各种要素各安其位。杜甫说"为人性僻耽佳句，语不惊人死不休"，贾岛云"二句三年得，一吟双泪流"……古人那些苦心孤诣、拈断胡须的炼字功夫，如醉如痴、废寝忘食的创作历程，都是为了能够精细准确地、恰如其分地排解抒发那胸中郁积的人生感悟（块垒），稍有不妥则于心不安。在这方面，文学史上留下了不少佳话。

核心意象的受孕以触发块垒为必备条件，意象世界的生发以"发表"胸中块垒为宗旨，艺术形式的熔铸以精准地抒发块垒为指归，总之，从人物、故事、场面、环境、氛围、心态、意境等要素的设置，到文体格式、时空处理、叙述模式的运用，再到语言修辞手段的选择，一切属于操作阶段的步骤都是"到几乎完全发表我的意思为止"。

从生产是为了消费、创作是为了接受的角度来说，作家选取怎样的文体和语言格调，如何遣词造句、锤炼语言，如何押韵、修辞等，此后还要反复修改定稿，还要考虑传播媒介的选择和运作等等，这一切都是为了让未来的接受者感到新颖有趣，便于接受和耐人寻味，使作家自身的人生感悟在他们那里得到理解和共鸣。

在真正成熟的作家那里，一切关于景象层面、结构层面、音义层面的清规戒律，都不再是碍手碍脚的桎梏，不再是妨碍跳舞的镣铐，而成为得心应手的工具；犹如大匠之运斤、庖丁之解牛一样，通过纯熟地运用规则和技巧，能够产生出一种水到渠成、瓜熟蒂落、妙手偶得一般的自由把玩式的艺术效果。这才是文学创作达到炉火纯青地步的最高境界。"不法之法，乃为至法"，说的正是这个道理。"清水出芙蓉，天然去雕饰"，追求的止是这种境界。只有到达这一境界，作品中从最深处的人生哲理体验，到意象世界的各个部件，无不各安其位，于是就走向了自由创造的最高层次，走向了独特的艺术形式和艺术风格。成熟的作家每一部新作都能达到独特的艺术形式，都能显示其独一无二的艺术风格。而构成其独特风格的因素，除了选择不同的题材和抒发独特的人生感悟的内在方面之外，也必然包含了对于文体格式、结构模式、语言运用等各个领域的创新与突破。

第四节　在文学接受活动中块垒呈现为
不可穷尽的滋味——主题

刘勰说："缀文者情动而辞发，观文者披文以入情，沿波讨源，虽幽必显。"①这句话说明了创作者和接受者的思路正好相反：作者是先有了情思再发为文辞，读者则是先看了文辞再理解情思。

按照我们的理解进一步展开来说，作家的创作经历了前后承接的四个大的环节：

第一，在长期生活中感悟人生、郁积而成块垒，这是一种沉入心底、

---

① 《文心雕龙·知音》。

最为内在的心理意向,其核心是一个人的人生信仰和终极价值追求,因而是他无法摆脱、难以言传、说而不尽的情意凝结状态,这是作家自身对于人生况味的体悟而获得的意味;

第二,在块垒的基础上遇到适当的机缘而导致灵感的爆发,诞生核心意象,获得艺术生命的胚胎,进而按照一定的原则生发出意象体系,导致作家在精神上自由翱翔于虚拟的人物、故事、景物、场面、氛围、意境等构织而成的景象世界里面;

第三,借鉴过去的文学惯例,按照一定的文体格式、时空处理模式、叙述模式等方面的要求,列出写作提纲,搭建未来作品的骨架,形成意象体系的内在结构;

第四,借助于语言媒介描摹意象,遣词造句,借音显义,传情达意,运用象征、比兴、对偶、排比、反复、双关、夸张等修辞手段,节奏、韵律、语言格调等外在特征,将意象体系凝定为能够进入传播渠道的外在文本形态。

上述四个环节,落实在对于一部作品的分析来看,则是这样四个层面:意味层面—景象层面—结构层面—音义层面。如果说作家的创作过程是由内到外的逐步凝结,那么,读者的接受过程则是由外到内的层层深入。由对于语言符号的解码、理解其音义入手,进而理清各个组成部分之间的内在关联,进入作品中的虚拟的意象世界,随着人物的命运、作者的态度而情感起伏涨落,经过反复吟味,获得一种难以说得清楚的意味,体会到一种无法表述的情意状态。理想的读者能够达到对于人生况味的深层体悟和凝结,达到一种哲理性体验。

这种滋味丰厚的哲理性体验的内涵,其实就是我们常说的文学作品的主题。接受者对于作品主题的哲理性体验,恰恰是作家的人生感悟的凝结物——块垒——在另一个主体身上的重现。

通常所说的"主题是作品的中心思想"的说法,对于成功的文学作品来说,用语并不恰切。因为"中心思想"具有明晰性,是理性思维判断的产物;而文学作品的"主题",却并不一定是一种明晰的思想判断,常常是一种说不清楚、道不穷尽的意味。体味一部伟大作品的深层意蕴,需要读者在阅读全书时,反复玩味,置身其中,深入领悟,而后掩卷遐思,才能体味得到。它给人的感受,类似于味觉。在我国古代文论中,对它有着源远流长的探讨。钟嵘《诗品序》中说:"五言居文词之要,是众作之有滋味者也"①。司空图《与李生论诗书》:"文之难,而诗之尤难。古今之喻多矣,而愚以为辨于味,而后可以言诗也。江岭之南,凡是资于适口者,若醯,非不酸也,止于酸而已;若醝,非不咸也,止于咸而已。华之人以充饥而遽辍者,知其咸酸之外,醇美者有所乏耳。……噫! 近而不浮,远而不尽,然后可以言韵外之致耳。""今足下之诗,时辈固有难色,倘复以全美为工,即知味外之旨矣。"②严羽说得更是有些神秘:"盛唐诸人惟在兴趣,羚羊挂角,无迹可求。故其妙处透彻玲珑,不可凑泊,如空中之音,相中之色,水中之月,镜中之象,言有尽而意无穷。"③这里所说的"滋味"、"韵外之治"、"味外之旨"、"言有尽而意无穷"等,都是对于文学作品烛照内观、从容玩味之后所体味到的主题之味道。"子在齐闻韶,三月不知肉味"④,"余音绕梁栭,三日不绝"⑤,都是通过审美回味而得到的意味深长的感受。

概而言之,作家的人生感悟的凝结物是块垒,它以其特有的生命力转化为作品中所要传达的"意味",必须寄寓在所描述的人、事物的景象之中,渗透在审美意象世界之底里深处,然后运用语言音义符号表达出来。而读者通过对于符号的解码进入意象体系之内,使自己的情感

---

① 北京大学哲学系美学教研室编:《中国美学史资料选编》(上册),中华书局 1980 年版,第 213 页。

② 同上书,第 316 页。

③ 北京大学哲学系美学教研室编:《中国美学史资料选编》(下册),中华书局 1980 年版,第 78 页。

④ 《论语·述而 7·14》。

⑤ 《列子·汤问》。

随着意象的展开而起伏,才能体味到其中无穷的意味,并且结合自己的生活经历和审美经验加以融合、补充,使之成为一种主体化的、不可重复的审美发现和审美感动,成为一种自己参与创造的情感体验,因而在读者这里"意味"再一次变成为不可穷尽的。

我们可以结合《阿Q正传》加以印证。鲁迅曾经多次谈到《阿Q正传》的写作,可以从中看出作者的多重用心:一是在《俄文译本〈阿Q正传〉序》中说的,要"写出一个现代的我们国人的魂灵来";二是在《〈阿Q正传〉的成因》中说过:"阿Q的影像,在我的心目中似乎确已有了好几年,但我一向毫无写他出来的意思","中国倘不革命,阿Q便不做(革命党),既然革命,就会做的。""'大团圆'倒不是'随意'给他的",这是确然地肯定了阿Q一定会做革命党,并且一定会被枪毙;三是在《英译本〈短篇小说选集〉自序》中说,"将所谓上流社会的堕落和下层社会的不幸,陆续用小说的形式发表出来";四是在《寄〈戏〉周刊编者信》中说的:"阿Q该是三十岁左右,样子平平常常,有农民式的质朴,愚蠢,但也很沾了些游手之徒的狡猾。……不过没有流氓样,也不像瘪三样。只要在头上戴上一顶瓜皮小帽,就失去了阿Q,我记得我给他戴的是毡帽。"这些话里面既有作者对于民族、时代的思考,又有对于当时的社会分层对立的感悟,还有对于阿Q的阶级本质、性格特点和必然命运的理解。这一切,在鲁迅心中酝酿已久,凝结成为一个鲜明的人物阿Q,适逢孙伏园前来约稿而催动灵感的降临,生发出一个以未庄为中心的艺术世界。《阿Q正传》的发表,在当时社会上引起极大的震动。时至今日,当我们读过之后仍然无法平静,由起初感到滑稽可笑而变得心情无比沉重起来,不由得心中就泛起了多重思绪——其内涵大体上还是鲁迅心中所郁结的那些东西。于是,我们归纳出作品的主题是:《阿Q正传》通过一个雇农阿Q身上精神胜利法的种种表现及其要求革命、糊涂被杀的命运,反映了辛亥革命的必然失败,从广大农民群众的愚昧麻木和作者的"哀其不幸,怒其不争"的态度上,显示出提高农民觉悟对于中国革命的重要意义。其实，我们清楚地知道，这几句理性概括的结论毕竟还是无法把我们对于《阿Q正传》的感受充分表达出来的。

再以曹雪芹的《红楼梦》来说，究竟应该怎样理解它的"主题"——是宝黛爱情的悲剧？是歌颂封建社会的叛逆？是显示新兴市民的兴起？是贾史王薛四大家族的兴衰？是中国封建社会走向没落？……所有这些意蕴，都被包容在《红楼梦》之内，又都很难把全书的内涵概括起来。《红楼梦》所传达的"意味"，实际上比上述所有这些概括加在一起还要多些。作者曹雪芹当时显然不会采用今天的用语来表述他内心的感受。令他非写不可的心理状态，大概只是一种对于"大厦将倾"的预感，一种模模糊糊地包含着同情、惋惜、恨铁不成钢、无可奈何、离合悲欢等情绪在内的五味俱全的"意味"——块垒——而已。他为了传达这种感受，为我们营造了一个上至皇宫、下至三教九流的社会场景，编织了荣宁二府内外众多的人物故事，为我们提供了一个可以进入其中感受体验的艺术世界，也就提供了一个可供体味以及认识、理解和归纳主题的前提。《红楼梦》问世二百余年来，人们对它进行了那么多研究，写出了那么多著作，它的主题仍然是没有穷尽的。今后的读者和批评家还会结合自己的经历继续解读它的主题，依照自己的理解继续写出新的论著。

虽说作者最初的块垒和读者后来得到的滋味，都具有五味杂陈、难以说清的共同性，但是，二者在内涵成分和外在特点上是有许多区别的。人们常说："有一千个观众就有一千个哈姆莱特"，"有一千个读者就会有一千个林黛玉"，这充分显示了接受主体对于所感受的滋味的制约性。对于接受过程中所发生的变化及其原因，西方接受美学理论为我们提供了令人信服的说明。

据此我们认为，文学作品中展示的审美意象世界对于接受者来说仅仅是"接受前提"，是一种可能导引欣赏过程的潜在可能性。这种

"接受前提",规定着接受者只能按照作品中意象世界展开自己的想象,制约着想象的内容、性质、范围和方向。鲁迅曾经指出:"作者用对话表现人物的时候,恐怕在他自己的心目中,是存在着这人物的模样的,于是传给读者,使读者的心目中也形成了这人物的模样。但读者所推荐的人物,却并不一定和作者所设想的相同,巴尔扎克的小胡须的清瘦老人,到了高尔基的头里,也许变了粗蛮壮大的络腮胡子。不过那性格,言动,一定有些类似,大致不差,恰如将法文翻成了俄文一样。"①"接受前提"对于接受者具有一定程度的制约性,决定了接受者处于受动地位。

接受者一方面是处于被动地位的受动者,从另一方面来看又是处于主动地位的主动者。当一个人自愿成为一部文学作品的接受者的时候,他已经是自觉的受动者,已经出现了自觉地准备接受的精神状态,具备了变受动为主动的主观能动性。当他进入接受过程之后,他就成为征服对象的能动主体,具有发挥自己创造性的天地。在阅读之前,接受者既往形成的心理定势和欣赏框架会成为特定的"期待视野"。期待视野代表着一定的审美意向,引导着接受者的审美注意。接受者进入接受过程之后,期待视野就会自觉不自觉地筛选那些与自己相适应的信息,理解到与自身理解力相对应的范围和层次,在不同程度上排斥、摈弃期待视野以外的信息。这就是造成读者仁者见仁、智者见智的根本原因。接受者的特定的期待视野会成为审美评价的尺度,只肯定那些符合自己口味和需要的东西,拒斥那些不符合自己口味的东西。从这个意义上说,作品中意象世界所蕴涵的无穷意味,究竟能够接受多少、理解多少、品味多少,是由接受者本人的期待视野等主观条件决定的。

---

① 《花边文学·看书琐记》,《鲁迅全集》第 5 卷,人民文学出版社 1991 年版,第 530—531 页。

文学作品本身的意象世界作为文学接受的客体条件是一个"召唤结构"，是一个朦胧多义的意象载体，是一个负载着无穷意味的模糊集合，是一个有待于接受者加以填充的总体框架；接受者则是响应召唤、填补空白的主体，他将自身的人生感悟填充进去，进而思考和探求其中的人生哲理，因而主客双方形成一种独特的创造性的解读关系。这就是说，接受者从自己的期待视野出发，通过感受和想象进入作品的意象体系，填补其中的一些空白，使自己头脑中出现带有强烈主观色彩的意象世界；根据自己的经历和感悟来发现、思考作品中的人生哲理意蕴，对于其中的人生际遇做出自己的解答；这种解答既是对于作品中原来潜在的意蕴的深刻挖掘，同时也是接受者的突破和创造：可能是有意地放大了某些方面，可能是强化了某种人生意义，也可能是引申原义而故意做出某种富有针对性的曲解，这是一个借题发挥式的张扬自己的过程，实际上是"借他人的酒杯，浇自己胸中的块垒"。也正因为如此，接受者所获得的意味才会是无穷无尽的。

文学接受活动是文学鉴赏和文学批评的基础性环节，因此对于作品中无穷滋味的感悟同样是鉴赏和批评活动的基础。

我们认为，作品的主题呈现为难以穷尽的意味，实际上是作品原来潜在的人生意蕴与接受者人生感悟的碰撞和重现，是作家的人生感悟借助接受者的欣赏过程而重新呈现出来。一方面，由于接受者的能动性的参与，由于创作者和接受者所面对的人生际遇不同，前后两次出现的人生感悟状态必然各自有其特定状态而不会雷同；另一方面，由于人们所面对的人生基本问题（人与自然、人与社会、人与人、人与自我）具有共同性，所感悟到的人生哲理意蕴又必然是能够相互打通的，因此，前人的人生感悟对于后人仍然具有感召力，能够达到共鸣。中外文学史上的伟大作品，都是建立在作者呕心沥血地抒发长期郁积而成的块垒基础之上的、蕴涵着深层人生意蕴的佳作，因此会引导一代又一代的后来者重新体验，放射出永久的艺术魅力。这些作品中所蕴涵的人生哲理意蕴,于是被称为"永恒的主题",例如爱情、友谊、生死等等。

爱情年年写,人人各不同。爱情是常写常新的题目。爱情是人生的一部分。它是建基于动物本能和种族繁衍基础上的两性关系的表现。随着人类社会的发展,两性本能一旦升华为人间爱情,它就具有十分特殊的独立意义。"生命诚可贵,爱情价更高"。爱情的价值似乎超过了生命。为了爱情,人们宁可冒着生命的危险,甚至拿生命来作孤注一掷的赌博,以致为爱情而死。中外文学史上,留下了多少表现和歌颂爱情的光辉篇章啊!约会、等待、信誓旦旦、辗转反侧、寻访、追求、焦虑、思念、遗弃、怨愤、凄苦、沮丧……,种种最为隐秘的感情,最为深刻的体验,都在爱情文学中表现得淋漓尽致,耐人寻味。有些作品甚至把爱情写得超越生死、超越时空,可以借体还魂,可以鬼使神差,可以一夜风流,可以代代轮回……。无论是现实化的、理想化的还是虚幻化的描绘,都同样是人们关于爱情理想的表现和化身。凡是写得深刻动人的,都是在探求爱情对于人生价值方面有其深刻独到之处,即通过自己作品中的人物对于爱情的解答使之具有与读者对爱情价值的思考相互扣应的魅力。只要有人生存,有人间爱情,就会有人创作爱情作品,继续对于爱情的价值进行领悟、思考和探讨,因而爱情是永远能够打动人心的主题。

与爱情可以相提并论的,还有父爱和母爱、友谊和仇恨、同情和残忍、德行和罪恶、恩遇和惩罚、和平和战争等等,都是展现个人与他人、个人与社会之间关系的领域。表现这些人生领域的作品,或者因符合自由生存的理想而令人向往、欣慰和愉悦,或者因违背人类的愿望而令人生畏、反感和悲愤,都可以使人们增加生活阅历,提供道德评判和获得美丑体验,导引人们进行人生价值的深层探寻。

人与自然的关系,也一直是人类生存的重要内容,是文学艺术作品的重要主题。原始神话中早已在想象中表现出人类对于自然力的敬畏和征服的愿望,其后在与自然力的抗争和改造的同时更提出了达到人与自然的和谐相处的理想。人本是泥土所生，还要回归泥土，回归自然，是人类自古以来无法摆脱的观念。大自然才是人类的最后的归宿和家园。文学作品中那么多关于自然景物的吟咏和描绘，其深层意蕴恰恰是追求人同自然之间的对立而又统一的自由与和谐。

人与人、人与自然的关系的核心，是人自身的生与死的问题，实际上是人生的意义、人生的价值、人生的目的问题。生的欢乐，包括悲欢离合、兴亡浮沉、爱情、友谊、事业、家庭、伦理、生活、追求、希望、理想……，直到环境保护、生态平衡等等，都意味着生之留恋；对于死的恐惧，包括疾病折磨、失恋失意、颓唐消沉、天堂地狱、悼亡、怀旧、长生、还魂、驱鬼……，都体现着死之威胁。无论是"人生得意须尽欢，莫使金樽空对月"（李白），还是"人生自古谁无死，留取丹心照汗青"（文天祥），其中感受不同，意味迥异，都道出了人生的深层体验，令人灵魂为之震撼。这些文学作品，都引导人们从有限领悟无限，从当下的喜怒哀乐进入到人生价值的永恒追求之中。

人生的意义和价值，人生的目的和归宿，永远是召唤人们去体验、追求、解答的永恒课题。除了哲学之外，只有宗教和文学艺术能够引导人们去思考这一深层问题。哲学、宗教、文艺都是以其人生哲理之深邃而具有永远探求的价值，其中唯有文学艺术以其非概念性的意象体系，才更具有普及性，更为吸引人和感染人。

第五节　块垒理应成为文学理论的元问题

综上所述，块垒不仅是引发文学创作的源发状态，而且贯穿于文学创作、文学接受乃至鉴赏批评等文学活动的各个环节，它理应作为文学理论的元问题而得到重视。既然古今中外的文学佳作都是起始于作家的块垒和灵感状态，那么，我们就应该将块垒和灵感置于文学理论体系的更加重要突出的位置,从块垒开始重新建构新的文学理论体系。

文学理论作为对于文学活动的理论总结,其体系的展开理应从文学活动的起点——作家如何孕育文学作品——开始,顺着文学活动发展的环节以及相关的诸因素,逐步地展开分析和论述。最初是作家由人生感悟积郁而成为块垒即"有话要说",而后受到某种事物的触发而导致灵感爆发状态,以至于心情久久难以平复而"不能不写"。这时候才会出现马克思所说的那种"出于春蚕吐丝一样的必要而创作"的状态,也只有到了这时候才会考虑将如何构思、如何表达等提上日程,出现了意象的生发、主题的提炼、遣词造句等问题,在往后的写作和传播过程中,作家还需要进一步明确自己的作品同政治、经济、道德、宗教等其他社会文化要素之间的复杂关系问题,对于理论思考的头脑来说,还会出现如何确定文学现象的本质及其社会定位等问题。因此,本书认为,应该以"块垒"的形成作为文学创作的起始点,应该视"块垒"为整个文学理论体系开头的"元"问题;无论是文学的本质规定(定义),无论是意象、形象、感兴、象征、主题、形式、结构、语言等环节,无论是文学与政治、经济、道德、宗教等其他社会成分的诸关系,都是在块垒、灵感之后的环节,因此都不具备作为文学理论元问题的资格。

然而,如果依据上述认识来检视我们的文学理论著作,就不难发现:一方面,灵感问题曾经被贴上唯心主义的标签屡遭批判,近来虽然有幸回到文学理论体系之中,但是至今尚未取得它应有的地位,就是说灵感尚未被视为优秀文学创作过程的必备环节来看待,它的本质、意义和作用阐述得远远不够;另一方面,作为灵感产生的必要基础的块垒,则完全没有进入历来的文学理论体系之中——且不必说目前还没有一本文学理论著作将块垒视为文学创作的始基而论及它的意义和作用,即使是在古代文论著作中那些专门评介司马迁"发愤著书"说、韩愈"不平则鸣"说的章节也不过是作为"一家之言"、"或一种"理论略加评述和介绍。总之,至今还没有哪一本书把"块垒"视为优秀文学创作的必备基础来对待。

应该说,现在是重新考察我们的文学理论体系的时候了。

以作家的块垒生成作为起点、作为元问题的文学理论构架,将是一个符合作家创作实践规律的理论体系,是一个引导作家创作不朽之作的理论体系。它不仅区别于目前许多从文学的本质规定(定义)讲起的理论体系,而且也不同于近年来新出版的从意象、形象、象征、感兴、主题、创作动机等环节起始的理论体系。这将是一个崭新的理论体系。

这一崭新理论体系将围绕着块垒的郁结、孕育、衍化、回响等环节而展开,其要点是:由作家较长时期的人生感悟的郁积而生成块垒,由块垒作为基础而引发出灵感的爆发,由灵感爆发而产生出核心审美意象;由核心审美意象生发出完整的审美意象体系——虚拟的艺术世界;然后借助于语言媒介(编码程序)将构思中的审美意象体系尽可能完美地表达出来,才有可能创作出真正富有艺术生命力的文学文本。这是一个完整的文学创作活动的历程。然后,文学文本借助于一定的手段进入传播渠道(手抄成为手抄文本、印刷成为书面文本、输入电脑成为网络文本、改编之后成为影像文本等)辗转到达接受者面前,接受者通过阅读、观看、解码的过程,"披文以入情",进入作者创造的虚拟的艺术世界,接受者会结合自己的阅历对于文本中隐含的人生体验进行再体验。这时候艺术意象体系中隐含的人生感悟之块垒会现身出来,与接受者的情意世界进行沟通、契合而产生一定程度的共鸣,从而使接受者加深对于人生的深切领悟,进而烛照他所面对的现实活动中的人生意义,叩问人生的价值,通达人生的终极关怀。这是一个完整的文学接受活动的历程。在文学接受的基础上,文学研究者借助于一定的理论视角才能做出对于文学文本的艺术分析和价值评判,其中对于文本中的块垒的感悟和评判将是最为重要的核心部分。文学创作活动和文学接受、文学评判活动共同构成完整的文学活动链条,也是一定的人生感悟凝结为块垒之后从作家、文本到接受者、批评家那里的运转过程。

文学作品的艺术生命力就存在于文学活动的链条之中。只有那些能够引导后人进入人生感悟过程从而揭示人生意义、通达人生终极关怀的文学作品,才会在一代又一代的读者接受的活动中不断得到新的理解和共鸣,永葆其美妙之青春的生命力,从而成为人类历史上的不朽之杰作,放射出永久的艺术魅力。

这一崭新的文学理论体系将更为深刻地揭示文学作品的艺术生命力(艺术魅力)的内在意蕴和深刻根源。它要求我们,应该透过文学作品的语言层面、结构层面、意象体系中的人物、故事等外在的物、象、事之层面,层层深入地加以开掘,通过对于人生的情景的体验到达对于人生情感状态的感悟,进而通过外在情感的领悟到达内在的人生意义的领略,到达终极关怀的叩问和对于人生哲理的体认。实际上,接受者产生的这种对于人生哲理的深层体认,就其基本内涵来说,恰恰正是作者当初郁结于胸中的块垒的"翻版"和"再造",是作者的块垒在接受者心灵中引起的共鸣性体认。从情意角度说,这是从一般生活中的情绪、情感、意志的体验过程中受到陶冶,最后升华为凝结着人生哲理的深层体验,这是对于原有块垒的体验,也是借他人的酒杯来浇自己的块垒;从理智、认识的角度说,这是从对于虚拟的艺术世界中各种现象的感知、层层深化为对于人生哲理的深层体认,这是对于块垒的体认。这两个方面又是互相结合进行难以分开的,是依靠情感推动、借助直接感受、领悟的方式达到的,而不是通过逻辑推理达到的,因而其最后得到的人生体悟又将具有意识生成的"道"化特征。它的表现形式是独特的,是因人而异、因时而异的,因而是丰富多彩、各个不同的;然而它的这种丰富性、独特性却只可意会而难以言传,勉强用语言表述出来时就只能被简化为类型归属性的优美感、崇高感、悲剧感、滑稽感、荒诞感等等,从而失去其独特性和丰富性。

这一以块垒作为元问题而构建起来的文学理论体系,将使我们站在人生哲理性体认的高度来俯视文学创作和文学接受活动中的诸环节,站在人生存在论(生存本体论)的高度来鸟瞰人生的各种具体活动情景,从而取得一个新的思想制高点。由此来反观那些以艺术形象反映生活立论的文学理论、服务于政治任务的文学要求、再现生活或者表现情感的创作主张等等,都还是处于具体的人生活动层面上的见解,都还没有上升到人生存在论的高度。正是从这一视点来说,我们判定这将是一种崭新的文学理论体系。

第五编　块垒缺位论

——对文学当下状态的审视

从中国历史的实际情况来看,在传统的"道"的观念(天道和人道)的总体背景下,儒家的自强不息的奋斗精神构成了中华民族心灵空间的底色和基调,道家和禅宗的思想极大地丰富和开拓了中华民族精英人物的灵魂和胸怀,从而使三条思想意识的河流在优势互补的前提下殊途同归,共同汇流于立足现实追求审美超越的精神的海洋。千百年来,中华民族的精英人物在各自的人生道路上做出了彪炳千秋的辉煌业绩,树立了永载史册的光辉榜样,启迪着一代代后人继往昔而开未来。从文学艺术领域来说,中国历史上的伟大作家都是以不同形态的块垒为凝结点,负载着"仁民爱物"的博大胸襟,寄托着人生终极价值的天地情怀,或者直抒胸臆使郁积的情意猛然爆发,或者寄情山水将块垒疏散化解,或者把抱负沉埋下来而追求冲淡……。在传世之佳作中,块垒会隐匿在虚拟的艺术意象的背后,等待着后来的接受者阅读欣赏的恰切时机的到来,到那时块垒会再次现身出来敲击接受者的心扉,引导接受者在人生再体验中唤起人生感悟的回声,于是,块垒会以新的生命形态复活,重新徜徉于现实的人生世界。就像是接力棒对于接力赛是不可或缺的一样,"块垒"在文学作品中的隐、显、传、承的过程中构成了文化传统的内在情感脉络,表征着民族精神的显现形态。显而易见,在传统文学意象的不断得到重新阐释的过程中,在民族文化的不断交接传递的流变中,我们都会识别出块垒的身影,感受到它的存在。

当我们如此这般地将文学史梳理一番的时候,我们不仅品味了前人呕心沥血之佳篇杰作,领略了构筑中华民族之脊梁的精神支柱,同时还使文学史上沉潜千年的一条贯穿线——酒浇"块垒"——倏然之间在我们眼前格外分明起来。可是,当我们从理论思考的天空转向当下文学活动的大地的时候,难免会感到兴奋而又担心,惊愕而又困惑:一方面,从总体来说,中国自身的社会文化转型,也为民族传统文化的新生提供了新的机遇;另一方面,世纪之交的中国文坛上,空前繁荣的背后也潜伏着深刻的危机,一股后现代主义潮水对于传统文化价值观念的淹没和消解已经达到了非常严重的地步。从这一理论视角来看，刚刚被发掘出来的传统的文学创作观念"块垒"一经降生，就面临着被彻底消解的生死存亡之战。当然，这不是仅仅某一个概念术语的生存问题，而是整个中国文学传统和传统的文学理论走向何方的大问题。

对此，我们应该做出清醒的辨析：当前所面临的任务既不是恢复、照搬旧传统，也不是在所谓"全球化"的口号之下盲目趋同而全盘西化，而是在新潮流冲击下如何走向凤凰涅槃、浴火重生之路，建设和繁荣适应时代需要的、具有民族特色的新的文学艺术和新的文学理论，并且使之走向世界，在世界舞台上占据其应有的位置！

本编最后考察了当下时代的新特点，提出了新形势下文学的可能策略，认为在众多需要解决的问题之中，关键在于提升作家的精神境界。

第十四章　中国当下文学活动中块垒的缺位及其对策

　　我们的文学理论研究,应该面对现实,面对实践,面对世界。本书将文学理论元问题归结为块垒的立意,正是为了给当前的文学创作、文学批评和文学接受活动提供新的解释和视角,以引起有识之士的关注:一方面,力图使作家注重自己生活的积累和沉淀,注重对于自身人生境界的提升,以写出无愧于时代、无愧于民族的伟大作品;另一方面,力求增强我们的免疫力,自觉抵制某些消解文学的深层意蕴的不良倾向。

第一节　当下文学领域的新变化

　　随着中国进入历史上前所未有的社会转型期,无论是在经济、政治领域,还是在文化、思想意识以及日常生活领域,当代中国都发生了历史性的深刻变化。特别是 20 世纪 90 年代以来的世纪之交时期,由于社会主义市场经济新秩序的确立,中国各个领域都呈现出高速、平稳发展的态势,引起了国外观察家的惊赞。当然,无论什么事情都不能只看一面。一个幅员辽阔、人口众多的国度,处在急速发展的社会转型过程中,也会带有必然性地呈现出问题多多的一面。这应该是我们思考当下中国的现状、问题和对策的总体背景。在肯定成绩的前提下,正视所存在的种种问题,保持清醒的头脑并从理论上分析其原因,尽可能地向读者提出一些如何正确对待的忠告,这大概就是理论家和理论著作应有的态度和可能的策略。

进入 20 世纪 90 年代之后,大家都意识到当下文学领域已经发生了许多新变化。面对着众多的纷繁迷乱的文学现象,一些文学理论家运用固有的理论资源进行概括和阐释时感到捉襟见肘、力不从心。原来的"文学是运用语言创造形象的意识形态"这一经典命题早已作过调整,调整之后的"文学是审美的意识形态"这一核心判断又受到新的挑战,由这一判断所衍生出来的文学理论体系呈现出严重滞后的态势。推究起来,我们认为这主要是由于"意识形态中心论"得以生成的语境逐渐撤离之后,理论家们还没有找到新形势下合适的核心判断。

对此,有的理论家提出了一个新的"核心判断"词——"意象形态";将这一历史性、转折性的变化,称之为"从意识形态向意象形态的转变"[①]。

"意象形态"这一词语出于捷克作家米兰·昆德拉。他从马克思主义作为意识形态在传播过程中不断简化而变成"提示性的意象和标记"入手,概括性地提出"意象形态"这一概念,进而用这一术语来概括当代资本主义社会现实:由于意象设计师的大量出现和对于大众传媒的控制,人们不得不生活在一个花里胡哨的"幻象"世界之中,一个用广告宣传、政治口号、民意测验、流行时尚共同编织而成的"意象形态"

---

① 这一命题是由赵勇提出的,见于由他执笔的《文学:意象形态话语的迷态》一文,此文作为《当代中西审美文化研究》一书的第六章发表,见于该书第156—176 页,山东教育出版社 2005 年版。书中第 156—157 页征引了米兰·昆德拉在长篇小说《不朽》中的一段话:"大约在一百年前的俄国,被迫害的马克思主义者开始组织秘密小组,学习马克思的宣言;他们为把这种思想意识形态传播到别的小组,便把它的内容加以概括,……被归纳为六七条松松垮垮地绑在一起的口号,很难被认为是一种意识形态。而且,由于马克思剩下的全部东西不再形成任何符合逻辑的思想体系,只是一些提示性的意象和标记(手挟锤子微笑的工人,向黑人和黄种人伸出手去的白人,振翅起飞的和平鸽等),我们有理由认为,一种普遍的、全球性的从意识形态向意象形态的转变已经出现。"

之网中。简化、意象设计师、大众传媒、幻象，这是理解"意象形态"的关键词。可见，昆德拉所说的用以概括西方当代文化的"意象形态"，同鲍德里亚所说的"仿像"①、丹尼尔·贝尔所说的"当代文化正在变成一种视觉文化"含义都是一致的，可谓有异曲同工之妙。这些说法都是想概括和表征出时下流行的后现代主义思潮给文学带来的新特点。

如果我们细加考察的话，由于文学以语言为媒介，语言本身除了声音形象之外并没有可视形象，因此文学本身并不构成"仿像"而更带有意识形态的内在含蕴，从这层意义来说，将文学称之为"意象形态"是不合适的；但是，从当下文坛实际情况来说，许多文学作品不得不依赖更多的插图、照片之类来增加视觉效果，特别是那些依靠网络传播的文学作品更加依赖图像和符号，从这个意义上说，各种图像已经成为文学文本的必要的基础性的成分了，因此将文学称为"意象形态"倒也显得更为恰切。权衡利弊，我们认为在没有更好的核心判断词之前，姑且以"意象形态"来显示当下文坛的新特色，也还是可取的。

进入20世纪90年代之后的中国已经具备了各个方面都会发生新的裂变的社会条件：随着经济的快速发展人们的物质生活大为改善；科学技术的引进和普及使电子媒介进入百姓的日常生活之中；经济、政治领域的改革随着社会主义市场经济新秩序的建立而进入新阶段；"意识形态中心论"的逐步撤离带来了越来越宽广的思维空间；经过80年代的大力引进之后西方各种思潮已经落地生根，尤其是后现代主义中的解构主义思潮应合了国内思想解放的需要而产生了深远影响；文化领域中主流文化、精英文化、大众文化的分化和斗争也随着市场经济秩

---

① 鲍德里亚认为西方社会已经进入"仿像"时代，"仿像"（simulacrum）一词又被译为"类象"、"幻象"等。

序而呈现出某种合流的趋势;由于实行五天工作制、节日长假使广大群众的闲暇时间空前增多……。于是乎,商品广告堂而皇之地铺天盖地而来,诱发了人们的各种欲望;选美大赛、时装表演、造星炒作等成为人们谈论的时髦话题;电子游戏、VCD、MTV、LTV 备受青睐;影视节目中"话说"、"戏说"风靡一时;出版物中老照片和时髦女郎交相辉映;商业活动中的创意、策划、包装、炒作等运作方式进入了文化领域。于是,社会上突然出现了一批"意象设计师",包括制造花边新闻的"娱记"、专门给老百姓找乐子的影视导演、善于捕捉商机的出版商和书商、擅长制造轰动效应的文学编辑和职业批评家、能够把政治家凡俗化、把企业家神奇化的通俗作家或者写手,以及被称为文化中介人的、到处穿针引线的"经纪人"等等。各种各样的意象、幻象、仿像大批量地生产出来,并且通过电子媒介、印刷媒介来吸引和争夺人们的眼球,报章杂志宣称我们已经进入"读图时代"。在这种情况下,文学刊物也不得不大登广告,美女作家以自己的时髦照片来招徕读者,也就不足为奇了。有人评论说:"在这些小说里,女作家似乎就是'我',所有的口吻是一致的,目的也很明显,就是要以自己的故事吸引读者,希望以自我形象出场,小说、自传加上朦胧照,一起给人视觉上的冲击,让好奇的文学读者得以记住自己化妆后的脸和不俗的名字。"①

　　"意象形态"文学话语的出现和兴盛,不仅蚕食着原先属于主流意识形态话语的活动空间,而且也逐步替换了原有的意识形态话语的内容和性质:由原来的人类灵魂工程师的思想引导替换成为对于人们的欲望进行诱导。对几乎所有的东西都采用文本化、商品化、艳俗化和快感化的手段,激发出人们的感性欲望,包括观看名人的欲望、窥视隐私的欲望、购买商品的欲望、感性消费的欲望、刺激感官的欲望等等,是意象形态话语的基本策略和方法。从积极方面说,意象形态话语帮助人

---

　　①　赵波:《做女人容易,做女作家更容易》,《海上文坛》1999 年第 6 期。

们实现了一场灵魂深处的"革命":从感官的压抑到感官的解放,从僵硬的理性管制到鲜活的感性享受,从追求崇高神圣到享受世俗平凡,于是,先前处于主导地位的政治性意识形态在不知不觉之中被商品逻辑所主导的意识形态所取代。从总体上说,感官和感性的解放当然是一种历史性的进步。但是,如果文学产品完全演变成为市场上的商品,这种必然出现的演变带来的影响并非完全是积极的、正面的。它的消极方面表现为越来越远离了文学的独创性、深刻性和人文精神:既然文学是商品,作家就不必呕心沥血地创造佳作,那样远不如几个人喝着咖啡侃大山、寻找文学市场以及相关的影视、音乐市场上富有"卖点"的写作套路然后进行批量生产,于是媚俗成为当下文学创作的基本目标,暴露隐私、性发泄、性变态、暴力游戏、警匪大战等成为文学创作的热点。"拳头加枕头","文戏上床,武戏上房","抱的紧箍箍,杀得血糊糊",成为老百姓对于近年来文学作品和影视创作的基本评价。既然文学变成了商品,广告和包装等商业运作也就成为文学产品推销的手段,这也就必然剥夺了文学神圣性的最后一件内衣,美女照片变成了为文学作品视觉化狂欢鸣锣开道的前奏,既有助于推销产品,又可扫除阅读障碍,从而为刺激受众的消费性阅读铺平了道路,于是乎,文学产品变成了看过即忘、用过即扔的"快餐"产品。有人断言:"如果谁还要把90年代的大部分文学产品看做是苦心经营、精雕细琢的艺术品,一定会被人笑掉大牙。文学写作、发表或出版、流通与传播、接受与消费等各个环节因其渗透进过多的非文学因素而使文学变得不纯粹了。"因此,"可以预见的是大量的文学赝品必将充斥于文学市场"。①

世纪之交的中国文学领域的新变化,固然有其消解凝固教条的意识形态的积极作用,但是也带来了一系列的负面影响:人文意义的消

① 《当代中西审美文化研究》,山东教育出版社2005年版,第169、174页。

隐,深度模式的削平,现实世界的遮蔽,审美阅读的窒息。"跟着感觉走,拉住梦的手"成为时髦的口头禅。到处是飘浮在空中的无根的"意象"、"仿像"的碎片,文学活动的两端——作者和读者——都将成为飘浮在空中的无根的"灵魂"。于是乎,注重长期生活积累、人生感悟的郁积、人生价值的追求、人生意义的领悟以及对于人的终极价值的关怀之类,一时间都变成了"陈旧过时"的东西,统统处在被消解之列。从本书以块垒作为文学创作起点的思路来看,我们有充分理由把当下文学状态的征候诊断为"块垒的缺位"。

第二节　对于"块垒缺位"的征候分析

本书认为,"块垒缺位"症是当下文学机体的主要病状。它不仅表现于以经济效益为基本取向的属于大众文化系列的文学产品之中,而且表现于原来属于主流文化、精英文化系列的作家自觉向大众文化靠拢的作品之中。客观地说,当然还有一批作家在苦苦坚守原有的信念,他们仍然在埋头自己的创作,力求以自己的努力写出无愧于民族、无愧于时代的成功作品,但是,一般说来,他们的处境都比较艰苦,创作、出版和传播都遇到了困难,因此他们的作品在数量和影响上都无法与身患"块垒缺位"症的"意象形态文学话语"相抗衡。进一步说,这些坚守原有信念的作家也有一个如何适应新形势、如何改进自己的文学创作路数的学习和提高的任务。我们还应该看到,患有"块垒缺位"症的文学潮流(作家、评论家)之中也有值得肯定的积极因素,我们同样期待其中也出现一批既有高度"票房价值",也有深度思想意义的优秀作品。但是,这些细微分析的意见都无法代替一个总体性判断:"块垒缺位"症是当下文学机体的主要征候的诊断是正确的。

我们对于文学现状的这一诊断,立意在于指出"块垒缺位"症的病状、根源,以提高人们医治、克服"块垒缺位"症的自觉性。从时间阶段的划分来说,我们集中关注的是从 20 世纪 90 年代以来的世纪之交一直到目前的十多年,但是有时一些问题的倾向性根源又不得不追溯到改革开放不久的 80 年代。从文学艺术类型来说,我们集中关注诗歌、小说、散文等各类文学体裁,有时也会涉及戏剧和影视以及其他艺术门类。总之,我们以研究问题的态度,力求从学理上把问题说清楚,以引起疗救方面的注意。

我们认为,当下文学界患有"块垒缺位"症的征候,主要表现为以下三个方面:

一、由语言狂欢、叙述圈套、文体消解带来的唯形式主义和审丑主义倾向

文学是语言的艺术。这话讲过多年。但是,过去我们背负着"文以载道"、"得意忘言"的传统观念,内心里回响着"内容决定形式"的余音,总是在一个框框里面打转:语言表达和字句锤炼都是为思想内容服务的。随着改革开放的深入,思想解放的需要促使着人们固有观念的转变,新思想、新观念必然呈现为新语言。在文学领域,人们对于语言的认识也发生了很大改变。老作家汪曾祺说出了大家共同的感受:

> 中国作家现在很重视语言。不少作家充分意识到语言的重要性。语言不只是一种形式,一种手段,应该提到内容的高度来认识……语言不是外部的东西。它是和内容(思想)同时存在,不可剥离的。语言不能像橘子皮一样,可以剥下来,扔掉。世界上没有没有语言的思想,也没有没有思想的语言……我们也不能说:这篇小说不错,就是语言差一点。语言是小说的本体,不是附加的,可有可无的。从这个意义上说,写小说就是写语言。小说使读者受到感染,小说的魅力之所在,

首先是小说的语言。小说的语言是浸透了内容的,浸透了作

者的思想的……语言的粗糙就是内容的粗糙。①

基于上述认识,随着思想的解放必然带来语言的解放,随着文化选择的
多元化也必然促使文学语言呈现出多元化选择的趋势,到了世纪之交
阶段,文学园地中单就语言来说也已呈现为五颜六色、杂语纷呈的众声
喧哗局面。

语言转型开始于朦胧诗派。此后,80 年代得风气之先的王蒙运用
意识流手法进行语言实验,他的一系列小说如《蝴蝶》、《杂色》、《季
节》系列等开始追求"语言狂欢"。自造词、高浓缩句、无标点句、比喻
句、排比句、拟人化、电影"蒙太奇"手法以及反讽式的谐谑语言等,故
意造成一种支离破碎语感。例如他的《铃的闪》中有这样一大段曾经
被理论家当作范例的"独白":

> 我成为真正的诗人了。我和诗一样地饱满四溢。我豁出
> 去了,您。我写新的诗篇,我写当代,我写矿工和宇航员,黄帝
> 大战蚩尤,自学成才考了状元,合资经营太极拳,白天鹅宫殿
> 打败古巴女排,养育专业户获得皇家学位之后感到疏离。还
> 写波音 767 提升为副部级领导,八卦公司代办自费留学护照,
> 由于限制纺织品进口人们改服花粉美容素,清真李记白水羊
> 头魔幻现实主义,嘉陵牌摩托发现新元素,番茄肉汤煮中篇小
> 说免收外汇券……我写常林钻石被第三者插足非法剽窃。我
> 写天气古怪生活热闹物资供应如天花乱坠。我忘记了电话存
> 在。我写北京鸭在吊炉里 solo 梦幻罗曼斯。大三元的烤仔猪
> 在赫尔辛基咏叹《我冰凉的小手》。社会主义现实主义与意
> 识流无望的初恋没有领到房证悲伤地分手。万能博士论述人

① 汪曾祺:《中国文学的语言问题》,《汪曾祺文集·文论卷》,江苏文艺出版
社 1993 年版,第1—2 页。

第五编 块垒缺位论

必须喝水所向披靡战胜论敌连任历届奥运会全运会裁判冠军。一个短途倒卖连脚尼龙丝裤个体户喝到姚文元的饺子汤。裁军协定规定把过期氢弹奖给独生子女。馒头能够致癌面包能够函授西班牙语打字。鸦片战争的主帅是霍东阁的相好。苏三起解时跳着迪斯科并在起解后就任服装模特儿。决堤后日本电视连续剧大明星罚扣一个月奖金。我号召生活！

试想，如果我们在现实生活中遇到这样一位向我们絮絮叨叨地讲些莫名其妙的话语的人，我们一定以为他是疯子！怎么能够想到这是鼎鼎大名的王蒙？然而，正是王蒙，写在小说里，并且被文学评论家称赞为"呈现出和谐，而和谐中又透出谐谑意味"，从而成为"多语谐和"的"立体语言"范例，"多语谐和，就是指汉语形象所形成的多种语言谐谑地应和审美效果"①。

随后应该提起的是王朔的调侃式语言。他把"青春"、"新娘子"、"作家"等高雅、美好、神圣的事物，统统加以"俗化"——使之变得通俗、粗俗甚至低俗，引发出嘲笑一切、否定一切的效果。我们可以把不同作品中最能代表王朔风格的句子集中展示一下：

青春的岁月像条河，流着流着就成浑汤了。

新娘子棒极了，嫩得就像刚抠出来的蛤蜊肉。

谁他妈也别想跟我这儿装大个的——我是流氓我怕谁呀！

现在全市的闲散人员都转业进文艺界了，有嗓子的当歌星，腿脚利索的当舞星，会编瞎话的当作家。

……存车的老太太嚷嚷："全市的流氓都转业当作家喽！"

---

① 引自王一川：《汉语形象与现代性情结》，首都师范大学出版社 2001 年版，第 216—217 页。

　　语言狂欢也表现在新诗创作中。例如,韩东用口语写白话、类似拗口令一般的《你见过大海》,伊沙表现口吃者的《结结巴巴》以及其他一些莫名其妙的"诗句":

　　　　你见过大海

　　　　你想象过

　　　　大海

　　　　你想象过大海

　　　　然后见到它

　　　　就是这样

　　　　你见过了大海

　　　　并想象过它

　　　　可你不是

　　　　一个水手

　　　　就是这样

　　　　你想象过大海

　　　　你见过大海

　　　　也许你还喜欢大海

　　　　顶多是这样

　　　　你见过大海

　　　　你也想象过大海

　　　　你不情愿

　　　　让海水给淹死

　　　　就是这样

　　　　人人都一样

　　　　　　　　　　　——韩东《你见过大海》

第五编　块垒缺位论

结结巴巴我的嘴
二二二等残废
咬不住我狂狂狂奔的思维
还有我的腿

你们四处流流流淌的口水
散着霉味
我我我的肺
多么劳累

我要突突突围
你们莫莫莫名其妙
　　的节奏
急待突围

我我我的
我的机枪点点点射般
　　的语言
充满快慰

结结巴巴我的命
我的命里没没没有鬼
你们瞧瞧我
一脸无所谓

　　　　　　　　　　——伊沙《结结巴巴》

　　乌鸦的符号

黑夜修女熬制的硫酸

嘶嘶地洞穿乌鸦的床垫

堕落在我内心的树枝

　　　　——于坚《对一只乌鸦的命名》

玻璃滑动的夜晚

我看见一只猫

在玄学之角

　　　　　　——周伦佑《猫王之夜》①

在先锋派作家那里,这种语言狂欢现象一发而不可收,而且伴随着叙述策略的改变和所谓跨体文学的产生而表现出新的特点,例如故意错落叙述、故意采用模糊性人称造成含糊效果等等,总之,人们阅读文学作品是越来越困难了。例如马原在《虚构》一开头就把读者"绕"进一个迷魂阵之中:

　　我就是那个叫马原的汉人,我写小说。我喜欢天马行空,我的故事多多少少都有那么一点耸人听闻。我用汉语讲故事;汉字据说是所有语言中最难接近语言本身的文字,我为我用汉字写作而得意。全世界的好作家都做不到这一点,只有我是例外……我讲的只是那里的人,讲那里的环境,讲那个环境里可能有的故事……我当然是用我的方法想当然地构造这一切……我其实与别的自己没有本质不同,我也需要像别的作家一样去观察点什么,然后借助这些观察结果去杜撰。天马行空,前提总得有马有天空……我只是要借助这个住满人

　　①　前两首引自王一川:《汉语形象与现代性情结》,首都师范大学出版社2001年版,第218、191页;后者引自杨守森:《灵魂的守护》,山东友谊出版社2002年版,第197页。

的小村庄做背景。我需要使用这七天时间里得到的观察结果，然后我再去编排一个耸人听闻的故事……我就叫马原，真名。

马原这种一连串由"我"字开头的句式，形成了一种新的叙述范式，影响了一批模仿者。马原设置一个又一个叙述圈套，使作者、叙述人、作品中的人物三者合一，三位一体共同参与故事的叙述。他把作者引进作品，直接成为一个叙述的对象，这样作品中不仅有一个原来的叙述者马原，同时还有当下叙述者马原或者作为其他人物叙述对象的马原。这样，借助作者的名字不断来往于叙述者和叙述对象之间，使人无法分清究竟是谁在叙述谁。正如有的评论家所指出的，"马原和马原小说中的马原构成了一条自己咬着自己尾巴的蛟龙"①。马原通过叙事结构的调整，故意改变故事的组合方式，打破叙事时间的线性结构，创造故事呈现的共时性空间。例如《冈底斯的诱惑》中，平行下述几个故事：猎人穷布与喜马拉雅山雪人的故事，顿珠顿月兄弟的故事，陆高、姚亮看天葬的故事，50 年代初老作家人藏的故事等。马原将这些不同时空中的故事切割分成许多块，然后将它们相互穿插、重新组合，这样就将不同时期、没有关联的故事构成一个相互影响的整体，单个故事的历时性结构变成了静态素材的共时性呈现，使人如堕五里雾中。总之，马原故意摆脱"写什么"内容的决定作用，追求"怎样写"的形式变化，甚至里面的故事并不是作者关心的重点，只有"如何讲"的操作技术才是作者追求的目标所在。有的文学史研究者这样来评价马原：

> 马原的小说已摆脱了"写什么"的内容决定论的束缚，走向了"怎样写"的形式决定论上来。他的小说已经完全不同于探索期的对现代派艺术形式的借鉴，而成为一种"有意味的形式"，形式不再是承载内容的外壳，而形式本身就渗透着

---

　　① 吴亮：《马原的叙述圈套》，《当代作家评论》1987 年第 3 期。

内容的意味,并已经成为主动地改变或制造意义的不可分割的部分。它标志着内容和形式的二元论的消亡,形式本身已经具有了内容的意味。①

这里当然包含着研究者对于马原的理解和肯定,对于小说创作进行新实验的理解和肯定。这种理解和肯定,在文学发展的历程中当然是有其道理和意义的。但是,人们有理由提出疑问:追求"怎样写"方面的形式变化,果真能够等同于"写什么"内容的"意味"吗? 要知道,文学作品的内容之深刻意蕴并不是在于"怎样写"的写作活动本身,而是在于作家以及整个人类的人生体验,在于对这种人生体验的领悟和提升,即如前文所说的"块垒"的郁结和释放,在于对人生终极关怀的追求和叩问。将人生感悟的深刻意蕴这种"意味",完全等同于遣词造句的快感和讲故事的圈套所带来的"意味",后者果真能够包容和代替前者吗?

90 年代的先锋作家对于文学形式的追求继续前进,从能指过剩、语言狂欢以及叙述圈套之类发展到对于各种文体的打乱和拆解。对此,评论家王一川称赞为"跨体文学潮",并且给予它以极为崇高的历史地位——"世纪末小说文体革命"。按照他的解释,跨体文学应该是一种跨越单一文体而融会多种文体的新型文学形态,表现为不同物体之间、文学文体和非文学物体之间的"没有终结的横向跨联",表示把原来互有边界的彼此缺少联系的东西通联起来。"跨越单一文学边界,指它不只由一种文类而由两种以上文类组成,如小说、诗、散文、报告文学、相声、剧本、日记、口号、广告、档案和法律文件等,这里既有文学文类也有非文学文类。融会多种表现体式,是说它应当力求灵活自如地包容叙述与抒情、独白与对话、单语和杂语、口语和书面语、标准语和方言、现实型和浪漫型及各种修辞手段等多种不同的表现体式。"

---

① 张学军:《中国当代小说流派史》,山东大学出版社 1996 年版,第 207—208 页。

"如果把文学本文视为文体、形象、意义和气韵四个层面的整体,那么可以看到跨体文学的四方面特征:多体混成、形象衍生、诗意缝缀和异体化韵。"这就是说,所谓"跨体文学"在所有四个层面上都进行了新的创造,并且都取得了"革命性巨变"式的成功:首先是多种文体的混成;其次是"形象衍生",即"具有多重含义、不断生成又消失、似乎充满无限生成可能性的不确定形象";然后,这些"不确定形象"的诗意是"破裂、破碎或断片的",需要我们将这些"诗意碎片"缝缀起来;最后,在缝缀的基础上"创造出新的美学效果",即"在不同冲突文体中融化和生成新气韵、化出一片生机"①。刘恪的小说集《梦中情人》等被称为跨体小说的样板。让我们看一看刘恪的《城与市》卷 2 中被评论家称为"形象衍生体验"范例的一段,内容是写一个名字叫做"姿"的女子在"国际贸易商城"的心理状态的:

> 姿喜欢细心地玩味,一二三四五六七八九,她不厌其烦地清点,可回旋过来又是九八七六五四三二一,姿精心地清数蓦然发现自己凝滞在中间,身影很暗,改变角度形状变化很大,高的矮的胖的瘦的宽窄不一整个世界都是姿姿姿姿姿姿姿姿姿姿姿,用手指敲敲,姿发出清脆的声音,推动一下便被注意的玻璃契入,一个姿悄无声息地倒下了,又一个姿站立,姿的鬓发散乱,俯仰之际五官平贴,抬头,人在下,俯视,头脚在上,还能看到嘴巴鼻子踩在脚下,还能看到背后有一双眼睛袭击。玻璃的封闭世界,四周都是透明的。在透明的世界里,姿处在姿的包围中,姿玩味这种陷落。姿在玻璃的世界里滑翔,那是一个水晶通道,滑翔之后的飘然升腾,戛然而停,在半空中,姿惊慌四顾,她害怕没有一个人,用手摸摸,冰凉,弹一下

---

① 王一川:《倾听跨体文学潮》,《汉语形象与现代性情结》,首都师范大学出版社 2001 年版,第 133—136 页。

> 手指冰凉浸入腕脉，滑入心际，她拼力地喊叫，挣扎，那种透明
> 亮丽都融化成乳白，视线在透明的折射中千头万绪。她在无
> 边无涯中坠落，飘升，滑翔，或行或止有如玩游戏。姿，实体，
> 血肉之躯，旋转，飞腾，姿为自己的影子，影子实体，实体影子，
> 渐渐只是一个幻影，最后只是一片透明。

应该说，刘恪对于"姿"面对豪华的"玻璃和首饰世界"而产生的眩晕感
受及眼前幻象写得是相当生动精彩的，由于玻璃的反光而产生出"姿"
的许多幻象也是相当真实的；但是作家笔下的这些支离破碎的"形象"
一定会"衍生"出诗意吗？把它们"缝缀"起来就会"创造出新的美学效
果"吗？感觉毕竟只是感觉，幻象毕竟只是幻象，不可能因为作家写了
"姿，实体，……影子实体，实体影子"之类，就一下子到达哲学上最高
概括的"一片透明"的"实体"世界，"融化"出新的"气韵"和"生机"。

　　莫言的小说也是以语言狂欢著称的。起初在《红高粱家族》中对
于丑恶现象的描写，还是同对侵略者残暴行为的刻骨仇恨结合在一起
的，后来在《红蝗》等作品中对于丑恶的描写就呈现出漫无节制的随意
状态。腐尸、大便、肛门、白米清炖癫蛤蟆、"漂着一层鱼鳔泡般的避孕
套儿"的河面等等，肮脏、污秽、丑陋、邪恶充溢在作品之中。"人跟狗
跟猫跟粪缸里的蛆虫跟墙缝的臭虫并没有什么区别"；"肮脏的都市生
活臭水浸泡得每个毛孔都散发着扑鼻恶臭的肉体"，"城市里男男女女
都肛门淤塞，像年久失修的下水管道"，"肛门里积满了锈垢"；而高密
东北乡人则是"大便如同一串串贴着商标的香蕉"，"大便挥发出来的
像薄荷油一样的清凉的味道"，"老沙把嘴噘的像一个美丽的肛门"；四
老妈因通奸而游街时"那两只大鞋像两个光荣的徽章趴在她的两只丰
满的乳房上"，骑在毛驴上脸上出现"一种类似天神的表情"，"与性的
刺激有直接联系"，因为"驴背摩擦和撞击着的、大鞋轻轻拍打着的部
位，全是四老妈的性敏感区域，四老妈因被休黜极度痛苦，突然受到来
自几个部位的强烈刺激，她的被压抑的情欲，她的复杂的痛苦情绪，在

半分钟内猛然爆发,因此说她在一瞬间超凡脱俗进入一种仙人的境界并非十分的夸张"等等,真可谓无论对于讽刺对象,还是对于赞美对象,所用的语言都是丑恶的,猥亵的。作者用"一位头发乌黑的女戏剧家的庄严誓词"来阐明自己的创作观念:"我要编导一部真的戏剧,在这部戏剧里,梦幻与现实、科学与童话、上帝与魔鬼、爱情与卖淫、高贵与卑贱、美女与大便、过去与现在、金奖牌与避孕套……互相掺和、紧密团结、环环相连,构成一个完整的世界。"这些由"语言狂欢"造成的丑恶展览,确乎成为一种对于审美的"亵渎"姿态。

小说如此,诗又如何? 如果说小说一般篇幅较长,部分段落的语言狂欢以及叙述策略的改变,还不至于完全妨碍整部作品具有相当的思想深度的话,那么,篇幅短小的诗则必然有所不同。诗歌由于"直抒胸臆",作者的内心世界——包括情感、欲望、思想、观念等,统统暴露无遗。90年代的第三代诗人包括"莽汉主义"、"大学生诗派"、"新口语诗派"、"非非主义"、"生命论诗派"等等,让我们首先看一看他们的宣言吧。"莽汉主义"宣称:

> 你们说,诗要美;我们说,诗要丑;你们说,诗要抒情;我们
> 说,诗无情可抒;你们说,诗要丰满,我们说诗要干瘪;你们说
> 诗要写星星和花朵,我们说可以写撒尿和臭水沟;你们说诗要
> 真实,我们说全世界都在撒谎。

"大学生诗派"高举"捣碎! 打破! 砸乱!"的旗帜,"主张:a. 反崇高。它着眼于人的奴性意识,它把凡人——那些流落街头、卖苦力、被勒令退学、无所作为的小人物一股脑地用一杆笔抓住,狠狠地抹在纸上,唱他们的赞歌或打击他们。b. 对语言再处理——消灭意象! 它直通通地说出它想说的,它不在乎语言的变形,而只追求语言的硬度。c. 它无所谓结构,它的总体情绪只有两个字:冷酷! 冷得使人浑身发烫! 说它是黑色幽默也未尝不可"。"新口语诗派"主张:"什么都可能是诗,日常琐事,虚幻怪诞的胡思乱想,门外一个人的叹息,明天蚂蚁搬家

等等"。"非非主义"是"反诗"论者的代表,主张"反艺术"、"反文化"、"反崇高"、"反优美"、"反传统"、"反理性"等等。①

第三代诗人运用反讽的手段,达到解构的目的。我们可以举出一些诗为例:

> 诗人无饭,请喝汤
>
> 折断你蜂细的腰肢,脸就更长了
>
> 你仅仅是一把糠壳
>
> 女人的谷子一发芽
>
> 米就抛弃你,迫使你无饭
>
> 迫使你自恋,又无能自食
>
> 一头长发一辈子梳不完
>
> 你的一生只能是一本旧书
>
> 你太瘦弱,不能再喝汤了
>
> 你只有活着
>
> 用一杯水酒毁掉一群天才
>
> ——万夏《诗人无饭》

> 我走进了忆秦娥娄山关
>
> 走出了中文系,用头
>
> 用牙齿走进生活,用武断
>
> 用气功顶撞爱情之门
>
> 用不明飞行物进攻
>
> 朝她们的头上砸下一两个校长,主任
>
> 砸下陌生的脸嘴

---

① 以上均引自吕周聚:《中国当代先锋诗歌研究》,中国广播电视出版社2001年版,第41—42页。

逼迫她们交出怀抱得死死的爱情

我们骄傲地辍学

把爸爸妈妈朝该死的课本砸去

和贫穷约会,把手表徘徊进当铺

让大街莫名其妙地看我

用厮混超越厮混

用悲愤消灭悲愤

然后骄傲地做人

——李亚伟《硬汉们》①

正如吕周聚所指出的,他们解构一切,也消解自身,在他们的诗中,如"娄山关"、"爱情"、"爸爸妈妈"等"含有崇高、优美、神圣之意的意象被消解而成为滑稽、嘲笑的对象,而那些过去一直为正常社会所不容的行为(诸如辍学、厮混)则称为引以为骄傲的生活准则。诗人把幽默的风格建立在冷漠的、无可奈何的基础之上,用超越常情、不合常理的细节,用逗笑的嘲讽和自我嘲讽来渲染主题,他们通过一种过激的行为方式,通过对自我的残酷解剖,借以表现他们变形的心态,表现他们对现代生活准则的反叛之情,使'硬汉'沦落为街头的嬉皮士,使昔日带着神圣光圈的诗人成为今天'腰间挂着诗篇的豪猪'。"②

总之,世纪之交文学领域的能指过剩、语言狂欢、叙述圈套、文体拆解、与传统作对等手段,体现出来的是一种"跟着感觉走"、"说着痛快"的唯形式主义、"唯丑"主义的创作倾向。在这些作品中,优秀的展现深沉的人生生存体验、人生感悟、终极关怀的文学传统被消解了,也就

---

① 以上引自吕周聚:《中国当代先锋诗歌研究》,中国广播电视出版社 2001年版,第 254、256 页。

② 吕周聚:《中国当代先锋诗歌研究》,中国广播电视出版社 2001 年版,第256 页。

是说,块垒不见了,缺位了。

二、由感性刺激、暴露隐私、身体写作造成的性本能泛滥及暴力倾向

由于思想解放大潮的推动,弗洛伊德学说的引进和大众文化的登场,80年代的文学作品中早已不断推进关于性的描写;到了90年代,文学艺术进入市场机制,不仅在通俗小说和大众影视之中性描写和性场面比比皆是,而且原先属于精英文化的先锋派也已经完成了自身写作套路的转换。《废都》中包括大量做爱场景的展示,并且采用大篇黑方块(作者删去多少字云云)作为招徕读者的手段,就连获奖的《白鹿原》一开头就是写主人公与七个女人的性关系。一个新的突出的发展在于,过去大都是男作家写,现在一支女性主义作家队伍登场了:先是林白、陈染、海男等人所谓个人化的"隐私写作",紧接着就是卫慧、棉棉、八丹等人的"用身体写作"派,她们以女性的优势大量表现女性的性欲望、性感受、性挑逗,以至于性内容成了她们作品中的家常便饭。这时期,大量表现自恋、同性恋、异性恋、三角恋、多角恋、乱伦恋、人兽恋、人鬼恋等情节,特意放大"性"的诱惑力和吸引力,使"性"影像化、能指化、神秘化和奇观化,遂成为"文学创作"的妙招和风景。作家韩少功指出:"昆德拉曾经宣称,性爱是最能展现个性的禁域。但恰恰是性爱最早在文学作品里千篇一律起来:每三五行就来一句粗疤话,每三五页就上一次床,而且每次都是用'白白的''圆圆的'一类陈旧套话以表心曲,这居然是有些人自作惊讶的'隐私'"[1]。与一般影视作品的"仿像"相比,先锋小说和女性主义作家不仅运用穿插玉照作为手段,而且还具有运用语言的优势,如采用更为优雅的审美性语言、更为精微

---

[1]　韩少功:《感受跟着什么走?》,《读书》1999年第6期;引自《当代中西审美文化研究》,山东教育出版社2005年版,第163页。

的艺术感觉、更为直率的表达方式(第一人称的自身说法、只叙述不描写等)、更为复杂的叙事策略等等,于是就把性写得更"酷"、把爱做得更"爽"了。这些作品专注于力比多欲望和性体验的倾诉,表现捕获性对象的愉快和得不到性对象的失望,把单纯的生理快感打扮成审美愉悦。林白说:"真正的性接触并不能使我兴奋和燃烧,但我对于关于它的描写有一种奇怪的热情,我一直想让性拥有一种语言上的优雅,它经由真实到达我的笔端,变得美丽动人,发出繁花与枝条,这也许与它的本来面目相去甚远,但却使我在创作中产生一种诗性的快感。"①这一表白,可以看成是这类女性作家共同的写作策略。与她们相比,一些男性作家在展示性心理、性体验、性技巧、性表演、性变态等方面,则更加肆无忌惮、一丝不挂。与此相仿,在表现打斗、暴力方面也大体走上了同一条道路。

诗歌创作领域丝毫也不逊色。女性诗人翟永明、唐亚平等喜欢写黑夜,表现女性对于爱欲的向往和渴望,像是干旱已久的沙漠渴望春雨的浇灌;这种性渴望心理胆怯而又歇斯底里,要么占有一切,要么放弃一切。"黑夜作为一种莫测高深的神秘,将我与赤裸的白昼隔离开,以显示它的感官的发动力和思维的秩序感。黑夜的意识使我把对自身、社会、人类的各种经验剥离到一种纯粹的认知高度,并使我的意志和性格力量在种种对立冲突中发展得更丰富成熟,同时勇敢地袒露它的真实","就是它,周身体现出整个世界的女性美,最终成为全体生命的一个契合。它超过了我们对自己的认识而与另一个高高在上的世界沟通,这最真实也是最直接的冲动本身就体现出诗的力量"②。她在诗中

---

① 原载孟繁华:《女性的故事——林白的女性小说写作》,《作家》1997年第3期;引自《当代中西审美文化研究》,山东教育出版社2005年版,第171页。
② 翟永明:《黑夜的意识》,谢冕、唐晓渡主编:《磁场与魔方》,北京师范大学出版社1993年版,第142、141页;引自吕周聚:《中国当代先锋诗歌研究》,中国广播电视出版社2001年版,第179、178页。

大胆地表现女性的无私奉献和强烈的占有欲望,如:

> 身体波澜般起伏
>
> 仿佛抵抗整个世界的侵入
>
> 把它交给你
>
> 这样富有危机的生命、不肯放松的生命
>
> ——《生命》

> 用爱杀死你这是谁的禁忌
>
> 太阳为全世界升起我只为了你
>
> 以最仇恨的柔情蜜意贯注你全身
>
> 从脚至顶我有我的方式
>
> ——《噩梦》

唐亚平的组诗《黑色沙漠》,用一种粗犷之中带有细腻的笔触疯狂地描写黑夜,坦然地表白肉体的饥渴和尖叫:

> 我的欲望是无边无际的漆黑
>
> 我长久地抚摸那最黑暗的地方
>
> 看那里成为黑色的漩涡
>
> 并且以漩涡的力量诱惑太阳和月亮
>
> 恐怖由此产生夜一样无处逃脱
>
> 那一夜我的隐秘在惊惶中暴露无遗
>
> 唯一的勇气诞生于沮丧
>
> 最后的胆量诞生于死亡
>
> 要么就放弃一切要么就占有一切
>
> 我非要走进黑色沼泽
>
> ——《黑色沼泽》

伊蕾的组诗《独身女人的卧室》由 14 首诗组成,表现在不同时间、不同空间的孤独和寂寞,幻想体验性快感;每一首都以"你不来与我同

居"作结,赤裸裸地表现独身女子对于男性的迫切渴求:

> 暴雨像男子汉给大地以鞭笞
>
> 躁动不安瞬间缓解为深刻的安宁
>
> 六种欲望掺和在一起
>
> 此刻我什么都要什么都不要
>
> 暴雨封锁了所有的道路
>
> 走投无路多么幸福
>
> 我放弃了一切苟且的计划
>
> 生命放任自流
>
> 暴雨使生物钟短暂停止
>
> 哦,暂停的快乐深奥无边
>
> "请停留一下"
>
> 我宁愿倒地而死
>
> 你不来与我同居

——《暴雨之夜》

这些诗作将女子的性的欲望写得轰轰烈烈、如火如荼,占有了女人的全部痛苦与幸福。生命中除了性要求之外,似乎再也没有别的什么,好像性解放愈彻底愈好,完全降低为原始生命本能的渴求。与性本能同时被歌颂的,还有对于死亡的渴求,如伊蕾的《被围困者》一诗对于"我从哪里来? 我为什么而来?"的思考,结果发现"有一个莫名其妙的矛盾/一个目的是死亡/最终目的是最终死亡"等等。①

当诗人和作家把文学艺术当作对于生物本能的歌颂时,我们还能够希望他们写出深入哲理的人生思考吗?

---

① 上述各诗引自吕周聚:《中国当代先锋诗歌研究》,中国广播电视出版社2001 年版,第 179、178、192 页。

三、由"原生态还原"、"感情的零度"、"中止价值判断"带来的价值削平倾向

80 年代后期,池莉的《烦恼人生》于 1987 年第 8 期《上海文学》发表,被认为是新写实小说的发轫之作,其后方方的《风景》、刘震云的《一地鸡毛》等,都被视为这一流派的代表作。这些作品以对于世俗生活的深切体验见长,真实地写出了普通老百姓的生存困境,从而引起了文艺界的广泛注意和热烈讨论。应该看到,随着改革开放的深入、商品经济的发展以及个体经营者的兴起,社会上逐渐形成一种注重经济利益、疏离社会政治、消解人生理想、关注现实人生状态的世俗化思潮。当时人们的经济收入普遍较低,窘迫的生活状况造成了人们的身心疲惫,情绪上烦恼而浮躁,深切感受到生存负担的沉重。不少人对于改善生活状态的憧憬,转向了对于实际物质利益的追求,迫切希望实际生活过得更加充实和富裕。特别是刚刚告别了青春期狂热和激情而步入中年的一代,在迷惘中放弃了对于人生意义的形而上思考,踏上了应付艰难生存的务实精神的归程。新写实小说正是在这种情况下出现的。这些作品中所展现的人生生存之"累",正好是那个特定历史时期的社会情绪的折射。因此,这一派文学作品在当时引起巨大反响是有其必然性和合理性的。

《钟山》于 1989 年第 3 期开始进行"新写实小说大联展",在"卷首语"中做出如下说明:

> 所谓新写实小说,简单地说,就是不同于历史上已有的现实主义,也不同于现代主义"先锋派文学",而是近几年创作低谷中出现的一种新的文学倾向。这些新写实小说的创作方法仍是以写实为主要特征,但特别注重现实生活原生形态的还原,真诚直面现实,直面人生。虽然从总体的文学精神来看新写实小说仍可划归现实主义的大范畴,但无疑具有了

一种新的开放性和包容性,善于吸收、借鉴现代主义各种流派在艺术上的长处。新写实小说在观察生活把握世界上的另一个特点就是不仅具有鲜明的当代意识,还分明渗透着强烈的历史意识和哲学意识,但它减退了过去伪现实主义那种直露、急功近利的政治色彩,而追求一种更为丰厚更为博大的文学境界。

评论家敏感地抓住文学界的新动向,从理论上予以总结和说明,这种努力当然是值得肯定的。但是,评论家总是带着自己对于某种定义的理解来看待新出现的文学现象,总是想把正在产生和发展的文学活动"框"在自己的理论框架之中,也就难免出现偏差。有的说这是"现实主义回归",有的说是"自然主义回潮",有的说是"现实主义和现代主义的综合",有的说是"后现代主义"、"魔幻现实主义"等等。与此同时,评论家们还都根据自己的理解(其实主要是参照传入国内的外来文学思潮)来概括这一流派的特征,于是就提出了"还原生活本相"、"感情的零度"创作、"中止价值判断"、"作者和读者的共同作业"等原则。事实证明,评论家们的各种理论概括,有的不过是他们自己的一相情愿、故作多情,有的甚至堕落为有意误导。在"感情的零度"、"中止价值判断"的鼓噪声中,新写实小说不久就呈现出满足于生活窘迫状况的描写,表现灰色的人生与阴暗的灵魂、无奈的苦笑和几乎无事的悲剧等等,漂浮于生活遭遇层面的弱点,与历史上那些倾吐郁积块垒、深刻揭示人生底蕴传世之作分道扬镳了。这就造成了另一种类型的"块垒缺位"。

生活本身是窘迫的。作家笔下的生活又以传达这种生活窘迫为己任。到头来,作家自己也找不到生活的方向。池莉在谈到创作《烦恼人生》时说:"现实是无情的,它不允许一个人带着过多的幻想色彩。……那现实琐碎、浩繁,无边无际,差不多能够淹没销蚀一切。在他面前,你几乎不能说你想干这,或者想干那;你很难和他讲清道理。"①面对现实,你别无选择,只能在庸庸碌碌的世俗生活中打发熬不到头的日月。《一地鸡毛》中的小林有一段内心独白,表现他对于生活的大彻大悟:

> 什么宏图大志,什么事业理想,狗屁,那是年轻时候的事,大家都这么混,不也活了一辈子? 有宏图大志怎么了? 有事业理想怎么了?"古今将相今何在,荒冢一堆草没了!"一辈子下来谁还知道谁! 有时候小林想想又感到心满意足,虽然在单位经过几番折腾,但折腾之后就是成熟,现在不就对各种事情应付自如了? 只要有耐心,能等,不能急躁,不反常,别人能得到的东西,你最终也能得到。……一切不要着急,耐心就能等到共产主义。

新写实小说的代表作品尚且如此无奈,主人公随遇而安,得过且过,麻木不仁,随波逐流,最后走向人性沉沦,其后的作品则沦为着意于表现丑恶。方方的《落日》(《钟山》1990 年第 6 期)中的老二丁如龙,千方百计地设计让大哥把母亲接走,最后居然把一息尚存的母亲送往火葬场,事情败露后又嫁祸于人,真是邪恶横生、丑态百出。苏童的《米》中的五龙,从饱受凌辱到邪恶复仇,淋漓尽致地展现丑恶、虚伪、残忍、无耻,简直达到了病态疯狂的程度。残雪的《苍老的浮云》里面的人物都是心理变态者,人际关系中没有一点温情,夫妻之间、父母与子女之间、邻里同事之间,全都陷入了相互窥视、相互忌恨的网络之中。人们都处于惊恐不安、焦虑戒备、猜忌多疑、神经过敏的精神状态,沦为乖戾的精神病患者。如此等等。原先还是对于生活原生形态的展示,表现出直面生活的勇气,后来则只剩下在生存困境中的挣扎和对于丑恶的展示,变成了一幅幅无可奈何、灰色暗淡的人生图景。读罢这些作

---

① 池莉:《我写〈烦恼人生〉》,《小说选刊》1988 年第 2 期;引自张学军:《中国当代小说流派史》,山东大学出版社 1996 年版,第 314 页。

品所得到的印象,只剩下一句话:苟且地活着就是一切。

上述种种,与我们这个意义深远的历史转型期的伟大变革,难道是相称的吗?肩负着"以天下为己任"的文化传统的作家诗人们,知识分子们,难道都变成了只是追求感性刺激的玩儿家、浑浑噩噩的小人物了吗?

第三节　创造性转化:关键在于提升
文学家的精神境界

20 世纪 90 年代以来,文学艺术创作的状况以及相关的人文学科领域的新变化,确乎引起了学术界的极大忧虑和焦虑。在这股忧虑加焦虑的情绪中,既包含着人们忧国忧民的忧患意识、对于重新振兴中华民族文化的责任感,也包含着人文知识分子失去文化话语主导权之后的失落感和危机感。从当时举行的学术讨论会和报刊文章来看,主要有两大派观点在争论:一派是振兴国学派,主张以中华民族的优秀文化传统来对抗西方后现代主义思潮,重新整理国故,出版国学书刊,努力争取冲破"失语症"的尴尬局面;另一派则站在争论的另一方,认为"全球化"是当今时代的大潮流,学习西方、赶上西方仍然是当务之急,实际上自觉不自觉地重弹着过去"全盘西化"的老调。除此之外,当然也有许多站在中间、持论貌似辩证公允实则并无效用的中庸议论。时过境迁,几起几落的争论已经沉寂下来,人们对于问题的认识也在走向深化,越来越多的人认识到:仅仅依靠人们坚守和维持固有传统的决心和信心是不行的;那种亦步亦趋地"邯郸学步"的做法也是不行的;要意识到挑战与机遇同在,危机与创造共生,只有走综合创新、创造性转化之路才是我们最好的选择。

中国哲学界提出的"21 世纪中国哲学主题:创造性转化"的口号,

集中代表了一个世纪以来海内外华人学者关于中国文化走向所达成的共识。① 早在 20 世纪 30 年代，张岱年就提出了中国文化"综合创新"的观点。40 年代，毛泽东将新民主主义文化定义为"民族的、科学的、大众的"新文化，代表了中国马克思主义者对于中国文化走综合创新之路的新认识。60 年代末期，美籍华裔学者林毓生看到了 Creative transformation（创造的转化）一词，非常喜欢，曾写信给殷海光，殷在回信中也大加赞扬。林毓生提出的"中国传统的创造性转化"的观念被海峡两岸学者广泛接受。其后，美籍学者傅伟勋提出"创造的诠释学"观念，杜维明继续推进中国哲学的"创造的转化"工作，台湾学者韦政通对于创造性转化做出一系列论述。80 年代，冯契对于金岳霖哲学的改造显示了"创造性转化"的实绩，方克立等也都论述了综合创新的观念。大陆学者重写的多种中国哲学史、中国思想史以及其他相关著作，共同体现了 20 世纪下半叶中国哲学多元的创造性转化的发展道路。由此可见，"创造性转化"是中国学界在经济全球化和文化多元化大趋势之下做出的学术研究主题的高度概括和理性回应。它的内涵是：站在世纪之交的时代高度，充分发掘本土文化资源，更加广泛、深入地吸收西方文化和其他外来文化，锻造自己的思想新工具，对当前人类所面临的重大现实问题提供出中华民族的智慧性回答，这一回答必将引导中国文化、中国哲学以及一切人文社会科学走向新的辉煌。

在这种中国文化所处的历史发展的总体战略背景下，来思考当代文学创作、文学理论、文艺美学所面临的问题，才会做出正确的定位及其发展走向的正确把握。我们认为，中国文学界应该充分认识和研究

---

① 2002 年 9 月，武汉大学人文学院哲学系主办了西学东渐学术研讨会暨"中国哲学创造性转化"研讨班，邀集海峡两岸的学者就中国哲学创造性转化问题进行座谈。到会座谈的学者有武汉大学人文学院院长郭齐勇、北京大学哲学系陈来、台湾佛光大学中国哲学研究中心欧崇敬、浙江大学中国思想研究所陈俊民、武汉大学哲学系吴根友等。座谈纪要发表于《光明日报》2003 年 1 月 9 日。

新时代提出的新问题及其新特征,扩大视野和思路,登高而望远,才能本着综合创新、创造性转化的精神,做出自己的正确选择;立足于不断更新自身思考问题的新思路、提高自身以进入新的精神境界,才是解决问题的关键所在。

一、面对欲望横流的休闲时代开拓新的思路

在全球性大众文化的冲击下,中国的大众文化也伴随着市场经济新秩序的建立已经在中华大地上茁壮成长,蔚为大观。上述中国当代文学领域中的变化就属于世界大众文化的一个组成部分。大众文化也就是全球流行的后现代主义文化,本来就是消费文化、市场文化。它的本质特征就在于,掌控大众文化话语权的那些人凭借着占据优势的经济和技术力量,凭借着善于利用市场经济法则的头脑和智慧,通过大力推销享乐主义与消费主义的运作手段,达到追逐最大经济效益的目的。如今,后现代主义文化早已通过电子传媒、印刷传媒以及广告、日用品等手段充斥于我们的日常生活的各个方面。市场像是一只无形的巨大的手,改变着人们的物质生活,也操纵着人们的思想观念,自然也包括某些作家、诗人、评论家的思想观念。如此看来,文学创作领域里出现语言狂欢、丑恶泛滥、美女作家、拳头加枕头等刺激感性欲望的手段,不仅不足为奇,而且是合乎规律、带有必然性的。我们不能一方面提倡建设社会主义市场经济新秩序;另一方面又来反对文化产品按照市场经济秩序来运作。因此,问题的提法应该是,在市场运作的基础上怎样使文化产品更加健康地向前发展。

毫无疑问,艺术商业化、创作欲望化的倾向是利用市场经济规律进行运作的,它的出现也是符合历史发展的必然趋势的,而且我们应该肯定在现阶段它具有解放人的感性、解放人的身体的积极作用。但是,从肯定人的欲望到煽动欲望横流,这中间应该是有界限的。鼓动欲望至上,煽动欲望横流,必然造成犯罪案件的激增,给整个社会带来极大的

混乱和危害。这又是任何一个负责任的社会所必须面对和加以解决的问题。对于如此普遍的社会倾向，单单依靠道德上的舆论谴责已经显得无能为力了。我们应该充分动员经济的、法律的、道德的、舆论的各种手段，共同维护一个符合现阶段社会需要的合适的"度"——划清合理的欲望解放和过度的欲望横流之间的界限。对于现阶段的中国大众来说，随着经济条件的改善和大众文化的流行，身体和欲望本身越来越受到重视，可以说正处于欲望解放的过程之中。在这种条件下，如何利用市场经济规律等手段来共同维护社会共同接受的合理的限度，还是一个需要不断探索的新问题。

从全世界范围来说，西方发达国家的市场经济秩序已经存在了几百年，大众文化早已流行了几十年，其开放的尺度也比中国宽得多，存在的问题也比中国严重得多。看一看发达国家的艺术实践和经验教训，对于我们应该是有借鉴意义的。从海外归来的朱青生在他的讲演中曾经谈到美国的"肉身变现"——现代艺术中人的本能如何形式化的问题。他认为，现代艺术作为性爱的"肉身变现"经历了四个阶段：第一是"情"——肉身本能已经发动而尚未被主体明确地觉察到；第二是"感"——肉身本能已经为主体觉察；第三是"兴"——觉察到本能主动地发泄出来；第四是"记"——表记和标记，指对于肉身本能的兴趣和表现的符号化、比喻化和象征化阶段。在现代艺术中，过去历史上已有的表记和标记手段已经不够用、不够味了，于是运用"想象和造作"不断拓展爱欲的符号和象征领域，例如将约定俗成的神圣的象征更为平凡和下贱地表达出来。奥托·迪克斯（Otto Dix）把教堂入口直接画成了生殖器官。超现实主义绘画中充满了似是而非的色情场面和变态的嗜物狂想，将钟表、山谷、日影、地缝都做成了爱欲的符码。美国波普艺术的标志之一，那根"皮剥一半的香蕉"，几乎遍及世界各地重要的艺术馆、画廊、博物馆的入口处，将美国式的肉身象征入侵到四面八方。这些象征性的标记手段还显得不够味，干脆用爱欲本能的直接符号——人体本身——进行赤裸裸的表演,其寓意就像是厕所墙壁上出现的那些色情画一样,真正成为"肉身变现"的活动过程。在表演艺术和偶发艺术中,肉身变现是由艺术家肉体的展现、动作、涂抹、变形甚至摧残来完成的。汉森的翻模雕塑,用塑料按真人成形,润以肤色,嵌以毛发,加以衣冠,将人体做得真假莫辨。作者接着说:

> 这种形态逼真的"僵尸"是变现的凝固。变现的肉身被推向极端的无生命形状,形象还原成技术产品,本能可以从中撤出,肉身变现在汉森的雕塑中彻底无意义,完全形式化了的肉身脱离了本能。

> 女权主义艺术是对"性"在男性社会长期或隐或显的不平等变现作了最明确的反应和批判。主要由女艺术家创作的女权主义,把男性按过去男人看女人的角度作了描绘,或按女人的需要剥开大丈夫主义的脆弱淫邪的内象,成为现代艺术对肉身变现的一个很有力度的流派。

> 肉身变现的极端是放荡交配,在现代艺术中的表现称肉体艺术。肉体艺术表面与"性"有关,实质却有极强的自否意义。杰夫·孔斯娶了意大利色情明星妾巧淋娜(Ilona),并以做爱表演来作为艺术作品。他们又把这种最媚俗无耻的行径做成一尊纪念碑状的雕塑。由于道德诘难,这尊雕塑在美国首展时挂起了布帘。当孔斯用最流行的商业文化——色情录像和最通常的传统人体雕塑将人的潜在的观淫癖公开在人间的正式场合时,标明了掩饰和克制之下本能存在的正当性。……色情录像所摄取的演员纯粹的性交活动就同野猫交配行为一样。没有掩饰,人则无异于禽兽,只会发情而没有艺术。①

---

① 朱青生:《没有人是艺术家,也没有人不是艺术家》,商务印书馆 2000 年版,第 103—106 页。

人的肉身是主体存在的基础,肉身的本能欲望也自有其存在的正当理由;但是,人类应该是有隐私权的,个体的隐私需要得到尊重和保护,肉身的欲望需要一定的掩饰和克制。正是这种尊重和保护、掩饰和克制的意识,规定了人与人的关系准则,决定了人类各个民族的文化和艺术发展的历史。当隐私受到侵犯、掩饰和克制被完全消解的时候,剩下来的只有赤裸裸的欲望的发泄,这样,人就失去了作为人的本性,也就无异于禽兽,哪里还会有艺术? 这些肉身变现的所谓"艺术"岂不是完全走到了它的反面?

美国的"肉身变现"极端表演的前提是社会上有人要看,可见这种"只会发情而没有艺术"的存在基础实际上是"貌似自由和放纵"的资本主义社会制度。"其实发达社会,个人的私生活得到尊重和保证,不是来自宽容而是仰仗契约(法律)的执行。对于个体来说,与奴隶社会、封建时代相比,现代人肉身爱欲的自动生长,并不是更为自由,而是更为压抑。因为所有的生命状态/本能的涌动和发挥与现实的实现的可能性之间的冲突都由他个人来承担。实际体验的是求之不得舍之难断的窘境。"就连"肉身变现"的极端表演的当事者也表白说他的目的在于揭露。"正如杰夫·孔斯所说:'赋予资产阶级以自由的恰恰是堕落。'他给'掩饰'和'克制'的资本主义制度一个讽刺。"由此可见,"作为现代艺术的肉身变现从来就不是满意和吉祥的光环,而是失意的哀吟和焦躁的狂呼"。①

肉身变现的极端表演说明,美国人固然有放纵和堕落的自由,但是在人们心目中色情表演同艺术之间仍然是有界限的。这一界限可能相对较宽,但它是存在的,仍然由良知、舆论、经济法则以及法律惩处等共同维护着这一界限。

---

① 朱青生:《没有人是艺术家,也没有人不是艺术家》,商务印书馆 2000 年版,第 105、104、106 页。

第五编　块垒缺位论

西方发达国家于 20 世纪后半叶进入了后工业社会。由于休闲时间的大量增加,休闲与工作的界限正在逐步消失,休闲在经济、生活中的地位越来越重要,甚至有人认为社会已经进入休闲占据"中心地位"①的时代。以欲望横流为特征的后现代主义文化(大众文化)正是在休闲的基础上兴起的。如何看待休闲、规范休闲、引导休闲,是如何看待和预测后现代主义文化发展的理论前提。休闲学已经作为一个正式的学科发展起来,它对于流行文化会产生引领作用。1950 年,美国学者里斯曼(Davis Riesman)出版了《孤独的人群》,提出了大众消费和大众文化的新观点;1962 年,伯格(Peter Berger)发表了《闲暇社会学》,将休闲问题纳入文化社会学的范畴。50 年代,休闲学作为一门学科在北美大学普及开来。此后,休闲学新作在美、法等国不断出版。1967 年,国际社会学会决定成立休闲研究委员会,次年在布拉格建立了国际休闲研究中心。1970 年,联合国在布鲁塞尔召开了国际闲暇会议,通过了著名的《休闲宪章》。这一宪章的颁布,对于在全球范围内推动休闲活动的发展、提高人类的生活质量、尊重人类追求休闲娱乐等自我发展的权利提供了保障。

中国目前进入小康社会阶段,总体上还没有到达后工业社会,但是随着休闲时间的增加,节日"黄金周"的实行,休闲问题的研究和解决也已经提上了日程。我们认为,当今文学、文化领域里欲望横流的问题,也应该在大力进行休闲学研究的基础上获得解决问题的新思路。

早在资本主义社会发展的初期,马克思就结合当时工业社会的现状对"自由时间"问题进行了比较深入的研究,明确提出了"人的发展主要是有赖于自由时间的多少"的论断。他在《资本论》、《剩余价值理论》草稿等著作中指出,自由时间就是"非劳动时间"、"不被生产劳动

---

① 参见李仲广、卢昌崇:《基础休闲学》,社会科学文献出版社 2004 年版,第 296 页。

所吸收的时间"，包括"个人受教育的时间、发展智力的时间、履行社会职能的时间、进行社交活动的时间、自由运用体力和智力的时间"，"自由时间、可以支配的时间就是财富本身"，"从整个社会来说，创造可以自由支配的时间，也就是创造产生科学、艺术等等的"①。尤其应该提到的是，马克思明确指出工作日的缩短、自由时间的增加是建立自由王国的根本条件。他说：

> 事实上，自由王国只是在由必需和外在目的的规定要做的劳动终止的地方才开始；因而按照事物的本性来说，它存在于真正物质生产领域的彼岸。像野蛮人为了满足自己的需要，为了维持和再生产自己的生命，必须与自然进行斗争一样，文明人也必须这样做，而且在一定的社会形态中，在一切可能的生产方式中，他都必须这样做。……不管怎样，这个领域始终是一个必然王国。在这个必然王国的彼岸，作为目的本身的人类能力的发展，真正的自由王国就开始了。但是，这个自由王国只有建立在必然王国的基础上才能繁荣起来。工作日的缩短是根本条件。②

在马克思的语境中，物质生产活动的"此岸"与"彼岸"的对立，就是指劳动时间和自由时间的对立。马克思对于自由时间的前瞻性和开创性论述，得到当今休闲社会学界的尊重和承认。美国出版的《国际社会学科学百科全书》里的"休闲社会学"条目中写道："能够预见到休闲在文明发展中的重要性的思想家是马克思。"③

---

① 参见陆彦明、马惠娣：《马克思休闲思想初探》，《自然辩证法研究》2002年；李仲广、卢昌崇：《基础休闲学》，社会科学文献出版社 2004 年版，第 50—56页。

② 马克思：《资本论》，《马克思恩格斯全集》第 25 卷，人民出版社 1974 年版，第 926—927 页。

③ 引自李仲广、卢昌崇：《基础休闲学》，社会科学文献出版社 2004 年版，第50 页。

休闲学是一门研究休闲行为、休闲现象、休闲文化、休闲事业、休闲政策的内容广泛的学科。一切娱乐、旅游、游戏、体育、竞赛、观赏、社团活动、收藏以及制作、设计、研究、创作等活动，都可以包括在休闲活动之中。休闲活动是消遣性活动，可以分为促进身心恢复方面的和促进身心发展方面的两大类。休闲活动又可按照社会效用的性质分为正面的和反面的两类，其中正面效用的休闲活动也可按照参与者的参与程度和创造性的提高程度而分为若干层级，越是高级的休闲活动人们体验到的自我实现的满足感以及对于自身潜力的开拓程度就越高。依据纳什提出的休闲时间的利用图表①，我们可以划分为以下层次：

层级	参与活动的性质和程度	效用和角色
无限		
		新模式的发明者
4	创造性参与	发明家、画家、作曲家
3	积极地参与	追随者
2	投入感情地参与	欣赏者
1	娱乐、寻求刺激、摆脱单调、消磨时间	解闷
0	伤害自我	放纵
负	反社会的行动	不良行为

表中层级的划分，显然是参照马斯洛关于人的需要的层级而提出的。其中最高级别的提高是无限的。由此表可以看出，文学艺术的欣赏和创作乃是休闲活动的重要内容，并且是其中处于较高和最高层级的休闲活动。在马斯洛那里，满足较高和最高层级的自我实现需要的效果，是高峰体验，实际上就是现实生活中的一种审美体验。

由表中休闲活动层级理论出发，我们反过来思考当今中国文学界、

---

① 引自李仲广、卢昌崇：《基础休闲学》，社会科学文献出版社 2004 年版，第114 页。略有改动。

文化领域中的出现的问题,就会受到如下启示:对于今天的文学家(作家、诗人、评论家等)来说,对于今天的广大受众来说,都应该深入思考一下自己的精神需要和休闲效用究竟处于什么层级之上? 是否存在着处于负面层级的位置上,是否应该提高,应该怎样提升自己的精神境界? 当一个人初次接触展示人的欲望的作品时,他会感到新奇而兴奋,当他反复接触这类作品时就会面临着一种选择:是沉湎于感性欲望刺激之中呢? 还是提升自己的精神需要的层次呢? 对于青少年来说,问题就更加鲜明而尖锐。这里就存在一个如何正确指导的问题。

由此,我们认为,关于大众文化如何发展、如何提高这一课题的研究,关键在于大众精神境界的提升,对此,知识分子负有不可推诿的历史责任。

与此相关,我们应该加强身体学、身体美学的研究。人的身体既是肉身的、自然的、欲望工具的,又是理性的、社会的、智慧寄托的,因此,从什么角度、在什么语境谈论身体,就会有什么样的话语体系。如果舍弃人的社会性、理性,如果没有主体、没有自我意识,也没有理性的干预,在这种条件下单纯讨论欲望的满足,那么,欲望问题(主要是食欲、性欲)就只剩下两个简单的答案:要,还是不要。人的欲望是无休止的。这不仅意味着同一欲望要求多次得到满足,而且还意味着在旧的欲望满足过程中还会衍生出种种新的欲望(例如在网络世界里就是如此),直到最后,欲望本身也就变成了一种欲望——上网成瘾、赌博成瘾等就是这样形成的。在"欲望话语"的不断"言说"中,身体作为欲望的工具必然将自身显示出来,并且指向其他存在者的身体,这时候就必然导致犯罪。由此,我们认为,中国古代先贤以理节欲的传统思想,应该得到应有的尊重和继承,充实和提高。

总之,面临着市场经济条件下欲望横流的现实状况,如果我们从休闲学、身体学、身体美学以及社会学、文化学等多重角度加以研究休闲时代的新问题,通过自身理论上的自觉性,以带动满足人的素质的提高,其前景应该说是乐观的,至少应该看到向上提升的美好前景。

二、面对生态危机应该树立大生命观

后工业时代的一个突出问题是人类面临着生态危机。1972 年联合国通过了《人类环境宣言》,确认生态危机已经成为全球性问题。1992 年,联合国环境与发展会议通过了《关于环境与发展的里约宣言》,即《21 世纪议程》,由此揭开了人类迈向生态文明的序幕。我国也于 20 世纪 90 年代中期将"可持续发展"定为基本国策。可见,生态保护和生态建设已经成为"后现代"语境中的一个十分重要的实践问题和理论问题。正如美国学者格里芬(Griffin . P. R)所说:"后现代观就产生了这样一种精神,它把对人的福祉的特别关注与对生态的考虑融为一体。"①尽管我国目前从总体上说,还是处于建设现代化的过程之中,但是现代化的诸多负面效应已经相当明显;而从文化领域来说,后现代主义文化成分更是不容忽视的强大潮流。况且,诸如臭氧层的破坏、环境污染、自然资源逐步枯竭、水资源匮乏、艾滋病及其他流行病的蔓延、干旱和洪水、地震和海啸等自然灾害的频频发生等等,所有生态平衡受到破坏的问题都是全球性问题。因此,一个十分严肃的问题摆在整个人类面前:人类和自然、人类和地球的关系究竟是敌对的关系还是共存亡的关系? 如果人类盲目攫取地球资源,总有一天会导致人类自身的灭亡。——这并不是故作耸人听闻之谈!

在这种背景下,90 年代以来,欧美一些发达国家的学者率先开展了生态学、生态哲学、生态伦理学、生态美学、生态批评的研究,我国学术界也已经着手建立有关生态研究的各个学科。尽管国内外的生态学家族的研究都还处于创建阶段,但是对于它的深远意义的理解已经达成普遍共识。生态哲学、生态美学的目标在于使人与自然、人与社会处

---

① 格里芬:《后现代精神》,中央编译出版社 1998 年版,第 23 页。

于一种动态平衡状态,以保证人类社会的可持续发展。对于一个当代人来说,树立新的环境意识和生态意识,克服"人类中心主义"已经是一个刻不容缓的问题。过去那种"人是万物的尺度"、"人最高贵"、"人定胜天"、"向自然开战"、"向自然索取"的思维定势,统统在被淘汰之列。著名生态学家何塞·卢岑贝格指出:"我们必须重新思考和认识我们自己","我们需要对生命恢复敬意","我们人类只是一个巨大的生命体的一部分"。①

据西班牙《起义报》发表的弗朗西斯科·费尔南德斯·布埃的《红绿马克思》一文介绍,早在 20 多年前,曼努埃尔·萨克里斯坦就提出了"马克思的生态观"。美国俄勒冈大学教授约翰·贝拉米·福斯特的新著《马克思的生态学:唯物主义与自然》,全面地回顾和总结了马克思、恩格斯有关人类与自然和环境的关系,从生态学角度对于马克思的学说进行了新的系统化分析,并得出三大结论:第一,在马克思的著作中有比其他一些零散的生态学家更加详细的对生态学的关注;第二,人类与自然间的新陈代谢或物质交换关系是贯穿整个马克思学说的根本观点,这是全面理解马克思学说的关键,或者说认识到马克思不仅是作为一个历史的唯物主义者,也是作为一个辩证唯物主义和实践唯物主义者观点的关键所在;第三,马克思关于自然和新陈代谢的观点为我们解决今天被我们称之为生态学的诸多问题提供了一个唯物主义和社会历史学的角度。这些问题包括在可耕地施用化学肥料所带来的后果,城市和工业垃圾对河流的污染,大城市的空气污染以及可持续发展问题等。福斯特的三大结论引来了广泛的争议和关注。特别是那些致力于从社会生态学角度研究当今世界存在的农业问题的人,以及那些要求运用正确的可持续发展观点的最敏感的经济学家,那些在新自由

---

① 何塞·卢岑贝格:《自然不可改良》,生活·读书·新知三联书店 1999 年版,第 63、57—58 页。

主义的全球化市场中求生存的农民，都非常关注这本书的出版。此外，福斯特这本书还提出了不仅让马克思主义者，而且让热衷于研究思想史、科学史或研究自然与社会之间关系的人感兴趣的看法。①

将世界和宇宙看成是一个大生命体的思想，与我国古代"形与神俱"、"形神合一"、"天人同构"传统观念是相通的。身体是一小宇宙，宇宙是一大身体。由"道"延伸，依靠"气"的大化流行，通过"形—心—性—天"相通的大生命的洪流，构成了"大小周天"（天人）合一成为一体的重要观念。儒家重视这一大生命中的人的能动性的发挥，孔子提出"知天命"，孟子提出养"浩然之气"，是通过道德修养而通达无限的自然生命；道家视野中的世界更是一个一气相通、不分彼此的境界，老子提出"道法自然"（第二十五章），庄子认为"通天下一气耳"（《知北游》）、"听之以气"（《人间世》），主张整个身心委顺其中，纵浪大化，自然而然。中国文化中所肯定的大生命，兼有物性和神性，为天地生物之心和万物涌流之气氤氲化成，萌生、化育出万事万物②。张载的"民胞物与"的思想，更是将人际彼此之间的关系、人与其他生物、事物之间的关系，一律看成是同胞、朋友的平等关系，体现了今人所说的"主体间性"，并且是最为宽泛深广主体间性精神。在对于宇宙大生命的理解上，儒、道两家的元典中虽然侧重点各有不同，但在人与自然的协调方面则是一致的。中国的这一传统思想，已经引起当代国外有识之士的重视。美国物理学家卡普拉就曾经指出："道教提出了对生态智慧的最深刻、最精彩的一种表述"③。毫无疑问，中国古代典籍中的天人合一的观念中包含了重要的生态协调的思想，也为我们今天建设和谐社会提供了重要的思想资源。

---

① 中译文见《参考消息》2004 年 10 月 13 日。

② 参见周与沉：《身体：思想与修行——以中国经典为中心的跨文化高照》，中国社会科学出版社 2005 年版，第 250—258、339 页。

③ 弗里乔夫·卡普拉：《转折点》，四川科技出版社 1988 年版，第 406 页。

也正是在这样的思想背景下,我国学术界关于生态美学的讨论蓬勃兴起、方兴未艾。曾繁仁说:"狭义的生态美学观仅指人与自然处于生态平衡的审美状态。而广义的生态美学,则不仅指人与自然,而且包含人与社会以及人自身均处于生态平衡的审美状态。我个人的意见更倾向于广义的生态美学,但应将人与自然的生态审美关系的研究放到基础的位置之上。"①这些意见是值得我们重视的。

对于今天的文学家来说,面对生态危机树立大生命观和生态审美观,也是获得囊括宇宙之诗心的重要条件。这里我们可以用当代山水诗人孔孚的几首小诗加以验证。在他的眼里,泰山、东海甚至整个太平洋、天上的银河都是有灵性的,都是诗人的朋友。浪花"跳起来和我接吻",可以想见两情相悦已经达到何等深度!把太平洋当成"蓝毯子",应该想象到人有多么大,这里,显示出来的是诗人的一颗何等博大童真之心啊!

> 像是照路的样子,
> 东岳神擎一支巨烛。
>
> 天上黑吗?
> 小心风……
>
> ——《山水灵音·泰山·天烛峰》
>
>
> 大海跳起来和我接吻,
> 站在礁石上我弯着腰。
>
> 爱也带点儿疯狂,
> 眉毛胡子都湿了……

① 曾繁仁:《生态存在论美学论稿》,吉林人民出版社2003年版,第55页。

第五编 块垒缺位论

大海是个蓝毯子，

各国朋友坐在周围。

来呀，

干杯！

　　　　——《山水清音·大海之什·大海是个蓝毯子》

天河很近，

听得见鱼跳。

挽挽腿，

去摸一条。

　　　　——《山水灵音·泰山·天街遐想》

诗人看自然物是这种朋友之间的情怀,用西方思想家的话来说叫做"主体间性"；那么,诗人看人又如何? 请看《青岛印象》中的一节：

青岛的风，

经过过滤，

玻璃似的。

人，

游在街道上，

像鱼。

　　　　《山水清音·我与山水诗(文中所引)》

在这里,诗人把游人看成是在水中的鱼。真是大有庄子游于濠梁之上居高临下观鱼乐的韵味。

孔孚一生经历颇多坎坷,54 岁才进入诗歌爆发期,80 年代先后有两个页码不多的诗集出版①,立即在国内外引起震动。美国纽约《华侨日报》曾经载文盛赞他是中国当代文学界"第一个新山水诗人"。与那些照搬西方"深度模式削平"的后现代之风气、"跟着感觉走"的时髦诗人完全不同,孔孚仍在执著地探寻人生的意义,表现出对于博大的人文精神和终极价值的深切关怀。他"借助于用'无'、'灵视'、'出虚'之类的东方智慧,在奋力挣脱着习惯语言铸造的世界外壳,在洞开着通向本原之境的大门"②。他的篇幅短小(着意于"简"出)的诗中,跳动着一颗囊括宇宙、仁民爱物的博大诗心! 这不正是那种大生命观的生动而风趣的体现吗?

请看吧,这就是海德格尔的"诗意地栖居"! 这就是能够带给我们诗意生存体验乐趣、提升我们人生境界的真正的诗!

三、关键在于提升文学家的精神境界

正如鲁迅深刻地指出的:"从喷泉里出来的都是水,从血管里出来的都是血。"③我们认为,当今文学艺术领域中,解决问题的关键在于提升文学家的精神境界。

生活于 21 世纪的中国文学家,要想写出无愧于时代、无愧于民族、无愧于人类的大作品,必须提升本身的精神境界:树立自我实现的崇高的人生目标和大生命观,以包容天下、民胞物与的宽广胸襟,超越当下的个人私利和生活现象的浅表层面,关怀人生的终极价值。在这样的前提下,才能以坦荡的胸怀面对现实,面对阻碍人类实现伟大目标的事

---

① 《山水清音》,重庆出版社 1985 年版;《山水灵音》,陕西人民美术出版社 1987 年版。

② 杨守森:《叛儒的孔门后裔》,《灵魂的守护》,山东友谊出版社 2002 年版,第 275 页。

③ 鲁迅:《而已集·革命文学》,《鲁迅全集》第 3 卷,人民文学出版社 1958 年版,第 408 页。

物疾恶如仇,以至于郁结而成块垒,凝成情结,然后在一定的机遇条件下受到触发而化为意象,才有可能写出大作品。有了这样的胸襟和抱负作为基础,就会在无论利用什么样的生活素材时都可做到游刃有余、胜任愉快地写好这个伟大的转型时代。文学家应该对于时代、民族和历史发展有一个明确的责任承担意识,应该通过文学创作为提升全民族成员的精神境界而努力。

这样,以读者对象的不同的生存状态类型为基础,以满足不同层次读者的不同审美要求为目标,我们可以将文学作品划分属于不同层面的不同类型。前面(第十章)曾经谈到,我们将人的生存状态分为两大类型:一类是在自在自发、异化受动的实践活动与生存状态条件下,人处于为满足生存的物质需要的功利境界之中,又可以细分为自在自发和异化受动两个层面;另一类是指处于自由自觉的实践活动和生存状态条件下,主体具有明确的人生目标、追求现实的以及超越的人生境界。这样实际上就有了三种类型的生存状态,按理说也就应该有相应的三种类型的文学艺术作品。

一是自在自发的生存状态,是指人们的不假思索而形成的自然生存状态。这种生存状态最接近人的自然本性,以满足机体的生存和繁衍后代的需要为其主要内容。原始社会的人类就处于这种自在的、天然的、有待分化的生存状态中。在现代,仍然会有一部分人处在这种自在自发的生存状态。它具有其他生存状态得以发展的积极意义,又具有消融人的创造精神的消极意义。

二是异化受动的生存状态,是指私有制社会中人的自由自觉本性被扭曲、被压抑和被异化的生存状态。马克思曾经愤然抨击这种异化劳动给人的精神世界带来的戕害,同时又指出异化及其被扬弃是人类历史进步的必由之路。在现代社会,由于职业的选择首先是为了获取生存资料来源,即是说服从社会分工还带有一定的强制性,人们还难以避免地生活在异化受动的生存状态之中。

三是自由自觉的生存状态,是人的发展的理想状态,是人们自觉树立远大抱负、超越自己和现实条件的局限,将生命奉献给人类整体利益,从而获得精神自由的生存方式。能否进入自由自觉的生存状态,需要一定的主客观条件,因而历史上能够自觉意识到这种生存境界的常常只是少数精英人物。这些人类精英自觉地从日常生活进入非日常生活,以天下为己任,自觉地献身于社会和人类,在政治、经济、科学、艺术、哲学等领域创造性地辛勤工作,推动着社会的进步和科学、艺术的发展,在历史上留下了光辉的业绩。屈原和司马迁,李白和杜甫,居里夫人和爱因斯坦,他们的人生都展现出了这种自由自觉的生存状态。老子和孔子,马克思和毛泽东,鲁迅和海德格尔,都是站在人的"类意识"的高度思考生存本体,叩问终极意义,成为引导人类进入自由自觉生存状态的伟人。这些人类精英的光辉代表,是立足于现实同时在精神上又遨游于非日常生活境界的少数人,他们代表了人类文化的前进方向。随着社会的发展、文化的进步,人的自觉精神的充实提高,必将有越来越多的人踏上对于人生的理想境界进行自觉追求的道路。

人的生存状态、人的情意活动构成人的本体世界。文学的创作来自作家对于人的生存情意的体验而凝结成的块垒。在"情意块垒—文学意象—文学艺象(文本)—(接受者)意象体验—块垒共鸣"的运转流程中,社会的包括文化的、政治的、经济的、哲学的、宗教的、历史的等因素都会加入进来,使文学艺术活动呈现出异常丰富多彩的面貌,具有从许多方面进行观察研究的可能性。但是,这些后加因素都是建立在情意本体的基础之上的,因而都不能代替情意块垒的本体地位。而文学的接受是读者大众对于人的情意块垒的再体验的过程,也是文学发挥其社会功能的过程。在这一过程中,文学文本所包含的多种因素都会发生作用,因而文学的社会功能是多方面的。但是,其中最为根本的应该是通过人的生存情意的审美体验而实现对于生存状态的提升。

文学应该对于三种生存状态的人都有教育和提升作用。这就意味着我们应该有针对不同对象各有偏重的三类文学:通俗文学、严肃文学和纯文学。

一类是偏重于为满足人们的自然生存需要服务的、偏重于消遣娱乐作用的文学。这类文学以通俗文学为主要形态。针对人们积聚在无意识层面的原始欲望造成的心理压抑,文学可以提供宣泄性本能以及攻击本能等生命欲求的阀门,成为排遣人生苦恼的通道,将本能欲求导向有益无害的宣泄。在休闲活动地位上升的 21 世纪,欣赏文学艺术已经成为人们的休闲活动的重要内容。广大人民群众希望通过文艺欣赏达到消遣娱乐的要求完全是正当的。通俗文学往往偏重于人的感性生存欲望的描写,集中于情爱和打斗场面的展示。而在严肃文学、纯文学中也把爱和死作为所谓"永恒的主题",常常是将性爱升华为美丽人生的追求(如《西厢记》中对性爱场面的展示就写得很美),将暴力复仇升华为伸张正义。在这里,将感性描写掌握和控制在合理限度之内是十分重要的:适度的感性描写可以使人的生命欲求得到虚拟的满足,心理压抑感得到缓解,从而产生快感,升华为审美愉悦;而过分的渲染性和暴力,故意突破社会道德、法律的限制,则可能煽动情欲之火,产生海淫海盗的消极效果;尤其是对于涉世不深的青少年来说,完全可能诱导其走上犯罪的人生歧途。我们既反对那种禁锢一切情欲的假道学作风,也反对过度渲染色情、暴力的不良倾向。我们主张,将文学中的感性描写纳入到展现人物精神世界的艺术要求之中,以不突破社会道德法律底线为域限,努力为提升人们的精神境界服务。

一类是为处于异化受动状态的人们而写的、为满足人们的迫切要求解决的现实需要服务的、偏重于干预现实的文学。这类文学以发挥斗争工具的作用为己任,我们称之为严肃文学。在社会矛盾尖锐、斗争激烈的年代,一切以天下为己任的严肃作家,都会自觉地投入到严肃文学的创作中去,直接为推动社会进步服务。这时候,通俗文学和纯文学虽然也不排斥为社会斗争服务,却无法同严肃文学所起的作用相提并论。严肃文学积极发挥文学的认识功能和教育功能,成为人们的生活教科书;并且直接投入现实斗争中,发挥其匕首、投枪般的战斗作用。例如,鲁迅杂文曾经是揭露敌人、剖析国人灵魂的利器;斯陀夫人的《汤姆叔叔的小屋》推动了美国南北战争的兴起等等;今天那些揭露贪官污吏的文学和影像作品都具有这种战斗性质。

一类是为要求进入自由自觉生存状态的人们而写的,偏重于提升人们批判和超越现实的自觉性、引导人们进入审美的自由境界的艺术文学,也常常被称为美文学或者纯文学。虽然一般通俗文学和严肃文学也都具有批判现实、超越现实的功能,但是在引导人们进入自由境界、走向终极关怀方面,总是不如纯文学见长。事实上,一些最为优秀的通俗文学、严肃文学作品,也应该归入纯文学。纯文学当然也是立足于现实的,同时又是站在比现实更高的、人的自由自觉境界的高度,批判和抨击现实生活中的不合理方面,促使人们反思社会、反思人生,寻找人生的真正意义。这种反思深入于人生境遇的哲理层面,这种寻找通向人生的终极关怀,因而富有深邃的哲理内涵。历史上的不朽的伟大作品,都具有这种引导人们诗意地生存、带领人们进入崇高精神境界的特征。

行文至此,文学的本质规定性应该是什么的问题,就有了明确的答案:文学是人的情意本体——表现为块垒——的一种特殊表现形式,它指向人类理想化生存状态的实现;真正伟大的文学应该是反映人的生存状态、升华人的生存境界的明镜和灯塔,具有叩问人生意义、了悟人生价值、烛照人生道路的社会作用。这样的文学既是特定时代生活的记录,同时也会载入人类史册而永葆其艺术魅力。

文学的情意本体论纲要

——文学理论元问题研究

摘要：文学的元问题应为"文学是什么"，对此不应满足于定义式回答，应该进行本体论追问。在西方哲学中本体论即"是论"，其主流形态是从柏拉图到黑格尔的先验本体论。海德格尔的基本本体论标志着西方哲学的转向，它跟马克思的社会实践生存本体论具有相通性。人的日常实践中的感觉、情感、领会构成了情意本体，"合情合理"是它的基本尺度，"诗意生存"是它的高级形态。文学以人的情意为本体。针对三种生存状态应该有三种文学。真正伟大的文学是体现和升华人的生存状态的明镜和灯塔，具有叩问人生意义、了悟人生价值、烛照人生道路的作用。

关键词：元问题　本体论　社会实践生存本体　情意本体　文学的社会作用

我们正处于社会急速转型时期并且已经进入 21 世纪。人文社会科学领域观念更新、理论更新的要求给业内人士造成了极大的压力。更新理论体系应该从这一学科的元问题入手。什么是元问题？元者，开始、第一之谓也。元问题，即原初的、为首的、最为根本和重要的问题。文学理论作为专门研究文学的性质、特征、相关规律以及文学分析方法的学科，其元问题应该是"什么是文学"。只有回答这一首要问题，才能界定文学的性质，从而确立一个清晰的研究范围。

一、"什么是文学"作为文学理论元问题的初步考察

什么是文学？长期以来，人们习惯于用某种定义式语言加以回答。目前,我们的教科书中的流行说法是"文学是一种审美的意识形态话语"。这作为文学活动在社会系统中的定位来看还是比较准确的。如果把它视为一个采用"属加种差"的定义来看,则会将人们的思考引向另一个方向:文学属于意识形态这个"属"下面的一个"种",这个"种"的特点在于它是审美的、采用话语形态的。意识形态又是上层建筑的一部分。于是答案就变成了这样:文学是上层建筑之中的、意识形态里面的、具有审美特性的、以语言为手段的话语体系。问题在于,即使是讲清楚了上层建筑、意识形态、审美特征、话语体系这一连串概念的内涵之后,人们就能明白文学是什么了吗？未必。

"属加种差"的定义方式通常被看成是必须采用的、唯一正确的科学方法。这是一种将命题逐步引向抽象本质的思考方法,其潜在的理解前提是:认为具体事物是现象,是由隐藏在背后的本质所决定的。这是建立在本质和现象二分、主体客体二分基础上的认识论的思维模式。这种思维方式从近代产生以来,在人类认识和改造自然、发展科学和经济的领域中,曾经建立了巨大功勋;后来逐渐走向僵化、绝对化,并且泛化到自然科学以外的各个领域,作为工具理性愈来愈受到批评。在文学、美学、哲学等人文社会学科领域,我们所面对的是人的生活存在本身;人在生存过程中得到的感受、情感、领会等远远溢出了理性认识的范围,因而不宜仅仅运用认识其本质的方法来进行逻辑推理。运用工具理性营造起来的文学理论体系,常常引起作家们的反感,其道理正在这里。

如果换一个思路探讨文学,那就该从关注作家的经验入手。鲁迅说他的创作起于"感触",而决不相信"小说做法"之类。他甚至不无调侃意味地说托尔斯泰动笔写《战争与和平》之前未必先读《文学概论》

的讲义,杂文作者们也"没有一个想到'文学概论'的规定,或者希图文学史上的位置的,他以为非这样写不可,他就这样写,因为他只知道这样的写起来,于大家有益。"①巴金说写《家》的时候,"我陪着那些可爱的年轻生命欢笑,也陪着他们哀哭"。② 曹禺说他写《雷雨》之前并没有意识到"要匡正,讽刺或攻击什么","逗起我的兴趣的,只是一两段情节,几个人物,一种复杂而又不可言喻的情绪"。③ 这些大师们都说创作的起点是自己的"感触"、"激动"、"情绪",绝非从"文学概论"之类的规定起步。马克思也曾说文学创作是作家"天性的能动表现"④,是作家人生的组成部分。

文学是什么? 答曰:是其所是。这个文学"是其所是"的内涵,从哲学高度即最终意义上来看,应该称之为文学的本体论问题。把文学看成是作家的天性的表现,正是从本体论来回答问题。

二、本体论问题溯源

本体论(ontology)原本是西方哲学的组成部分,是关于存在及其本质和规律的学说,被亚里士多德称为"第一哲学"。"本体"一词来自拉丁文 on(是、有、存在)和 ontos(是者、存在物),ontology 的本义是"是论"。"是"即本体。为什么"是"会成为本体呢? 这与印欧语系中的系词"是"的形态变化、语法特点以及逻辑特点有关。日常语言中的系词"是",依照其语法逻辑意义变成了一种纯粹逻辑规定性——哲学范畴的"是"(英语动词不定式 to be 及动名词 being),于是才有了"是论"——本体论。我们知道,柏拉图在《大希庇阿斯篇》中,曾经借苏格

---

① 《鲁迅全集》第 6 卷,人民文学出版社 1991 年版,第 29 页。
② 山东师范大学中文系文艺理论教研室:《中国现代作家谈创作经验》(上),山东人民出版社 1980 年版。
③ 同上书,第 341 页。
④ 《马克思恩格斯全集》第 26 卷,人民出版社 1976 年版,第 432 页。

拉底之口否定了美是漂亮小姐、母马、汤罐、黄金以及效益等美的表现物（按照他的逻辑应该称为"美者"）而追求"美本身"，认为"这美本身把它的特质传给一件东西，才使那件东西成其为美"①，这个"美本身"就是美本体。同样，柏拉图认为世界上万事万物都是"是者"（所是），所有的"是者"都"分有""是（有、存在）"，"是"本身成为一切"是者"是其所是的根据。柏拉图前期主张"分有"的理念，后期《巴门尼德篇》《智者篇》则转化为相互分有、相互关联的理念，突出了它的逻辑本质。于是，"是（being）"就成为万有之源的总体理念，"是论"就成为本体论（也译为"万有论"）。亚里士多德并不赞成存在着超越于现实世界的理念世界，但是，他对于感性事物的逐级抽象的论述以及他所创立的形式逻辑，却为中世纪证明上帝即万有之源的信仰提供了前提。中世纪神学家运用形式逻辑来证明上帝是"完满"、"无限"的存在，代表万有的"是"（大写的 Being）就直接成了上帝、神。德国经院学者郭克兰纽第一次使用了"本体论"，将其解释为形而上学的同义语。在黑格尔《哲学史讲演录》里，可以看到德国哲学家沃尔夫（Christian Wolff）在历史上首次为本体论下的定义："本体论，论述各种抽象的、完全普遍的哲学范畴，如'是'以及'是'之成为一和善，在这个抽象的形而上学中进一步产生出偶性、实体、因果、现象等范畴。"②黑格尔承袭了柏拉图的理念说，将绝对理念演化成一个超越时空的、庞大完整的逻辑体系，完成了先验本体论的最后辉煌。可见，西方哲学史上的"是"是无所不包的"实在"（实体），是推导出各种"是者"之本质的逻辑规定性。所谓本体论，是运用以"是"为核心范畴逻辑地建构起来的哲学原理系统。柏拉图的理念、中世纪的"上帝"、黑格尔的绝对理念，是这种本体

---

① 柏拉图：《文艺对话集》，朱光潜译，人民文学出版社 1963 年版，第 184 页。

② 黑格尔：《哲学史讲演录》第 4 卷，贺麟、王太庆译，商务印书馆 1978 年版。译文中"是"作"有"；此处译文据俞宣孟：《本体论研究》，上海人民出版社 1999 年版，第 20 页。

论的几种主要表现形态。

西方哲学进入近代以后，认识论成为哲学的主要问题，产生了理性主义和经验主义两大派。经验主义只承认感觉中的东西以及在经验基础上抽象出来的原则，不承认现象后面的理念本质，也就从根本上取消了本体论。理性主义认识论的开创者笛卡尔以"我思故我在（是）"作为第一原则，开始建立以人的现实世界为基点，通过逻辑推理可以到达本质的本体论。笛卡尔将柏拉图的理念（idea），转换成了人的思想可以把握的观念（idea），成了认识论中具有逻辑规定性的概念（idea）。理性主义的"是"（上帝）就成为人通过逻辑能够推导出来的结论。笛卡尔为理解原本在彼岸世界中的本体提供了新的思路，开始了哲学从神学中挣脱出来的历程，也就为后来康德对于本体论的批判、胡塞尔的现象学还原、海德格尔的"生存状态的分析"埋下了伏笔。但是，笛卡尔并没有完全摆脱先验本体论，他认为理性本身固有的那些观念，是不受时空限制的"天赋观念"。这样，通过"我思"被他取消了神的彼岸世界（柏拉图的理念世界）和人的现实世界之间的鸿沟，又转化成了天赋观念和现实事物之间的深渊。

马克思对于头脚倒置的黑格尔哲学的批判，也就是对于先验本体论的批判。马克思以人类通过实践劳动而自我生成的实践唯物主义（历史唯物主义），宣告了先验本体论的终结，开创了以人为本思考本体论的新局面。马克思偏重于从人类历史的宏观视野来研究人的生存，而海德格尔在《存在与时间》（《是与时》）中进行的"生存状态的分析"，则是从个人的微观角度来把握人的生存。两者在以人的生存为本体这一基点上是相通的。

中国哲学属于完全不同的另一领域。古代汉语里面本来没有系词"是"。"是"成为系词之后也缺乏形态上的变化，因而以汉语为母语的人很难把"是"看成一种抽象的本体。中国古代哲学中探讨世界的本原的"道"论，以及把"气"、"无"、"理"、"心"等看作天地万物产生发展

论块垒

398

的本根论,都可以说是中国式的本体论。它们有一个不同于西方的共同特点,都是力图解释现实经验世界的根本原因,而不是指向彼岸世界的、先验的逻辑规定性。显然这是另一种本体论。

综上所述,我们看到本体论有几种形态:第一,从柏拉图经中世纪到黑格尔的本体论,是先验的彼岸式的本体论,构成了西方哲学史上本体论的主线;第二,笛卡尔开创了以人的现实世界为基点的本体论方向,但他把理性看成是超越时空的、天赋的理性,就有可能重新走向先验本体论;第三,中国的"道"论及本根论,是立足于现实世界的本体论,体现了在实用理性基础上的终极价值追求;第四,马克思关于人的自我生成的学说,海德格尔的生存本体论,都是彻底否定先验本体论的新型的本体论。我们今天所讲的本体论,应该回到以人的生存为本体的基点上来,以马克思主义关于人类通过劳动实践的自我生成为宏观背景,与海德格尔的生存本体论、中国的传统本体论融会贯通,经过通约而形成新的社会实践生存本体论。真正科学的人文学科应该建立在社会实践生存本体论这个基点上。

三、社会实践生存本体论

社会实践生存本体论,是"以人为本"的本体论,是以现实生活的人的生存状态为本体的哲学理论。在这里,任何先验的以及导向先验的彼岸世界的东西,都是没有地位的。

西方先验本体论早在19世纪已经走上了消解之途。除了马克思对它的批判之外,叔本华、尼采、柏格森、弗洛伊德等张扬人的非理性,以孔德为代表的实证主义主张一切科学知识是"实证的"和"证实的",都是把矛头指向形而上学——先验本体论。20世纪这种批判更加走向深入。胡塞尔现象学抓住了人的意识活动的意向性特点,认为意向指向的方式决定了意向对象的意义(是其所是)的生成。海德格尔接受、发挥并改造了现象学方法,认为人的生存是有意识有目的地介入到他所在的世界中去,正是这一介入的方式和过程决定了人本身和世界双方都"绽开"出来,决定了双方"是其所是"——获得其本质规定性。人的介入世界的方式,就是人的生存方式或者生存状态。每一个人都是一个"是者"(存在者),即"此在"(Dasien 或译为亲在、定在、缘在、本在等)。人生在世,即生存于世界之中(being in the world),"此在"必与他人"共在";在"共在"过程中不断选择自己的"是"(存在)的方式,获得自己"是"(存在)的意义。每一个"是者"都以其"是"的绽开方式"是其所是",并且不断地领悟自己的"是"(存在)的意义(人生价值)。海德格尔说:"人是什么? 人所是的这个什么(Was),用传统形而上学语言来讲,即人的'本质'(Wesen),就基于他的绽出之生存中。……人是这个'此'(das "Da"),也就是说,人是存在之澄明——人就是这样成其本质的。"①在这里,"是"(存在)不再是抽象的逻辑范畴,而是现实生活中当下对于可能的生存状态的探寻和把捉,是对于自己当下生存意义的感悟和体认。海德格尔把自己从人的生存状态来分析"是"的意义的理论,称为"基本本体论"(或译基础存在学)。他批评说从柏拉图到黑格尔的本体论是把存在归结为一种概念,未能真正"思考存在之真理,从而看不到有一种比概念性的思想更为严格的思想"②。海德格尔另辟蹊径,从古希腊早期思想家巴门尼德、索福克勒斯等人那里受到启发,把存在的真理看成是人对于人生意义的"无"的把捉——"思",从而走向对于"天道"的追寻。他的"是"(存在)论,是从现实人生体验提出的对于人生终极意义的叩问。尽管他后期不再提本体论而改称"天道",但是由他开创的对于"是"(存在)的这种追问方式,标志着西方哲学史上本体论的真正转向,其影响是十分深远的。

在揭示存在之真理方面,海德格尔视马克思等人为同道。他在

---

① 海德格尔:《路标》,孙周兴译,商务印书馆 2000 年版,第 381 页。
② 同上书,第 420 页。

《关于人道主义的信》中说:"绝对的形而上学连同马克思和尼采对它所作的颠倒,都归属于存在之真理的历史。"①海德格尔对于马克思给予了高度的评价:"由马克思所已经完成的形而上学的颠倒,哲学达到了最极端的可能性,哲学已经进入它的最后阶段。"②"马克思在经验异化之际深入到历史的一个本质性维度中,所以,马克思主义的历史观就比其他历史学优越。"而胡塞尔、萨特都没有认识到这种本质性,"都没有达到有可能与马克思主义进行一种创造性对话的那个维度"。他称赞马克思的唯物史观说:"人们可以用形形色色的方式来对待共产主义的学说及其论证,但在存在历史上可以确定的是:一种对世界历史性地存在着的东西的基本经验,在共产主义中表达出来了。"③

　　海德格尔所说马克思对于形而上学的颠倒,是指马克思对于黑格尔根源于绝对理念(形而上学观念)的头脚倒置的辩证法的批判。正如马克思本人所说:"我的辩证方法,从根本上来说,不仅和黑格尔的辩证方法不同,而且和它截然相反。在黑格尔看来,思维过程,即他称为观念而甚至把它转化为独立主体的思维过程,是现实事物的创造主,而现实事物只是思维过程的外部表现。我的看法相反,观念的东西不外是移入人的头脑中改造过的物质的东西而已。"④马克思在彻底批判黑格尔唯心主义辩证法的同时,又充分肯定了其中的合理内核:"黑格尔把人的自我产生看作一个过程,把对象化看作失去对象,看作外化和这种外化的扬弃;因而,他抓住了劳动的本质,把对象性的人、现实的因而是真正的人理解为他自己的劳动的结果。"⑤在清理了黑格尔劳动观的局限性之后,马克思提出了自己关于人类通过社会实践活动而自我

①　海德格尔:《路标》,孙周兴译,商务印书馆2000年版,第396页。
②　俞宣孟:《本体论研究》,上海人民出版社1999年版,第516页。
③　海德格尔:《路标》,孙周兴译,商务印书馆2000年版,第401页。
④　《马克思恩格斯选集》第2卷,人民出版社1995年版,第111—112页。
⑤　《马克思恩格斯全集》第42卷,人民出版社1979年版,第163页。

生成的历史唯物主义原理:"人也有自己的产生活动即历史,但历史是在人的意识中反映出来的,因而它作为产生活动是一种有意识地扬弃自身的产生活动。历史是人的真正的自然史。"①人的劳动实践活动的历史,同时也是社会交往活动的历史。"只有在社会中,自然界对人说来才是人与人联系的纽带,才是他为别人的存在和别人为他的存在,才是人的现实的生活要素;只有在社会中,自然界才是人自己的人的存在的基础。只有在社会中,人的自然的存在对他说来才是他的人的存在,而自然界对他说来才成为人。"②人的生存是一种社会实践的活动过程,是一个不断地由受动变为能动的活动过程。人具有生命。生命需要不断地新陈代谢。人的生存的"欲望",需要不断有一定的对象物来满足自己的需要。"人作为自然的、肉体的、感性的、对象性的存在物,和动植物一样,是受动的、受制约的和受限制的存在物。"③"因为它感到自己是受动的,所以是一个有激情的存在物。激情、热情是人强烈地追求自己的对象的本质力量。"④马克思通过对于人的生存状态的分析,明确指出:"人的感觉、激情等等不仅是在[狭隘]意义上的人类学的规定,而且是真正本体论的本质(自然)肯定",他称之为"人的激情的本体论本质"。⑤ 由此可见,马克思主义的本体论是建立在人的感性生命基础上的本体论。在马克思看来,在一定社会实践条件制约下的人的感觉、激情、热情等生存过程中的感受,就是"人的激情的本体论本质"。

马克思对于黑格尔唯心主义辩证法的批判,早已载入史册,为举世所公认。而马克思基于对人的生存状态的分析得出的本体论思想,却

---

① 《马克思恩格斯全集》第 42 卷,人民出版社 1979 年版,第 169 页。
② 同上书,第 122 页。
③ 同上书,第 167 页。
④ 同上书,第 169 页。
⑤ 同上书,第 150 页。

长期得不到应有的重视。个中原因，一方面是由于《1844年经济学哲学手稿》曾经长期被埋没以致出版于《存在与时间》问世之后；另一方面，在马克思理论遗产中无产阶级革命的学说和经济学说影响深远，更为人们所重视，从而将他的人学思想等淹没在其阴影之中。20世纪西方哲学的转向引起人们对于本体论问题的关注。海德格尔对于人的生存状态的分析及其对于马克思的高度评价，为我们重新清理马克思关于人的生存问题的思想，提供了新的机遇。我们终于发现，马克思在批判黑格尔的形而上学本体论的同时，提出了自己对于人生在世的本体论思想——它应该被称为社会实践生存本体论。将本体置于社会实践生存的基础上，以人的生存实践状态为世界之本源，以人对于世界的实践精神的掌握方式——感觉、激情、热情、情意——为领会世界的起点，这应该是马克思的实践唯物主义的本体论规定。以这种社会实践生存本体论为基点，吸收海德格尔的生存本体论、中国传统哲学中的实用理性本体论中的有用成分，就是我们今天应该建设的本体论学说。由此看来，卢卡契提出的"社会存在本体论"，李泽厚提出的"人类学本体论"和"历史本体论"，以及近来张曙光提出的"马克思的哲学生存论思想"等等，都属于建设新本体论的努力，都是应该欢迎的。

四、从实践精神的掌握世界的方式、在情绪中领会到情意本体论

马克思在谈到政治经济学的研究方法时曾经有过关于人的掌握世界的方式的论述。现在，这段话的新译文是："整体，当它在头脑中作为思想整体而出现时，是思维着的头脑的产物，这个头脑用它所专有的方式掌握世界，而这种方式是不同于对于世界的艺术精神的，宗教精神的，实践精神的掌握的。"①这段话，曾经在国内讨论形象思维时引起过

---

① 《马克思恩格斯选集》第2卷，人民出版社1995年版，第19页。

热烈争论。笔者针对涅多希文等将掌握世界方式分为理论思维和实践精神的(包括艺术的、宗教的掌握方式)两大类进行过批评,论述过对于四种掌握世界的方式的理解及其相互关系。① 新译文清楚地显示了马克思是将四种掌握世界的方式并列提出的。本文认为,马克思说的实践精神的掌握世界方式的含义其实就是人对于自己生存状态的领会,就是人的本体论意识的方式。

实践精神的掌握方式亦即人们日常生活中须臾不能离开的理解方式,是同人的具体实践直接地、密切地联系在一起的理解方式。实践精神的掌握方式适用于以个体的生存和再生产为宗旨的日常生活的活动领域,"主要包括衣食住行、饮食男女等以个体的肉体生命延续为目的的生活资料的获取与消费活动及其生殖活动,婚丧嫁娶、礼尚往来等以日常语言为媒介、以血缘和天然情感为基础的个体交往活动,以及伴随着上述各种日常活动的重复性的日常观念(日常思维)活动"。② 它是实践的,是基于日常需要并且为实践直接服务的;又是精神的,是以人的精神活动为其特色,亦即区别于动物的。人们日常生活实践中的精神活动,由于被具体实践情景所局限,其内容常常是基于当下的感觉、直觉、感受、感情、领悟而做出的知性判断,以及随机性、应对性的思维活动,甚至可能是下意识的反应活动。这里谈不上充分的理性分析和逻辑论证,因而其成果也常常是肤浅的,甚至是错误的。马克思说:"囿于粗陋的实际需要的感觉只具有有限的意义。"③

与日常生活相对应的,是非日常生活领域。它包括政治管理、经济管理、公共事物、文化管理等有组织的社会活动领域,以及科学、艺术、

---

① 夏之放:《论艺术的掌握世界的方式》,《美学》1982 年第 4 辑。

② 衣俊卿:《回归生活世界的文化哲学》,黑龙江人民出版社 2000 年版,第332 页。

③ 《马克思恩格斯全集》第 42 卷,人民出版社 1979 年版,第 126 页。

哲学等精神生产领域,均属于以社会整体或者人的类存在与再生产领域(与个体的生存和再生产相对),是人类自觉的存在领域。在日常生活世界中占据主导地位的是日常思维类型,而在非日常生活世界中占据主导地位的是非日常思维类型。从宏观历史角度来看,日常思维是从原始思维的原型、集体表象、传统、习惯、惯例等内化而成的思维模式,本质上是一种自在的经验思维,往往带有自在自发的、习惯成自然的、理所当然的经验主义特征,具有重复性和非创造性。而非日常思维则是具有显著的自觉性、创造性的思维方式。如果说日常思维一般只是解决“是什么”、“怎么做”的问题,那么,非日常思维一般解决“为什么”、“应如何”等深层次的问题。二者的关系是:一方面非日常思维可以影响和改造日常思维从而使之得到提升;另一方面日常思维也可以将非日常思维同化于自身而显示保守性。总之,日常思维属于实践精神的掌握世界的方式;非日常思维则包括科学精神(理论思维)的、艺术精神的以及宗教精神(在其提高纯粹的意义上)的掌握方式。对于每一个社会成员来说,不必着意做出努力就可在社会文化环境的濡染中自然地形成日常思维模式;而要进入到艺术精神的、科学精神的、宗教精神的掌握世界的方式,则需要经过一定的训练,付出相当的努力才有可能。

如前所说,马克思认为人的感觉、激情等是人的“真正本体论的本质肯定”。这也就意味着同人的需要、欲望、感觉、激情相联系的实践精神的掌握方式,是其他掌握世界方式的母体和基础。在《1844年经济学哲学手稿》中,马克思着重论述人的感觉的源发性:“社会的人的感觉不同于非社会的人的感觉。只是由于人的本质的客观地展开的丰富性,主体的、人的感性的丰富性,如有音乐感的耳朵、能感受形式美的眼睛,总之,那些能成为人的享受的感觉,即确证自己是人的本质力量的感觉,才一部分发展起来,一部分产生出来。因为,不仅五官感觉,而且所谓精神感觉、实践感觉(意志、爱等等),一句话,人的感觉、感觉的人性,都只是由于它的对象的存在,由于人化的自然界,才产生出来的。五官感觉的形成是以往全部世界历史的产物。"①在人类历史上,以感觉为基础的实践精神的掌握方式,内在地包含着形成其他掌握世界方式的胚胎和幼芽。这就是说,人们追求有益于自身生存的功利价值(利和善)的劳动实践,是推动人类社会进步、文化发展的根本动力,是促使人们追求科学之真、艺术之美、宗教之圣等其他价值的源泉。一切科学、艺术、宗教等活动都是在日常的生存实践的基础上形成和发展起来的:由日常的推理活动升华出形式逻辑、辩证逻辑等抽象推理体系以及各种科学理论,由日常审美意识培育出各门独立审美形态的文学艺术,由原始崇拜演化成多神教和一神教等神学体系。因而应该说,理论思维(逻辑思维、抽象思维)的、艺术精神的、宗教精神的掌握世界的方式,统统是在实践精神的掌握世界方式的基础上借助特殊的专门需要而发展起来的。

同马克思的实践精神的掌握方式一样,海德格尔在《存在与时间》中所说的"领会",也是指人们在实际生活中直接得到的源发感受,而不是某种抽象观念。海德格尔的此在,"这个词('Dasein')在现代德文中的意义是'生存'、'存在'、'生活'。但是,哲学著作中这个词往往具有更深的含义。在海德格尔这里,它是指人的生存。而且,它对于海德格尔来讲是具有内部结构的,即'Da-sein'。这个结构中的后一部分('sein')清楚地显示出它与'存在'或'是'的密切关系,前一部分('Da')则'形式(地)指引'出存在或'是'的方式。"②此在是作为此情此景的切身感受状态而出现的,它的现身情态就是情绪。"我们在存在论上用现身情态这个名称

---

①　《马克思恩格斯全集》第 42 卷,人民出版社 1979 年版,第 126 页。

②　张祥龙:《海德格尔思想与中国天道》,生活·读书·新知三联书店 1996 年版,第 93 页。

所指称的东西,在存在者层次上乃是最熟知和最日常的东西:情绪;有情绪。"①在情绪中"领会"是此在的在世状态的基本样式。"领会总是带有情绪的领会。"②海德格尔对于领会有一个定义式的解说:"领会是此在本身的本已能在的生存论意义上的存在,其情形是:这个于其本身的存在开展着随它本身一道存在的何所在。"③领会是对于这个生存处境的与生俱来的切身领会,而不是对于概念的理解,相反,它是一切后起的理解之因缘和根源。领会是一种能在的存在,是包含着种种可能性的存在,但是,这种可能性不是作为尚未实现的、有所期待的东西,而是随着"此在之在"的情景而在生存意义上存在。领会是一种对于筹划(Entwurf)的生存状况的领会。这里的筹划完全不同于事先拟定的计划之类,而是能在(可能的存在)得以具有活动空间的生存缘发性建构。领会是对于此在在世的整个展开状态的领会,是对于在世状态如何生存的领会,所以,"对生存本身的领会也总是对世界的领会"。④ 这种存在论的对于在世结构的缘发性领会,先于语言、解释、直观、思维等,甚至是小孩子学习语言的前提基础,这里丝毫没有预设概念的痕迹。"在生存论上,解释植根于领会,而不是领会生自解释。解释并非要对被领会的东西有所认知,而是把领会中所筹划的可能性整理出来。"⑤显然,一切科学、艺术、宗教等属于文化的理性成分,都只能是在这种领会的基础上产生和发展起来。

可见,马克思实践精神掌握方式的感觉、激情和海德格尔的情绪、领会,都是人的感性、感情状态。综合双方论述而提出的社会实践生存

---

① 海德格尔:《存在与时间》(修订译本),陈嘉映等译,生活·读书·新知三联书店 2000 年版,第 156 页。

② 同上书,第 166 页。

③ 同上书,第 168 页。

④ 同上书,第 170 页。

⑤ 同上书,第 173 页。

本体论,也就是这种感性感情本体论。当然,我们比较双方一致性(源发性)时,同时应该看到双方论述角度的不同。马克思着眼于社会历史发展的宏观角度提出和论述人类生存问题,而海德格尔却从个体存在的角度展开其思路。我们认为,双方的论述具有互补性。这正是海德格尔高度评价马克思,视马克思为对话伙伴的基本原因。

五、情意本体论的基本尺度——"合情合理"

人的实践精神的掌握方式作为本体,其基本心理活动形式是以感觉、情绪、情感为特色的感性系列方式。这样说,当然并不意味着它仅仅限于感觉和情感。实际上,人在日常生活中的心理活动的内容是多种多样的,其核心是对于客体事物施加影响的意向性活动,其特色是具有明显的情感色彩。人的现实生活实践活动,总是面对客观对象并且力图向对象施加影响的活动。依照现象学的方法,主体的意向性结构和作为意向性对象的客体的区分是不言而喻的,是依照海德格尔思路必然会"领会"到的。尽管海德格尔从本体论上消解了主客二分的认识论模式,但是在实际生存状态中的人必然要自觉不自觉地"领会"(即意识到)主体和客体的分野,否则人就无法生存。人在实践活动中的心理活动必然包括两个方面:一是对于客体事物的认识(这种认识不一定达到十分深刻的程度)过程,一是向客体事物施加影响的意向活动过程。认识活动是将客观情况纳入主观世界之中,使主观认识客体化;意向活动是将主观愿望投射到客体事物,向客体施加影响,使客体适应主体需要,即客观事物主体化。日常的实践精神掌握方式以意向性活动为主,其中,认识活动服从和服务于意向活动。我国心理学家潘菽说:"人的心理活动显然是由两大部分或两个类别构成的。一部分是意向活动(可简称为'意'或'意向');另一部分是认识活动(可简称为'知'或'认识')。认识活动是人们对客观世界的反映活动,包括感觉、知觉、思维(回忆、联想、思考等)等。意向活动是人们对客观世界的对待活动,包括注意、欲念、意图、谋虑、情绪、构思、意志等。长期以来,传统心理学大都采用知、情、意三分法。这种'三分法'是不够符合实际情况的。因为'情'和'意'在实际上是密切结合在一起而难于分割的。情由意生,或意由情生。二者是实质相同而形式有异的东西。其实'情'也是一种'意'。所以'情'和'意'可以而且应该合在一起,也可称之为'情意'。"①对于心理学上应该三分还是两分姑且不论,在日常实践中情意结合却是不争的事实。虽说实践精神的掌握方式包含知、情、意等多种心理成分,但是它的基本特色是意向性的情意活动。其中所包含的实用理性的"知",固然也属于认识、知识、理性的范围,但这是服从和服务于实践需要的知性和理性,与借助于逻辑推理而建立起来的理论思维(其结果是理论体系)在思考层次上明显有别,因而是需要加以区分的。正是因为日常实践活动中包含着理性内容,并且会沉积在感觉之中,所以,马克思说"感觉通过自己的实践变成了理论家"。②

　　有一种看法认为,"情"和"意"都属于非理性。在一本研究非理性的专著中,作者断言:"情感、情绪、意志、信仰、直觉、灵感等,通常被认为非理性的表现形式。这是因为这些形式是一种心理趋向和心理状态,而不是观念的思考和认识。"③这显然是不妥的。其实日常实践中的情意,作为实践精神的掌握方式或者生存状态的领会,是以意向活动为特色的综合性心理过程,是理性与非理性统一的心理过程。它的强化形态中,可以分析出认识(思维)、情感、意志等各种成分;它的弱化形态就是模糊囫囵的感觉或直觉,是难以进一步加以区分的。而在日常情感的基础上升华出来的理智感、审美感、道德感等,是充满着理性

　　① 潘菽主编:《意识——心理学的研究》,商务印书馆 1998 年版,第 16—17 页。
　　② 《马克思恩格斯全集》第 42 卷,人民出版社 1979 年版,第 124 页。
　　③ 夏军:《非理性世界》,上海三联书店 1998 年版,第 267 页。

精神的高级情感形态。这种高级情感状态，同逻辑推理的思维活动以及通向终极意义的信仰，合起来都是人的高级理性的表现形式，亦即马克思所说的艺术精神的、理论思维的、宗教精神的掌握世界的方式。这三种掌握世界的方式，都是建立在实践精神的掌握方式基础上的高级形态，但是三者运用不同的心理活动形式，采取了不同的升华路线：理论思维通过逻辑推理；艺术欣赏中获得优美感、崇高感、悲剧感等是运用审美直觉；宗教活动培养出对神的崇拜是采用神秘信仰（迷信）的方式。

那么，日常实践的情感体验或者说实践精神的掌握方式是如何运作的？我们认为这里的基本原则是"合情合理"。合情合理，或者说合乎情理，是指合乎日常生活中的情与理，而不是采用逻辑推理而得到的抽象规定性。对于合情合理的"度"的体验和掌握，就像庄子所说的"庖丁解牛"一样来自反复的实践，来自人对于技艺操作的领会体悟。这是在实践中历经多次失败和反复之后，在不期然而然的灵感状态下顿悟而得的，是一种可意会而难以言传的领会，甚至可能带有神秘感和令人崇拜的色彩。中国古人所说的"中"、"和"、"巧"、"中庸"以及平时说的火候、技巧、经验、"找到感觉"等等，都是这种对于"度"的把握。这是人对于生存状态的原始的源发感受，相对于它来说，主客二分的认识论的掌握方式是次生的、第二位的，是后来从理论上自觉加以把握的产物。人对于"度"的掌握，体现在各种实践活动中，体现在对于各种事物的结构、形式的把握和超越之中。与人的这一精神活动的发展相对应，在外部世界就是一定社会的文化成果逐渐积累的历程。所以说，日常生活中对于"合情合理"的"度"的把握和积累，对于人类文化来说具有本体论意义。

情意本体论以生存感受为本体，突出了情感的本体地位。但是，这并不意味着笼统地一视同仁地肯定人的一切情感，并不是说任何形式、任何层次的情感表现都可以作为科学、艺术的本体论根源。从日常情感到包含着理性内涵的高级情感,中间有一个情感内容的升华和形式化过程。海德格尔提出的"诗意地生存"的命题,指的是具有人生终极关怀意蕴的高级情感内涵。

六、从情意本体到诗意生存

海德格尔从此在出发,将人的生存看成是一个本源的发生和自我维持的缘构过程,即因借一定的条件(缘)而生成的过程。20世纪30年代,海德格尔的思想发生了"从现象学到思想"的转向,并且受到中国的老子、庄子的道家以及禅宗思想的吸引,走上了追寻和踏勘天道的历程。他的研究方式也从"在世—牵挂—时间性"的单向递进的研究策略,转向了生存与语言、诗、思、技艺等彼此之间缘构关系的思考。海德格尔十分关注现代技术异化给人带来的困境,提出了拯救大地,"人,诗意地安居在大地上",人安居于天、地、人、神四者的交融合一之中。这集中代表了他对于现实异化的批判,表现了他的生存理想。"诗意地安居",已经成为20世纪富有震撼力的重要命题。他说:

> 荷尔德林诗云:
>
> 人充满劳绩,但还
>
> 诗意地安居于这块大地之上。①
>
> 荷尔德林谈到安居时,是把人的此在的基本特征摆在自
>
> 己面前的。他是从同这种本质地理解的安居的关系上来看待
>
> "诗的"东西的。②

海德格尔吸收和发挥了胡塞尔现象学的意向性构架,将它运用在人生的终极关怀问题上来思考,形成了一种对于终极问题的缘发建构的思

---

① 海德格尔:《人,诗意地安居》,邬元宝译,广西师范大学出版社2000年版,第75页。

② 同上书,第71页。

考方式——人生的终极意义问题是在人的生存状态的切身感受中构成的,而不是现成既有的。这种构成给人自身提供了理解意义的内在可能和尺度。这样,终极关怀问题脱去了西方传统思想具有的实体化的、形而上的、彼岸的外衣,变成了生存化、在场化、意境化同时又是终极化的人生体验。据此,海德格尔提出了一系列深刻命题:"诗是安居的源始形式","诗首先让人的安居进入它的本质"①,"作品存在乃真理的一种发生方式"②,作品(展现农鞋的油画等)"是自行遮蔽的存在得以澄明的方式。这种澄明之光在作品中闪耀,它就是美。美是无蔽性真理的一种呈现方式"③等,表达了诗意生存的理想,传递着通向终极意义的信息。海德格尔要表达的是一种博大宏远的人生境界,而真正的诗、言、思都是从这种缘构境域本身生发出来的"声音"和"光亮"。我们可以毫不夸张地说,历史上一切伟大的诗人、思想家都是具有这种博大宏远的思想境界的伟人。历史上一切传世不衰的诗篇、艺术杰作和哲学原典,毫无例外地闪烁着人类生存永恒价值的不朽光辉。

与海德格尔着眼于个人的生存体验不同,马克思是从人类社会历史发展的宏观视野来考察艺术的。马克思从对比人类与动物在生产活动中所遵从的不同尺度着眼,提出了人"按照美的规律来构造"④的命题,揭示了人类审美意识的内在依据,进而从社会分工、社会生产力的发展的角度论述了艺术生产的必然性。面对着资本主义的社会现实,马克思分析了作家艺术家必然身处于商品经济生产关系的内在矛盾之中:

> 同一种劳动可以是生产劳动,也可以是非生产劳动。

---

① 海德格尔:《人,诗意地安居》,郜元宝译,广西师范大学出版社 2000 年版,第 77 页。

② 同上书,第 86 页。

③ 同上书,第 87 页。

④ 《马克思恩格斯选集》第 2 卷,人民出版社 1995 年版,第 47 页。

例如，密尔顿创作《失乐园》得到五磅，他是非生产劳动者。相反，为书商提供工厂式劳动的作家，则是生产劳动者。密尔顿出于同春蚕吐丝一样的必要而创作《失乐园》。那是他的天性的能动表现。后来，他把作品卖了五磅。但是，在书商指示下编写书籍（例如政治经济学大纲）的莱比锡的一位无产者作家却是生产劳动者，因为他的作品从一开始就从属于资本，只是为了增加资本的价值才完成的。①

由此，马克思断言"资本主义生产就同某些精神生产部门如艺术和诗歌相敌对"②；只有在人作为主体自觉地扬弃资本主义生产的异化性质的情况下，真正的人的关系建立起来，艺术生产才可能成为从人的情感本体出发的艺术。在这种情况下，"你就只能用爱来交换爱，只能用信任来交换信任，等等。如果你想得到艺术的享受，那你就必须是一个有艺术修养的人。"③而要实现这种完全符合人的全面发展本性的艺术活动（创作和欣赏），其必要的前提是社会生产力的发展和社会分工局限性的克服："由于分工，艺术天才完全集中在个别人身上，因而广大群众的艺术天才受到压抑。……在共产主义社会组织中，完全由分工造成的艺术家屈从于地方局限性和民族局限性的现象无论如何会消失掉，个人局限于某一艺术领域，仅仅当一个画家、雕刻家等等，因而只用他的活动的一种称呼就足以表明他的职业发展的局限性和他对分工的依赖这一现象，也会消失掉。在共产主义社会里，没有单纯的画家，只有把绘画作为自己多种活动中的一项活动的人们。"④在这里，马克思对未来基于人的情感本体和全面发展的艺术活动的展望，其实也就是人人都"诗意地安居于这块大地之上"的共产主义社会

---

① 《马克思恩格斯全集》第26卷，人民出版社1976年版，第432页。
② 同上书，第296页。
③ 《马克思恩格斯全集》第42卷，人民出版社1979年版，第155页。
④ 《马克思恩格斯全集》第3卷，人民出版社1961年版，第460页。

第五编　块垒缺位论

理想。

七、三种生存状态和三种文学

人人都生活在世界上，但是彼此的生存状态并不是一样的。从理论上来考察，人的生存状态可以分为三种类型：

一是自在自发的生存状态，是指人们的不假思索而形成的自然生存状态。这种生存状态最接近人的自然本性，以满足机体的生存需要和繁衍后代的需要为其主要内容。原始社会的人类就处于这种自在的、天然的、有待分化的生存状态中。在现代，仍然会有一部分人处在这种自在自发的生存状态。它具有其他生存状态得以发展的积极意义，又具有消融人的创造精神的消极意义。

二是异化受动的生存状态，是指私有制社会中人的自由自觉本性被扭曲、被压抑和被异化的生存状态。马克思曾经愤然抨击这种异化劳动给人们带来的戕害，同时又指出异化及其被扬弃是人类历史进步的必由之路。在现代社会，由于职业的选择首先是为了获取生存资料来源，即社会分工还带有某种强制性，人们还难以避免生活在异化受动的生存状态之中。

三是自由自觉的生存状态，是人的发展的理想状态，是人们自觉树立远大抱负、超越自己和现实条件的局限，将生命奉献给人类整体利益，从而获得精神自由的生存方式。能否进入自由自觉的生存状态，需要一定的主客观条件，因而历史上能够自觉意识到这种生存境界的常常只是少数精英人物。这些人类精英从日常生活自觉地进入非日常生活，以天下为己任，自觉地献身于社会和人类，在政治、经济、科学、艺术、哲学等领域创造性地辛勤工作，推动着社会的进步和科学、艺术的发展，在历史上留下了光辉的业绩。屈原和司马迁，李白和杜甫，居里夫人和爱因斯坦，他们的人生都展现出了这种自由自觉的生存状态。老子和孔子，马克思和毛泽东、鲁迅和海德格尔，都是站在人的"类意识"的高度思考生存本体,叩问终极意义,成为引导人类进入自由自觉生存状态的伟人。这些人类精英的光辉代表,是立足于现实同时又遨游于非日常生活境界的少数人,但是他们代表了人类文化的前进方向。随着社会的发展、文化的进步,人的自觉精神的充实提高,必将有越来越多的人踏上对于人生的理想境界进行自觉追求的道路。

人的生存状态、人的情意活动构成世界的本体。文学的创作来自作家对于人的生存情意的体验。文学文本是借助一定的物质手段,按照艺术规律组织起来的表现情意体验的载体。文学的接受欣赏是读者对于文本中的情意体验的再体验。这就是建立在情意本体论基础上的文学活动的运转流程。在这一过程中,社会的包括文化的、政治的、经济的、哲学的、宗教的、历史的等因素都会加入进来,使文学艺术活动呈现出异常丰富多彩的面貌,具有从许多方面进行观察研究的可能性。但是,这些后加因素都是建立在情意本体的基础之上的,因而都不能代替情意体验的本体地位。

文学的接受是读者大众对于人的生存情意的再体验的过程,也是文学发挥其社会功能的过程。在这一过程中,文学文本所包含的多种因素都会发生作用,因而文学的社会功能是多方面的。但是,其中最为根本的应该是通过人的生存情意的审美体验而实现对于生存状态的提升。文学应该对于三种生存状态的人都有教育和提升作用。这就意味着我们应该有针对不同对象各有偏重的三类文学:通俗文学、严肃文学和纯文学。

一类是偏重于为满足人们的自然生存需要服务的、偏重于消遣娱乐作用的文学。这类文学以通俗文学为主要形态。针对人们积聚在无意识层面的原始欲望造成的心理压抑,文学可以提供宣泄性本能、攻击本能等生命欲求的阀门,排遣人生苦恼的通道,将本能欲求导向无害的宣泄。通俗文学往往偏重于人的感性生存欲望的描写,集中于情爱和打斗场面的展示(即所谓枕头加拳头)。而在严肃文学、纯文学中也把爱和死作为所谓"永恒的主题",常常是将性爱升华为美丽人生的追求（如《西厢记》中对性爱场面的展示就写得很美）,将暴力复仇升华为伸张正义。在这里,将感性描写掌握和控制在合理限度之内是十分重要的:适度的感性描写可以使人的生命欲求得到虚拟的满足,心理压抑感得到缓解,从而产生快感,升华成为审美愉悦;过分的渲染性和暴力,故意突破社会道德、法律的限制,则可能煽动情欲之火,产生诲淫诲盗的消极效果;尤其是对于涉世不深的青少年来说,完全可能诱导其走上犯罪的歧途。我们既反对那种禁锢一切情欲的假道学作风,也反对过度渲染色情、暴力的不良倾向。我们主张,将文学中的感性描写纳入人物塑造的艺术要求之中,以不突破社会道德法律约束为底线,努力为提升人们的精神境界服务。

一类是为处于异化受动状态的人们而写的,为满足人们的迫切要求解决的现实任务服务的,偏重于干预现实的文学。这类文学以发挥斗争工具的作用为己任,我们称之为严肃文学。在社会矛盾尖锐、斗争激烈的年代,一切以天下为己任的严肃作家,都自觉地投入到严肃文学的创作中去,直接为推动社会进步服务。这时候,通俗文学和纯文学虽然也不排斥为社会斗争服务,却无法同严肃文学所起的作用相提并论。严肃文学积极发挥文学的认识功能和教育功能,成为人们的生活教科书;并且直接投入现实斗争中,发挥其匕首、投枪般的战斗作用。例如,鲁迅杂文曾经是揭露敌人、剖析国人灵魂的利器;斯陀夫人《汤姆叔叔的小屋》推动了美国南北战争的兴起等等。

一类是为要求进入自由自觉生存状态的人们而写的,偏重于提升人们批判和超越现实的自觉性,引导人们进入审美的自由境界的艺术文学,也常常被称为美文学或者纯文学。一般通俗文学、严肃文学也都具有批判现实、超越现实的功能,但是在引导人们进入自由境界、走向终极关怀方面,总是不如纯文学见长。优秀的通俗文学、严肃文学作品,也应该归入纯文学。纯文学当然也是立足于现实的,同时又是站在比现实更高的、人的自由自觉境界的高度,批判和抨击现实生活中的不合理方面,促使人们反思社会、反思人生,寻找人生的真正意义。这种反思深入于人生境遇的哲理层面,这种寻找通向人生的终极关怀,因而富有深邃的哲理内涵。历史上的不朽的伟大作品,都具有这种引导人们诗意地生存、带领人们进入崇高精神境界的特征。

行文至此,文学应该是什么的问题,已经有了明确的答案:文学是人的情意本体的一种特殊表现形式;真正伟大的文学应该是体现人的生存状态、升华人的生存境界的明镜和灯塔,具有叩问人生意义、了悟人生价值、烛照人生道路的社会作用。

（此文发表于《山东师范大学学报》2003 年第 4 期）

主要参考文献

（以作者姓氏首字汉语拼音字母为序）

柏拉图:《文艺对话集》,朱光潜译,人民文学出版社1963年版。

彼得罗夫斯基主编:《普通心理学》,朱智贤等译,人民教育出版社1981年版。

曹俊峰:《元美学导论》,上海人民出版社2001年版。

畅广元主编:《文学文化学》,辽宁人民出版社2000年版。

陈嘉映:《海德格尔哲学概论》,生活·读书·新知三联书店1995年版。

程相占:《文心三角文艺美学——中国古代文心论的现代转化》,山东大学出版社2002年版。

狄其骢、王汶成、凌晨光:《文艺学新论》,山东教育出版社2001年版。

董学文、张永刚:《文学原理》,北京大学出版社2001年版。

杜书瀛:《文学理论——创作论》,人民文学出版社2001年版。

弗兰克·戈布尔:《第三思潮:马斯洛心理学》,上海译文出版社1987年版。

葛兆光:《中国思想史》第一、二卷,复旦大学出版社2002年版。

郭春林:《文学理论的元问题——对传统文学理论的哲学批判》,《文学文化论》,江苏古籍出版社2002年版。

海德格尔:《存在与时间》(修订译本),陈嘉映等译,生活·读书·新知三联书店2000年版。

海德格尔：《路标》，孙周兴译，商务印书馆 2000 年版。

海德格尔：《海德格尔选集》（上、下册），孙周兴译，上海三联书店1996 年版。

黑格尔：《精神现象学》（上、下册），贺麟、王玖兴译，商务印书馆1983 年版。

黑格尔：《美学》第 1 卷，朱光潜译，商务印书馆 1979 年版。

黄霖、吴建民、吴兆路：《中国古代文学理论体系：原人论》，复旦大学出版社 2000 年版。

胡亚敏：《叙事学》，华中师范大学出版社 1994 年版。

荆学民：《社会转型与信仰重建》，山西教育出版社 1999 年版。

隗芾、吴毓华编：《古代戏曲美学资料集》，文化艺术出版社 1992年版。

李德顺：《价值论》，中国人民大学出版社 1987 年版。

李珥平：《创作动力学》，百花文艺出版社 1992 年版。

李泽厚：《中国古代思想史论》，人民出版社 1986 年版。

李泽厚：《世纪新梦》，安徽文艺出版社 1998 年版。

李泽厚：《己卯五说》，中国电影出版社 1999 年版。

李泽厚：《美学三书》，安徽文艺出版社 1999 年版。

李泽厚：《历史本体论》，生活·读书·新知三联书店 2002 年版。

李泽厚：《实用理性与乐感文化》，生活·读书·新知三联书店2005 年版。

李仲广、卢昌崇：《基础休闲学》，社会科学文献出版社 2004 年版。

林方主编：《人的潜能和价值》，华夏出版社 1987 年版。

陆梅林、盛同主编：《新时期文艺论争辑要》（上、下册），重庆出版社 1991 年版。

鲁枢元：《创作心理意见》，黄河文艺出版社 1985 年版。

吕周聚：《中国当代先锋诗歌研究》，中国广播电视出版社 2001

年版。

马克思:《1844年经济学哲学手稿》,《马克思恩格斯全集》第42卷,人民出版社1979年版。

《马克思恩格斯选集》第1—4卷,人民出版社1995年版。

马斯洛:《谈谈高峰体验》,陈维正译,林方主编:《人的潜能和价值》,华夏出版社1987年版。

欧阳康:《哲学研究方法论》,武汉大学出版社1998年版。

潘菽主编:《意识——心理学的研究》,商务印书馆1998年版。

彭富春:《无之无化——论海德格尔思想道路的核心问题》,上海三联书店2000年版。

钱钟书:《七缀集》,生活·读书·新知三联书店2002年版。

上海师范学院中文系文学理论教研室编:《文学理论争鸣辑要》(上、下册),上海文艺出版社1983年版。

山东师范学院中文系文学理论教研室编:《中国现代作家谈创作经验》(上、下册),山东人民出版社1980年版。

山东师范学院中文系文学理论教研室编:《外国现代作家谈创作经验》(上、下册),山东人民出版社1980年版。

陶伯华、朱亚燕:《灵感学引论》,辽宁人民出版社1987年版。

滕咸惠校注:《人间词话新注》,齐鲁书社1986年版。

童庆炳主编:《文学理论教程》,高等教育出版社1998年第2版。

韦勒克、沃伦:《文学理论》,生活·读书·新知三联书店1984年版。

沃尔夫冈·韦尔施:《重构美学》,陆扬、张岩冰译,上海译文出版社2002年版。

王海明:《新伦理学》,商务印书馆2002年版。

王化学:《西方文学经典导论》,山东人民出版社2004年版。

王先霈:《文学心理学概论》,华中师范大学出版社1988年版。

王一川：《汉语形象与现代性情结》，首都师范大学出版社 2001 年版；

王岳川：《艺术本体论》，上海三联书店 1994 年版。

汪涌豪：《中国古代文学理论体系范畴论》，复旦大学出版社 1999 年版。

汪裕雄：《审美意象学》，辽宁教育出版社 1993 年版。

夏军：《非理性世界》，生活·读书·新知三联书店 1998 年版。

夏之放：《文学意象论》，汕头大学出版社 1993 年版。

夏之放：《异化的扬弃——〈1844 年经济学哲学手稿〉的当代阐释》，花城出版社 2000 年版。

夏之放、李衍柱主编：《当代中西审美文化研究》，山东教育出版社 2005 年版。

夏之放、孙书文主编：《文艺学元问题的多维审视》，齐鲁书社 2005 年版。

亚里士多德：《形而上学》，吴寿彭译，商务印书馆 1983 年版。

杨春时、俞兆平、黄鸣奋：《文学概论》，人民文学出版社 2002 年版。

杨守森：《灵魂的守护》，山东友谊出版社 2002 年版。

叶朗主编：《现代美学体系》，北京大学出版社 1988 年版。

衣俊卿：《回归生活世界的文化哲学》，黑龙江人民出版社 2000 年版。

俞宣孟：《本体论研究》，上海人民出版社 1999 年版。

俞吾金：《实践诠释学——重新解读马克思哲学与一般哲学理论》，云南人民出版社 2001 年版。

曾繁仁：《生态存在论美学论稿》，吉林人民出版社 2003 年版。

曾永成：《感应与生成——感应论审美观》，成都科技大学出版社 1991 年版。

曾祖荫、黄清泉、周伟民、王先霈选注:《中国历代小说序跋选注》,长江文艺出版社 1982 年版。

赵光武主编:《思维科学研究》,中国人民大学出版社 2001 年版。

赵奎英:《混沌的秩序》,花城出版社 2003 年版。

赵沛霖:《兴的源起——历史积淀与诗歌艺术》,中国社会科学出版社 1987 年版。

张岱年:《中国古代哲学概念范畴要论》,中国社会科学出版社 1989 年版。

张岂之主编:《中国历史》(先秦卷),高等教育出版社 2001 年版。

张世英:《进入澄明之境》,商务印书馆 1999 年版。

张世英:《哲学导论》,北京大学出版社 2002 年版。

张曙光:《生存哲学——走向本真的存在》,云南人民出版社 2001 年版。

张文喜:《颠覆形而上学——马克思和海德格尔之论》,中国社会科学出版社 2004 年版。

张祥龙:《海德格尔思想与中国天道》,生活·读书·新知三联书店 1996 年版。

张学军:《中国当代小说流派史》,山东大学出版社 1996 年版。

张一兵:《神会马克思——马克思哲学原生态的当代阐释》,中国人民大学出版社 2004 年版。

赵沛霖:《兴的起源——历史积淀与诗歌艺术》,中国社会科学出版社 1987 年版。

朱光潜:《文艺心理学》,《朱光潜美学文集》第 1 卷,上海文艺出版社 1982 年版。

朱恩彬、周波主编:《中国古代文艺心理学》,山东文艺出版社 1997 年版。

朱青生:《没有人是艺术家,也没有人不是艺术家》,商务印书馆

2000 年版。

　　朱自清:《诗言志辨》,古籍出版社 1956 年版。

　　周宪:《超越文学——文学的文化哲学思考》,上海三联书店 1997 年版。

　　周与沉:《身体:思想与修行——以中国经典为中心的跨文化高照》,中国社会科学出版社 2005 年版。

　　宗白华:《美学与意境》,人民出版社 1987 年版。

后　记

　　本书是"十五"期间国家社会科学基金项目《文学理论元问题的比较与整合》的最终成果。该项目的批准号为"01BZW005"。

　　文学理论的元问题，是我从事文学理论教学长期关注而始终放心不下的一个老问题。回顾起来，自己最初只是一个热爱文学创作的年轻人，后来走上了从事文学理论教学与专业研究的道路，心中总是有一个解不开的情结，那就是为什么文学创作是那么吸引人，而文学理论却总是令人望而生畏？在长期教学实践中，也常常会听到青年学子们的类似的感慨。追究起来，文学创作和文学理论的确是两种不同的思路和状态：文学创作是从生活感受开始的，搞创作的人应该满脑子装着有关的生活场景、人物形象以及情感情绪的丰富记忆，十分珍惜自己的兴之所来，注重情感的抒发，似乎可以置抽象理论于不顾而埋头搞自己的创作；文学理论则完全是抽象的论证体系，要求头脑清醒地进行逻辑分析，似乎是必须排除了情感和形象才能搞好的，搞理论时间长了就难以再进入那种令人激动的灵感状态，再也没有心思去写一篇短小的散文或者一首小诗。两者的区别是明显的、客观存在的。但是，应该说这种区别只是问题的一个方面，还有另一个方面，那就是文学理论毕竟是针对文学创作等实践活动而提升出来的理性认识，它也应该和可以跟文学实践活动结合得更为紧密。由此提出的问题是，我们的文学理论怎样才能做到使搞创作的人感到心悦诚服呢？我们的文学理论应该从什么问题讲起才更加切合文学创作等活动的实际需要呢？从文学理论的教学实践来说，几十年来我们先后更换过多种教材，接触过国内外许多文学理论体系,也参加编写过多种教材,所有这些教科书为了追求自身理论体系的严密,总是想首先讲清楚文学的本质规定性,然后再展开逻辑的论证。这样做,看来似乎更符合科学理性的要求,但是,这种理性化要求是否就应该成为文学理论脱离文学实践活动的充足理由呢? 正是出于这样的考虑,我一直感到有必要思考文学理论应该从哪里讲起的问题,这就是我提出研究文学理论的元问题的由来。

申报课题时,我提出了自己的研究设想要求:本选题通过对于文学理论元问题的追溯梳理和比较分析,努力从理论上疏通中外,上升到普遍性规律(并非追求超验本质),力求借助于元问题的整合过程,思考和探讨构建有中国特色文学理论体系的可行性。作为课题所要达到的目标、作为努力方向来看,应该说,上述提法是合理的和无可厚非的;但是,究竟文学理论元问题应该是指什么? 怎样沟通中外? 怎样比较和整合? 由于那时候还缺乏深入研究,心中并不是很有数。后来收到全国社会科学规划办公室下达的立项通知书,并且附信说:"学科评审组专家建议你的项目对文艺理论'元'问题的界定更准确,更加科学,更为深入、集中,请你参考。"我一方面庆幸申报的课题被批准立项;另一方面也深深领悟到,学科评审组专家们实际上都在为课题能否圆满完成而担心。这无形中使我增强了必须迎着困难上,必须高质量地完成研究任务的决心,同时也加重了精神上的压力。

本人深知这一课题研究的深度广度和难度,单单梳理清楚古今中外的文学理论各从什么样的元问题出发立论,就花费了相当一段时间;随后考虑到占领思想制高点的必要性,又制订了一个比较庞大的读书计划,以研读哲学、思想史类书籍为主,兼顾其他相关著作(其中仅集中研读海德格尔的主要著作就花费了两三年时间);同时集中从本体论、人性、情感等角度思考文学及文学理论的元问题,其间曾经先后把元问题归结为文学是人学、作家的人文情怀、文学的情意本体,构思过三次详细的写作提纲。2003 年 7 月,发表了 2 万余字的论文《文学的

情意本体论纲要——文学理论元问题研究》(《山东师范大学学报》
2003 年第 4 期),作为课题的中期成果,用意在于广泛听取社会反响和
意见。这篇论文于 2004 年获得了山东省刘勰文艺评论奖。但是,这时
候,我对于把"情意本体"当作文学的元问题仍然感到不满意,依然处
于举棋不定的状态。直到我蓦然发现,作家的那种难以言传的"情意
本体"可以用"块垒"来表述的时候,才一下子感到豁然开朗,开始进入
艰苦的写作过程。

在写作过程中,我拜读过许多前人的著作、同辈学友的著作以及年
轻博士们和我的学生们的研究成果。凡是引用过的论著,我都注明了
出处。由于我从"块垒"的角度提出问题,对于不少相关著作也提出了
一些辨析性的商榷意见。不管是被我直接征引过的,还是提出商榷意
见的,所有这些涉及的著作全都给予我极大的帮助,促使我对于问题的
思考走向深入,在此一并致以谢忱!

由于一直担负着培养研究生的教学任务,我不断地把自己读书和
思考的心得同年轻朋友进行交流。除了邀请赵奎英教授参加课题研究
之外,还请几位博士研究生刘蓓、孙盛涛、赵之昂、许家竹等一起讨论,
并且组织他们从各自的角度思考文学理论的元问题,撰写相关的专题
论文。虽然他们没有参与撰写最后成果,但是,他们各有各自的思考优
势,在教学和交流中都曾经给我许多启发,应该说,这最终成果中也包
含了这些年轻朋友、博士生、硕士生的智慧和意见。我愿借此向他们表
示感谢。

初稿完成于 2005 年年底。2006 年,山东省社会科学规划管理办
公室组织省内外同行专家进行了匿名式成果鉴定。同年 10 月 31 日,
全国哲学社会科学规划办公室正式颁发《结项证书》(证书号:
20060469;鉴定等级:优秀)。根据反馈回来的鉴定意见和本人思考的
深化,本人又进行了比较大的改动,增加了第十三章,并且调整了第四
编。在这里,谨向不辞辛劳进行鉴定工作的各位专家表示最为诚挚的

谢意。

我的老伴丁可默默地承担着许多家务,始终给予我巨大的精神支持,并且在许多情况下成为书稿的第一读者。我还要向她表示由衷的谢意。

现在,我把自己几年来的思考结果——这本《论块垒》——贡献在读者诸君面前。我希望"块垒"的提出,有助于作家提高自己作品的品位,有助于批评家切中肯綮地评论作品,有助于理论家思考建设有中国特色的文学理论。真诚地期待作家、评论家以及攻读文艺学、美学的年轻朋友们提出批评指正。

夏之放

2006 年 12 月 17 日于泉城转山山麓听涛居

后记

策划编辑:柯尊全
责任编辑:陈　光　李灼华
装帧设计:曹　春
版式设计:卢永勤

图书在版编目(CIP)数据

论块垒——文学理论元问题研究/夏之放著.
-北京:人民出版社,2007.9
ISBN 978－7－01－006195－5

Ⅰ.论… Ⅱ.夏… Ⅲ.文学理论　Ⅳ.IO

中国版本图书馆 CIP 数据核字(2007)第 067538 号

论块垒——文学理论元问题研究
LUN KUAILEI—— WENXUELILUN YUAN WENTI YANJIU

夏之放　著

人民出版社 出版发行
(100706　北京朝阳门内大街166号)

北京瑞古冠中印刷厂印刷　新华书店经销

2007年9月第1版　2007年9月北京第1次印刷
开本:787毫米×960毫米 1/16 印张:27.25
字数:353千字　印数:0,001－4,200 册

ISBN 978－7－01－006195－5　定价:58.00 元

邮购地址 100706　北京朝阳门内大街166号
人民东方图书销售中心　电话 (010)65250042　65289539